岳陵◎著

墨脱，我们来了

韧 ③

海天出版社
·深圳·

图书在版编目（CIP）数据

韧. 3，墨脱，我们来了 / 岳陵著. — 深圳：海天
出版社，2021.4

ISBN 978-7-5507-3077-9

Ⅰ．①韧… Ⅱ．①岳… Ⅲ．①长篇小说－中国－当代
Ⅳ．①I247.5

中国版本图书馆CIP数据核字(2020)第237846号

韧3 墨脱，我们来了
REN3 MOTUO WOMEN LAI LE

出 品 人	聂雄前
策划编辑	韩海彬
责任编辑	熊　星
责任校对	陈　军
责任技编	郑　欢
装帧设计	后声设计

出版发行	海天出版社
地　　址	深圳市彩田南路海天综合大厦（518033）
网　　址	www.htph.com.cn
订购电话	0755-83460239（邮购、团购）
设计制作	无极文化
印　　刷	中华商务联合印刷（广东）有限公司
开　　本	787mm×1092mm　1/16
印　　张	22.25
字　　数	342千
版　　次	2021年4月第1版
印　　次	2021年4月第1次
定　　价	48.00元

目录

第二章 办法总比困难多，电磁炉也飞扬

第三章 嗅觉灵敏抓细节

第四章　学质量，忙招聘，自我批评不能丢

第七章　进军墨脱

《韧2 突破非洲》内容回顾

尼日利亚15个站试验局的成功，尤其军方的肯定，让燎原看到了希望，2003年底燎原中标NWT，终于突破了上甘岭。欧洲的葡萄牙牵引了室外宏基站的开发，荷兰也出现了机会。可是凯旋的关景鹏被女友以美国考察不归来了个当头一棒，但英雄总会有人爱的，美丽发小莫小妹惊人地一跳，把送别变相随，成就了两小无猜的美满姻缘。钱不是好赚的，西藏网上问题惊动公司高层，肖云飞整足精神，猴年刚过就踏上了高原。

第一章

哪儿有问题，哪儿就是战场

1. 无从下手

"这一段再来回多跑跑。"肖云飞对郝树斌说。"有什么异常吗？其实这位领导的投诉我早就知道，也都看了，就是没发现什么异常。"郝树斌说。"他不是说从无委回家的这段路上，尤其是快到家，容易掉话嘛。"肖云飞说。"是啊，他老是说经常打着打着就掉了，尤其是有两次是和他的领导谈重要的事。"郝树斌说。"问题可能比较深层次，还是要重视，应该具有典型意义。应该都是下班回家掉的话吧？"肖云飞问。"哟，没太注意，应该是晚上下班。"郝树斌回道。"上班的路上也应该会打电话的，难道……"肖云飞说。"印象中，上班好像没提。"郝树斌说。

"设想一下啊，要是上班不掉，晚上下班才会掉。这就跟时间有关啦。"肖云飞分析道。"你的意思是晚上来搞？"郝树斌说。"我的意思是，你先打个电话，把情况问问清楚。"肖云飞说。"嗯，我给旺堆打电话。"郝树斌说。"信息一定要全，才有针对性。当然，有些信息也许是假象。晚上下班时间，肯定要再来。但白天要做充分的路测，这样才好发现白天、夜晚之间的差异。发现了差异，就比较好办了。"肖云飞说。"这白天、晚上会有差异吗？网络参数都是同样的设置。"郝树斌不解地问。"这要先确认是不是下班回家才容易掉，上班就不掉。"肖云飞说。

"旺堆正在问呢，有结果会打过来的。"郝树斌说。"你还是主动打过去吧，没准事多，接完电话就被别的事耽搁了。"肖云飞说。"知道，等会儿再打。催得太急，会觉得不信任他，这儿人的个性还是比较强的。"郝树斌说。

停了一会儿，郝树斌说："这几天都在忙纳木错卫星站的事，明天我可能也没时间陪你路测了。""那……"肖云飞说。"不用担心，明天王厚林肯定到了嘛。"郝树斌说。"那，谁陪我啊？"肖云飞问。"王厚林去机房了，于永年跟你一起搞。于永年就是网规的人，这张网就是我带着他搞的，熟得很。"郝树斌说。"唉，要不再给旺堆打个电话？"肖云飞说。"我给他发个短信吧，他短信会看的。"郝树斌说。

"喂，王厚林，我是肖云飞，明天到拉萨没问题吧？"肖云飞给王厚林打电话。"应该没问题吧，我正去机场呢。"王厚林说。"上机前发个短信啊，上、下机都发个短信知会一下。"肖云飞说。"好啊。"王厚林说完挂了电话。

"哎，旺堆回短信了吗？"肖云飞问。"没那么快，耐心点。"郝树斌说。"哎，你能不能直接跟那个无委领导沟通啊。"肖云飞着急地说。"还是让局方的人联系比较好。耐心点，会回的。"郝树斌说。"电话，旺堆的？"听到郝树斌手机响了，肖云飞问。"于永年的。"郝树斌说着接起电话。"明天上午10点，好，知道了。"郝树斌接完电话对肖云飞说："局方明天上午10点开关于纳木错卫星站建设的会。""卫星站，跟燎原有关吗？"肖云飞问。"肯定啊，要接入这张网啊，卫星仅是个传输的嘛。"郝树斌说。"噢，旺堆有消息没？"肖云飞又问。"没有。"郝树斌说。"对，你让于永年去问问嘛。"肖云飞说。"对了，我怎么忘这茬了。"说完后，郝树斌给于永年打电话。

"哎，你去找下旺堆，问那个无委领导是晚上回家路上掉话，还是早晨上班路上也掉话呢？赶紧的，这边急着想知道。"郝树斌说完挂了电话。"一会儿就会知道了。但是，这真的很重要吗？我怎么觉得早上掉、晚上掉没啥关系呢。"郝树斌说。"很重要。"肖云飞说。"为啥？"郝树斌问。

"感觉重要。"肖云飞说。"感觉？跟着感觉走是吧？总得有个说法呀。"郝树斌说。"总之，我现在就是急切地想知道是仅仅晚上下班回家容易掉话，还是一大早上班打电话也容易掉。这对我的分析至关重要，说白了，我被堵在这儿了。"肖云飞说。

"嗯，于永年的电话。"郝树斌说着接起了电话，"喂，怎么样？""问了，旺堆说，那个人也说不清楚，只是强调两次与领导的沟通掉话都是下班时间。上班掉不掉，他自己也说不清楚。"电话那头的于永年说。"怎么说？"肖云飞问郝树斌。"能确定的是，两次与领导的重要电话都是下班时间快到家的时候掉的。"郝树斌说。"上班呢，上班的路上打电话有没有掉话？"肖云飞紧接着问。"于永年说那个无委的领导也说不清楚早晨上班掉话的情况。就记得和上级重要通话掉了，记得很清楚，在快到家的时候掉的。"郝树斌说。"还是堵着。"肖云飞说。"重点是两个重要电话是在下班路上，而且是快到家的时候掉的。"郝树斌说。"我觉得很清楚了，晚上，家门口容易掉话。"郝树斌补充道。"OK，明白了。"肖云飞说。"不堵啦？"郝树斌问。"先从晚上，家门口搞起。"肖云飞回答。"走，先去他家附近。"肖云飞说。"嗯。"郝树斌同意了肖云飞的意见。

"给王厚林发短信，提醒他吃红景天。"肖云飞突然冒出这么一句话，"我吃了很管用，要盯紧他，别再像牛玉江似的。""那倒是。"郝树斌说。"没有人啦，别再出事。"肖云飞说。"说到人手，前一阵子我去石家庄验收卫星天线，这边出事，就于永年一个人。真是焦头烂额啊。"郝树斌说。"怎么卫星天线要你去验收？"肖云飞问。"肯定要燎原去人啊。"郝树斌说。"为什么？"肖云飞问。"这个合同包含纳木错的卫星站。"郝树斌说。"哇，这样啊。"肖云飞说。"端到端Turnkey（一条龙服务）嘛。"郝树斌说。"整个一个样板点啊。"肖云飞说。"可不是嘛。"郝树斌说。"为啥非要去石家庄呢？"肖云飞问。"这种大型的卫星天线，国内只有那些军工大型研究所才有。"祁树斌说。"都挺正常的嘛。"看着路测仪，郝树斌说道。"嗯，有点难搞啊。只能多测，关键是要能抓住掉话问题。"肖云飞说。"反正我们来过，没抓到掉话。"郝树斌说。"抓不住掉话就无从下手。"肖云飞说。"所以，要你们研发来搞啊。"郝树斌说。

"王厚林，没啥好的，就吃山西油泼扯面，好吗？"郝树斌在机房附近的面馆请王厚林。"挺好的，油泼扯面，够劲！"王厚林说。"现在有啥感觉没？"肖云飞问。"吃了你的红景天，现在感觉还好，只是两边太阳穴都有点胀。"王厚林说。"正常。"郝树斌说。"想不到咱俩能在拉萨再见面。"王厚林冲着郝树斌说。"缘分啊。"郝树斌说。"唉，对了，于永年，警察学校这两天情况怎么样？那边的通话没问题吧？"郝树斌问。"从跟踪的数据看，通话挺正常的，反正旺堆挺满意的。"于永年说。

"都挺好，是吧？肖云飞，正好，你这软件大拿也来了，来看看怎么办吧，下一步？"郝树斌说。"什么怎么办？"肖云飞装糊涂地说。"是牛玉江用研发后门搞的，我这可是正式的商用局。王厚林，你说，怎么办？"郝树斌说。"我这刚来，情况不清楚。"王厚林说。"怎么会不清楚呢，于永年写的需求加总结不是发给你了吗？"郝树斌说。"出正式版本不可能的。"肖云飞说。'为什么？"郝树斌说。"这是非正常用法，仅适用于拉萨，不，仅适用于拉萨的那个警察学校这种特殊情况。"肖云飞说。"怎么个特殊法？"郝树斌说。"频段、频点，频段低，单载频。双工器正巧又是采用窄带合路的，这样，杂散问题不大。"肖云飞说。"那你说怎么办？"郝树斌问。"显然这又是个临时解决方案。"肖云飞说。"什么临时不临时的，能解决问题啊。"郝树斌说。

"正式的解决方案是什么？"一旁的于永年问。"还是加个站吧，ODU也行。"肖云飞说。"要是能加站我找你们研发干啥？"郝树斌说。"不愿意加站就只能这么凑合着用。"王厚林说。"凑合着用。看看，肖云飞，这就是你们研发出的馊主意。"郝树斌说。"别听他的呀，他的研发气息太浓。这叫专为拉萨警察学校定制的特殊补丁，唉，叫特制补丁。燎原人以客户为中心，为特殊情况定制补丁。怎么样，这样有点好接受了吧？"肖云飞说。"先顶着，郝树斌，然后慢慢开导局方加站。ODU也行啊。"王厚林说。"为什么这就不能用正式版本？"郝树斌又问。"这个需要你去想啊。"肖云飞说。"关键是如何说服局方。谁让你出了这招！"郝树斌说。"是啊，关键是好使。旺堆可崇拜你了，这事折磨旺堆好久了，他说要找你喝酒呢。"于永年对肖云飞说。"好嘛，还赖我了，郝树斌，凭良心说，是不是你逼我出招的。我是看你急得那样，那么想搞完，我才出手的。"肖云飞说。"行了行了行了，回头我再想想吧。"郝树斌说。

"上午我在开会，无委那边去测了吗？"郝树斌问肖云飞。"没有，不是王厚林来了嘛！"肖云飞说。"那一会儿吃完，王厚林在机房。于永年，你和肖云飞去解决无委领导的问题。必须摆平，否则真不好交差。关键是我给不出可解释的理由啊。至于卫星站，怎么着，也得在农历新年前开通啊。"郝树斌说。"那你辛苦了。"肖云飞说。"要是没无委这档子事儿，就带你们去纳木错，著名的景区啊。唉，可惜啊。"郝树斌说。"搞完了还可以去嘛。"王厚林说。"那就不好说喽。"于永年说。"我们又不是来玩的，是来解决问题的。"肖云飞说。"还是先把这位无委领导的问题解决了，这边局方对无委有很多需求的，肖云飞。"郝树斌说。"会尽力的，放心。只是不好搞啊，看不见，摸不着的。"肖云飞说。"所以，拜托你们研发多想想办法呀。"郝树斌说。

"看来要把大家的力量动员起来，集思广益。"肖云飞说。"不行就从网规中心调一个上来。"王厚林说。"容耀煌，让你们老大上来，怎么样？"肖云飞问于永年。"有什么可以找他支撑啊，我在这负责落实就行啦。"于永年说。"那为啥搞不定无委的这个？"郝树斌冲着于永年说。

"好了不说了，我来协调，让容耀煌上山。"肖云飞说。"容耀煌，好牛的名字。"王厚林说。"牛就上山来啊。"肖云飞说。"但愿来了管用。"于永年说。"对了，下午你们自己打车啊。"郝树斌冲着肖云飞说。"不熟啊。"肖云飞推辞道。"有他呀。"郝树斌看了看于永年，对肖云飞说。"怎么，车有事啊？"肖云飞又问。"是啊，下午要拉一些东西，明天拉我们去纳木错。再往下，在拉萨和去山南都是你们自己租车了，好吧？"郝树斌对肖云飞说。"没问题吧。"肖云飞问于永年。"只要你没问题就行。"于永年说。"我有什么问题啊？"肖云飞说。"那就好，你没问题就好。"于永年意味深长地说。"差不多了吧，我上去拿路测仪。"肖云飞说着回机房了。"我在门口等你。"于永年说。"唉，我也去机房，一起走。"王厚林说着跟肖云飞上了机房。

2. 这里才是主战场

"哎，叫出租。"拎着路测仪的肖云飞边走边朝于永年说。"你坐前面，我坐后边。"肖云飞看于永年开出租车的后门，赶紧说。"领导坐前面，小的坐后面。"于永年急忙打开车后门钻了进去。"你坐前头好引路。"打开出租车前门，肖云飞边进边说。"没事，后边也能引路，太阳岛。"于永年边应着边对司机说。

"太阳岛到了，具体哪儿啊？"到了太阳岛，司机问。"肖云飞，你觉得在哪儿重点测比较好啊？"于永年说。"他家附近吧。"肖云飞说。"好，师傅，前边右拐。"于永年说。"直走吗？"司机问。"先直走，我看看啊，直走，再直走，看见没有，前面那条路右拐。"于永年说。"知道了。"司机说。"嗯，就在这停。"肖云飞说。司机刚把车停下，于永年就迅速地开门下了车。"别啊，我这拿着东西，你来付车费啊。"肖云飞冲着于永年说。"东西我拿。"于永年迅速打开车前门从肖云飞手中拿过路测仪。"就在这一带转转吧。"付完车费下了车，肖云飞说。

两个人正在开启路测仪，于永年的手机突然响了。"你拿一下，我接个电话。"于永年顺手把路测仪递给肖云飞后掏出手机。"啊，郝树斌，啥……"正说着于永年的手机掉话了。"果真这儿容易掉话唉。"于永年兴奋地说。"赶紧用路测仪跟。"说完后，肖云飞连上手机跟着。"刚才你那个没跟？"肖云飞说。"现在跟，应该能重现。你们咋回事嘛，怎么我一来就重现掉话了呢？"于永年说。"是郝树斌的，赶紧打过去啊。"肖云飞说。"对了，不知什么事呢。"说着于永年给郝树斌打电话。"他在办事处找东西，来问扳手放哪儿啦。"于永年打完电话说。"这回又挺好的。"肖云飞说。"是啊，通话挺好的，又没问题了。奇怪。"于永年说。"难就难在这，不确定，大部分，应该是绝大部分时间都没问题，但是偶尔抽个风。"肖云飞说。"其实，那个无委的领导没准就掉了那么两次话，只不过这两次掉话都是重要的电话。当时重拨就好了。"于永年说。

"那两个电话后台能查到吗？应该能查的吧。"肖云飞边思考边追问道。"不清楚，你让王厚林查查看。"于永年回道。"至少刚才你那个掉话可以查出来。"肖云飞边说边给王厚林打电话。"喂，王厚林。"肖云飞说。"来，我跟他说。"于永年抢过电话说。"哎，查一下我刚才掉话的情况……"于永年给王厚林交待着。

"空口信噪比差导致掉话。"通完电话，于永年对肖云飞说。"又是空口信噪比差，一点信息量都没有。"肖云飞说。"唉，空口信噪比差怎么叫一点信息量都没有？"于永年不解地问。"通话就看信噪比，达到一定的信噪比就能通话。反之，则掉话。明白吗？"肖云飞两眼盯着于永年说。

"关键是有用信号差，还是无用的底噪变差。"肖云飞说。"嗯，专家就是专家，说得我都明白了，透彻。"于永年赞许地说。"透彻有啥用，问题解决不了。还是要想办法透过现象看到问题的本质才能有解啊。"肖云飞说。

"那是那是，找根因嘛，对吧？"于永年说。

"要是真有干扰，应该能找到规律。干扰一定是有规律的。"肖云飞自语道。"你的意思是不像是干扰？"于永年问。"空口差最容易解释的就是干扰，有干扰肯定会导致空口差。"肖云飞说。"确实，这种解释很直观。"于永年说。"如果真是干扰导致的掉话，那就简单啦。"肖云飞说。"干扰，确实不像。你看那个领导当时掉了话，很恼火，紧接着又打过去了。要是有干扰，难道打过去就没干扰啦？"于永年说。"所以，还是看看有没有别的问题。"肖云飞说。"你看，现在又很正常。"肖云飞看着路测仪说。"难啊。"于永年仰天长叹道。

"不过，这一带有问题应该是肯定的，你认可不认可？"肖云飞问于永年。"认可，从刚才掉话我就认可了。之前不确定。"于永年回道。"这种问题应该比较深啊。把这作为一个典型，重点突破一下，以点带面。"肖云飞说。"空口差，能不能罢脱干扰这个阴影，应该在这方面寻求突破。也就是说，听到空口差导致的掉话或者数据业务传得慢，干扰是一个因素，但同时也能想到其他导致空口差的因素。"于永年说。"有道理，太有道理了。"肖云飞说着按起电话。

"喂，赵长城，我是肖云飞。""你好，肖云飞。"赵长城在电话那头说。"这样，你们构造一下空口差的实验，目的是看看，除了直观的干扰会导致空口差外，还有什么因素会导致空口变差引起的掉话。不知道你听明白没有？"肖云飞说。"干扰之外导致空口变差的因素，对吧？"赵长城回道。"没错，干扰之外，什么因素会导致空口差。"肖云飞补充道。

"好，我安排他们有针对性地进行模拟实验。"赵长城说。"今天就安排，要快。"肖云飞说。"好，马上。"说完，赵长城挂断了电话。

"你也请教请教你们那个容耀煌？"肖云飞对于永年说。"估计不好使，还是你们的套路实在。"于永年说。"问问嘛，又不要紧。"肖云飞说。"好，我会给他发邮件的。"于永年说。"咱这，该实实在在地测，还得实实在在地测，这里才是主战场。"肖云飞说着端起路测仪来回走动，进行拨测。

晚上，在宾馆，肖云飞和王厚林各自整理分析自己的数据。"我把那一带各扇区邻区关系都导出来了，分析了一下，没发现什么问题。"王厚林说。"你怀疑邻区漏配啊？"肖云飞说。"我想应该不会有问题，只是要找问题嘛，尽可能地多整理一些数据供参考和分析用。"王厚林说。"嗯，好习惯，不过一开始就让于永年查了，这些邻区配置都是他搞的。"肖云飞说。"我看了，没啥问题，你看。"说着王厚林拿着电脑给肖云飞看。"嗯，没啥问题。我来看今天测的数据。"肖云飞看着路测仪说。"王厚林，你也来看看，这些数据，能看出点啥来？"肖云飞说。"好，我看看。"说着王厚林认真地看起来。

"嗯，挺正常的，看不出啥问题。咦？"王厚林突然把自己的电脑拿过来对照着看。"哎，肖云飞，你看，怎么你这会有这个扇区的信号？"王厚林说。"怎么？"肖云飞问。"你看，两个对照着看，有什么差异？"王厚林说。肖云飞仔细地对照着看。"咦，怎么会有这个信号，看看是哪个站的？"肖云飞问。王厚林看着自己的电脑说："97号站的零扇区。""在无委的领导掉话的区域，多了一个不应该有的零扇区，会是引起掉话的主因吗？"肖云飞问。"这应该算是个导频污染。"王厚林说。"嗯，多一个人就是多一个思路。但……"肖云飞说。"我觉得是这样，我们规划的这个区域没有这个信号，那我们就应该想办法让这个信号在这个区域消失，至于是不是掉话的主因，还真不好说。好像还没遇到过这种情况吧？"王厚林说。

"不好说。应该是没这样考虑过。不一定的，有可能遇见过，但没注意到。我给于永年打电话，他应该对这97号站很熟的。"肖云飞说。

说着肖云飞拨起了电话："喂，于永年，我是肖云飞。""啊，有事啊？"于永年在电话那头问。"97号站有印象吗？"肖云飞问。"怎么啦？"于永年问。"是这样，我和王厚林在分析数据。发现在掉话的区域有97号站零扇区的信号，你对站熟，你想想。"肖云飞说。"97号站的天线比较高，零扇区，没错，是朝这边打的，没错。这就是掉话的原因啊？"于永年问。"那倒不一定，不过掉话的区域不该有的信号，还是应该把它搞掉，减少导频污染对网络肯定是有好处的。"肖云飞说。"那是那是，这样，明天一早我就去97号站，把零扇区的天线往下打一些，你再看看还有没有信号好吧。"于永年说。"好，就这么定了，明旦电话联系。"

"挂啦，要提醒他再确认一下，别明天把天线搞错了。"王厚林说。"提醒得对，我给他发短信，明早沟通的时候我再提醒一下他。"肖云飞说。"你不知道，这种事出过，白忙活半天，结果驴唇不对马嘴。"王厚林说。"知道，提醒就不会了。"肖云飞说。

肖云飞沉思了一下说："嗯，干扰测试仪还是要带上。""那你一人拿得了吗？"王厚林问。"你先陪我去太阳岛，反正先测97号站的零扇区导频，后台暂时不需要，等于永年来了你再去机房。"肖云飞说。"也行。"王厚林说。"想了想，不能光靠推测，如果在家里只能这么做，但在现场，该做的工作一定要做到位。'肖云飞说。"那是。"王厚林说。

"干扰还好嘛。"王厚林看着干扰测试仪说。"还好是吧，问一下于永年到位了没有。喂，于永年，到位了吗？"肖云飞电话里问。"等一会儿，我得让局方的人把这个站的功率关闭一下，王厚林又不在。"于永年说。"那局方愿意吗？"肖云飞问于永年。"是啊，不知怎么开口呢，动天线就是麻烦。"于永年说。"要不你等等，我现在就让王厚林回机房？"肖云飞在电话里说。"闭站还是要知会局方的，否则，引起投诉不好办啊。"于永年说。
"这样，我还是先让王厚林回去好了。"肖云飞说。"你先让他去机房，记住
要听我指挥，千万别私自操作。"于永年强调着。"知道了。王厚林，你赶紧
回机房，但是，别乱动，一定要听于永年的指挥。"肖云飞边通着电话边跟王
厚林说。"好，我来和局方沟通，听我指挥啊。"说完于永年挂了电话。

"你快去吧。"撂下电话，肖云飞对王厚林说。"那你一个人行吗？"
王厚林问。"可以，就这两样东西嘛，没问题。"肖云飞说。"唉，你看，
还是有干扰哎。"肖云飞看着干扰测试仪说。"没有啊。"王厚林凑过来看
了说。"你看这个实时的是没有，但是你看上面是这样的。"肖云飞说。
"这说明什么？"王厚林问。"说明有电平到这的信号。"肖云飞说。"但
现在没有啊，你看，现在哪有啊。"王厚林说。"我设置了能抓最大的电
平，这就表明有信号冲到这个位置啦，只不过时间很短而已，一瞬间。"肖
云飞说。"掉话又不是一瞬间的干扰信号就能导致的，干扰信号虽然可能导
致掉话，但如果太快，小于一定时间，也不会引起掉话。毕竟现在的系统
抗干扰的能力提高了，没那么脆弱。"王厚林说。"快去吧，叫车，赶紧
走。"肖云飞说。"那我走了哦。"王厚林说完，招呼着的士上车离开了。

3. 用数据说话

"哈哈，你们也在这。"走进岐山臊子面馆，看见游佐元和唐明礼，
肖云飞开心地说道。"这儿还可以。"游佐元说。"这两天肖云飞有点辛苦
啊。"唐明礼说。"搞基站硬件，就这样，于永年今天还调天线了呢。"

肖云飞指着于永年说。"哎，三碗臊子面，再带六张饼。"肖云飞冲着店员说。"六张饼，吃得完吗？"王厚林说。"你在机房，我们去户外，消耗大，一会儿就知道了。"肖云飞说。"我一碗面够了。"王厚林说。"放心，剩不下。"于永年说。

"怎么样，单通？"肖云飞问游佐元。"分析了一点眉目，准备出个验证版本试试。"游佐元回道。"不光是深圳，其他也会单通。"唐明礼说。"是试了发现的吗？"肖云飞问。"就是拨测出来的，唉，应该都有可能的，对吧？"唐明礼说。"这个bug（缺陷或问题）挖出来了，值了。"肖云飞说。"嗯，所以，家里在全力以赴赶版本验证。"游佐元说。"今天在机房听局方的人又说，催你们赶紧去山南。"唐明礼说。"是的，还没来得及跟你说呢。还有日喀则。"王厚林说。"这……还得听他们安排。"肖云飞指着于永年说。"无委领寻的事肯定重要啊，局方要有解释的。等郝树斌回来再说。先把眼前的事了结了。"于永年说。

"来，吃吃吃，今天你辛苦。"看着端上的面，肖云飞赶紧让给于永年。"也是没办法，想想如昃找他们，业务正跑着，怎么答应你。"于永年说。"要是有个防护的头盔和衣服，再戴个防护镜，应该会好点。"肖云飞说。"没事，听说就是影响三儿子。"于永年说。"搞网规网优，这种事很难避免的，动作快点，看准了，一下就完事。"于永年边吃面边说。"多吃点，多吃点。"王厚林说。"放心，不会剩下的。我也是性急，好不容易发现这个可能的问题，也想尽快知道结果。这事，局方很被动，那个无委领导老是拿这事说事。先看看效昃，接下来要对导频污染的情况进行全面排查，搞清楚了还要整改一下。"于永年说。

"这么严重？"王厚林可。"这事我们头儿不是知道了嘛，又是发邮件，又是打电话把我一顿数落。"于永年说。"容耀煌？"肖云飞问。"那还能是谁。"于永年说。"有本事自个儿上来啊。"肖云飞不忿地说。"不不不，应该是我发现的，结果……"于永年说。"那也别这样啊。"肖云飞说。"容耀煌，让他上来。"游佐元也不忿地说。"我找他啦，他说了一大堆。"肖云飞说。"让他上来啊。"游佐元又说。"他拿了一大堆领导来压我。会上来的，晚一点。会带一帮人上来呢，是吧？"肖云飞冲着于永年说。"拿这当样板，好好搞一下。"于永年说。

"你看，从后台看，上行底噪挺好。但两个对照着看，你的也太平稳了吧。"在宾馆房间里肖云飞对王厚林说。"你那是有什么抓什么，我这是一段时间的平均，不一样的。"王厚林说。"从今天测试情况来看，至少那位无委领导家附近的电磁环境不是特别理想，有干扰，但是不是这个因素导致掉话，照你的话说时间太短，应该不影响，是这样吧？"肖云飞说。"我和你看到的不一致，这是个问题。"王厚林若有所思地说。"你是指我用干扰测试仪抓的和你在后台跟的不一致对吧？"肖云飞说。"看来，咱们应该把Detector用上。"王厚林说。"有道理，这样就，"肖云飞正要往下说，王厚林抢先道："这样就能让后台跟的和你干扰测试仪抓的一致了。也省得你去外面瞎跑了。""那倒不是瞎跑。做软件的就想着在后台敲敲键盘知晓天下事。"肖云飞说。"有什么不对吗？"王厚林问。

突然，王厚林两眼盯着肖云飞说："你们不会整天就想着满地乱跑吧？""疯狗才满地乱跑呢。"肖云飞说。"疯狗是你说的，我可没说啊。"王厚林说。"还是你们做软件的思路更理性一些。我在想，一来就说什么干扰，拿个干扰测试仪到处测。"肖云飞说。"就是嘛，满地乱跑是没说错。"王厚林。"岂止是满地，屋顶上都去了。"肖云飞说。"是啊，还有危险，是不是？"王厚林说。"要是全球铺开，能跑得过来吗？"王厚林问肖云飞。"嗯，肯定不能这样啊。"肖云飞说。"明天中午要洗个澡了啊。"王厚林说。"大太阳就洗。"肖云飞说。"大太阳，应该没问题。"王厚林说。

"哎，我这样想，应该可以。"肖云飞对王厚林说。"嗯，说。"王厚林说。"把Detector功能搞上，在外面跑的都测，但我们关心的是真正进入通道的信号，从这个扇区天线进来的。Detector探测到的，才是影响通道的干扰信号。"肖云飞说。"就是Detector替代干扰测试仪嘛。"王厚林说。"准确。"当云飞说。"哎，其实别看这个所谓干扰测试仪，本质上就是一个接收机。只不过它做成了比较宽的专用设备频段，而我们的基站是固定频段的，我们的灵敏度不比它差的。"肖云飞又说。"我们的接收机加Detector就是干扰测试仪嘛。"王厚林说。"说得没错，怎么着，搞？"肖云飞说。"现在就搞？"王厚林问。"现在不搞你准备什么时候搞？你看啊，现在搞的意义，我们在现场，可以立刻验证有效性。更何况我们还要去什么山南、日喀则的，去之前通过这个可以预先了解情况。"肖云飞说。

停顿了一下，肖云飞又说："更重要的是，别整天光吵吵，用数据说话。""怎么个用数据说话？"王厚林说。"我讲的用数据说话是，把投诉掉话等业务问题与Detector的干扰数据相关联。"肖云飞说。"噢，你是说，掉话多的看看是不是干扰也大？"王厚林理解着说。"就是这个意思，能做到吧？"肖云飞问王厚林。"可以啊，这又不难，只要有数据就行。"王厚林说。"Detector的数据，掉话的数据，后台全有啊。"肖云飞说。"嗯，就是工作量的事。"王厚林自语道。"搞，马上打电话让家里搞，明天就出来。"肖云飞急着说。"明天，有点急了吧？"王厚林说。"就是合一下，有什么难的。"肖云飞说。"总得测试验证一下吧。"王厚林说。

"后天，就后天，我们可以先在一个扇区试，仅仅牵涉到收发信机，又不影响其他的，没事。"肖云飞说。"不影响其他的倒是真的。嗯，行，后天。"王厚林说。"后天晚上10点前就行了。"肖云飞说。"为什么？"王厚林问。"你想啊，10点版本发过来，我们俩直接去前台单个收发信机进行升级，在基站的机房里进行监测，都不用在中心机房搞。"肖云飞说。"12点以后去升？"王厚林问。"凌晨一两点钟吧，要是出问题，赶紧恢复不就得了。在后台，看不出来，版本要这么做。"肖云飞说。"看不出来？"王厚林疑惑地说。"你能看得出就行啦。"肖云飞说。"当然，我肯定能看得出。"王厚林说。"要做好备案啊，不过也没事。正式的版本升级或掉电重启就给冲了。"肖云飞又说。"明天干吗？"王厚林问。"明天，中午洗澡啊。"肖云飞说。"上午去大昭寺、八廓街转转。"肖云飞又说。"郝树斌啥时回？"王厚林问。"明天。"肖云飞答道。

4. 逛街也带探测仪

"需要喝什么？"餐厅服务员问王厚林他们。"酥油茶。"王厚林回道。"噢，对不起，现在酥油茶卖完了，要是需要得重新打，你要吗？"服务员问王厚林。"你要吗？"王厚林问肖云飞。"要啊，酥油茶喝了嘴唇不干，挺好的。重新打就重新打，要啊。"肖云飞冲着服务员说。"那好，要等一会儿。"说完服务员去打酥油茶去了。"先吃别的，最后再喝酥油茶。"肖云飞说。

快吃完了，服务员端来了酥油茶。"请问玛吉阿米茶馆是在八廓街吗？"肖云飞一边品着酥油茶一边问服务员。"是的，玛吉阿米，大昭寺那边，八廓街，是的。"服务员回道。"很有名是吧？"肖云飞又问服务员。"嗯，有名，还有仓姑寺的茶馆，也都很有名。"服务员答道。看着离开的服务员，王厚林问："玛什么来？""玛吉阿米。"肖云飞说。"怎么啦？"王厚林问肖云飞。"玛吉阿米茶馆，于永年说过，茶馆投诉有的地方通话效果不太好。"肖云飞说。"不是去转转啊？"王厚林说。"啧，就是去转转啊，顺便看看覆盖，打电话什么的。"肖云飞说。"对对对，一回事。"王厚林说。"可不一回事嘛。"肖云飞说着起身上楼。"怎么，上楼干啥？直接去了呗。"王厚林说。"拿路测仪，真以为去白逛啊。对了，干扰测试仪也带上。"肖云飞说。"那我也上呗。"王厚林起身也要上楼。"我拿下来，你背着就行。"肖云飞示意自己上去。

坐在去大昭寺的出租车上，肖云飞说："路测仪就一电脑，干扰测试仪稍重一点，一人就能搞定。""前面就是八廓街、大昭寺，只能在这停了。"出租车司机说。"就前面人多的地方？"肖云飞指着前面问司机。"那些人都是祈祷的。"司机回道。"给，拿着东西下车。"肖云飞付完车费招呼着王厚林。

"干扰测试仪我拿。"说着肖云飞从王厚林手中拿过干扰测试仪背在身上。"我拿重的。"王厚林说。"路测仪你能使，这个你又不熟。"肖云飞边走边说。走着走着两人停下了脚步，眼前的一幕把肖云飞、王厚林震住了。大昭寺前，成千的人有节奏伏地跪拜，起来，再跪拜，再起来，虔诚地祈祷着。"什么叫虔诚？请到大昭寺看一看。"肖云飞感慨地说。"什么叫震撼？请到大昭寺看一看。"王厚林附和着说。"八廓街就是绕着大昭寺的噢。"王厚林看着大批转经的藏族群众说。"这里是拉萨的中心，说是先有的大昭寺，后来才有的布达拉宫啊。"肖云飞边走边说。"注意玛吉阿米茶馆。"肖云飞提醒着王厚林。

二人边走在拥挤的人群中，边向两边看着。八廓街，满是茶楼，看得二人目不暇接。"在那儿。"肖云飞指着前方对王厚林说。"玛吉阿米，嗯，走。"说着王厚林和肖云飞上了茶楼。"这么多喇嘛。"上了茶楼映入眼帘的场景让王厚林惊讶不已。"别人应该是这个时候都上班吧。"肖云飞推测着。"先在里面到处看看，找个信号差的地方坐。"肖云飞示意王厚林。王厚林打开路测仪在茶馆里转悠着，肖云飞则来到柜台前。"请问这里哪儿电话不好打、信号差？"肖云飞问服务员。"你们看吧，我也不清楚，我倒没觉得电话不好打。"柜台服务员回答。"哎，卓玛，你知道这里哪儿打电话困难吗？"柜台服务员冲着远处的服务员问。"就是那边。"服务员卓玛指着最里边墙角说。"谢谢啊。"肖云飞说着示意王厚林来到卓玛指的墙角坐下。

"卓玛，美丽的卓玛，请问，有啥好喝的？"肖云飞问。"有啥好喝的呀，这里的特色是甜茶，至于其他的，可口可乐、百威啤酒都有的。"卓玛回道。"百威，美国的百威？"王厚林问。"嗯，美国的百威啤酒。"卓玛边说边走向柜台。

不一会儿，卓玛拿了两罐百威啤酒放在桌子上。"什么意思？我们没要啤酒啊，我们在工作，怎么能喝酒呢？"肖云飞对卓玛说。"你们刚不是说什么美国的百威啤酒吗？"卓玛疑惑地问。"看来您听汉语的能力还是有限。这么说吧，我们刚才只是问问，不想喝美国的百威啤酒。"肖云飞一字一句地说。"噢，明白了，不想要这个啤酒。那要什么呢？"卓玛又问。"我们没来过拉萨的茶楼，不了解情况。美丽的卓玛，您能给我们介绍一下吗？"王厚林问。

"啊，是这样的，客人们来这喝得最多的是甜茶。"卓玛说。"是不是酥油茶？"王厚林又问。"不是的，甜茶是甜的。"卓玛认真地操着并不熟练的汉语说。"那酥油茶也有点甜啊。"王厚林又说。"不是不是，甜茶是甜茶，酥油茶是酥油茶。"卓玛忙解释。"美丽的卓玛，您能解释一下甜茶和酥油茶的区别吗？"肖云飞说。"什么，区别，什么区别？"卓玛问。"就是有什么不一样，不一样。"肖云飞说。"噢，你说它们有什么不同啊。酥油茶嘛，是酥油打出来的，甜茶是牛奶和糖再加红茶做成的。不知说明白了没有？"看着二人，卓玛不自信地问。"听明白了，就来和他们一样的甜茶。"肖云飞说。"那好，我给你们去拿。"卓玛说完上柜台取甜茶去了。

"穿藏服的卓玛真漂亮，一会儿来了我跟她合个影，你帮我拍一下。"王厚林说着把相机递给了肖云飞。"嗨嗨嗨，不怕被老婆知道？"肖云飞说。"不怕，难得认识穿着藏服的漂亮姑娘，留个纪念嘛。"王厚林说。"不知人家愿意不愿意呢。"肖云飞说。

"两杯甜茶，二位请慢用。"卓玛满脸堆笑地说。"美丽的卓玛，能和您照张相吗？您可真漂亮，可以吗？"王厚林亲切地问卓玛。"可以可以。"卓玛非常高兴地答应了。"来，站好了，茄子，来，茄子，好。"肖云飞说。"这样再来一张。"王厚林换了一边说。"好，再来，看我，茄子，好。"肖云飞说。"你要不要来一张？"王厚林问肖云飞。还没等肖云飞开口，卓玛就主动拉着肖云飞。"好吧，给。"肖云飞无奈地把相机递给了王厚林。"照张相嘛，对吧，和藏族人民合个影，没什么不好的，对吧，卓玛姑娘？谢谢啊。"王厚林照完相说。

"你们是来搞电话的？"卓玛好奇地问。"是啊。"肖云飞说。"你们好厉害，了不起。"卓玛羡慕地说。"卓玛姑娘，等搞好了再夸啊。"肖云飞说。卓玛似懂非懂地边离开边竖大拇指。"好嘛，这搞不好还不好意思见卓玛了。"王厚林说着拨测起来。

"这个角落信号是有点弱，我来给于永年打个电话看看。"肖云飞说着拨起了电话。"喂，于永年，我是肖云飞。我在这个玛吉阿米茶楼啊，你先看看这边基站邻区关系有没有问题。别挂，我再来回走走。都挺好的啊，你看看吧。郝树斌什么时候到啊？下午啊，下午几点？要晚上才能到啊？说不准？好，就这样，挂了啊。"肖云飞来回走着打电话。"还行啊，你这怎么样？"肖云飞问王厚林。"我来回走一下。"王厚林端着路测仪来回走着。

"从这到进门，电平差近10分贝。"王厚林指着路测仪给肖云飞看。
"喂，于永年，天线是正对着玛吉阿米打的吗？"看了数据肖云飞急着给
于永年拨电话。"玛吉阿米这个位置比较重要，要把主波束正对着，其他区
域通过调整其他扇区来规避。还是不要牺牲玛吉阿米。"肖云飞在电话里
说。"嗯，我看看吧，看看如何调整。估计几个站都得动，这需要和局方商
量。"于永年那头说。"那好吧，你们商量，不行可能要加站。"肖云飞
说。"你别这么说。局方最怕提这个。我们尽量避免提这茬。"于永年说。
"哎哎哎，不行再使警察学校那招呗。"于永年又说。"开玩笑，打住。"
肖云飞说完挂了电话。

"怎么啦？开啥玩笑啦？"王厚林在一旁问。"开玩笑，不可能的。"
肖云飞自语道。"不可能啥呀？"王厚林问。"还想用警察学校那招。"肖
云飞说。"他这么想也没错啊。"王厚林说。"打住，不许提。"肖云飞严
肃地说。"确实，这口子一开就封不住。"王厚林说。"知道就好。"肖云
飞说。"我还不知道他们咋想的。"肖云飞说。"咋想的？"王厚林说。
"全网都提呗。"肖云飞说。"那不行，肯定不行。"王厚林说。"所以，
这事一定打住啊，不能松这个口。"肖云飞说。

"今儿太阳不错。"王厚林说。"这儿天天太阳都不错，中午洗澡。"
肖云飞说。"在深圳天天洗，到这，还真有点不习惯。"肖云飞说。"来了
就没洗过？"王厚林问。"没敢说。你想想出了牛玉江的事，想洗也不敢
啦。现在应该适应了，中午气温高，应该没事。"肖云飞说。

5. 把羊肠小道走成康庄大道

在宾馆的房间里，肖云飞正在洗澡，此时手机响了。"喂，哪位？"先洗完澡的王厚林拿起肖云飞的手机接听。"我是于永年，肖云飞……"于永年正要往下说，王厚林说："肖云飞正在洗澡，过会儿再打吧，于永年。""噢，王厚林啊，我和你说是一样的。"于永年说。"那好，你说，我转告。"王厚林说。

"玛吉阿米茶楼的信号，我想，首先要证实一下主要是不是覆盖问题。"于永年说。"当然要先证实一下。"王厚林说。"但是，肖云飞让我调天线，这地方是核心区，没有局方的同意绝对不敢乱动。"于永年说。"那是，肖云飞想得太那什么了。"王厚林附和着说。"王厚林，我是想，试试，先试试，看是不是覆盖问题。"于永年说。王厚林心里明白于永年的意思，却故意装作什么都不知道地问："怎么个先试试啊？""就是先试试嘛，如果确定了，那么就是简单的覆盖问题，对吧。"于永年说。"动天线，像昨天似的自己悄悄动天线？"王厚林装糊涂地说。"不动天线哪，这里不敢像昨天那么干。"于永年说。

"那你怎么试？"王厚林问。"我就直说吧。"于永年说。"好，直说。"王厚林说。"虽然肖云飞上午一口回绝了，但……""你们想把羊肠小道走成康庄大道？"王厚林说。"什么羊肠小道、康庄大道的。哎，你跟肖云飞说，我马上去机房搞一下，你们一会儿再去玛吉阿米茶楼看看。如果效果明显，我再撤回来，你可以到机房查呀。不用怕，只是验证一下，马上恢复，怎么样？"于永年说。"这样，等他洗完了我跟他说。看他的意见好吧？"王厚林说。"那好，我等你，我现在就去机房。"于永年说完挂断电话。

"谁的电话？"洗完的肖云飞问王厚林。"于永年打给你的。"王厚林说。"什么情况？"肖云飞警觉地问。"就你上午回绝的事，他想验证一下，证实是覆盖问题了再和局方沟通动天线。"王厚林说。"不行，这个口不能开。"肖云飞坚决地说。"你都开了还……"王厚林自语道。

"别胡来啊，不能开就是不能开。"肖云飞说。"别急，于永年仅仅试一下，确认是覆盖问题马上就恢复，有了把握，找局方谈也有底气啦。"王厚林说。"我现在想问，这个操作，除了于永年会，其他的人，尤其是局方的会不会？"肖云飞问王厚林。"目前，牛玉江仅告知了于永年。这是我知道的，至于于永年有没有告知局方的人，不清楚。"王厚林说。"我想应该不会，局方应该不会知道这个操作。这样，我们马上去玛吉阿米茶楼，到了再测一下，你让于永年搞一下，做个对比。你要跟于永年说清楚，这个操作绝对不能让局方知道。"肖云飞说。"好，那咱们准备出发？"王厚林说。"好，走。"肖云飞说完，两人拎着东西走出了房门。

"喂，于永年。"肖云飞边走边打电话给于永年。"啊，肖云飞。"于永年说。"你在中心机房？"肖云飞问。"是的，我现在就去中心机房。"于永年忙回答。"我们现在就去玛吉阿米茶楼。"肖云飞说。"那好，我在这等你的指令。"于永年说。"这个操作除了你，局方没人知道吧？"肖云飞问于永年。"怎么可能，放心，这点觉悟还是有的。而且我保证，没有你的指令，绝对不会操作。"于永年在电话那头表决心地说。"就应该是这样。否则就没规矩了。"肖云飞说完挂断了电话。

晚上，大昭寺附近的小肥羊。"来了这么久也没好好请大家，今天补上。"刚从纳木错回来的郝树斌招呼着大家。"卫星站搞好啦？"游佐元问。"建起来了，粗调通了，他们在细调。我就先回来了。"郝树斌说。"哎，你们版本验证啦？"郝树斌问游佐元。"今夜升级测试。"唐明礼说。"哟，百威。"王厚林看着服务员拿来的啤酒说。"是啊，百威啤酒。"郝树斌说。"大冷天的，喝这行吗？"王厚林问。"怎么，你想喝白的？"于永年说。"这喝得肚子凉凉的。"王厚林又说。"你不知道，拉萨人就喜欢喝这个百威啤酒。"郝树斌说。"为什么？"唐明礼问。"为什么？我也不知道，我就知道川藏公路拉的多半是百威啤酒，还有就是油罐车。"郝树斌说。

"对了，山南桑耶寺，要赶紧去了。"郝树斌冲着肖云飞说。"听你安排。"肖云飞说。"无委那个领导的掉话，怎么说？"郝树斌问于永年。"导频污染，动了天线，消除了。"于永年回答。"有没有效果？"郝树斌问。"其实，自打那两次以后，都没掉过话。"于永年说。"你的意思是掉不掉话跟导频污染也没多大关系喽。"郝树斌说。"那也不能这么说。"于永年说。"那该怎么说？"郝树斌问。"过两天再让旺堆去问问。"于永年说。"那好，他老拿这事说事，只要他不提，就算OK了。"郝树斌说。

"你跟我说说，今天下午怎么啦？"郝树斌问于永年。"定位了，就是覆盖问题。"于永年说。"怎么定位的？"郝树斌扭头冲着肖云飞问。"还是加站吧。"肖云飞说。"是啊，可是局方不积极啊。"郝树斌说。"下一步该怎么搞？"于永年说。"再说吧，山南，要尽快去。"郝树斌说。"明天不行，明晚要验证一个版本。"肖云飞说。"回来再验证吧，明天去山南。而且，还是我陪你去吧。"郝树斌说。"那好，总不能让我一个人去吧。"肖云飞说。

"没车，我们叫出租车。"郝树斌说。"出租车司机愿意去吗？"肖云飞问。"愿意，路很好。山南很好的，旅游的热门地区。"郝树斌回道。"好地方，雍布拉康，松赞干布和文成公主常去的地方。"于永年说。"哪个雍啊？"唐明礼问。"北京雍和宫的雍。"于永年说。"噢，雍正皇帝的雍。"王厚林说。"去几天？"肖云飞问。"近，当天来回。"郝树斌说。"当天来回，一天能搞得完吗？"肖云飞问。"搞不完再去啊。"郝树斌说。

"郝树斌，明天我也去山南吧，那事拖两天没事的。"于永年说。"如果你能去，那我就不去了。"郝树斌说。"行啊，我去，你在家。"于永年说。"我们就只能待在拉萨机房，还是搞基站硬件的爽啊。"唐明礼说。"昨天怎么不这么说？今天看到有好事了又这么说。"肖云飞说。"是不是好事还难说呢。"郝树斌说。

"喂，啊，差不多了。好啊，再多测测呗。"王厚林接到了深圳打来的电话。"版本是吧？"肖云飞悄悄地问。"让他们多测测。"王厚林说。"没事，过两天再升。"肖云飞说。"你什么事啊，一会儿不去，一会儿又去的。"王厚林问于永年。"老大安排的任务。"于永年说。"那你？"肖云飞问。"没事，他又觉得我更应该跟你去山南。"于永年说。"他不会又怕我发现了问题捅他吧？"肖云飞说。"那倒不是。"于永年说。"那倒不是？我看就是。"肖云飞说。

"我是应该去的对不对？"于永年说。"是啊，你们老大让你不去？"肖云飞说。"这不后来又想通了嘛。"于永年说。"早该想通了。"肖云飞说。"他让你干啥？"肖云飞问。"没干啥。"于永年说。"不想说就算了，来来来，喝酒。"王厚林在一旁说。

6. 放牛娃的狂欢

"还是老规矩，领导坐前面。"一大早叫上出租车，于永年边上车边对肖云飞说。"放心，我来付车费。郝树斌都私下跟我说啦。"肖云飞边上车边说。"老大让我们在办事处报销，办事处也紧张啊。"于永年说。"分担分担，可以。"肖云飞说。"郝树斌跟你说数了吗？"于永年问肖云飞。"没具体说。多少？"肖云飞问。"不好说，不太多。"于永年说。"多少？"肖云飞问。"不到1000。"于永年说。"噢，1000元的出租车费啊。"肖云飞吃惊地说。"不多，你们四个人一分，每人不到250。"于永年说。"对对对，这样差不多。不然也太多了。"肖云飞说。

"都帮你们算好啦，不会让你一个人承担的。不然，也不好交代不是。"于永年说。"这么说我还得谢谢你喽。"肖云飞说。"看你说的，相互帮助，谢个啥。"于永年说。"不会泡妞的钱也在里边了吧？"肖云飞开玩笑地说。"怎么可能。"于永年说。

"2002年的第一场雪，比以往时候来得更晚一些……"司机师傅放着刀郎的歌曲。"这刀郎牛啊，出租车几乎清一色地放《2002年的第一场雪》。"肖云飞说。"是吗？反正拉萨等西藏地区确实是这样。"于永年说。"要多久？"肖云飞问于永年。"你说到山南？"于永年问。"是啊。"肖云飞说。"我们这样一个半小时吧，坐大巴要两个小时左右。"于永年说。"路很好。"肖云飞说。"那是，但去日喀则就不行了。"于永年说。"怎么，路况差？"肖云飞问。"恐怕不仅仅是路况这么简单。"于永年说。"怎么？"肖云飞问。"路不好走，时不时会有山石从山上滑下来。"司机插话道。

"师傅，你不是西藏人吧？"肖云飞问。"四川的。"司机师傅回道。"在西藏，藏族人有200多万，大部分是从外地来的。"于永年说。"主要是我们四川的。"司机师傅说。"现在还好，到了雨季，去日喀则的话，山体经常滑坡，很危险的。"于永年说。"那你们……"肖云飞说。"所以，去日喀则一般都是日喀则那达派有经验的司机到拉萨来接我们。一般的司机走不了那一段。"于永年说。"这样啊。"肖云飞说。"是啊，一般人上西藏都不愿来啊。"于永年说。"那，你们辛苦。"肖云飞说。"也没那么可怕，自己多注意吧。"于永年说。

"不过藏族群众很热情的。"于永年说。"怎么个热情法？"肖云飞问。"前面马上要路过的乡村，当时我们去给他们乡建站，那……"于永年两眼放光地说。"说说嘛，看你激动的样子。"肖云飞对于永年说。"什么叫热情？看，这两边全是欢迎的人群。"于永年激动地说。"哇，可以想象，当时热烈的场景。"肖云飞附和着说。"哈达，青稞酒，美丽的藏族姑娘亲自给送上。"于永年眼含热泪地说着。"本来不远，晚上可以回去的嘛，不行，要狂欢。大家边唱、边喝、边跳，围成一圈，手搭着肩转圈，又唱又跳的。开心啊，原来打不了电话，只有乡里领导那儿才有一个。这下，人人家里都可以通电话，还可以用手机，放牛也可以打电话了。"于永年说。

"你说，我们去山南会怎样？"肖云飞期盼地说。"你是说我们现在去山南，现在，恐怕不会那么热情了。"于永年说。"会不会献哈达？"肖云飞问。"这个，献哈达是最高的礼遇了，我们这次，应该不会。"于永年说。"哎，你看，你看那个天线，就是专为他们放牛搞的。"于永年指着窗外说。"定向天线啊！"肖云飞看了疑惑地问。"是啊，专为他们搞的，这是他们乡提出来的。"于永年说。"他们乡还能专门提出用定向天线啊？"肖云飞问。"不是，你看到没有，多远啊。乡里提出要能覆盖到乡民放牛的区域。"于永年说。"那倒是，全向杆天线搞不了那么远。"肖云飞说。

"这个塔已经够高的啦，再加上定向天线这么一打。"于永年绘声绘色地说着。"乡民们满意吗？"肖云飞问。"要不怎么说不让走呢，必须狂欢啊。"于永年兴奋地说。"乡民出去十几、二十公里都能打电话，放牛娃边放牦牛边聊天，那是什么心情！"于永年又说。"差不多，开阔啊。嗯，因地制宜，要不遇到具体情况，一般我想肯定是杆天线啦。"肖云飞说。"要不说实践出真知呢。"于永年说。"当时是不是很有争议？"肖云飞问。"那肯定，开始就是杆站，临时换上去的。老乡们不满意，当时我灵机一动就先把别的站的天线搞过来了。"于永年说。"这样啊。"肖云飞说。

"你想想，你刚才都说了，要做正规的方案，几乎不可能用定向天线。"于永年说。"肯定是要再加站。"肖云飞说。"这里，可能吗？"于永年说。"那倒是。"肖云飞说。"这是普遍服务，我就这么搞一下，大家都开心。局方很满意的，老乡们自然不必说了。所以硬拉着不让走嘛。"于永年说。"那天搞到多晚？"肖云飞问。"一宿就没睡。"于永年说。"你肯定也是兴奋得无法入睡。"肖云飞说。

"确实，我也没想到这么一个简单的动作，会给老乡们带来这么大的欢乐。我就是很原始的想法。还别说，当时的场景下压力确实有点大。"于永年说。"怎么？"肖云飞感兴趣地问。"你想想噢，乡长跟那些放牦牛的人拍了胸脯。放牦牛的这些人是不相信的。"于永年说。"换我也不信。"肖云飞说。"才刚架上去开通，那帮人就在放牦牛的区域试，结果不行。你说当时的场面有多尴尬。"于永年说。"是挺尴尬的，最尴尬的应该是乡长吧？"肖云飞说。"不错，我当然还好啦，没意识到嘛。"于永年说。"你是无知者无畏了，乡长呢？"肖云飞问。"乡长的脸一下子就拉长了，跟我说，必须满足这些放牛人的要求。"于永年说。"乡长下不了台嘛，那你呢？"肖云飞问。"我当时蒙了，又没电话打。"于永年说。

"对了，站没开通呢。"肖云飞说。"没人可商量啊。"于永年说。"局方有人吗？"肖云飞问。"旺堆。"于永年说。"旺堆，他怎么说？"肖云飞问。"旺堆的脾气挺好的，你接触过，是吧？"于永年说。"嗯，好像是个没脾气的人。"肖云飞说。"就这么个没脾气的人，也被逼得只能跟着乡长一起指责我，让我赶紧想办法。"于永年说。"旺堆？"肖云飞惊叹道。"按理应该先撤，回来和家里商量后再定的。"于永年说。"这样最好，也应该这样啊。"肖云飞说。"我知道啊，我只是个执行者，定方案不是我的职责。但是，当时我是真不敢这么说。我怕。"于永年说。"你怕什么？"肖云飞问。"说实话，我也不知道怕什么，就是不敢得罪乡长和旺堆。"于永年说。"来的时候太热情了嘛。"肖云飞说。"应该是，不好意思拒绝，也没法拒绝。你想一帮人围着你，如果是你怎么说。"于永年说。"别别别，咱们去山南可别遇到这种情况。"肖云飞说。"那难说。不过这次应该不会。"于永年说。"其实当时好在是有得换噢。"肖云飞说。"运气好，运气好。"于永年说。"什么叫无巧不成书，这就叫无巧不成书。"肖云飞说。

"当时，乡长摆平了。回来后，我们老大可是不大高兴。"于永年说。"这个容耀煌。"肖云飞说。"吃力不讨好。"于永年说。"乡长、乡民，尤其是那些放牦牛的都满意开心，怎么能说是吃力不讨好呢？"肖云飞说。"不光是容耀煌，郝树斌也不爽。只是旺堆和局方到处宣扬，他们也不好说啥。"于永年说。"哎呀，别想那么多啦。"肖云飞说。"所以，吃力不讨好嘛。再往后每次都强调变动一定要沟通，不得擅自变更方案。"于永年说。"容耀煌呢，说得也没错。"肖云飞说。

"你看，倒是我错了？"于永年说。"不能这么说。"肖云飞说。"那怎么说？"于永年问。"你呢，肯定做得是对的。但这是个特例，普遍的情况还是容耀煌说得对。你想啊，谁都可以在现场更改既定的方案，不行吧？"肖云飞说。"嗨，其实我心里明白，只是觉得不爽。其实，当时要是能打电话，也许就不会这么做了。"于永年说。"将在外，君命有所不受。你就属于这种。"肖云飞说。

"能想得开，我要是领导，我也不想手下人乱来。"于永年说。"不能说是乱来嘛，解决实际问题还是根本。"肖云飞说。"对了，你这就是老板再三强调的以客户为中心，真的，他们都是以KPI为中心。"肖云飞又说。"是啊，想到老乡们开心的样子，我就释然了。"于永年说。

"你厉害，西藏这么大张网你来搞，你不厉害谁厉害。"肖云飞说。"那不敢当。"于永年说。"看，一定会重用你的。"肖云飞说。"你信不信，等西藏这边差不多了，一定会调你去海外。"肖云飞又说。"这我信，伊拉克、也门，给我打招呼了。"于永年说。"啊，伊拉克？"肖云飞说。

"没定，听说补助很高啊，伊拉克。"于永年说。"补助高，还危险呢。"肖云飞说。"至少有个补助高的优势嘛，不然……"于永年说。

停了一下，于永年又说："其实安全并不太担心，政府要建站，肯定会派人保护的。""情况你知道啊？"肖云飞问。"我们有人去，邮件里说的。"于永年说。"你倒挺能想得开的。"肖云飞说。"不然怎么办？"于永年说。"也许让你去也门。"肖云飞又说。"也门，你以为也门安全啊。刚刚南北打了一仗，听说大街上还不少荷枪实弹的士兵呢。"于永年说。"这个我知道。"肖云飞说。"现在看，在国内是最幸福的啦。"于永年说。

"嗨，有信号了。"肖云飞看着手机说。"快到了，我给平措打电话。"于永年说着拨起了电话。"通了，喂，平措吗？我是于永年啊。"于永年说。"啊，你下乡啦？下午2点，那好，下午2点到你那儿见。"于永年挂了电话对肖云飞说。"欢迎，哈达是肯定没有了。"于永年说。"人家下乡处理问题了。"肖云飞自我安慰着。"先找个地方把午饭解决了。"于永年说。

7. 解决掉话问题

两人来到一家川菜馆，刚坐下，于永年的电话就响了。"喂，啊，平措，怎么讲？"于永年拿着手机说。"我可能2点赶不回，你们先去雍布拉康，藏王墓那一带有投诉说是容易掉话。"平措在电话那头说。"能说得具体点吗，位置？"于永年问。"那边有个加油站，就在加油站那条马路上，比较容易掉话。"平措说。"加油站，好，我知道了。"于永年说着正要挂电话，突然想到什么又紧接着问："那你什么时候回？总得见一面啊。""你就在加油站那儿，我会去那儿找你。"平措说完挂断了电话。

"这边是旅游热点地区，对网络要求比较高。所以，他们很忙。我们人手不够，有时响应不够及时，他们有点意见。"于永年说。"怎么，这里的网络不好啊？"肖云飞问。"其实，这里的业务发展得很好，用户数猛增。大家比较依赖这张网，自然要求就高了。"于永年说。"用户增长得快，网络负荷加重，问题自然也就会多。吃完饭去平措说的加油站附近看看吧，估计网络的参数需要调整了。"肖云飞说。

"给王厚林打电话，让他待在机房配合。"于永年说。"哪个站啊？"肖云飞问。"就是山南雍布拉康、藏王墓一带的站，具体我也记不太清楚。"于永年说。"那怎么跟他说？"肖云飞问。"平措清楚。"于永年说。"问问平措。"肖云飞说。"不用，过去用路测仪一测就知道是哪些扇区了。"于永年说。"问问怕啥？"肖云飞说。"哎呀，就那么几个站都是知道的，是很具体的加油站，去了就知道啦。"于永年说。"怕平措说你不关心山南？"肖云飞说。"没有不关心啊。"于永年说。"不说了，我让他待在机房听指挥就行了。"肖云飞说着给王厚林打电话。"发个短信问下平措吧。"于永年说着给平措发短信。"差不多了吧？买单。"肖云飞招呼着服务员。

出了店，于永年招呼着出租车，两人上了车。到了平措说的加油站时，两人打开路测仪沿马路来回路测。"师傅，你再往前走走。于永年，我们得扩大范围。往前走，走。"肖云飞说。"再往回。"肖云飞对司机师傅说。"还好啊。"肖云飞说。"哎，你给平措打个电话问问。"肖云飞又对于永年说。"嗯，跑了快一小时了，我问问。"说着于永年给平措拨电话。

"平措，我们在这个加油站附近路测了一个小时了，感觉问题不大呀。"于永年在电话里说。"你是说我说得不对？"平措反问道。"不是不是不是，只是我们在这儿没测出啥问题。"于永年说。"你们等着，我马上就过来了。"平措说完先挂了电话。"马上到。"于永年对肖云飞说。过了没多久，平措坐着车真的到了。"平措，您好。"于永年握着平措的手说。"看看，午饭还没吃呢，只能吃牦牛干凑合。"平措对于永年说。

"来，介绍一下，这是研发的肖总。这套网络就是肖总负责研发的。"于永年说。"好啊，肖总，那这几天就交给你啦，问题不解决，就别走啦。"平措握着肖云飞的手说。"那是那是。"肖云飞回道。"听到了吧，肖总答应了。"平措对于永年说。"这样，我和你们一起测试，你回去吧。"平措上了出租同时招呼自己的司机回去。

"喂，你看看邻区关系正常不正常？"肖云飞给王厚林打电话说。"查了，雍布拉康、藏王墓一带站的邻区关系没啥问题。"王厚林在电话那头说。"没啥问题。"肖云飞挂了电话后说。"嗯，人一多，就有问题。"平措摇着头说。"咱们来来回回地都挺正常的，说明一般情况下是没有什么大问题的。"于永年说。"不不不，我说了，人一多就有问题。"平措说。"那您能具体描述一下吗？怎样算人多呢？"肖云飞心平气和地问。"怎样算人多啊，这一带嘛，会经常组织一些大型活动，唱歌啊，跳舞的。"平措说。"是不是一举行大型活动，就容易掉话，有人就投诉了，对吧？"肖云飞耐心地问。"是，就是这样的，说了嘛，人一多就有投诉，一有投诉就会挨领导骂。参加活动的也有自己的家人、亲戚。哎呀，数落得不行，家里就没地位啦，知道吗？"平措说。

"本来，搞这张网的时候，他们拿着手机到处走着能打电话，都很崇拜我们的。"平措说。"可是，我们又不知道什么时候搞大型活动，现在来又测不出问题。"于永年说。"你嘛，解决不了，没关系。肖总能解决，对吧？"平措冲着肖云飞说。"尽力吧，应该能解决的。"肖云飞说。"相信你肖总，深圳来的，肯定能解决。"平措说。

"让王厚林把业务跑满。"肖云飞对于永年说。"什么意思？"于永年问肖云飞。"就是模拟满业务，王厚林知道的。这样我们再测测看，平措不是说人多容易掉话吗？"肖云飞说。"好，我给王厚林打电话。"于永年说着给王厚林打电话。"通啦，来，我来说。"肖云飞夺过电话跟王厚林说着。"上车，再来回拨测拨测。"肖云飞说着上了车。"我在下面，于永年，你给我打电话，我们对打，你路测。"平措说。"好，我给你打。"说着于永年也上了出租车。

"怎么还有这招？"于永年问。"手段总要有啊。否则，大话务量怎么做软件测试啊。难道老是搞上很多手机吗？"肖云飞说。"实验室大话务量就是这么搞的？"于永年问。"用手机也有，这样的也有。"肖云飞说。"这个多省事，为啥还要用手机？"于永年问。"侧重点不同，像我们现在，就适合用加满业务的，但用手机的毕竟更加真实。"肖云飞说。"哎，打电话。"肖云飞提醒于永年。"噢。"于永年说着给平措打电话。

"平措，为啥不上车呀？"于永年问平措。"坐了一天的车，犯晕不想坐了。"平措说。"看上去壮如牦牛，你不会晕车吧？"于永年问平措。"晕车倒不晕车，只是老坐着不舒服。"平措说。"平措，这通话不是挺好的嘛！"于永年正说着，突然就掉了。"你掉啦，我这也掉了。"肖云飞说。"喂，刚才掉是怎么回事？"平措又拨过来问。"再接着拨。"肖云飞说着又拨测起来。"你不是说挺好的吗？刚说完就掉了，说明我说得没错吧。"平措在电话那头说。

"师傅，掉头，再折回去。"肖云飞对司机师傅说。"现在又挺好，刚才不知道怎么回事。"肖云飞边看路测仪边说。"哎，平措，明天要去桑耶寺了，明天我们得早点过来。"于永年跟平措在电话里聊着。"是要早点过来，快藏历新年了，桑耶寺人会很多的。"平措正说着又掉了。"又掉了。"于永年说。"我这也掉了。"肖云飞说。

　　肖云飞环顾了车外。"嗯，刚才就是在这儿掉的，现在折回又是在这儿。"肖云飞分析道。"能说明什么？"于永年问。"你看看这个位置意味着什么？"肖云飞问于永年。"意味着什么？这儿是前后两个站的中间点。"于永年说。"别动，给王厚林打电话。"肖云飞说。

　　肖云飞说着拿出手机给王厚林打电话。"王厚林，关了，把模拟满业务关了。别扔电话，你操作。"肖云飞指示王厚林。"关了吗？"肖云飞问。"关了。"王厚林回道。"确定关了吗？"肖云飞又问。"确定关了。"王厚林说。"好。"说完肖云飞挂了电话。"看，这个时候再拨，应该就不会掉话了。"肖云飞指着路测仪对于永年说。"为什么？"于永年问。"赶紧再回拨测一下，司机师傅，走。"肖云飞说。来回走了一遍，于永年说："是不掉了，怎么解释？""小区收缩。"肖云飞说。"小区收缩？"于永年问。"看数据。"肖云飞指着路测仪说。"我调一下刚才的数据做对比。"肖云飞敲着键盘说。

　　"看到没有？"肖云飞问。"相差这么大呀，电平？"于永年说。"两个扇区的中间交界处，当两个扇区都满载的时候，交界处的覆盖就都够不着了。"肖云飞形象地说。"明白了，都收缩了。话务量太大，把能量给占了。"于永年说。"扩载频。"两个人异口同声地说。"说到扩载频，平措估计就……"于永年欲言又止地说。"还是要客观，以前你们说，没强有力的数据做支撑，对方自然会以为你们只想着卖模块赚钱。"肖云飞说。"那倒也是。"于永年说。"走，过去，跟平措解释。"

　　"哎，你这个模拟大话务量会影响业务吧，退回了没有？"于永年对肖云飞说。"退回了。告诉你吧，不会影响业务的。你有业务，它就让你，你下去，它就补上。不会影响正常业务的。"肖云飞说。"都有间隙了，还不影响业务啊。"于永年说。"这……退回了，不放心你问王厚林。"肖云飞说。

8. 洁白的哈达

在山南电信局的招待所里，一场盛宴正在举行。"来，为辛苦工作的光纤工程队，咱们干一杯。"主持人举起酒杯招呼着大家。"感谢洛桑主任。"工程队队长对洛桑主任说。"别光感谢，喝酒。"平措在一旁起哄道。"这位给介绍一下，平措。"洛桑主任看着肖云飞说。"燎原从深圳派来的专家，咱们这张网就是肖总负责开发的。"平措介绍着肖云飞。"你好啊，肖专家，欢迎欢迎。"洛桑主任客气地说。"谢谢洛桑主任。"肖云飞说。"天地通确实给我们山南带来了极大的方便，桑耶寺做法事居然可以和瑞士实况连线。真得感谢燎原啊！"洛桑主任说。"应该的，应该的。"肖云飞说。"不过呢，随着业务的发展，问题也逐渐多起来了。我们需要及时解决问题，对不对，于永年？"洛桑主任对于永年说。"这不肖总来了嘛。"于永年说。"用户投诉不好受啊，尤其是面对家人和亲戚朋友，很没面子的啊。"洛桑主任说。

"肖专家，今天为什么搞这么个活动？主要是肯定他们的工作。"洛桑主任指着工程队队长说。"铺设光纤，你知道，是很辛苦又很危险的工作。"洛桑主任说。"是啊，他们先把光纤铺好，接着我们去建天地通。"平措插话道。"平措说你们要回拉萨，是我让平措把你们留下的。"洛桑主任说。"平措，今晚就安排他们住在这里，明天你带他们去桑耶寺，让肖专家好好看看。快到藏历新年啦，别出什么差错。"洛桑主任说。

"平措说你水平高，来一趟不容易，好好帮帮我们。天地通真是个好东西，大家都很喜欢它。"洛桑主任说。"洛桑主任，不说了，敬你。"说着肖云飞端酒杯敬洛桑主任。"来来来，大家一起敬洛桑主任。"平措招呼着大家说。只见可爱的藏族同胞一个接一个地手搭着肩，排成长长的队，边唱边跳的，一个一个地给洛桑主任敬酒。洛桑主任高兴之余大喊着："给肖专家献哈达。"说罢，别人递给了洛桑主任哈达，洛桑主任亲自来到肖云飞面前，献上洁白的哈达说："辛苦您了，肖专家，扎西德勒。"肖云飞受宠若惊地说："一定不辜负洛桑三任和大家的期望。"

"哎呀，真没想到，这哈达可真白啊。"在招待所的房间里肖云飞兴奋地说。"你看他们对你多好。"于永年说。"建站那会儿已经给你献过哈达了。"肖云飞说。"还不是下午定位出小区收缩，让平措认可了你，才有了今晚的一出。"于永年说。"你说今晚是免费让我们住的吗？"肖云飞说。"做梦吧，刚才平措就跟我说了，押金可以免，明早记着结账。"于永年说。"明早我来结呗。"肖云飞说。"唉，出租车费你结，房费我来结。"于永年说。"为什么呀？"肖云飞说。"到这，就不用谁证明啦，关键出差是有补助的。"于永年说。"噢，原来是这样。"肖云飞心领神会地说。

"燎原的出差补助还是很高的。"于永年说。"听说是比其他公司要高。"肖云飞说。"这叫主观为自己，客观为他人。"于永年说。"怎么讲？"肖云飞问。"显然啊，我们来是为了解决网络问题，这叫客观为他人。公司给补助，这叫主观为自己。"于永年说。"没补助你也得来啊。"肖云飞说。"那可难说了，说不定找托辞，就可能是郝树斌亲自来了。"于永年说。"可以理解，可以理解。"肖云飞说。"你这不也达到预期了嘛，希望的载歌载舞、献哈达不都有了。"于永年说。"倒也是，中午时心还真有点拔凉拔凉的。"肖云飞说。"拔凉拔凉的都出来了，不至于啊。"于永年说。

"明早7点起，8点前出发。"于永年说。"得吃早饭啊，否则，午饭又没准，胃受不了。"肖云飞说。"出门在外，早餐一定要吃，而且要吃饱。知道，放心，这里有早餐。"于永年说。"而且是免费的。"于永年又补充道。"那太好了。"肖云飞说。"哎，有酥油茶的噢？酥油茶是个好东西，喝了确实嘴唇不裂。"肖云飞又说。"肯定有啦，这是藏族同胞开的招待所。"于永年说。

"明天是我们自己租车吗？"肖云飞问。"平措应该会准备好车的。给他们干活，应该有车的。"于永年说。"以前你去桑耶寺是坐局方的车吗？"肖云飞问。"是啊。"于永年说。"有车最好。"肖云飞说着躺在床上睡了。"现在应该理解办事处为啥要限制租车了吧？"于永年说着熄灯睡了。"山南的海拔要低一些。"于永年最后说。

"喂，我是平措啊，你们怎么样？我在大厅等着你们呢！"平措给于永年打电话。"好，我们马上下来。"于永年说着和肖云飞带着东西下楼。坐上了局方的丰田陆地巡洋舰，肖云飞满心欢喜地说："这车坐着跟轿车的感觉差不多，好舒服。""这种丰田车在西藏开最适合，沙漠、山路都没问题。"平措说。"有多远？"肖云飞问。"要一个多小时吧，穿过一个沙漠就到了。"平措说。

"我第一次来的时候，沙漠变成了河，是坐船过去的。"于永年说。"夏季雨水多，沙漠成湖了。"平措说。"现在都是山路，很难想象沙漠变绿洲的景象。这一带野生的动物很多，你要多注意看。"于永年说。"是吗？"说着肖云飞扒着窗户往外看。

"看前面。"坐在前排的平措说。"嗯，前面怎么啦？"肖云飞问。"藏羚羊。"平措说。"啊，藏羚羊啊，我看看。"肖云飞使劲往前瞅。"没事，等会儿会绕到它们的下面，可以看个够。你准备好了吗？这边绕过去就是。"平措说。"啊，看到了，看到了，唉，旁边还有像鸟一样的是什么东西啊？"肖云飞问。"那小的啊，告诉你吧，是野生的鹌鹑。"于永年说。"野生的鹌鹑？"肖云飞半信半疑地问。"没错，是野生的鹌鹑。"平措答道。"噢，鹌鹑原来是西藏的，长知识了。整天鹌鹑、鹌鹑蛋的，原来自青藏高原啊，真没想到。"肖云飞自语道。"没想到吧，西藏是个让人神往的地方。绕过这座山就该是沙漠了。"平措说。

"看，沙漠。"于永年指着前方说。"桑耶寺建在沙漠里啊？"肖云飞问。"不，夏天就是建在湖上啦。"平措说。"现在这个季节，人不多，到了夏天，那是人山人海，轮渡都满客的。"平措又说。"想象不到这还有轮渡。"肖云飞说。"想象不到吧，我上回来也是像今天这样的，第一次来就是坐轮渡，勘察站点。"于永年说。"桑耶寺不会淹在水里吧？"肖云飞问。"不会，桑耶寺在高坡处，淹不着的。桑耶寺在我们心目当中是最神圣的地方。"平措说。"最神圣？那布达拉宫呢？"肖云飞问。"这么说吧，藏族群众一生必须来桑耶寺一趟。"平措说。"必须来？"肖云飞说。"嗯，就这么神圣。"平措说。"难怪洛桑主任不让我们走呢。"肖云飞说。

"先去站上。"平措对司机师傅说。"对对对，先去站上看看。"肖云飞跟着说。

不一会儿，前方出现了一个沙丘，沙丘上有一座房子。"基站。"于永年指着房子说。"啊，没看到天线啊。"肖云飞说。"有啊，那不是，两根杆。"于永年说。"嗯，是全向天线。"肖云飞有点惊讶地说。"你光想着三扇区的定向天线了是吧？"于永年说。"这里就是桑耶寺，周边居住的人也不多。O形站就可以了。"平措说。"会扩三扇区吗？"肖云飞又问。"不用。"平措说。"那机柜不是太浪费了？"肖云飞说。"上去看了就知道。"于永年说。

车在沙丘下停下，三个人拿着设备，脚踏着厚厚的沙尘向基站走去，平措拿出钥匙打开基站的门。"ODU啊。"肖云飞一进机房就说。"一根光纤，太阳能，搞定。"于永年说。"哟，拉光纤还是辛苦。"肖云飞略有所悟地说。"要不洛桑主任专门宴请他们工程队呢！"于永年说。"确是应该。唉，既然是ODU为啥还要机房呢？"肖云飞问。"首先是为了安全，还有这太阳能蓄电池也要保护。你看，就算有房子，里面也全是沙尘。所以，只要过来，必须进行清理。"平措说。"要定期清理的。"于永年说。

"两个ODU，两载波啊？"肖云飞看着又问。"对啊，这是桑耶寺的需求，要与瑞士连线做法事。"于永年说。"那还有问题？"肖云飞问。"所以，要你亲自来看看怎么回事啊，都两载波了。"于永年又说。"检测一下。"说着肖云飞拿起仪表对基站测试口进行测试。"给王厚林打电话，让他去后台看看这个站的情况。"肖云飞说。"不用，我可以看啊。"于永年说。"我知道，你让他也看，现在就一直跟踪起来，我们一会儿要离开的。"肖云飞说。"现在都比较正常。"于永年说。"问问王厚林用户多不多。"肖云飞说。

"今天用户不多。"于永年打完电话说。"这是个孤站啊。"肖云飞说。"这个地方在沙漠上，室内站不行的。"平措说。"为什么？"肖云飞问。"ODU没有风扇，自然散热，室内站，没多久风沙就把风扇堵死了。还有你的单板也不是密封的，室内站不行。"平措说。"开始规划是室内站的。"于永年说。"正常，有机房啊。"肖云飞说。"还是平措他们有经验，坚持认为不能用室内站。"于永年说。"我们搞维护的，吃过苦头的。知道你们太理想化了，ODU放在机房里，好管理不是？"平措说。"好管理是真的。"肖云飞说。"否则，放在外面，不知会被谁当作啥给搞没了。"平措说。"这些事，不到现场切身感受，还真不一定能体会得这么深。"肖云飞说。"血淋淋的现实。"肖云飞又说。"走吧，去桑耶寺。"平措说着锁上门向沙丘下走。

9.桑耶寺数据优先

　　"这就是桑耶寺。"于永年边下车边对肖云飞说。"听你们的介绍，肃然起敬啊。"肖云飞看着眼前的桑耶寺说。"走吧，进去路测一下。"平措说。"这一带还真有点神秘噢，看到了野生的鹌鹑、藏羚羊，现在又是这令藏族群众毕生向往的桑耶寺。平措，桑耶寺之所以选在这儿，是不是因为这个位置是藏传佛教认为的圣地啊？"肖云飞边走边问。"应该是吧。"平措答道。"我们要不要先去与瑞士连线做法事的地方？"肖云飞问。"好，先去那儿。"平措说。

　　肖云飞一行在做法事的屋内来回地进行测试。"这个地方当时建站的时候就是作为重点，一般情况下不会有问题的。"于永年看着路测仪上的数据说。"难道非要等到与瑞士直播连线做法事的时候吗？"肖云飞问。"你要想办法呀，问我？"于永年说。"这样，你让王厚林把业务加满，我们在这上数据业务，看看什么情况。"肖云飞说着开始做准备工作。

　　"加上了吧？这样，你们打电话，随便打，别对打啊。"肖云飞对平措、于永年说。"你们两个别站在一起，各站一个角打。"肖云飞又说。"郝树斌，我是于永年。"于永年给郝树斌打电话。"正要给你们打电话呢。"郝树斌在电话那头说。"怎么啦？"于永年这边问。"肖云飞啥时回？今天能回来吗？"郝树斌问。"今天？正在桑耶寺呢，说不好。"于永年说。"日喀则出事了，说是可能有干扰，眼睁睁地有信号却打不了电话。赶紧回吧，得赶紧上日喀则。"郝树斌在电话那头说。

　　"唉，想办法今天晚上回，晚点也要回啊。"郝树斌再三强调说。"我看吧。"于永年说。"别，我已经答应日喀则的才让了，明天上午就会有车到拉萨接肖云飞。"郝树斌说。"你也不商量一下，这边咋交代嘛。"于永年这头面露难色地说。"山南是锦上添花的事，日喀则可是大批投诉，营业厅都给挤爆了。"郝树斌说。"一直都打不了电话啊，不会吧？"于永年说。"大概持续了有半个小时，后来不知怎么又好了。但投诉的人多啊，局方不知还会不会出现这种情况。所以，要赶紧去人啊，局方会慌了神的，求我们哪。"郝树斌说。"好，知道了，我跟肖云飞商量一下，力争今夜回拉萨。"于永年说。"好，就辛苦一下，今夜赶回拉萨，别拖到明天了。就这么定了。"郝树斌说。

于永年来到肖云飞身边。"怎么样？我这和郝树斌通话挺好的。"于永年说。看到平措，于永年招呼平措过来。"你也没问题吧？"于永年问平措。"反正通话比较正常。"平措说。"你这数据业务也正常吧？"于永年弯下腰看着。"哟。"于永年看了后说。"我在想，打电话和传数据，现在是两个载波混用的，可不可以……"肖云飞边思考边说着给王厚林拨通了电话。

"王厚林，桑耶寺这个O2的站，要是把一个载波设置为数据业务优先，你觉得会怎么样？"肖云飞在电话这头问。"没这么做过啊。"王厚林在电话那头说。"那咱就从桑耶寺开始，试一把怎么样？"肖云飞说。"我得想想。"王厚林说。"好，你想想，再和家里商量一下。一会儿我再给你电话，要快啊，趁我在现场，也是机会难得啊。"肖云飞说着挂了电话。

"对呀，这样搞，一个只管数据业务，一个只管打电话，相互就不影响了。"于永年说。"是数据业务优先，它也是可以打电话的。只是有矛盾的时候，优先数据业务。"肖云飞解释道。"这样可以，这个地方，在做法事与瑞士直播连线的时候，让一个载频数据业务优先。这个时候想上这个载频电话的，就不让上了，都到那个载频上去挤，别在这儿碍事。"平措说着做了个脚踢的动作。"平措，够狠的，不让上，一脚踢出去。"于永年说。"不是不是不是，哎，商量得咋样？"说着肖云飞又给王厚林打电话。

"怎么样？啊，那好，赶紧试一下。唉，让家里同步验证啊。"肖云飞在电话这头说。"别，不会影响这里的人打电话吧？"于永年提醒着说。"按理是优先级的设置，一般不会影响的，除非有人正在这个载频上打电话，王厚林设置了也没关系. 只是我这上的时候，有可能像平措说的，被踢出去了。"肖云飞说。"那就是还是有影响嘛。"于永年说。"没事，下去应该再拨就没事了。"平措说。"还是平措理解得透。"肖云飞说。"要是再拨，拨不通的话，那就是有问题了。还是先试吧。"平措对肖云飞说。"没事，不行退回去好了。"肖云飞说。

"喂，啊？已经设置啦，好。"肖云飞接完王厚林的电话。"现在已经设置了，你们先打电话试试，觉得问题不大了，我再上。"肖云飞说。"好，我们分头试试。"平措示意于永年到别处去打电话，自己则走到另一个角落打电话。十分钟后，二人来到肖云飞面前。"正常。"平措说。"好，那我就上数据业务了。"肖云飞对二人说。"上吧，我们再分头拨测。"于永年说着和平措分头拨测去了。

过了大约一刻钟，二人又回到肖云飞面前。"怎么样？"平措问。"其实没啥，就应该这么做，王厚林他们做演示的时候经常这样搞，只是正式版本没做而已。"肖云飞说。"是不是觉得有这个功能怕被客户误解啊？"于永年说。"协议是说一个载波通话和数据业务都行的。王厚林只是搞得像警察似的往中间一站，有针对性地指挥交通，公交优先，不让红绿灯按常规来指示交通。"肖云飞说。"我们这里是数据业务优先。"平措开心地说。"平措开心了，但别的地方未必。所以，只能有针对性地搞。"肖云飞说。"就是说不会出正式版本喽。"于永年说。"平措，这样，藏历新年的时候，王厚林在的，他可以保障你们的。"肖云飞说。"那平时呢？"于永年又问。"我还真没法回答你。这样，回去和郝树斌商量后再说。"平措手舞足蹈地说。"行吧，回去商量。"于永年说。

"肖专家，雍布拉康？"平措向肖云飞示意道。"他的意思是，这边OK

了，去雍布拉康看看。"于永年说。"那要不要叫王厚林把数据退回去？"肖云飞问。"不用退回，就这样挺好。"平措头摇得像拨浪鼓似的说。"那好，就不动了。估计也不会升级。"于永年说。"有升级的话也不怕呀，再让王厚林重新设置就行啦。"肖云飞说。"那咱们走？"平措高兴地说。"走，边转转边走。"肖云飞饶有兴致地说。"好，去看看，边走边看看。"平措说。

"唉，真绝啊，居然还有找钱的，你看。"肖云飞惊奇地说。"很正常，不用大惊小怪的。没零钱给个10块，自己拿回8块，反正你看，到处是零钱。"于永年说。"10块就10块钱嘛，找钱心不诚。"肖云飞说。"你以为都像你似的是大款啊。"于永年边走边说。"我不是大款。"肖云飞说。"先在桑耶寺附近把午饭解决了，然后直奔雍布拉康。"平措说。"好吧，听你的。"于永年说。

平措执意请客，大家吃完午饭直奔雍布拉康。

10. 两种解决方案

到了雍布拉康，肖云飞一行拾级而上，边浏览边路测。"平措，这个地方小区收缩的问题，有两种解决方案。"肖云飞说。"哪两种？"平措问。"扩载频或加站。"肖云飞说。"我想应该是扩载频比较合适一点。"平措说。"你那儿应该有载频板吧？"于永年问平措。"没错，还有几块。"平措回道。"平措，你看能不能这样，我们把两个站相应扇区都增加一个载频，我们再测测，看是否能解决小区收缩问题。"肖云飞说。"如果可以，至少藏历新年再搞大型活动时就问题不大了。"于永年说。"那些单板是要在别的地方建站用的，只是暂时还没来得及建。"平措说。"可以再申请嘛。"于永年说。"你说得轻巧，要钱的。"平措说。"那你看吧，要不跟洛桑主任商量一下？"肖云飞说。平措想了一下说："好吧，我跟洛桑主任沟通一下，看下洛桑主任的意见。"平措说着给洛桑主任打电话。

打完电话，平措对肖云飞说："洛桑主任同意你的提议，但希望你们搞好再走。""可以，没问题，今晚熬通宵给洛桑主任搞定。"肖云飞说。"现在就搞？"平措问。"对，现在就搞，你去拿载频板上站，插上，我和肖云飞在这路测，今晚熬通宵也要搞定。"于永年说。"你们是不是明天有事？"平措问。"日喀则出大事了，要肖总去。所以，今晚肖总要把你们的事搞好，才肯回。精神可嘉啊。"于永年说。"那感谢肖专家。这样，现在我就去拿载频板，你们可以先去藏王墓看看，我插好载频板给你们打电话。"平措说。"行，先送我们去藏王墓。"说着三人走下雍布拉康，坐车驶向藏王墓。

"现在几点？"肖云飞问于永年。"快5点了。"于永年说。"平措7点前能把硬件插到位吗？"肖云飞问于永年。"七八点钟吧。"于永年回道。"就按8点来算，正常10点应该差不多了。"肖云飞说。"反正照现在的情况，如果不出意外，12点前应该可以启程回拉萨。"于永年说。"这么晚，平措会派车送我们吗？"肖云飞问于永年。"看来你是越来越能算计了。"于永年说。"也不是啦，这么晚应该叫不到车了吧？"肖云飞说。"车是肯定能叫到的。"于永年说。"这么晚还能叫到去拉萨的出租车？"肖云飞问。

突然，前面传来一阵狂叫。只见门口有两条巨大的像狼狗一样的动物"汪汪汪"地狂叫着，吓得肖云飞赶紧往后躲。"不用怕，都拴着呢，跑不过来的。"于永年淡定地说。"这狗好凶啊。"肖云飞说。"藏獒。"于永年说。"什么什么？"肖云飞追问着。"是藏獒，西藏特有的。听说马俊仁就喜欢养藏獒。"于永年说。"马俊仁，他怎么想起来养藏獒？"肖云飞不解地问。"藏獒很厉害的，老虎、狮子、猎豹都敢斗一斗，不过藏獒最大的特点是忠诚护主。它们威震群兽，忠诚不贰，体大如驴，奔驰如虎，吼声如狮，仪表堂堂。"于永年朗朗上口地说。

"好了好了好了，深夜能租到车吗？"肖云飞问。"没问题，旅游热点，交通又方便，出租车就愿做这一带的生意。老外经常早晨过来，很晚才回拉萨，一般很少在山南过夜的，方便。"于永年说。"方便就行。"肖云飞说。

"山南，桑耶寺数据优先，解决小区收缩，都是成功的经典案例啊。"在去日喀则的路上肖云飞说。"你们俩这次山南之行确实收获颇丰啊。"郝树斌说。"还是肖云飞牛啊。"于永年说。"那是，专门请的。"郝树斌说。"哎，要多久啊？"肖云飞问郝树斌。"要问师傅。"郝树斌说。"来的时候看了，路不好走，有山石下来，时间说不上来。"司机师傅说。

"肖云飞，什么叫山有多高，水有多深，今天你就会身临其境了。"郝树斌说。"听起来有点像冒险之旅。"肖云飞说。"不是像，就是冒险之旅。"郝树斌说。"啊？"肖云飞说。"也不用怕，日喀则派了最有经验的顿珠师傅来接我们过去。"于永年说。"还是要小心，车祸经常有，在这段路上。"顿珠师傅说。"哎，肖云飞，你往左手边看。"郝树斌说。"看见没，那个山上就是个湖。"郝树斌说。"真的假的？"肖云飞问。"没错，利用落差，把山上湖里的水引下来，既提供拉萨市的用水，又解决拉萨市的供电。"郝树斌说。"哇，湖底打个洞啊，斜穿过来。"肖云飞说。"不顺道，否则可以过去看看。"顿珠说。"真是山有多高，水有多深啊。"肖云飞自语道。"睡会儿，昨晚没睡好。"于永年说着闭上眼睛休息了，车继续沿着雅鲁藏布江大峡谷开着。

在三个人睡得正酣时，车停了下来，只见前面挖土机在清除山上落下的大石块。挖土机的巨大响声吵醒了车上睡觉的肖云飞。"嗯，怎么啦？"肖云飞猛地起身问。"山上的石头滚下路面了。"顿珠回应道。"这要多久啊？"肖云飞急切地问。"不好说。不过他们会先清理出一个通道，让车辆先通过，等车少了再施工。你看，准备先清理那边，这边太多了不好搞。半个小时吧。"顿珠看着落下来的石头，估算着时间说。"过了这段还会有吗？"肖云飞问。"不知道。"顿珠说。

40分钟后，总算过了这段被山石阻断的路。"40分钟。"肖云飞说。"差不多，有的时候会快点，有的时候更严重，那就不好说了。"顿珠说。"日喀则离拉萨并不远，二百五六十公里吧。主要是山路不好走啊。山上的地质也不稳定，时不时地会掉石头下来。"郝树斌说。"听说要修公路了。"顿珠说。"拉萨到日喀则？"肖云飞问。"是啊。"顿珠说。"这得花多大的代价？"肖云飞说。"可不光是修路，这山上地质的稳定如果搞不好，也白搭。"郝树斌说。"应该会考虑的。"顿珠说。"说是当年修川藏公路，因地质灾害，牺牲了不少人。"郝树斌说。"拉萨到日喀则的公路还是要好些。"顿珠说。

"哎，哎。"肖云飞突然惊奇地看着车窗右侧。"看到什么了？大惊小怪的。"郝树斌说。"好像是贝壳，你看。"肖云飞指着右边的窗外说。"是贝壳啊，怎么啦？"郝树斌说。"怎么啦，这青藏高原哪儿来的海里的贝壳嘛。"肖云飞说。"不奇怪，青藏高原原来就是海，后来变成了高原。"郝树斌说。"嗯，大自然真的太神奇了，从海变成世界的第三极。"肖云飞说。"没错，你到了日喀则，会发现路边的广告就是欢迎来到世界第三极。"郝树斌说。"我就是在拉萨看到了日喀则的广告。"肖云飞说。

"顿珠，肚子饿了，该找个地方吃饭了。"于永年终于睡醒了，张口便说。"快到了，前面就到吃饭的地方了。"顿珠回答道。"吃饭？这荒无人烟的，我以为要到日喀则才能吃上呢。"肖云飞说。"什么时候到还难说呢，所以，沿路还是有供人吃喝拉撒的地方的。"于永年说。

进了工棚式的饭店，四个人落座。"老板，点菜。今儿我请客啊。"肖云飞招呼着。"怎么，您的右肩膀不舒服啊？"于永年看顿珠揉着右肩说。"要考试了，学习给累的。"顿珠说。"看书啊。"于永年说。"想在职读大学。"顿珠说。"要求进步啊，顿珠。"于永年说。"看书挺累人的，我的右肩膀抬都抬不动。"顿珠边揉边说。"您是左撇子吧？"肖云飞对顿珠说。"你怎么知道？"顿珠吃惊地问。"正常习惯用右手的人，看书时间长了左肩膀会酸痛，一抬就痛，所以，反推，您是左撇子。"肖云飞说。

"行啊，还会这手呢。"于永年说。"说明搞研发的，就是注意细节。"郝树斌说。"干什么都要注重细节。"于永年说。"那是，不注重细节，很难成事的。"肖云飞说。"顿珠真是左撇子。"郝树斌看着顿珠左手拿筷子说道。"不影响踩油门吧？"于永年问。"不影响，不影响。"顿珠边吃边说。

11. 日喀则冒险之旅

"总算快到了。"郝树斌说。"整整一天的长途跋涉啊，天都黑了。"肖云飞无奈地说。"几点啦？"于永年问。"快7点了。"顿珠说。"要不，我们先去招待所？"郝树斌问顿珠。"我问一下才让。"说着顿珠给才让打电话。一阵藏语交流后顿珠对大家说："先吃饭。""哪儿吃？"于永年问。"就是那家。"顿珠示意于永年。"还是老地方。"于永年会意地说。

　　说着车子来到了一家藏式餐厅的门口，才让在门口等候着大家。相互介绍落座后，酒菜上席。此时，才让站起来举起酒说："你们辛苦了，我先干，敬你们。"说着一饮而尽。搞得肖云飞不知所措，不敢怠慢地赶紧端起酒杯也是一饮而尽。"哇，这酒……"肖云飞正要说。于永年插话道："这是青稞酒，味道有点特别。""能喝吗？"才让问肖云飞。"没事，没事。"肖云飞强装没事不敢说不。"能喝就好，否则就让服务员给你拿啤酒。"才让说。"能喝，能喝，不用麻烦。"肖云飞忙说。

　　"我们这个地方，条件比不上拉萨，肖专家要多包涵。"才让说。"哪里哪里，就是感觉风有点大。"肖云飞说。"我们日喀则的特点就是风大。"顿珠说。"站还好吧？"郝树斌问。"也不知怎么回事，前两天搞的，这两天又不正常了，所以要请肖专家来看看。这眼看要过年了，心里没底啊。"才让说。

　　"才让是个认真负责、好学上进的好青年，就因为天地通搞得好，被授予日喀则市十佳优秀青年称号。"郝树斌说。"五四青年节还要上台演讲呢。"顿珠说。"别提演讲了，稿子写不出。只会干活，写稿子，太费脑啦。"才让说。"这还早呢，有时间。"郝树斌说。"没时间啦，年后学生们上课了，才让就要先到各个学校进行巡回演讲，最后才在市里的五四表彰大会上演讲。"于永年说。"你怎么这么清楚？"肖云飞问。"我们什么关系，是吧，才让。"说着于永年端起酒杯和才让碰杯，两人一饮而尽。

　　"叫于永年帮你。"郝树斌说。"这是肯定的。"才让说。"初稿总得你写吧，然后我给你润色。"于永年说。"才让是我的榜样。所以，我想在职读大学，像才让一样。"顿珠说。"才让对待天地通那可真是像爱护自己的眼睛似的。"于永年说。"所以，肖专家你们来，要好好帮我。"才让说。"一定，一定。"肖云飞说。

　　"我们怎么搞？"在招待所，肖云飞问郝树斌、于永年。"先看看吧，局方认为这里很可能存在干扰。"郝树斌说。"有什么根据吗？"肖云飞问。"上行底噪大。"郝树斌说。"现在呢？现在的上行底噪还大不大？"肖云飞追问道。"才让不说了嘛，这两天又正常了。"于永年说。"那怎么办？"肖云飞又问。"这个就要问你自己了。"郝树斌说。"我？"肖云飞双手指向自己的胸膛说。"你是来自深圳研发的专家啊。"于永年说。"那你说该问谁？"郝树斌问肖云飞。"我们还是一起想办法吧。"肖云飞忙说。"哎，我问一下。"说着肖云飞拨起了电话。

"喂，王厚林，我是肖云飞。"肖云飞在电话这头说。"啊，到啦，怎么样，世界第三极？"王厚林急切地问。"你倒是挺浪漫的，还世界第三极呢，一路险情不断，能到日喀则就不错了，哪有什么闲情谈什么第三极。"肖云飞说。"除了风大，就是路险。好了，我问你，Detector合得怎么样？""合好啦，测的，家里该测的也都测啦，怎么了？"王厚林问。"没什么，就是问问。好，版本准备好，可能要用。"肖云飞说。"OK，没问题。"王厚林说。"好，就这样。"说着肖云飞挂断了电话。

"明天先把电磁环境摸一下。"肖云飞说。"那好，针对出事的站点附近进行测试。"郝树斌说。"唉，感觉日喀则的海拔又高了一些，头有点痛，尤其两边太阳穴，胀。"肖云飞说。"没错，要是到珠峰脚下的定日，海拔会更高。"郝树斌说。"也跟你这两天辛苦有关。"于永年说。"休息不好，体力消耗大，高原反应就会强烈些。早点休息吧，记住，明早一定要吃饭哦。"郝树斌说。"今晚一上来就空腹喝酒，现在肚子有点不舒服。"肖云飞说。"赶紧喝点热水，洗洗睡吧。"郝树斌说。"好，你们俩早点休息，我回屋去了。"肖云飞独自回到自己的房间。

"办公地和营业厅的基站出问题了啊，怪不得才让如此着急呢。"在出事基站附近，肖云飞边测试边说。"可不是嘛，才让真叫急的，就怕见到领导。"顿珠说。"现在，只要有问题，领导就喊才让呢。"顿珠绘声绘色地说。才让在车上坐着，愁眉苦脸的，一声不吭。"嗯，这一带的电磁环境确实有点复杂。"肖云飞说。"怎么，肖专家，您测出什么来了吗？"才让问。"我得往窗外看看，有没有什么发射天线之类的。"肖云飞抬起头朝车窗外看着。

"看见什么啦，肖专家。"才让又问肖云飞。"好像有电台的信号。"肖云飞说。"电台，有啊。"说着顿珠打开了车上的无线电收音机。"你们看，那边有个高塔，上面应该是无线电台的天线。"肖云飞指着高塔对大家说。四个人相互会意地看了一眼后，顿珠说："开过去。""啊！西藏人民广播电台。"肖云飞惊奇地说。"没错，在西藏，无线电广播很重要，这是日喀则的分站。"才让说。"怎么讲？难道，"肖云飞正要往下说，才让打断了说："没有确切的证据，我们领导是不会去找他们的。""放心，会有证据的。"肖云飞说。

此时的才让很认真地问肖云飞："您想怎么拿到证据？""今天，把电台发射的频点全部测试记录下来。"肖云飞慢慢地说。"然后呢？"才让又问肖云飞。肖云飞看着郝树斌说："我们赶紧先回拉萨，在拉萨好好验证一下新合的Detector版本。""在这试不行吗？"才让说。"这样，拉萨也有干扰，这个抓干扰的版本先是给拉萨的一个点定制准备试试的。在这，没有中心机房，只能搞你的站，回拉萨，可以看到全局，有问题可以及时讨论解决。"肖云飞解释道。

"放心，过年前，我们会来保驾护航的。"郝树斌说。"那好，你们搞好再来最好。这样，上午测这个，下午去下扎什伦布寺路测一下，看看有没有什么问题。"才让说。"好啊，光听说班禅住在扎什伦布寺，今日来了肯定要去看看的。"肖云飞说。"下次再来，带你们去定日，在珠峰脚下，去看珠峰。"才让说。"能看到珠峰吗？"肖云飞兴奋地问。"有个地方可以看到珠峰，游客一般都去那儿，那儿有基站。"于永年说。"你们都去过是吧？"肖云飞问。"去过，在那个位置看到的珠峰，就像只大猩猩。"郝树斌说。"大猩猩？"肖云飞问。"嗯，你去了就知道了。"于永年说。

第二天一早，肖云飞、郝树斌和于永年在招待所吃早餐，边喝着酥油茶边聊起来。"来西藏最大的收获是喜欢上了酥油茶。"肖云飞说。"是啊，在高原喝酥油茶，嘴唇不干裂。"郝树斌说。"我至今也没习惯喝酥油茶。"于永年说。"那你的嘴唇怎么保护的？"肖云飞问于永年。"矿物油。"于永年说。"噢。"肖云飞会意地说。"今天是17日了，节前赶回来有难度。"郝树斌说。"藏历新年是20日吧？"肖云飞问。"17日废了，18日搞一下，19日我们会折回日喀则。"于永年对郝树斌说。"他们也要放假的，23日再过来。"郝树斌说。

"23日？才让愿意吗？"于永年说。"这个时候放我们走，他心里肯定也是想着我们23日再过来。明白的。"郝树斌说。"你可说年前一定要过来保驾护航的。"肖云飞说。"当时只能这么说。其实今天走，也就只能23日再来啦，除非……"郝树斌话没说完，肖云飞跟着说："除非，你俩别说。昨晚做了个梦，说是出事了，我们走了一半又被才让给叫回来了。"

正说着，顿珠来了。"来，顿珠，一起吃点。"郝树斌招呼着。"不了，我喝杯酥油茶吧。你们慢慢吃，多吃点。"顿珠说着端起一杯酥油茶喝了起来。"来点呗。"于永年指着包子对顿珠说。"早上吃得很饱，就是为了赶过来，喝口酥油茶就行了。"顿珠边喝着酥油茶边说。

12. 是福不是祸，是祸躲不过

一上班，才让就埋头写他的讲稿。突然，门外有人大喊着："才让呢？怎么又打不了电话啦？"话音未落，领导冲进才让的办公室。"才让，怎么搞的你，怎么又打不了电话啦？"日喀则局方的领导指着才让说。"又打不了电话啦？"才让说。"你问我？打不了电话你都不知道，你在这干什么？"领导问才让。"写五四演讲的材料。"才让低声地说。"你还好意思，还五四优秀青年呢。你是靠天地通当上的五四优秀青年，这下好了，天地通打不了电话，我看你这个五四青年怎么当？"领导愤怒地说。

才让正要说话，领导又说："深圳来的那个肖专家呢？山南的洛桑主任说他很有水平啊，人呢？赶紧让他来解决问题啊。"领导急得对才让说。"顿珠正送他们回拉萨呢。"才让说。"什么，你说什么？才来了一天，什么事都没干就回拉萨，是你同意的？"领导追问才让。"谁知道今天一早就出事啊！"才让说。"你！"领导冲着才让正要发狠，突然说："走多远啦？赶紧打电话看能联系上不，快！"领导冲着才让说。"别用手机，用固话。"领导又提醒才让。"哦。"才让赶紧抓起固话拨起来。"通啦，太好了，没过机场。"才让兴奋地说。"跟顿珠什么都别说，就让他开车返回，什么事回来再说。"领导在一旁说。

"顿珠，我是才让，现在赶紧靠边停车。"才让说。"啊，靠边停了，怎么啦？"顿珠在电话那头问。"什么都别问，领导让你马上掉头回来。"才让说。此时领导一把夺过话筒说："顿珠，马上回来，听见没？！什么都别说。掉头回来。"说完领导挂了电话。

顿珠接完电话迅速启动车子，掉头返回日喀则局里。"顿珠，怎么啦？掉头干吗？"郝树斌问。"我也不知道，领导让我什么都别问，尽管掉头回去。"顿珠边开着车边说。"可能出事了。"郝树斌说。"不会就像你做的梦那样吧？"于永年冲着肖云飞说。"这样，一会儿回去，我和肖云飞留下。于永年，你得回去，拉萨也需要有人保障。"郝树斌说。"应该你回吧。"于永年说。"他们常总肯定认为我轻视他们了，我得搞个姿态。"郝树斌说。"对了，你回去，除了无委领导的，拉鲁湿地、哲蚌寺的掉话要处理，有问题打电话给肖云飞。"郝树斌说。"知道了。"于永年说。

"昨天晚上的梦不该做。"肖云飞自责地说。"是福不是祸，是祸躲不过。才让说的其实是对的，那个版本，在这也能搞。"郝树斌说。"想着这边又没啥问题，扎什伦布寺里也挺好的，跑马场、哲蚌寺的掉话还没处理呢。"肖云飞说。"拉鲁湿地的跑马场，过年肯定很热闹，于永年你要重点注意。"郝树斌说。"都重要，哲蚌寺也很重要的。"于永年说。"确实，哲蚌寺也很重要。"郝树斌说。

"快到了，于永年打个电话试试。"郝树斌说。于永年拨了一会儿说："嗯，看来这个站有问题，打不通。""拉萨可不能出这种问题。"郝树斌冲着于永年说。"是啊，得赶紧回啊。"于永年说。"我没有干扰测试仪啊。"于永年又说。"赶紧把新合的Detector版本升上试试，就相当于有了干扰测试仪了。"肖云飞说。"好，回去先搞个站试一下，看效果。"于永年说。"就测试无委领导的吧。"肖云飞说。

于永年坐着顿珠的车去了拉萨。肖云飞、郝树斌先来到顶楼放基站的房间。郝树斌将自己的电脑与基站相连，查看着各扇区的状态。"这个二扇区，看底噪这么高，现在肯定无法通话啦。"郝树斌边看边说。"肖云飞，能不能就在这儿，通过基站接收的上行信号，把干扰源找出来，拿出令人信服的证据？"郝树斌说。"要是这样就太好了，光在外面测，人家不认啊。"才让在一旁说。

"我们回拉萨就想做这个事的。"肖云飞说。"在这儿也应该可以做啊。"郝树斌说。肖云飞看了眼郝树斌，又看了看心急如焚的才让，想了想说："天线应该就在这个楼顶上吧？""对的，就在这栋楼的屋顶上。"才让说。"能上去看看吗？"肖云飞问才让。"可以上去，要上去吗？"才让说。"走，带我上去看看。"肖云飞说完拍着才让的肩膀出了门。来到楼顶，肖云飞环顾四周。"这是二号扇区对不对？"肖云飞问才让。"是的，这就是二号扇区。你怎么一下就认得这么准？"才让问肖云飞。"你看，那是西藏人民广播电台的发射台。"肖云飞指着远处对才让说。"难怪你说得这么准。"才让恭维地说。"我到那个扇区应该可以打电话。"肖云飞指着楼顶远处的天线说。"那是零扇区。"才让说。"零扇区底噪要比二号扇区低20分贝左右，嗯，零扇区应该可以打电话。"郝树斌在一旁说。

肖云飞走近零扇区天线附近，拿出手机拨打电话。"通了。"肖云飞示意郝树斌和才让。"喂，赵长城，我是肖云飞。"肖云飞在电话这头说。"啊，肖云飞，你现在在哪儿啊？"电话那头的赵长城问。"日喀则，现在在日喀则。哎，赶紧把干扰测试仪的使用说明书发到我的邮箱，赶紧，就现在，等着用。你现在放下电话马上给我发过来，快。"肖云飞在电话这头急切地说。"要不要把干扰测试仪拿上来测一下干扰？"郝树斌问肖云飞。"在天线旁没法测干扰，除非把基站功率全闭塞了。"肖云飞回道。"为什么？"郝树斌不解地问。"信号太强，干扰测试仪被阻塞了，什么都干不了，测出来的全是假的。"肖云飞说。"那要干扰测试仪的使用说明书干吗？"郝树斌问。"下去，一会儿就知道了。"说着肖云飞示意回机房。

回到机房，插上网线，肖云飞接收着赵长城发来的邮件。肖云飞仔细阅读了干扰测试仪的使用说明书，起身拿起干扰测试仪来到基站旁。同时，用射频线缆将载频板的检测口与干扰测试仪相连。"肖云飞，你在干吗？"郝树斌不停地在一旁问着，肖云飞一声不吭，只是在做着自己的事。"你这是在做什么？说说嘛。"郝树斌又急着问。"你让肖专家安心地做，别打扰他。"才让对郝树斌说。

此时的肖云飞正仔细地操作着干扰测试仪，完全无视郝树斌的问话。就在这时，忽然从干扰测试仪中传出了声音。"是藏语，才让，你听听，说的是什么？"肖云飞略显激动地问才让。"是西藏人民广播电台的无线电广播。"才让也激动地说。"你确定？"郝树斌问才让。"当然，不信一会儿它会用汉语再播的。"才让说。"果然，是汉藏双语广播，毕竟在西藏，汉人也很多啊。"肖云飞激动地说。"这说明什么？"郝树斌也激动地问。"这说明什么，明摆着的嘛。"才让光说但没说出个道道来。

"看，我们听到的西藏人民广播电台的双语广播，是从二号载频板传到干扰测试仪上的。刚才在楼上都看到了，这个信号就是从广播发射塔经我们的二号扇区天线进来的，再到二号载频板。然后我是利用二号载频板的上行检测口，用这根射频电缆把这个信号送到了干扰测试仪上。"肖云飞详细地描述着。"只是，要想有确凿的证据，光有图恐怕比较难。人家可以说是外面测的。但是，在这里有图，又有声音……"肖云飞说。"人赃俱获。"郝树斌说。"别别，别这么说。"才让说。"那你让家里发使用说明书是……"郝树斌又问。"主要是想把声音搞出来。这个功能用过，只是有点忘了，想确认一下。"肖云飞回道。

"肖专家，你……"才让紧握肖云飞的手激动得说不出话来。"从昨天测到的频点，刚才我粗略地算了一下，应该是无线电频率的高次谐波产生的干扰。"肖云飞说。"这是个好消息。"才让说。"为什么？"郝树斌问才让。"才让说得没错，要是无线电的主频干扰，就没戏了。"肖云飞说。"你们在这儿，我向领导汇报一下。"才让边说边离开了。

"关键是怎么解决？"郝树斌对肖云飞说。"先沟通嘛，估计他们会找电台的人谈的。"肖云飞说。"那又怎样？"郝树斌说。"你应该明白，是人家干扰了我们，我们能怎么办，挪天线？挪了这个扇区，那个扇区呢？先让他们谈，看看情况吧。"肖云飞说。正说着，才让回来了。"肖专家，一会儿电台的人要过来亲自确认。"才让说。"他们不相信是吧？"肖云飞问才让。"应该是。好，我下去接他们了。"说着才让走了。

13. 专家就是专家

"来来来，我买介绍。"才让带着电台的人进门走向肖云飞。"肖专家，燎原公司从深圳专门派来的专家。""王工，电台负责发射设备的工程师。"才让相互介绍着。"来，看看吧。"说着才让带王工到基站旁，指着干扰测试仪说。"这就是来自你们电台的信号，你听，还有声音呢。"才让说着。王工仔细地看着信号波形说："频点不对啊？"才让被王工问得不知怎么回答，赶紧用眼神求助肖云飞。

"王工，声音是对的吧？"肖云飞问。"听声音，是我们电台的内容。但我们发射的频率没这么高啊。"王工说。"是高次谐波。"肖云飞说。"高次谐波，从哪儿来的？不会是你们自己设备产生的吧？"王工说。"你怎么能这么说？"才让不快地说。"怎么就不能这么说？明明是燎原自己设备产生的高次谐波，还赖我们电台。"三工说。此时，才让急切地望着肖云飞。"看到了吧？没话说了吧？我们的设备是不可能产生高次谐波的。"王工说。

"哎，王工，为什么就不会产生高次谐波呢？"肖云飞问。"就是考虑到产生高次谐波会干扰别人，所以，定制了高次谐波抑制滤波器。"王工非常自信地说。"按理，有滤波器应该不会有高次谐波。但我们这测到的也是确实存在啊。"肖云飞指着干扰测试仪上的波形说。"那就不知道是怎么回事了。总之，我们的发射机是不会产生高次谐波的。"王工说。

"肖专家，你的设备呢？"才让说。"怀疑燎原的设备？简单，把发射机关了就可以了。"肖云飞镇定地说。"怎么可能关发射机？"王工摇着头说。"就关一会儿验证一下。"才让对王工说。"要台长批的。"王工说。"我让我们领导跟你们台长说行不行？"才让说。"不知道。"王工说。

"王工，你能肯定这个频段的发射机加了高次谐波抑制滤波器？"此时肖云飞突然问。显然，王工没有想到肖云飞敢问这个问题，愣了半天也没能回答肖云飞的问题。"王工，从我的分析，这个发射机应该没加高次谐波抑制滤波器，否则，不可能对基站有这么大的干扰。通常，我的接收是不可能产生这个频率的。想想，只有这个站，而且主要是二号扇区，对应的天线正对着你的发射天线。"肖云飞对王工说。

此时王工环顾了一下，径直走向固话，拿起话筒拨着号。打完电话，王工缓缓地走了回来。肖云飞见状进一步说："王工，能不能去你们那儿看看你们的发射机？"肖云飞冲着王工说。"这样，我现在就让他们关一下，看看情况如何。"说着王工走回固话，拿起话筒说："关一下，现在就关。"王工撂下电话不挂断迅速跑到干扰测试仪旁观察。

"没了。"肖云飞看着显示屏说。"就是嘛。"才让如释重负地说。此时王工略显尴尬地回到固话旁拿起固话说："打开吧。""没错，又有了。"才让说。"我先回去，有事，才让你打我的固话。"说完王工急匆匆地离开了。

"肖专家，你看现在该怎么办？"才让问肖云飞。"肯定没加滤波器。"肖云飞说。"应该是，怎么办呢？"郝树斌问肖云飞。"降点功率也许高次的谐波会小很多。"肖云飞说。"才让，你赶紧给王工打电话。"郝树斌说。"过会儿，等他到了再打。"才让说。"亏了是你在，否则……"郝树斌摇着头说。"这种事是有点难。"肖云飞说。"还是不能走啊，肖专家。你不知道，早晨我被领导骂得够呛。"才让一脸轻松地说。

三人愉快地聊着天。"哎，好了。"郝树斌赶紧拨打电话。"通了，王厚林，我是郝树斌啊。"郝树斌赶紧把电话递给肖云飞，肖云飞正要说话，那边的固话响了，才让赶紧过去抓起固话。"喂，哪儿，啊，王工啊，怎么啦？"才让在电话这头说。"我们这边把功率关小了一些，不知你那边有改善吗？"王工在电话那头问。"这边是好了吗？"才让问郝树斌和肖云飞。"好啦，好啦，能通话啦。"肖云飞拿着手机高兴地说。"肖专家说这边故障消失了，能打电话了。"才让激动地说。撂下电话才让边走边冲着肖云飞说："就是肖专家您刚才说的，王工把功率关小了一点。""专家就是专家。"郝树斌说。

晚上，招待所的餐厅。"肖专家，从山南的洛桑主任那儿就得知您的大名啦。"日喀则局方负责人常总举着酒杯冲着肖云飞说。"哪里哪里，这些都是我们应该做的。"肖云飞谦虚地说。"肖专家，我干了，您随意。"说着常总一饮而尽。"才让啊，好好向肖专家学，掌握真本事，你这个五四青年可不要辜负大家对你的期望啊。"常总对才让说。"才让确实是个好学、上进的好青年，选他做优秀青年没错的。"肖云飞迎合着说。

"难得来一趟就急着走，真把我急坏了。"常总又说。"我们这不是没走嘛，对日喀则，我们是很重视的。"郝树斌在一旁说。"没走就好，我这日喀则地区重要，世界第三极，雅鲁藏布江的源头，班禅也在我们日喀则。啊，你们说重要吗？"常总说。"重要，重要。"肖云飞忙说。"定日县有珠峰大本营，重要吗？"常总又说。"重要，肯定重要啦。"郝树斌说。"光说重要不行，得有具体行动。"常总说。此话一说，郝树斌、肖云飞对视了一下。

"郝树斌，我是这样想的。肖专家来一趟，大老远的从深圳来啊，不容易，对吧，肖专家？'常总对肖云飞说。"是是是。"肖云飞不知说啥只能应着。"肖专家，没亲眼见过珠穆朗玛峰吧？"常总又说。"没有见过，主要是没机会。"肖云飞回道。"以前，那是以前没机会。现在，啊，现在就在眼前啦，不能再说没机会了吧？"常总说。"是想去看看。"肖云飞说。"这不就对了嘛。"常总高兴地说。

"这样，才让，扎什伦布寺附近不是刚开业一些修配汽车的，还有其他什么东西的商业区嘛，有老板给我打电话说是通话效果不好。"常总说。"好，明天我带肖专家过去看看。"才让急忙答道。"好，过去看看，帮人家把打电话的事搞顺了。当时，是我承诺他们一定能打电话的。所以，人家才到我们这开的户。开了户，人家打不了电话，都来找我啊。帮帮忙啊，肖专家。郝树斌听见没？"常总说。

"肖专家不答应了嘛，我就是跟他打个下手。"郝树斌说。"拜托，拜托。"说着常总举手向肖云飞示意。"一定帮，一定帮。"肖云飞说。"等这事搞完，也到新年啦。我呢，安排我的司机扎西，带你们把日喀则地区巡检一下，就是希望趁肖专家在，把我们日喀则地区的基站好好巡检一下，看看还有什么问题。要知道，定日珠峰脚下，江孜，就是电影《红河谷》拍摄的地方，宁静演的，抗英的，都是旅游的热点，我们的天地通导游都在用。顺便还可以看看羊卓雍措湖，岗巴拉山，5030米呢，那边有个碑上刻了。"常总眉飞色舞地说。

"那司机师傅不过藏历新年啊？"肖云飞不好意思地问。"扎西是山南人，这样一路带你们巡检，送回拉萨，顺道就回山南的老家过藏历新年啦。"常总说。"常总想得真周到。才让，明天去搞那个新开的商业区吧。"肖云飞表态地说。"那个地方不好搞啊。"郝树斌望着常总说。"先不说好搞不好搞，把情况搞清楚，再有针对性地想办法。"肖云飞说。"你就是没有肖专家的觉悟高。"常总看着郝树斌说。

郝树斌正要说话，常总举起杯子说："不说啦，不说啦，喝酒。"说着常总一饮而尽，郝树斌没办法只好干了。"肖专家，您随意，他就代表您了。"常总指着郝树斌对肖云飞说。

"其实啊，电台这事，是他们新换了发射机造成的。以前功率小，这会儿想换个功率大的，结果就……"常总说。"现在降功率是暂时的，要去定制滤波器。"才让说。"别说了，想让我们出钱。'常总看了一眼郝树斌说。此时，郝树斌、肖云飞都不敢搭话。

"郝树斌，今天的酒没喝好啊，一声不吭的，再喝点，说说话呀。"常总说。"好，我干。"说着郝树斌端起酒杯干了。"明天到新商业区摸摸情况，看看有什么办法在目前不加站的情况下让那里能打电话。"郝树斌对肖云飞说。"对，还请肖专家想想办法，我们都没办法了。"才让说。"你们一帮臭棋篓子，能干啥？深圳来的大专家，对吧，没问题的。"常总对肖云飞说。"会尽力的，常总放心。"肖云飞说。"放心，绝对放心。今儿的事让我开了眼啦，什么是真正的高人，是吧，郝树斌？"常总奉承地说。

"你说那个王工，多横啊，他买谁的账？一套一套的。没加滤波器愣敢说加了。"常总说着竖起大拇指对肖云飞说。"肖专家，有真本事，否则怎么敢说那种话。王工当时就被肖专家问愣了。"才让在一旁附和着。"明天，没问题吧？"常总冲着肖云飞说。"我们努力，我们努力。"肖云飞连忙说。

14. 权宜之计

"明天只能看你的了。"在招待所的房间里，郝树斌对肖云飞说。"一起想办法。"肖云飞说。"这个新商业区原来就没有规划天地通，肯定是要加站的。"郝树斌说。"常总今天都这么说了。"肖云飞说。"所以明天看你的了嘛。"郝树斌说。

"主要是什么问题？"肖云飞问。"应该是覆盖不好，打电话困难。"郝树斌说。"是打电话困难，还是根本打不了电话？"肖云飞追问道。"那个地方有点奇怪，你说覆盖不好吧，好像还行。否则常总他们也不会瞎承诺。"郝树斌说。"怎么？"肖云飞问。"常总他们开始让我们给他搞定的，我们肯定就是让加站嘛。再说本来也没有规划到那块。"郝树斌说。"你们要加站，他们不愿意？"肖云飞问。"就是没规划，一时半会儿也加不了。"郝树斌说。"常总他们就自己跑过去试，可能当时试得还行，就放号了。"肖云飞说。"那个地方是政府搞的，固话一时半会也没有。"郝树斌说。"所以就让常总他们帮助先解决天地通的通话。"肖云飞说。"是啊，常总自己试了觉得还可以，就这么承诺啦，难受啊。"郝树斌说。

"明天看看吧，想想办法。"肖云飞说。"感觉信号有点飘。"郝树斌说。"天线有没有向上抬一抬？"肖云飞问。"抬了，没抬更不行。"郝树斌说。"飘。"肖云飞自语道。"我们搞也是临时的，扩容时肯定要考虑加站的。我们在做，正在选站址呢。"郝树斌说。

"这个站是两载波的。"肖云飞在现场测试了以后对才让说。"没错，这个站的话务量大，一个载波不够用，郝树斌说让加个载波。"才让回道。"不对啊，这个区域是新开的，怎么会有这么大的话务量呢？"肖云飞问道。"这边当然没有，站的附近是人员聚集区，话务量大。"郝树斌说。"现在还可以嘛。我再上那边转转。"肖云飞说完端着路测仪朝远处走去。"屋子里面肯定差，现在门口还行。"肖云飞说。"估计10点以后就变差了。"才让说。

中午，在新商业区找个小馆子边吃边测试。"嗯，现在就不太行了。"肖云飞看着路测仪说。"就是这样的。"才让说。"要单载波还不好说。没想到已经是两载波，我觉得应该可以试一下。"肖云飞边吃边对郝树斌说。

"说说看，想怎么试？"郝树斌问。"一个载波管周围的，另一个载波把导频加大，管这边。"肖云飞说。"两个载波导频设置不一样？"郝树斌问。"没错，你看信号飘就是导频功率不够所致。再加上附近话务量又大，就顾不得这边了。有时会好，是因为附近的话务量少了。"肖云飞说。

停了一下，肖云飞说：'不过，这些是我的推断，怎么样还不知道，给于永年打电话，让他把这个扇区的一个载频加大试一下。'"别急，导频加大会有什么不良的后果？"郝树斌问肖云飞。"牺牲容量了嘛。"肖云飞回道。"对，牺牲了容量。这里两载波，一个载波管这一带，适当牺牲点容量问题不大。"郝树斌边琢磨边说。"这一带目前首先是要能打电话，容量其次。"肖云飞说。"我觉得可以，最多就是打的人多了，不容易拨通，不像现在拨通了一会儿又掉了，不稳定。"才让说。"最关键的是拨通了不掉话，再说目前这一带暂时也不会有容量的问题。"肖云飞说。"打着打着就掉是烦人。"郝树斌说。"怎么样，给于永年打电话，让他把低频点的导频功率加大。"肖云飞对郝树斌说。"好，这就打。"说着郝树斌跑到认为不容易掉话的地方去打电话。

不一会儿，郝树斌低着头往回走。"怎么样，导频功率加了？"肖云飞问郝树斌。"他要和容耀煌商量一下。"郝树斌说。"告诉你，容耀煌刚到拉萨，正在机房和于永年、王厚林一起呢。"郝树斌说。"来没给你说一声啊。"肖云飞说。"这不说了嘛。"郝树斌说。"你的意思是容耀煌不同意？"肖云飞问。"两个载波导频设置不一致，没法操作。"郝树斌说。"怎么没法操作？"肖云飞问。"他们不是指具体没法操作，而是指商用网没法这么搞。"郝树斌说。"这我知道，我们先试一下嘛。"肖云飞说。"试都不让试。"郝树斌说。

"容耀煌，这么狂？"肖云飞说。"他说得也对，否则不好控制了。"郝树斌说。"对个球。我就试一下不行吗？郝树斌，你也不想，是吧？"肖

062 - 韧 3 墨脱，我们来了

云飞问郝树斌。"确实不好控制，肖云飞。容耀煌说这等于没规矩了，不能乱来。"郝树斌说。"谁乱来啦，我是去解决实际问题的，怎么就叫乱来？"肖云飞冲着郝树斌说。"容耀煌说的，不是我说的。"郝树斌说。"不是你说的，恐怕你也是这样想的吧。"肖云飞说。"没有，我没这么想啊。"郝树斌辩解着。

"这样，才让，你给旺堆打电话，让他去找王厚林，王厚林就在机房。我给王厚林打电话，撇开容耀煌。"肖云飞说完拉着才让去那边打电话。两个人打完电话，开始往回走。"现在几点啦？"肖云飞问才让，才让看了看表说："快2点了。""正好，4点前应该是话务最密集的时候，开测。"肖云飞说着打开路测仪拨测着。

"看，这信号明显厚实了，这种信号应该没问题，才让，打电话，就坐在这拨，拨通了不要停，一直说啊。"肖云飞说。"来，这有酥油茶，渴了喝一口。"郝树斌在一旁应和着。"做事就是要果断，看来明天有希望去定日了。"肖云飞说。经过一段时间的拨测，肖云飞又说："这里差不多了，走，到早上信号最差的地方再拨测拨测。"说着肖云飞端着路测仪走了。

"你让常总问问那几个投诉的情况如何。"郝树斌对才让说。"应该没问题了。"才让说。"问问嘛，要是他们都向常总说好，那就肯定是好啦。"郝树斌说。"好，我给领导打电话。"说着才让拨常总的电话。

"你别光顾着高兴，容耀煌给我打电话说，他没法干了。"在招待所房间里郝树斌说。"怎么就没法干了？"肖云飞问。"按理这事得由他们定，但结果好。"郝树斌说。"是啊，结果很好啊，常总的几个客户比较满意，虽然还是有些地方不太好。"肖云飞说。"我说的是这个意思吗？下一步怎么办？"郝树斌问肖云飞。"什么怎么办？"肖云飞反问道。"容耀煌跟我说他告到张立彪那儿啦。"郝树斌说。"告就告呗。"肖云飞说。"你可不能这么说。你开了这个口，你该想着如何去补上。"郝树斌说。"说白了，就是没按你们的意思去做，你们俩合着伙跟我叫板。"肖云飞说。

"肖云飞，你这话说得有点不对啊。"郝树斌说。"怎么不对？"肖云飞问。"网络的正常运作毕竟靠我们，都特殊化了我们怎么落实？"郝树斌说。看肖云飞没吭声，郝树斌来劲地说："说实话，你们搞的这些，也就是你们在的时候……""你说什么？"肖云飞冲着郝树斌说。"我的意思是，县官不如现管。"郝树斌说。"你敢？"肖云飞瞪大了眼睛说。"眼睛瞪得再大也没用。"郝树斌说。"你以为我怕？错啦。你都不怕，我怕个啥？"肖云飞似乎如释重负地说。肖云飞这话说得让郝树斌沉默了。

"就是嘛，源头在哪儿？"肖云飞问。"什么源头在哪儿？"郝树斌不解地问肖云飞。"源头都在你这儿，这一点都不明白？"肖云飞说。郝树斌又沉默了。"要明白，我、容耀煌都是为你服务的，想想，你不积极找这找那的，我们能上来吗？"肖云飞说。

看着依然沉默的郝树斌，肖云飞越说越来劲。"你看啊，这些问题，我要是不解决，下了山，你会怎么说？"肖云飞说。郝树斌刚要开口，肖云飞又说："来自局方的压力，你肯定把这些没解决的、局方又最关心的问题，抛给总部。""我不会的。"郝树斌说。"你不会？你觉得可能吗？就算你不会，但是，你的领导呢？"

肖云飞停了停又说："好不容易请了深圳研发的专家上山来解决问题，结果，局方还是一大堆怨言，一、二、三、四、五地列举出一大堆问题，上山、下山一对比，大部分都没解决，你说……"肖云飞冲着郝树斌说。"关键是你的这些差异化的解决方式，我们怎么落地啊？"郝树斌说。"有针对性地做好记录就行啦。和局方的人共同讨论出个备忘录，按备忘录做。"肖云飞说。"那局方不知情的怎么办？"郝树斌问。"嗯？"肖云飞疑惑地看着郝树斌。"警察学校。"郝树斌提醒着说。"这种事还是你有经验。反正你看，在这儿我就没提这事儿。"肖云飞说。

"看，剩下烂摊子，就想撒手了。"郝树斌说。"警察学校的事，绝对作为特例，你全权处理了。"肖云飞说。"至于日喀则的，你看，也不是真的全面解决了，只是几个老板能打电话了，面上能过去了。"肖云飞又说。"还是有些地方不行对吧，屋子里深度覆盖也不行。常总、才让都明白，升导频功率仅仅是个权宜之计，是不是？"肖云飞冲着郝树斌说。"但愿常总、才让是这样想的。"郝树斌说。

"什么叫但愿啊，你要让数据说话。"肖云飞说。"什么意思？"郝树斌问。"一个地区是不是OK，是有标准的，对不对，新商业区符合吗？"肖云飞提示着郝树斌。"对，用数据说话。"郝树斌说。"你呢，要赶紧把扩容的方案做出来，依据就是数据和标准。"肖云飞说。"临阵磨刀，不快也亮。"郝树斌说。"至少能将就着用，比原来强多啦。"肖云飞说。"那些商户听说从深圳来的专家为他们解决通话问题，真有点被感动了。"郝树斌说。"常总面子上过得去了。"肖云飞说。

"你要是不给他解决，咱们明天的定日游估计就……"肖云飞又说。"那倒不至于，心眼小了吧。"郝树斌嘲讽地说。"明天怎么安排的？"肖云飞问。"8点出发，要早出发，你看先去定日，就是珠峰脚下的县城。把定日县城的基站检视一下，吃个午饭，就要马不停蹄地往珠峰脚下赶。在那个珠峰下的旅游景点，看一眼珠峰。那里有个站，我们在外面路测一下，没问题就不上去了。"郝树斌说。"为什么不去站上看？"肖云飞问。"单扇区，定向有针对的旅游点覆盖，让王厚林后台跟着，我们把覆盖区域路测一下。如果没问题就不用上站了，节省点时间。"郝树斌说。

"接下来呢？"肖云飞问。"江孜。"郝树斌说。"就是拍《红河谷》的地方？"肖云飞问。"没错。"郝树斌说。"接下来要穿过卡若拉冰川去羊卓雍措湖、岗巴拉山，领略一下真正的山有多高，水有多深。"郝树斌说。"这些都是旅游景点，卡若拉冰川等天暖了就建个基站。"郝树斌说。

"羊卓雍措湖有基站吗？"肖云飞问。"没有，一步步来。早点睡吧。"郝树斌说。

15. 定日·珠峰之旅

坐上扎西的车，扎西有礼貌地说："还要去接一个人。""啊，好啊，是顺路的吧？"郝树斌说。"是常总派她带你们去定日巡检的。"扎西说。"嗯，好。"郝树斌说。

没过多久，他们来到了一户人家的门口，只见走出一位身着藏服的女同胞，入座前排后，这位藏族女同胞跟郝树斌、肖云飞打着招呼说："我叫尼玛央宗，常总让我带你们去定日巡检。""啊，您好，看这藏历新年的，还让您带我们去定日，辛苦您了。"郝树斌客气地说。"不客气，我家是定日的，顺路。"

尼玛央宗说着顺手递给扎西一袋东西。"牦牛肉干，自家搞的，我让她给我拿点路上吃。"扎西解释道。"我们藏族人一般上路都带牦牛肉干，到个地方找人要杯酥油茶，一顿饭就算解决了。"尼玛央宗说。"就吃牦牛肉干啊？"肖云飞问。"其实，酥油茶里有大量维生素，就不用专门吃蔬菜啦。"郝树斌说。

"从定日去看珠峰，原本要办证才能过边检站的。"尼玛央宗说。"我们上次去就是办了证明的。"郝树斌说。"这次时间紧，来不及办证，常总和边检站领导打过招呼了，到时候我过去向他们说明一下就可以了。"尼玛央宗说。"所以，还是必须麻烦您亲自去说明情况。"郝树斌说。"是啊，光凭你们，不行的。"尼玛央宗说。"谢谢漂亮的尼玛。"肖云飞恭维地说。"我漂亮吗？哪有你们汉族姑娘漂亮啊。"尼玛虽这么说但还是开心地咧着嘴笑着。"没有没有，您这身藏服穿得就像藏族歌手一样，真的很漂亮。"肖云飞赶忙解释。"这位肖专家，水平高，还会说话。好，谢谢肖专家。"尼玛央宗说。"说真的，高原上的姑娘那种高原红的脸庞，真的很有魅力。"肖云飞赞叹道。"这是实话，都这么说。"尼玛央宗开心地说。

"定日搞得挺好的。"郝树斌说。"在珠峰上，国家重视，又是上海援建的，自然不会差的。"尼玛央宗说。"其实原来我就是在定日工作的，后来才调到日喀则的。"尼玛央宗说。"现在兴起登珠峰的热潮，很多人都来登珠峰。"扎西边开车边聊着。"听说登一次珠峰要15万元才可以？"郝树斌问。"15万是最少的，王石应该是花了五六万美元。"扎西说。"都说王石是被抬上珠峰的，是真的吗？"郝树斌问扎西。"抬上珠峰，不可能，靠人帮助有可能。"扎西说。"那，都传王石是在用钱雇人，把自己抬上珠峰顶上的。"郝树斌又说。"不可能的，我有个朋友就是干这行的。"扎西说。"是不是帮王石的？"郝树斌问。"那倒没有，他反正是做这种生意的嘛。"扎西说。"他自己上过珠峰吗？"郝树斌问。"上过啊，怎么没上过，他们就是帮助拿东西，让那些人轻松一些。"扎西说。"这么说，王石还是真厉害。"郝树斌说。"当然，你想想，8000米以上，别说抬人了，就算走路都费劲。"扎西说。

"您上过珠峰吗？"郝树斌问扎西。"珠峰没上去过，6500米高的登山大本营上去过。听他们上过珠峰的人说，珠峰上有不少尸体。"扎西说。"啊？为什么不把这些尸体运下山呢？"郝树斌问。"运下山？拽都拽不动。人在8000米的地方根本没力气动，自己都顾不过来呢，更别说抬人了。所以，说王石是被抬上珠峰顶上的，我朋友说根本不可能。"扎西说。

"肖专家怎么啦？一声不吭的。"尼玛央宗问。"睡着了。"郝树斌回答。"不会是高原反应吧？定日可是4300米高啦。"尼玛央宗说。"应该不会吧。"郝树斌说。"看，前面就是定日县城。"扎西说。"不到11点，还好，肖云飞，别睡了，快到定日了。"郝树斌说。"昨晚没睡好，头有点晕。"肖云飞说。"早晨没见你怎么吃。"郝树斌对肖云飞说。"没睡好，胃口差，吃不下。"肖云飞说。"看见前面院子的门，里面就是我以前工作的地方，基站就在二楼。"尼玛央宗说。

车子缓慢地进了院子，尼玛打开车门边下车边说："都下来吧，把要检测的仪表一起拿上，基站就在二楼。"此时，郝树斌见肖云飞愣在那儿就说："快拿上干扰测试仪下车啊。"同时郝树斌指着干扰测试仪示意肖云飞。肖云飞似乎明白了，缓慢地拿起干扰测试仪下了车。尼玛央宗朝着楼上走着，郝树斌跟着尼玛上楼。此时的肖云飞手拿干扰测试仪艰难地上着台阶，而且两耳什么都听不到。肖云飞心里暗示自己说："一定要坚持，没事的，一会儿就会好的。"

尼玛飞快地进了机房，郝树斌回头看着肖云飞，挥着手示意快点，肖云飞艰难地走着。当肖云飞走进机房的时候，只见满脸堆笑的人们，什么都听不见。肖云飞看着尼玛在介绍着，只是点头握手。握完手，肖云飞直奔基站进行检测。当检测完，没有问题了，肖云飞扶着郝树斌说："我的耳朵听不见了，头有点晕。""真让尼玛说中了，高原反应啊。"郝树斌说。"别急，拿杯热水来，赶紧吃块牦牛肉干。"尼玛示意机房工作人员拿水，自己从包包里拿出牦牛肉干递给肖云飞。

"别管喜欢不喜欢，现在赶紧吃下去，水，快。"尼玛对肖云飞说。此时，肖云飞也顾不了那么多，接过尼玛递过的牦牛肉干硬往嘴里塞。"热水，快。"尼玛说。"给，热水。"机房工作人员赶紧递了一杯热水给肖云飞。"要是因为昨晚没睡好，早晨没怎么吃，这样应该管用，先对付一下，马上去吃午饭。"尼玛说。

　　"这边有什么问题吗？"郝树斌询问机房工作人员。"还算正常。"机房工作人员回道。"检测没问题吧？"郝树斌凑到肖云飞耳边大声问。声音虽大但肖云飞只能听到很小的声音，听明白后肖云飞表示检测没问题。"走，赶紧去吃午饭，吃完饭也许就会好很多。"尼玛央宗说。肖云飞吃完手上的牦牛肉干，又喝了一口热水示意可以走了。

　　"走，咱们先走。"尼玛向机房工作人员打招呼。"一起去吃个饭呗。"郝树斌说。"不用啦，机房不能没人，尼玛去就代表我们啦，谢谢啊。"机房工作人员。说完郝树斌和尼玛一左一右扶着肖云飞下了台阶。

　　一碗四川汤面下肚，肖云飞逐渐恢复了状态。"刚才真把我吓坏了。"肖云飞说。"没看出来啊，觉得你很镇定。所以，我都以为没啥事。"尼玛央宗说。"我的基本判断还是昨晚没睡好，加上早晨没怎么吃造成的。多亏了你的牦牛肉干。"肖云飞说。"先只能这么去想，若不是就很糟糕。"尼玛说。"敢情您这牦牛肉干是为肖专家准备的啊。"郝树斌在一旁打趣道。"真是，当我吃下牦牛肉干，再加上热水一喝，心里顿时觉得不那么发慌了，谢谢尼玛。"肖云飞看着尼玛说。"谢就不用啦，在我们这要是出了事，真不好向常总交代。"尼玛央宗说。

　　吃完午饭，上了车，尼玛问："肖专家，感觉怎么样？""现在没什么了。刚才主要是上楼梯，没上楼梯之前还好。"肖云飞说。"嗯，看你又对答如流，就知道没事了。像刚才，明显反应迟钝。"尼玛又说。"没问题咱们就珠峰之旅？"扎西说。"走，看大猩猩去。"郝树斌说。"珠峰和大猩猩很难联系在一起。"肖云飞说。"只有在这个角度才是这样的。"郝树斌说。

　　伴随着刀郎的歌声，扎西驾着车向珠峰脚下驶去。在顺利地通过珠峰关卡后，冒着一路的漫天黄沙，扎西的车缓慢地前行着。"看，前面那个高塔，这就到了。"尼玛央宗说。兴奋的肖云飞使劲地看着远方说："就是基站对吧，噢，看见了，天线，定向的，朝这边打的。"

"我们整个绕一圈，然后停下来看珠峰，拍照。肖专家，把你的路测仪打开，看看这边网络的情况。"尼玛说。"好，路测一下。"肖云飞说。"喂，于永年，我们到了珠峰的基站，后台看看情况。"说着郝树斌给在拉萨中心机房的于永年打电话。"这个地方能打电话真是很重要啊。"肖云飞边测试边说。"这就是燎原为西藏做出的贡献。"郝树斌说。

"以前，珠峰一带主要靠短波通信。"尼玛说。"短波通信？"肖云飞问。"是啊，最早用的是超短波的，不然那些登珠峰的人，怎么联系啊？"尼玛说。"后来有了卫星电话。现在卫星电话用得比较多，不过太贵了。还是移动通信好，燎原真的了不起。"尼玛又说。"我感觉有了成就感。"肖云飞说。"这些地方太艰苦，别的大公司也不愿意来。看我们肖专家辛苦得耳朵都听不见了，老外肯吗？"郝树斌说。"以客户为中心嘛，就是要艰苦奋斗啊。"肖云飞说。"肖专家精神可嘉啊。"尼玛央宗赞许地说。

"好，没啥问题。"肖云飞看着路测仪说。"拉萨后台数据有没有问题？"尼玛又问郝树斌。"喂，怎么样？"郝树斌给于永年打电话。"没问题。"郝树斌说。"扎西，停车，下车拍照。"尼玛说着开车门下了车。

肖云飞下了车来到尼玛身旁，沿着尼玛所指的方向望去。"哇，真的亲眼见到了珠穆朗玛峰啊，珠穆朗玛，我来啦。"激动的肖云飞边喊边掏出手机。"喂，是姥姥啊，我是云飞啊，宝宝在吗？喂，宝宝，是爸爸。宝宝，爸爸现在就在珠穆朗玛峰的脚下，亲眼看着珠穆朗玛峰。哎，宝宝，看到的珠穆朗玛峰啊，像不像大猩猩啊？没错，就像个大猩猩，到时候回去看照片啊。挂了啊。"肖云飞激动地跟儿子说。"来，郝树斌，给我照张相。"肖云飞递过相机说。"一定要把珠峰照进去啊。"肖云飞提醒着郝树斌。"知道。"郝树斌边照边说。

"扎西，就在前面路口，我就下了。"在从珠峰返回的路上，尼玛央宗说。"这就下啦？"郝树斌说。"就不拐进去了，这样你们就直奔江孜了。

我的家就十分钟的路，挨着这儿。"尼玛央宗说着，扎西把车停了。"我下了，祝你们接下来一路顺风。"尼玛央宗说着开门下了车。"谢谢尼玛的牦牛肉干。"肖云飞说。"不客气，扎西那儿还有，也许你们还用得着。"尼玛央宗说。"再见。"郝树斌、肖云飞齐声喊着向尼玛挥手致意。

扎西边哼着《咚巴拉》边开着车。"藏族人个个是歌手。"肖云飞说。"宁静穿上藏服还真像个藏族姑娘。"郝树斌说。"亚东的口岸什么时候开？"肖云飞问。"不知道，应该快了吧。"扎西回道。"听说有点难。"郝树斌说。"江孜很顺啊，看得出这里的维护能力比较强。"巡检完江孜，肖云飞说。"这一带是交通枢纽，重要啊，有事都是赶紧处理的。"郝树斌说。"不到4点，过卡若拉冰川、羊卓雍措、岗巴拉山，就可以到拉萨了。"扎西边开着车边说。"休息一会儿，没睡午觉，困。"郝树斌说完，和肖云飞一起闭上了眼睛。扎西则边听着音乐边开着车，以免自己也睡着了。

不知道过了多久，当郝树斌、肖云飞醒来时，发现扎西不在座位上，车停在路旁，冰川的寒气令郝树斌、肖云飞缩紧了身子。"扎西，怎么啦？"郝树斌下了车问在车头修车的扎西。"水箱漏水，没水了，开不了。"扎西说。郝树斌环顾着四处结冰的周围，惊恐地问："怎么办啊，扎西？"扎西冷静地望着一片冰川的远处，不紧不慢地说："我去那边弄点水来。"说着朝远处走去。

此时，从车上下来的肖云飞看着远去的扎西问郝树斌："扎西干啥去呀？""水箱漏水，没水了，扎西去搞水了。"郝树斌说。"他去哪儿搞水啊，这一望无际的，连个人影都没有。"肖云飞说。"不知道，扎西就是这么说的。"郝树斌说。"要是扎西搞不到水怎么办，这前不着村，后不着店的。"肖云飞略显惊慌地说。"应该能搞到吧，否则扎西去干吗？"郝树斌不自信地说。"也没个车来，否则可以要点水。"肖云飞说。"真冷，在外面要被冻死了，上车吧。"肖云飞对郝树斌说。"你上呗，我在这等扎西。"郝树斌说。"别，太冷了，一起上去等吧，没暖气至少可以挡风啊。"肖云飞拉着郝树斌上了车。

"有半个多小时了。"肖云飞说。"耐心点，会来的。"肖云飞又说。"只能等啊。"郝树斌说。"这儿也没信号，真是叫天天不应，叫地地不灵啊。"肖云飞说。"所以，这一带要建基站啊。"郝树斌说。"为什么要在这儿建基站？"肖云飞问。"你看，这一带是卡若拉冰川的旅游景点。"郝树斌说。"怎么可能，一个人都没有。"肖云飞说。"现在时间晚了，导游不会带人过来的，一般是中午阳光比较充足的时间段，导游才会带人过来。"郝树斌说。

又过了半个小时。"一个多小时啦，郝树斌。"肖云飞满眼恐慌冲着郝树斌说。"我们不会就在这儿挂了吧？"肖云飞悲观地说。"别瞎说。相信扎西会回来的。"郝树斌说。"搞不到水怎么回啊？"肖云飞担忧地说。"还是要有点耐心，要相信扎西。"郝树斌说。"这么久也没见一辆车。"郝树斌自语道。"其实，要是有车过来，是会帮我们的。"郝树斌说。"是吗？可惜没车来唉。"肖云飞说。"上次也是在这儿，车出了问题。路过的车就有人过来帮助一起修的。"郝树斌说。"没车来啊。"肖云飞绝望地说。

"嗯，好像有人过来了。"郝树斌迅速下车去看。"扎西，是扎西。"郝树斌跟也下了车的肖云飞说。肖云飞使劲望着远处说："嗯，应该是扎西。""没错，就是扎西。"郝树斌看着逐渐走近的扎西说。"啊，扎西，你可回来啦，怎么没搞到水啊？"看着两手空空的扎西，郝树斌失望地说。"一会儿就会来。"扎西指着后面说。

"有水啦？"肖云飞急切地问，扎西默默地点点头。没过多久，远处隐约走来一个人，逐渐走近，看出是位藏族妇女，拎着一桶水。肖云飞、郝树斌激动得热泪盈眶，冲着扎西说："有水了，有救了。""扎西德勒，扎西德勒。"郝树斌冲着藏族妇女直点头地说。"太感谢了，真是太感谢了。"肖云飞在一旁附和着。扎西接过灌满水的桶又说："这里冷吧，喝口热乎乎的酥油茶暖暖身子。"只见藏族妇女又拿出背着的酥油茶壶和3个杯子，逐一倒满酥油茶递给三人，扎西又拿出尼玛给的牦牛肉干说："吃牦牛肉干。"

一口温暖的酥油茶下肚，肖云飞情不自禁地说："真温暖啊，谢谢。扎西德勒。"说着肖云飞向藏族妇女表示谢意，藏族妇女会意地点点头。喝了酥油茶，吃了牦牛肉干，送走了热情相助的藏族妇女，三人又上路了。

"天彻底黑了，羊卓雍措、岗巴拉山去不了了，只能直接回拉萨了。"扎西边开着车边说。"这一路，都看到高山上的湖了，没事，回拉萨吧。"肖云飞说。"唉，羊卓雍措湖绝对值得一看。"郝树斌说。"羊卓雍措意思是碧玉湖。"扎西说。"听听，多美，西藏三大圣湖之一。不过还有机会的。"郝树斌说。"期待啊。"肖云飞说。"晚上，走得慢，不知什么时候能到拉萨？"扎西边开着车边说。

"哎，扎西，怎么雅鲁藏布江两岸灯火通明的，这是要干啥？"郝树斌看着车窗外说。"是啊，大片大片的工棚。这么多人，这是要……""没错，修公路。"扎西说。"修公路？"郝树斌惊叹道。"拉萨到日喀则的公路正式开建了。前两天报纸、电视上都大规模报道了。没错，就是修拉萨到日喀则的公路。说是修好，拉萨到日喀则3个小时左右就到了。"扎西说。"真的假的？"郝树斌说。

"其实拉萨距离日喀则并不远，主要是路不好走，山路，石头常常滚下把路堵了。"扎西说。"那赶紧修好，说实话有点怕去日喀则，真的有点危险。"郝树斌说。"国家真是肯下本钱啊。"肖云飞说。"这不还是过藏历新年的嘛，怎么就开工啦？"郝树斌说。"这种工程，主要是汉人在做。你们不是过完年了吗？"扎西说。"倒也是，正月十五都过了，估计修路的多是四川人。"郝树斌说。

第二章

办法总比困难多，电磁炉也飞扬

1. 能大部分搞定就很不错啦

"回来啦，肖云飞。"在江汉宾馆的早餐厅，容耀煌看着刚进来的肖云飞招呼着。"哟，稀客稀客，容总，有谁这么大能耐把您请上山啦？"肖云飞边坐边调侃着说。"您老大都上来了，小的还敢不上啊。"容耀煌回道。"扩容的方案搞得怎样啊？"肖云飞问容耀煌。"这不，在搞着呢。"容耀煌顺手指着身旁的几位回道。"来了不少人啊。"肖云飞看了看说。"连我四个。"容耀煌说。"没问题吧？"肖云飞略有所指地问。容耀煌略显迟疑地说："没问题，没问题，你老大什么人哪。""没问题就好。服务员，酥油茶再来点。容耀煌，来西藏最大的收获就是喜欢上酥油茶了，真是好啊。"肖云飞说。"您老大这么快就和藏族同胞打成一片了。"容耀煌说。"真管用，真的，喝了嘴唇真的不裂了。"肖云飞说。"你不是说牦牛肉干还救了你嘛。"一旁的王厚林说。"酥油茶、牦牛肉干是西藏的宝贝啊。"肖云飞说。

"没什么人嘛。"在中心机房，肖云飞说。"都过藏历新年啊。"王厚林说。"Detector版本怎么样？"肖云飞说。"有这个必要吗？"王厚林问肖云飞。"为什么这么问？难道你认为没必要？"肖云飞反问王厚林。"我，说不清楚。不过我觉得你的想法得看局方愿不愿意真心地落实，不落实有什么用呢？这是我的担忧。"王厚林说。

"看来你是没有理解这事的意义。"肖云飞对王厚林说。"是啊，是没理解，那你说说，意义究竟在哪儿？"王厚林问肖云飞。"让你理解意义不是很大，我要先让郝树斌理解。"肖云飞说。"你呀，需要自己琢磨。"肖云飞又对王厚林说。"我琢磨，天天都在琢磨啊，还是没琢磨明白。"王厚林说。"你们搞软件的，整天待在机房，不知道外面跑的人的疾苦。"肖云飞说。"疾苦，说得太可怕了吧。"王厚林说。"看看，这就是我们之间的差距。"肖云飞说。

"想想，公司是怎么提的？"肖云飞说。"怎么提的，不懂你在说什么？"王厚林说。"远程维护。"肖云飞说。"远程维护跟你这个有什么关系？"王厚林边琢磨边说。"怎么会没关系呢！"肖云飞说。"说嘛，有什么关系？"王厚林说。"公司提远程维护的目的是什么？"肖云飞问。"在中心机房，不用派人去基站现场，就能诊断出设备的故障。"王厚林说。"结果还是要派人去换单板。"肖云飞说。"至少，可以判断出要带什么单板去换，不用什么单板都带上。"王厚林说。

"其实，单板故障导致的业务中断，是最简单的，换单板就行啦。只不过，相当一部分，恐怕大部分都不一定是单板问题。"肖云飞说。"倒也是，自从来到西藏，处理这么多问题，还没有是换单板就能解决的。"王厚林说。"要是仅仅换单板，根本不需要我们。"肖云飞说。"你说的是实话。"王厚林说。"所以，公司提的远程维护，不仅仅是对单板故障的定位。核心目的是要达到人不用上站，这样就可以节省成本。上站是要花钱的。"肖云飞说。"那是那是。"王厚林说。"别那是那是的，现在应该理解了吧。"肖云飞说。"你不说了嘛，我理解没用，要郝树斌理解。说白了，郝树斌光理解也没用，要是说服不了旺堆一样白搭。"王厚林说。

"唉，你理解当然很重要啦，版本升级要靠你啊。"肖云飞说。"搞呗。"王厚林说。"一句话，核心就是抓干扰。"肖云飞说。"省掉干扰测试仪，免得让人到处乱窜。"王厚林说。"理解得更加透彻。"肖云飞对王厚林说。"还是需要再完善一下。"王厚林说。"说说怎么个完善法？"

肖云飞问王厚林。"每天导出扇区载频的底噪图，24小时的。"王厚林说。"再与相对应的掉话相对比。"肖云飞说。"没错，至少，西藏这张网应该是有意义的。"王厚林说。

"应该不光是底噪吧？"肖云飞问。"平均的、瞬时的干扰数据全有。平均的底噪数据就是来自实时的干扰数据，算出来的。"王厚林说。"就跟干扰测试仪一样了。"肖云飞说。"没错，只是听不出声音，不能像你在日喀则那样听到广播电台的声音。"王厚林说。"一般频谱仪都没这个功能，这台干扰测试仪是专用设备。没关系，日喀则，主要是电台不配合，其实抓到频谱了。"肖云飞说。"那我现在是不是可以这样设想：如果电台配合，你王厚林坐镇拉萨中心机房，通过后台就可以准确判断电台的高次谐波干扰。用不着我在下边屁颠屁颠地到处乱跑。"肖云飞说。"你描述得很准确。"王厚林说。"还是软件牛。"肖云飞说。

"版本啥时能有？"肖云飞急切地问。"现在就有。"王厚林说。"你不是说要完善底噪图什么的？"肖云飞问王厚林。"都做好啦。"王厚林说。"啊，你早有预谋啊。噢，是心里明白装着糊涂。"肖云飞冲着王厚林说。"这个版本要包装一下，不能这么简单地就升了。"王厚林说。"嗯，明白，我们先试嘛，就在无委领导的那个基站先试一下，看看还有什么问题。"肖云飞说。"先试可以。"王厚林说。

"你们这些天为什么不先试一下？不是事先都说好了吗？"肖云飞突然问。"你们两个老大不在，这边容耀煌一来，于永年全到那边去了。"王厚林说。"那你跟于永年说啊。"肖云飞说。"你觉得说有用吗？"王厚林说。"怎么没用，你不说自然没用啊。"肖云飞说。"还是等你们回来再说吧。"王厚林说。"你们这些天要是试了，也许我们能早点回深圳呢。"肖云飞说。"我倒没敢这么想。"王厚林说。"干扰的事一见到郝树斌、旺堆就提，必须给他们一个看得见、摸得着的东西。否则，难下山。"肖云飞说。"这个版本看得见、摸得着啊。"王厚林说。"所以，要赶紧试。好在，事先你都准备好了。"肖云飞说。

"啪，底噪图一打，掉话一对比，不用再争什么是不是干扰导致的掉话了。"王厚林形象地说。"参考，啊，参考，也不一定全都能搞定。"肖云飞说。"大部分能就行啦。"王厚林说。"百分之百是不可能的。"王厚林又补充道。"能大部分搞定就很不错啦。"肖云飞说。"有没有个文档，我好发给郝树斌、于永年看看。"肖云飞对王厚林说。"有，我发给你看。"王厚林说着给肖云飞发邮件。"跟他俩谈还得想想，不过应该感兴趣的。"肖云飞说。

"哎，去布达拉宫逛逛呗？"肖云飞又说。"去过了。"王厚林说。"啊，去过啦，跟谁去的？"肖云飞略显失望地说。"跟他们新来的几个。"王厚林说。"再陪我逛逛。"肖云飞说。"太贵，100块呢。"王厚林说。"今天的饭我请不就行啦。"肖云飞说。"100块呢。"王厚林说。"我请你小肥羊不就补回来了嘛，快，走。"说完肖云飞拉着王厚林去了布达拉宫。

"喂，郝树斌，来小肥羊，我请客。"晚上在小肥羊店，肖云飞给郝树斌打电话。"于永年呢？"王厚林问。"请他？那容耀煌一帮人受不了，请郝树斌，主要是炎Detector版本的事。"肖云飞说。"反正我今天是亏大了。"王厚林说。"别这么小气嘛，我俩都不怎么吃，省给你吃。"肖云飞说。"不，我要点足我爱吃的，让你破产。"王厚林咬牙切齿地说。

"啊，郝树斌，来来来，快坐。"肖云飞看着进来的郝树斌连忙招呼着。"就我们仨？"郝树斌边坐边说。"那有人还嫌多呢。"肖云飞回道。"谁啊，王厚林啊？"郝树斌问。"别听他瞎说。"王厚林说。"好，就算我瞎说了。"肖云飞说。"今儿去了布达拉宫。"王厚林说。"啊，是吗？"郝树斌说。"来，先吃。"肖云飞招呼着。

"郝树斌，干扰的事你说怎么搞？"肖云飞问。"反正挺烦的，一有事总会扯到干扰上去。最厉害的就是日喀则啦。"郝树斌说。"有什么想法没有？"肖云飞问郝树斌。"想法？"郝树斌边吃边想着。"或者说你希望怎样？"肖云飞诱导性地问郝树斌。"我希望啊，出现问题，我在中央机房，一敲键盘，非常清晰地告诉我是广播电台的干扰，而且可以把声音调出来听。其实，这就是你处理日喀则的过程。"郝树斌对肖云飞说。"要求很高啊。"王厚林在一旁说。"我觉得不高啊，肖云飞，这要求高吗？"郝树斌问肖云飞。"都很具体，要求很客观。"肖云飞回道。

"看来，我们研发一时还难以全面满足你的需求。"王厚林对郝树斌说。"不能全部满足，大部分能满足也行啊。"郝树斌显得很大度地说。"我能这么做，你看行不行？"王厚林对郝树斌说。"说。"郝树斌说。"我可以准确地知道干扰上行的频点，带宽都可以知道。也可以告诉你产生这个信号的原始信号频点是二次的，还是三次的谐波。"王厚林说。"告诉我这些干啥？"郝树斌问王厚林。"唉，一定区域的电磁环境应该是已知的，到无委一查就知道啦。"王厚林说。"我跟你说。电台的广播信号频点和带宽都是确定的。"肖云飞说。"还有对讲机。"王厚林说。"你们的意思是就这三种干扰？"郝树斌反问道。"你不是说大部分嘛，肯定是有特殊的。"王厚林说。"先解决大部分，特殊情况特殊处理。"肖云飞说。"说白了吧，就是频谱仪。和干扰测试仪这种专用设备比较，差别就是没把音频解出来。"王厚林说。"有了这个新的版本，基本就不需要频谱仪了。"肖云飞补充道。"本身我们也没有频谱仪啊。"郝树斌摊开双手说。

看着肖云飞、王厚林大眼瞪小眼的，郝树斌又说："你们要能把SiteMaster省掉才有意义。""说的是干扰，不是驻波啊。"肖云飞灵机一动说。"总之，我们是没有频谱仪的，SiteMaster倒是有。"郝树斌说。"郝树斌，王厚林他们搞了个版本，想找个站试试。相关的资料发给你了，看看，提提意见。"肖云飞说。"好啊，我看看。其实，能省频谱仪也是有意义的。基站就是频谱仪嘛，有意义的。只不过要是能更进一步把SiteMaster省掉，那就更好了。"郝树斌说。"我们会考虑的。"王厚林说。"过两天吧，这两天封网。"郝树斌说。"好，可以试了知会一下。"肖云飞冲着郝树斌说。"我要先看看你们的材料，值不值得搞。"郝树斌说。

2. 新版本西藏商用局

拉萨跑马场，位于拉鲁湿地。肖云飞、容耀煌一帮人由于封网，无事可干，到跑马场骑马散心。骑上马，在藏族群众的牵引下绕拉鲁湿地转一圈，这是一个旅游项目，一帮人骑在马上相互照着相。

突然，肖云飞的手机响了，郝树斌打来的，说是中午一起吃个饭，谈谈王厚林说的新版本的事。"郝树斌看了你的材料。"肖云飞对王厚林说。"怎么说？"王厚林问肖云飞。"中午约我们吃饭。"肖云飞说。"谁请你们吃饭？一起吧，来了还没一起吃个饭呢。"容耀煌对肖云飞说。"郝树斌，要谈干扰版本的事。"肖云飞回道。

"什么干扰版本？"容耀煌转身问于永年。"就是我转给你的材料。"于永年说。"啊，这事应该是我们来主导啊。"容耀煌转身对肖云飞说。"什么意思？"肖云飞问容耀煌。"这事你们不要单独行动啊。我看了，挺好，相当于省了频谱仪，对我们网规网优有极大的帮助。"容耀煌说。"啊，是嘛。"王厚林受宠若惊地说。"没什么意思，你们帮我们把前期的工作做了，非常感谢，下面试验、验证，于永年你来负责。"容耀煌冲着肖云飞和于永年说。"嗯，也行。"肖云飞不是很情愿地说。

"这事要作为网规网优的一个工具，先去西藏试点，成熟了再全球推广。"容耀煌说。"你是说要卖啊。"王厚林说。"肯定啊。"容耀煌说。"干什么都不能白干，要有成果。这样，于永年你给郝树斌打电话。中午，小肥羊，我请客。"容耀煌说。"又是小肥羊。"王厚林说。"怎么，你有更好的建议？"容耀煌冲着王厚林说。"就小肥羊吧。"王厚林说。

"作为日常运维的工具，尤其是天地通，频段低，电磁环境复杂，对上行底噪的监控是非常必要的。"在中心机房郝树斌正在给旺堆介绍新版本。"你说日常，是天天都要导出来吗？"旺堆问郝树斌。"要天天把每扇区载频的底噪数据导出来，与掉话作对比。"于永年在一旁回道。

"好导吗？要是费时的话，估计没人愿意干。"旺堆说。"放心，很快的。我们先试，你们用，有什么不满意的我们及时修改，怎么样？"肖云飞说。"试可以啊，但别影响业务。"旺堆说。"你们不是各个地方都想有频谱仪嘛。"郝树斌对旺堆说。"是啊，拉萨据点是刚买了一台，日喀则、林芝、江孜据点也想要。"旺堆说。"旺堆，告诉你，这个新版本升上去，频谱仪就不需要了。"肖云飞说。"是真的吗？"旺堆半信半疑地问。"当然是真的。"郝树斌说。"要真是这样，就赶紧试吧。"旺堆说。

晚上，汉江宾馆门口的岐山臊子面馆。"今晚，凌晨1点到2点之间，先升无委领导的那个站。"肖云飞对大家说。"谨慎点，今晚先升一个站，于永年，你们做好路测。有问题，王厚林就赶紧回退。"肖云飞又说。"没问题明晚再升三个站。"容耀煌说。"明晚动静就大了，都得出去路测。"于永年说。"我们仨先回去休息一下，你们慢吃。"肖云飞说完后，与王厚林、于永年回宾馆了。

"肖云飞还是身先士卒啊，其实路测你们去就行啦。"容耀煌看着三人离去的背影说。"不放心嘛。"一位同事说。"升版本还是别大意，毕竟是商用局。"又一位同事说。"家里的镜像同步啊。"肖云飞边走边对王厚林说。"是的，牛玉江在。"王厚林回道。"还是别大意。"肖云飞说。

一周后，中心机房。"这个干扰版本怎么样？"肖云飞问旺堆。"挺好的，他们用了都觉得挺方便的。"旺堆回道。"除了用得方便，对实际情况能起到什么作用吗？"郝树斌问旺堆。"这方面没太看出来，我相信你们的底噪数据肯定是准确的。"旺堆冲着肖云飞说。"放心，数据绝对真实可靠。"肖云飞拍着胸脯说。"我信你。"旺堆对肖云飞说。"使用愉快。"肖云飞开心地伸出手和旺堆握手。"感谢肖专家，日喀则常总老是夸您啊。"旺堆说。"好了，也差不多了，我们也该回深圳了。"肖云飞说。

"啊，这么快就要回深圳啦。还想让你们去阿里看看呢。"旺堆说。"怎么，阿里那边有问题啊？"肖云飞问旺堆。"前两天他们说时好时坏，不知怎么回事。知道肖专家在，想让您过去看看。"旺堆说。"阿里，就是孔繁森待过的那个阿里吗？"肖云飞问。"只有一个阿里啊。"郝树斌说。"这样吧，郝树斌我们商量一下。"肖云飞说。"阿里是要去，但是准备扩容再去的，现在……"郝树斌说。"哲蚌寺，于永年，他们反映还是有问题，没彻底解决。"旺堆说。

"对了，边巴乡的敏珠乡长来电话了。"旺堆说。"啊，敏珠乡长说啥啦？"郝树斌两眼放光地问旺堆。"一听到敏珠乡长，两眼就放光。"于永年在一旁指着郝树斌说。"敏珠乡长，是个女乡长？"肖云飞问。"没错，长得可漂亮啦。"旺堆说。

"乡政府不是有个基站嘛，她的意思好像被人搞了一下，有点问题。"旺堆说。"好好好，下午就过去，你跟敏珠乡长说。"郝树斌积极地说。"太积极了吧，哲蚌寺呢？"于永年说。"哎呀，先去敏珠乡长那儿嘛，回头再去哲蚌寺。"郝树斌说。"阿里准备什么时间去？"旺堆问郝树斌。"阿里要再考虑，我下来和相关人员商量一下，正在做扩容方案。过两天给你一个答复，先不回复阿里啊。"郝树斌对旺堆说。"噢。"旺堆应着。

"于永年，看一看边巴乡的站有什么异常。"郝树斌说。于永年在电脑上查看，王厚林也在一旁看着。"有什么异常吗？"肖云飞问。"没看出有啥异常。"于永年边看边说。"查查话务量的情况。"王厚林说。

于永年边查看边说："看不出有什么问题。""等等，你看这个分集的底噪。"王厚林说。"怎么啦，电平挺正常的。"于永年说。"你再看看，有什么特别的？"王厚林说。"没觉着有什么特别的。"于永年说。"跟主集的比。"王厚林说。"主集底噪的数值是有波动的。"肖云飞在一旁看着说。"别，真的，分集底噪的数值不变，一条直线啊。一点波动都没有，怎么回事？"于永年问。"说明分集没有外界的信号输入。"肖云飞说。"分集通道断开了？"于永年问。"应该是没与天线连上。"肖云飞说。"不是吧，是你的硬件坏了。"郝树斌对肖云飞说。"硬件坏了？你说低噪放啊。"肖云飞问郝树斌。"没错，就是你的低噪放坏了。"郝树斌很肯定地说。"不可能。"肖云飞说。"你说的才不可能呢，怎么可能没与天线连上呢？"郝树斌说。

"是啊，这个站是我俩亲自去搞的，一直好好的。怎么可能不连分集到天线上嘛，不可能，不可能。"于永年说。"不像低噪放坏了。"王厚林说。"你怎么知道？"郝树斌说。"看数据嘛。"王厚林。"一动不动了，不是坏了是什么？"于永年说。"一动不动没错，但分集的绝对电平和主集差不多。"王厚林说。"这能说明什么？"郝树斌问。"这太能说明问题啦。"肖云飞说。"一般，低噪放坏，电平就不是这个电平了，会低很多的。"王厚林说。

似乎郝树斌、于永年也有点明白了，反问："这好好的和天线连着，怎么会自行断开了呢？""总之呢，硬件没问题就好办。"王厚林说。"下午去了不就知道啦。"肖云飞说。"难道谁动了跳线？"郝树斌又说。"反正在他们办公室里。不知道会是怎么个情况。"于永年说。"哎哎哎，下午去，下午去。"郝树斌示意着说。

3. 反向维护

下午，拉萨郊区边巴乡政府办公室。"请问敏珠乡长在吗？"郝树斌问办公室的工作人员。"敏珠乡长开会去了，你们是？"工作人员问郝树斌等一群人。"噢，敏珠乡长绐我们打电话，说是里边的那个基站有点问题，让我们过来看看。"郝树斌指着办公室里面的基站说。"修基站的，进去吧，敏珠乡长走时交待了。"工作人员示意让大家进到里边。

肖云飞、于永年立刻进去对基站进行了检查。郝树斌留在办公区，问工作人员："你们敏珠乡长啥时候能回来啊？""下午刚去的，开会。"工作人员回答。"我知道开会，会什么时候完，敏珠乡长几点能回来？"郝树斌不停地问工作人员。这边，于永年递了个眼神对肖云飞说："就关心敏珠乡长啥时回。"肖云飞笑笑，专心检查着基站。

"于永年你看，这根跳线应该是被动过。"肖云飞指着上面的走线架说。"看看是主集的，还是分集的。"于永年说着仔细检查着。"分集，还是分集的。"于永年检查后说。"给王厚林打电话。"肖云飞对于永年说。"好。"说着于永年给王厚林拨起电话。

"喂，我们在基站，你看看分集底噪动不动。"于永年在电话这头对王厚林说。"不动。"于永年听着电话对肖云飞说。"把这根跳线取下，分集底噪应该也不动。"肖云飞凑到于永年耳边说。"好，你看着，我把这根分集跳线取下来。"说完把电话给肖云飞，于永年爬上走线架取下分集跳线。

"怎么样？于永年把分集跳线取下了。"肖云飞在电话这头问王厚林。"一样，没变化。"肖云飞听着王厚林的回答转告于永年。"唉，这个跳线怎么回事？"肖云飞顺手从于永年手上拿过跳线，同时把手机递给于永年，自己仔细查看起来。

"怎么，跳线有问题？"郝树斌走过来问。"这跟跳线接上和拿下分集底噪没变化。"于永年说。"那就是跳线的问题嘛，赶紧回去拿一根好的换了。"郝树斌说。"现在啊？"于永年问郝树斌。"我再看看吧，重新接一下再试试。"肖云飞在一旁说。"试什么试啊，在上面和取下来情况一样就已经说明问题了。于永年赶紧地，跟张师傅快去快回。"郝树斌不耐烦地说。"快走啊！"郝树斌催着于永年。"好，我去。"说着于永年转身出去了。

"我们在这边等着你啊，不见不散。"郝树斌扯着嗓子冲着于永年说。"是跟敏珠乡长不见不散吧。"于永年边走边低声地说。"废什么话，快走。"郝树斌说。"来来来，带你到边巴乡转转。"郝树斌从肖云飞手中夺过跳线扔一边，拉着肖云飞出了门。

"上来这么久，没有真正接触到藏族人民的真实生活，那是不应该的。这个边巴乡就是藏族人民生活的一个缩影……"郝树斌拉着肖云飞边走边看边介绍。一圈转回来，一进屋郝树斌便急切地问工作人员："敏珠乡长回来了吗？""敏珠乡长刚才来电话说晚上领导请客，要晚些才能回，让我们转告你们她的歉意。"工作人员说。显然，郝树斌非常失望，边说着没关系，边拨起电话。"喂，到哪儿啦，怎么还不来？就这么点路折腾这么长时间，晚上还有事呢，赶紧地。"说完，郝树斌气冲冲地挂了电话。

"这么点事，磨蹭半天，能干什么！"郝树斌自语道。突然，郝树斌冲进机房，捡起自己扔在地上的跳线对肖云飞说："你说可能是没接好？""我也不知道，我是想试试，结果你让于永年……"肖云飞回道。"哎，行行，我来试。"说着郝树斌拿着跳线往机顶上爬。"还是我来吧，可能你没经验。"肖云飞冲着郝树斌说。"这种简单的粗活我们还是能干的。"郝树斌说。"哦，拧钉头可不是简单的粗活，不是谁都拧得好的。"肖云飞说。"那好，还是你来吧。"郝树斌心虚地退了下来，顺势把手中的跳线交给肖云飞。

"在研发部，经常有因为钉头没拧好导致的测试问题。"肖云飞接过跳线对郝树斌说。"有没有类似我们这个现象？"郝树斌问肖云飞。"有钉头内芯被顶进去了，表面上看接好了，其实内芯阴阳根本没接角上。"肖云飞说。"是不是我们这内芯有问题啊？"郝树斌急忙问。"一开始我以为是，但仔细看了，这根跳线内芯没问题。"肖云飞说。"两边都没问题吗？"郝树斌心细地问。"仔细看了，两个头的内芯都没问题。"肖云飞回道。"馈线和机顶的头会不会有问题？不能光看跳线啊。"郝树斌说。"没看，一般这两边不会有什么问题。"肖云飞说。

"为啥？说不定呢。"郝树斌说。"这两边都是阴嘛，比较好判断。上去用手摁摁不松动就不会有问题。"肖云飞说。"你赶紧上去重新接一下，看看你的手气仙不仙。"郝树斌说。"还许仙呢。"肖云飞边说边爬上了走线架。

重新接好线后，肖云飞慢慢下了走线架说："给王厚林打电话，查查分集什么个情况。""不用，弓脑接上在这就可以查底噪。"郝树斌说。"对了，反向维护，现在可以用了是吧？"肖云飞问。"是啊，这绝对是利好，尤其对我们技服。这运气好，是分集出问题，要是主集，电话都打不了。"郝树斌边把基站和电脑相连边说。"要是主集出问题，敏珠乡长估计就不会去开会了。"肖云飞说。"有道理。"郝树斌边操作着电脑边说。"其实，没有分集还是有影响的。"肖云飞说。"快速移动容易掉话。但这里主要是固定台，一般也不会大范围地移动。所以，少了个分集，大家感觉不出来。"郝树斌说。"嗯，好了，真是许仙啊。"郝树斌看着便携电脑说。"啊，真的？"肖云飞急切地凑过来看着电脑上显示的数据。

"我给王厚林打个电话再确认一下。"说着郝树斌掏出手机拨打电话。"喂，王厚林，我是郝树斌。你赶紧看一下分集好了没，我这边看是正常了。别挂，赶紧看，等你。好了是吧？前后台应该是一样，确认主分集都没问题啦，好，挂了。"郝树斌说完电话冲着肖云飞说："得亏了是你上，要是我去接，难说。""我仔细查了，跳线本身没问题，馈线、机顶也都没问题，就是没接好。"肖云飞说。

"你光说没接好，太抽象了，有什么技巧没有？"郝树斌问肖云飞。"我一般是先把芯子对进去，然后再拧。如果边对边拧，要是没把握好，就会看似拧紧了，其实内芯根本就没接触上。估计这个就属于这种。"肖云飞说。"听你这么一说，感觉有点难把握。"郝树斌说。"不会吧。"肖云飞说。"你说的先把芯子对进去，然后再拧，是对你们这些对钉头理解深的人的。一般的人，只能是边对边拧。"郝树斌说。"其实，通常边对边拧也问题不大，我分析是这里的人把分集跳线拧下来了，由于他们更加不专业，拧上去的时候出了问题。"肖云飞说。

"哎，这于永年怎么还没来，磨磨蹭蹭的，指望他黄花菜都凉了。"郝树斌不耐烦地掏出手机拨打着。"喂，到哪儿啦？就拿这么根跳线，看你折腾的，快，等着呢。"郝树斌没好气地在电话这头对于永年说。"一会儿就到。"郝树斌撂下电话对肖云飞说。"白跑了一趟。"肖云飞说。"没跟他说。"郝树斌回道。

说完郝树斌走到办公区对工作人员说："给你们敏珠乡长打电话，基站修好了。""修好啦，那太好了。"工作人员说。"赶紧打电话给敏珠乡长。"郝树斌指着座机说。"敏珠乡长说了，开会最好不要打手机，有事发短信。"工作人员说着给敏珠乡长发短信，此时的郝树斌显得很失落。"想说个话都没机会，唉。"肖云飞在一旁冷嘲热讽地说。"打个电话知会一下修好了，这是礼节。"郝树斌说。"好，礼节。那你为啥不亲自打？"肖云飞冲着郝树斌说。"这不说开会不方便嘛。"郝树斌回道。

正说着，肖云飞的手机响了。"喂，哪位？啊，张总啊，在啊。什么时候回啊，这要看这边的安排。"肖云飞在电话这头跟张立彪说。"肖云飞，赶紧回来。"张立彪在电话那头说。"怎么，有事啊？"肖云飞问张立彪。"你倒好，一个堂堂基站研发主管，跑到世界第三极看什么大猩猩，丢下家里一摊子事，像话吗？"张立彪在电话那头说。

"这，"肖云飞正要回话，张立彪在电话那头又说："这什么，赶紧回来，现在情况有些新变化。""说说什么变化啊。"肖云飞问。"欧洲2G的基站很多都有近十年了，中国一时半会儿不会上3G。"张立彪说。"嗯，怎么啦？噢，2G要更新换代，国内2G要扩容。"肖云飞猜测着说。"说对了一半。"张立彪说。"那另一半呢？你说说。"肖云飞问。"麦克、香农他们，看到中国一时半会儿上不了3G，他们就搞出个准3G。"张立彪说。"准3G？"肖云飞问。"没错，准3G，也就是差不多是3G，是在欧制2G上演进，也能开展数据业务，仅仅比3G速率低一些。"张立彪说。

"您的意思是欧洲和中国要上准3G？"肖云飞问。"没错，千载难逢的机会啊，TIO正在做的不用变，基带改成准3G就行了。欧洲、中国大市场等着咱们呢。"张立彪在电话那头激动地说。"有没有咱们的戏啊？"肖云飞问。"你想想金总亲自抓TIO，赶紧回来，现在是准3G，你不回来抓怎么行呢！"张立彪说。"曹瑞祥他们毕竟仅仅是射频嘛，这个系统还得靠你啊，赶紧的啊。"张立彪又说。

"您得给郝树斌打个电话。"肖云飞说。"怎么？"张立彪问。"局方听说我要走后列了一大堆事，阿里啊什么的。"肖云飞说。"你已经跟他们提要走啦？"张立彪问。"是啊。"肖云飞说。"好，我知道了，我给郝树斌的头儿打电话。容耀煌要起到作用，其实你做的事按理应该他来做的。"张立彪说。"有些他们也做不了。"肖云飞说。"那也是他们在一线，你们在后方支持才对。"张立彪说。"当时上西藏可是你让我上来的。"肖云飞说。"那我现在让你下来啊。"张立彪说。"什么都是你对喽。"肖云飞说。"知道就好，尽快回来啊。"说完张立彪挂了电话。

"张立彪？"郝树斌问道，肖云飞没吭声。"走之前把哲蚌寺搞一下吧。"郝树斌又说。"阿里呢？"肖云飞问。"阿里这个时候去不合适，太危险。"郝树斌说。"旺堆那儿怎么解释？"肖云飞又问郝树斌。"我来想办法解释吧。"郝树斌又说。

4. 阿里出事了

在回拉萨的路上，旺堆打来电话。"旺堆，边巴乡这边搞完了。"郝树斌报告说。"噢，好唉，阿里又打电话啦。"旺堆在电话那头说。"怎么啦，阿里？"郝树斌问旺堆。"阿里怎么啦？"肖云飞在一旁急切地问郝树斌，郝树斌向肖云飞示意旺堆正在说。

旺堆在电话那头说："阿里那边说情况恶化，不能打电话的时间长了。""原来是时好时坏，现在，不能打电话的时间长了。"郝树斌转头对肖云飞说。接着郝树斌又对着手机说："旺堆，阿里的事我知道了，我们分析一下看看是什么故障再给您答复好吧。"说完郝树斌赶紧挂断了旺堆的电话。"怎么办？"郝树斌看着肖云飞说。"先去机房看看情况再说。"肖云飞说。

"张师傅，去机房。"郝树斌对司机说。

在机房郝树斌的领导给郝树斌打电话。"喂，我是郝树斌，贺总您好。"郝树斌在电话这头说。"唉，刚刚深圳的张立彪给我打电话，想让肖云飞赶紧回去，这不准3G要大干了嘛。"贺国伟说。贺国伟停了停又说："我呢，了解一下情况再给他答复。""噢，我刚听肖云飞说了……"郝树斌在电话这头说。"先别急、听我说。为了全面了解情况，我先给拉萨局方打了个电话，本想听听他们对肖云飞来了这么久有什么成果，听听他们怎么说。光听你说解决了这，解决了那的，我要听局方说。结果没等我开口，先说阿里出事了，让我跟你说。你说这事整的，到底咋回事，阿里？"贺国伟在电话那头说。"我正在处理阿里的事。"郝树斌说。"我先不急着回张立彪，还是阿里的事先有个着落再说吧。有结果告诉我一声。"贺国伟说完挂了电话。

"贺国伟说了什么？"肖云飞问郝树斌。"应该不会爽快地让你们回深圳。"于永年插话道。"差不多，阿里的事要有结果，他给局方打电话了，结果局方要他先解决阿里的事。"郝树斌说。"他为什么不先给你打电话？"肖云飞问郝树斌。"人家是领导，自然有领导的高明之处。"郝树斌说。"高明个啥，自作聪明。"肖云飞说。"想办法拖着你。"于永年对肖云飞说。"别瞎说。"郝树斌说。"不说了，先查阿里这几个站的情况。"肖云飞对王厚林说。

"喂，肖云飞，我是张立彪。"在深圳的张立彪给肖云飞打电话。"噢，张总。"刚回到宾馆的肖云飞接着张立彪的电话。"傍晚的时候我给贺国伟打电话，他说了解情况后马上回的，到现在也没回。所以就给你打电话了，想问问有什么问题吗？"张立彪问。"阿里这边呢出了点事，本来贺国伟想看看局方对我的态度，结果还没开口，局方就让他先把阿里的事搞定，就这样。"肖云飞说。"哼哼，不想让你走啊，逮着个能干活的了。"

张立彪说。"我跟你说，就这两天赶紧回啊。"张立彪很坚定地在电话里对肖云飞说。"两天？"肖云飞问。"这是命令，三天之内我要在深圳见到你。"张立彪说完挂断了电话。

"把刚才阿里的数据再打开看看。"肖云飞对王厚林说。"要是这种底噪，整个带内全抬起了，除非时间很短，否则真是打不了电话的。"肖云飞看着电脑上的数据说。"就不知道是外界影响造成的，还是自己产生的。"王厚林说。"你把实时的数据分析一下。"肖云飞说。"这就是实时的数据。非常奇怪的是，实时的数据和平均的数据是一样的。"王厚林说。"有这种事？"肖云飞问。"没错，当时我以为搞错了。但后来仔细检查发现没错。"王厚林说。"整个带内底噪抬升？你再确认一下。"肖云飞再对王厚林说。"看，也有好的时候，只是底噪高的时间比较长，也和阿里那边说的相吻合，不能打电话的时间长了。"王厚林说。"真是这样啊。"肖云飞听完王厚林的话又看了数据后说。

此时，肖云飞拿起手机给曹瑞祥打电话。"喂，曹瑞祥，我是肖云飞。"肖云飞在电话这头说。"啊，回来啦。"曹瑞祥在电话那头问。"没没没，还在拉萨。"肖云飞说。"怎么啦？"曹瑞祥问。"底噪整个带内全抬起，抬得好高啊，你看是什么原因？"肖云飞问曹瑞祥。"先发过来看看再说吧。"曹瑞祥说。"你在电脑旁吗？"肖云飞问。"几点啦！我现在在家。"曹瑞祥说。"在家也可以看啊。王厚林，发到他邮箱，赶紧。"肖云飞说。

"发了。"王厚林说。"王厚林发你了，赶紧收，别挂电话啊。"肖云飞对曹瑞祥说。"收到没？"肖云飞问曹瑞祥。"没看到。"曹瑞祥说。"王厚林再发一下，没收到。"肖云飞说。"噢，收到了。我看看啊。"曹瑞祥在电话那头边看边说。"怎么说？"肖云飞逼着曹瑞祥回答。"别太急好不好，让我好好看看，明天再有针对性地模拟测试一下，明晚再给您答复。"曹瑞祥在电话那头说。"明天下午，别晚上了。"肖云飞说。"明天下午下班之前吧。"曹瑞祥说。"看来是有点麻烦了，就这样。"肖云飞说完挂了电话。

"怎么说？"王厚林问。"明天下午下班前给分析结论。"肖云飞说。"张总是想让我们明天就回深圳的。"王厚林说。"怎么可能？"肖云飞回道。"那……"王厚林欲言又止地说。"那什么，阿里的事要有个着落，否则怎么回？"肖云飞说。"听他们说去阿里还是比较危险的，一辆车是没法去阿里的。"王厚林说。"怎么可能，照你的意思一个人开车还不能去阿里啦？"肖云飞反问王厚林。"我也是听他们说的。"王厚林说。"有可能的，不是说阿里是无人区嘛。"王厚林又说。"无人区？那基站给谁用啊。"肖云飞说。"不跟你说，抬杠。"王厚林说。"看明天曹瑞祥怎么说吧。"肖云飞说。

"喂，肖云飞，没见你来中心机房啊。"郝树斌第二天一早在中心机房给肖云飞打电话。"家里正在分析，还要做些测试，估计下午快下班的时候才会有消息。等消息呢。"肖云飞在宾馆房间里回着郝树斌。与郝树斌通完电话，肖云飞拨通了赵长城的手机。"啊，肖云飞，啥时回啊？张总都布置了。"电话那头的赵长城说。

"布置啥？"肖云飞莫名其妙地问赵长城。"唉，准3G基带改板啊。"赵长城在电话里说。"行行行，准3G先放放，曹瑞祥找你了吗？"肖云飞问赵长城。"没有啊，基带是马庆生找我啦。"赵长城回道。"没说马庆生，曹瑞祥找你没？"肖云飞又说。"没有啊，有什么事吗？"赵长城问肖云飞。"西藏这边的网上问题，这样，你现在就去找曹瑞祥，你们一起分析、测试，下午给我回话。"肖云飞说。"具体什么问题？"赵长城问。"整个带内底噪都抬起了，打不了电话。"肖云飞说。"那肯定是双工器打火了嘛。"赵长城在电话那头顺嘴就说。"你赶紧去一起分析、测试。快啊，下午下班前要给我回复啊。"说完肖云飞挂了电话。

搁下电话，肖云飞对王厚林说："麻烦来了。""怎么？"王厚林问。"曹瑞祥那么神神秘秘肯定有事嘛。"肖云飞说。"赵长城说什么啦？"王厚林问。"我跟赵长城提底噪全抬起来的事，你猜赵长城顺口说了什么？"肖云飞说。"说什么？"王厚林问。"双工器打火。"肖云飞回道。"什么！双工器打火？"王厚林惊得站起来说。"麻烦了吧，等下午看他们最终怎么说。"肖云飞说。"要换硬件啊。"王厚林自语道。

晚饭过后，大家聚在宾馆里肖云飞的房间。"其实阿里的底噪抬升处理起来很简单。"肖云飞轻描淡写地对在座的郝树斌、容耀煌说。"你们家里怎么说的？"郝树斌问肖云飞。"也没怎么说。"肖云飞支支吾吾地说。"也没怎么说？"容耀煌问。"机顶以上和机顶以下。机顶以上要查就需要派人。"肖云飞说。

"后台分析不出来吗？"郝树斌问。"后台是分不清机顶以上还是机顶以下的。"王厚林说。"那就派人查呗。"郝树斌说。"不用派人，投送几个双工器过去，一换就知道怎么回事了。"肖云飞说。"嗯？"郝树斌疑惑着。"你们认为，如果是机顶以下，就是双工器问题？"容耀煌问于永年。"嗯。"于永年回道。此时，大家都看着郝树斌。"好吧，就先不派人，把双工器投递过去换上看情况。"郝树斌说。"先这样吧。"容耀煌一身轻松地说。"于永年，走，到我房间，咱们商量点其他的事。"容耀煌招呼着于永年，两人离开了。

"为了保险，最好把要寄到阿里的双工器，在这边上站试一下，确认没问题了再发。"等容耀煌、于永年走后，肖云飞对郝树斌说。"好好的为啥还要这么搞一下？"郝树斌不解地问肖云飞。"家里是这么要求的，而且是再三强调这一点。"肖云飞回道。"还是保险一点，大老远的投递一趟不容易。"王厚林在一旁附和着。

"我怎么感觉心情沉重起来了呢？"郝树斌问。"怎么就沉重啦，保险一点，不至于啊。"王厚林说。"肖云飞，说实话，有什么瞒着我？"郝树斌冲着肖云飞说。"有什么可瞒的？"肖云飞摊开双手反问郝树斌。"问你自己啊，有什么可瞒的？"郝树斌说。"怎么可能瞒你嘛，瞒谁也不可能瞒你啊。"肖云飞装疯卖傻地对郝树斌说。"那好，就这样喽。"说着郝树斌打算离开。

"别急着走啊，再坐坐。"肖云飞拉着郝树斌说。"怎么，有事啊？"郝树斌说。"没事，没事就不能多坐坐嘛。咱们感情就这么浅吗？"肖云飞对郝树斌说。"哎哟，想起来了，我还真有事，得先走了。"刚坐下的郝树斌立马站起来要走。

此时肖云飞没办法只好冲着郝树斌说："有事。""我就知道你有事，说吧，什么事？"郝树斌装糊涂地问肖云飞。"明天，我们俩下山。"肖云飞看着郝树斌说。"明天，把你们说的上站跑一下，搞完了再走呗。"郝树斌说。"这种事就不用我在这儿了吧。"肖云飞说。郝树斌想了想说："那行，你这大领导忙，明天你先回。"

"那我在这干啥？"听了郝树斌的话王厚林不爽地说。"阿里的事总得有个着落。"郝树斌说。"我一个搞软件的能干啥？"王厚林说。"这话不能这么说哦，要是换上去还不好，就要靠你分析数据，判断干扰的情况。"郝树斌说。"于永年也可以啊。"王厚林说。"显然，对新版本，于永年没你熟。"郝树斌说。"你们哥俩感情深，郝树斌想多留你住两天，就多住两天呗。"肖云飞说。"就两天。"王厚林说。"你看，只是个比喻嘛。这样，一周，王厚林再多待一周。"肖云飞看着郝树斌说。"老在我眼前我还嫌碍眼呢，就一周啊，王厚林。"郝树斌对王厚林说。"你行了吧，说话算数就行。"王厚林冲着郝树斌说。"算数，10天吧。"郝树斌说。"刚说算数，就从一周涨到10天了。"王厚林说。

"哎呀哎呀，差不多就行了。"肖云飞给王厚林使了个眼色。"总之，阿里的事要有着落，这样各方都好交代。"郝树斌说。"理解理解。"肖云飞忙附和着。"你们这次来，总的反映不错，山南的洛桑主任、日喀则的常总都很认可你们。阿里再有个好结果，那就不得了啊，肖云飞。"郝树斌说。"那是那是。"肖云飞忙点头应和着。

"当然喽……"郝树斌正要说，王厚林抢着说："要是结果不好怎么办？""真要是怎么了，我让曹瑞祥上来。反正TIO板也投了，我又回去了。"肖云飞说。"说话算数啊。"王厚林冲着肖云飞说。"我相信你们肖总是说话算数的，都上来玩玩，挺好的。"郝树斌打趣地说。"算数算数，放心啊。"肖云飞说。"西藏之行，还是要保住晚节的，对吧，肖云飞？"郝树斌最后说完便扬长而去了。

离开肖云飞、王厚林的房间，郝树斌掏出手机给于永年打电话。"还在容耀煌那儿？"郝树斌问。"是啊。"于永年说。"看来双工器可能有问题啊，但愿不是批量的，你给多关注，别光盯着干扰，听见没？"郝树斌边走边说。"嗯，明白。"于永年回道。"就这样，别声张啊。"郝树斌提醒着。"好，知道了，不声张。"于永年说。

5. 全力以赴准3G

"张总。""啊，回来啦，肖云飞？"张立彪在电话里问。"刚下飞机。"肖云飞在深圳机场边拖着行李边给张立彪打电话。"回来就好，准3G要全力以赴，明天我要出差，有事打电话。"张立彪说完挂了电话。

"王厚林，我到深圳了。"肖云飞又给王厚林打电话。"你幸福啊。"王厚林没精打采地说。"今天试了吗？"肖云飞问。"都试了，没啥问题，明天运过去。"王厚林说。"这事也挺难，要是双工器打火，换上去就应该会好。但是，若换了双工器真好了，局方就会问是不是批量问题。难哪。"肖云飞在电话这头说。"你把我这搞软件的撂这儿，我可管不了这些硬件的事。"王厚林说。"也没让你管啊。"肖云飞说。"其实换上去好不好，我都管不了。"王厚林说。"你就往于永年他们那推就行了。赶紧回。"肖云飞说。"你说的噢，好，这下我有数了。"王厚林说。"当时的情况下，就是个缓兵之计，否则咱俩谁都走不了。"肖云飞说。"领导就是有手腕。"王厚林说完挂了电话。

"喂，这么急挂电话干啥？"肖云飞又拨给王厚林。"我要睡了。"王厚林不耐烦地说。"准3G离不开你，一定要想办法尽快脱身，知道吗？"肖云飞说。"想什么办法？"王厚林问。"其实你在那儿也没什么用，你会的于永年都会。"肖云飞说。"那你把我撂这儿？"王厚林说。"赶紧，想办法脱身啊，挂了。"肖云飞说完挂了电话。

"喂，马庆生，准 3G怎么样了？"肖云飞给马庆生打电话。"你是回深圳了吗？"马庆生在电话那头问。"刚下飞机，唉，改板啥时投板？"肖云飞急切地问。"现在是3月初，最快也要4月中。"马庆生说。"那就4月中吧，一板搞定。"肖云飞说。"目标是一板搞定。"马庆生说。"好，明天见。"肖云飞说完挂了电话。

"听说西藏一趟喜欢上酥油茶啦？"在金海明办公室，金海明对肖云飞说。肖云飞正要开口，金海明又说："把珠峰的照片发一下，让我们也分享一下，你小子这把算是赚着了。""车坏了差点冻死在外面，沿山的大石滚下来差点把车给压扁，算不算赚？"肖云飞说。"说的就是这些，现在不是站在我面前了嘛，你赚大发啦。"金海明装疯卖傻地说。"你要这么说。我只能说领导真是水平高，自叹不如啊。"肖云飞说。"还自叹不如，本来就不如嘛。"金海明说。

"肖云飞，TIO没按原先我讲的照麦克方案做，是你认可的吧？"金海明说。看着肖云飞没吭声，金海明又说："水平臭就水平臭，收发分开了，是个人都能做。""是水平臭，我承认。"肖云飞说。"先斩后奏，认错还挺爽快。"金海明说。"进度保证了。"肖云飞说。"跟你说噢，3G固然重要，但现在准3G更重要。"金海明说。"明白，这不赶紧回来向您报到了嘛。"肖云飞说。

"你们的努力有人看着呢。"金海明说。"谁啊？"肖云飞问。"欧洲最顶尖的两个大T，看上你肖云飞了。"金海明说。"哦，哪两家？"肖云飞又问。"英国的。"金海明说。"当然，不光是无线。"肖云飞顿时像打了鸡血似的激动地说："真的啊？""真不真，人家马上来燎原对公司进行全面考察评估。"金海明说。"噢，要是评估不行……"肖云飞正说着被金海明打断："不存在不行一说。必须行，老板已经发话，千载难逢的机会，绝不能白白从手中流失。""必须行。"金海明又强调着说。

"必须行，没错，咱跟麦克他们还是有差距。"肖云飞说。"有差距没错，但我们在不断迅速地进步这也是不争的事实。"金海明说。"也就是沙特麦加、尼日利亚三牌，其实葡萄牙应该都算不上。"肖云飞说。"谁说的，西藏算一个。"金海明说。"西藏也能算？"肖云飞问。"怎么不能算？华老板出去都会提到我们西藏的天地通。"金海明说。"没想到，西藏的天地通在欧洲的瑞士都有影响力。"金海明说。

"那是桑耶寺，这次帮他们搞定桑耶寺，瑞士做法事双向实时直播。"肖云飞说。"要不怎么说你这次西藏之行赚了呢。"金海明说。"赚了。"肖云飞说。"这两家欧洲顶尖的大T之所以选择不起眼的燎原，其实质是看重燎原的潜力。"金海明说。"潜力？"肖云飞说。"你看你多有潜力啊。"金海明说。"金总，别拿我开涮。"肖云飞说。金海明回道："什么叫拿你开涮，我说的是事实。"肖云飞被金海明说得不好意思，脸红了。

"公司判断，这两个欧洲顶尖的大T，正是着眼于长远的战略考虑，为了实现自身保障供应，降低成本，保持领先等战略诉求，而且，他们经过跟踪、分析和判断，认为未来亚洲，尤其是中国的电信设备商会崛起。"金海明说。"金总，您的这番话说得我心潮澎湃啊。"肖云飞激动地说。"好好干，有潜力。好了，你去忙吧，我这还有事。"金海明最后说。

"哟，'肖潜力'，回来啦。"看着走过来的肖云飞，柴文娜边吃边喊着。"什么什么，肖潜力？"马庆生一旁摸不着头脑地问。"好嘛，西藏这一趟，上去肖云飞，下来变肖潜力了。"曹瑞祥边吃边说。"别听她瞎说。"肖云飞说。"我瞎说。金总是不是说你有潜力啦？"柴文娜冲着肖云飞说。"随便说说。你的嘴也是……"肖云飞欲言又止地说。

"为啥金总要说你有潜力？"赵长城问肖云飞。肖云飞不知咋回，柴文娜见状跟着说："欧洲顶级运营商看上燎原啦。""这跟肖潜力有啥关系？"廖默然问。"唉，关系大啦。"柴文娜说。"怎么关系大啦，说来听听。"邓学佳说。"别急，我来说。"夏润泽插话道。"你说。"柴文娜冲着夏润泽说。"依我看GBT、VKT能看上燎原，肯定是认为我们有潜力。所以，就有了金总喊有潜力这档子事儿，我猜得对不？"夏润泽冲着肖云飞说。"说明大家都有潜力。"肖云飞冲着大家说。

"云飞，我们去给金总汇报准3G的质量计划。"柴文娜对肖云飞说。"这么急干啥，下午把版本例会开完了再说啊。"肖云飞不高兴地说。"张总事先安排好的，我又不知你回来。"柴文娜说。"不会吧？"肖云飞冲着柴文娜说。"说实话，这边心里都没底。"曹瑞祥说。"也是，前天好晚了才定的。我到深圳下了机才给张总打的电话。"肖云飞说。"曹瑞祥，王厚林最多待一周，不行你上去。什么烂双工器。"肖云飞冲着曹瑞祥说。"别这么说好吧，什么叫烂双工器，出了点问题也别这样嘛。"曹瑞祥不高兴地回肖云飞。

"会不会是批量问题？"肖云飞问曹瑞祥。"应该不会吧？"曹瑞祥没把握地说。"看，没一句靠谱的，什么应该不会。我跟你说，西藏条件艰苦，真是双工器问题，那麻烦真的大了。"肖云飞说。"反正以前做话务量测试，遇到过双工器打火，完全打不了电话。"麦哲渊说。"看看，真的后果很严重的，我在上面不敢说。"肖云飞说。"你说不说也没啥关系，东西投递到阿里，一换上，好了。"赵长城两手一摊说。"只能走一步看一步，听天由命啦。"肖云飞说完看到远处的尹贤良，又说："以前吃饭就听尹贤良叽叽喳喳的，怎么现在突然变成沉默的羔羊啦？""叽叽喳喳的是娜姐。"尹贤良不买账地说。"你才叽叽喳喳呢，说你又扯到我。"柴文娜不爽地说。

"怎么啦，沉默的羔羊？"肖云飞冲着尹贤良说。尹贤良故作不知把头扭开。"被也门项目折磨的，早就是沉默的人啦。"牛玉江说。"对了，尹贤良，也门项目怎么样，可别搞砸喽。真的，这么大的项目，老板都亲自关心着呢。"肖云飞说。"可难了，他脆弱得很，能不沉默嘛。"麦哲渊说。"那可不行啊，尹贤良。"肖云飞说。"这不在搞嘛。"尹贤良不耐烦地回道。

下午，基站版本例会。"开会啊，今天的重点是……"柴文娜正说着，肖云飞打断了说："等等，邓学佳，把杭岩叫来。""好。"邓学佳说。"今天的重点是准3G开发，再说杭岩也不应该参加基站的版本例会啊，曹瑞祥、邓学佳都在。"柴文娜有意见地说。"以后，作为多载波的负责人，曹瑞祥，要让杭岩也来参加基站版本例会。"肖云飞坚定地说。"知道了。"曹瑞祥回道。"杭岩来啦，开会。"看着走进来的杭岩，肖云飞示意柴文娜。

"马庆生，你先说说基芍改板的情况。"柴文娜说。"计划是4月中旬投板，不过基带改板，重头戏是软件，牛玉江。"马庆生说。"是啊，王厚林要快回啊。TIO原来是重点，现在又冒出个基带准3G，工作量巨大，当然关键是方案的确定，需要有经验的人赶紧讨论啊。"牛玉江冲着肖云飞说。"我是让他赶紧脱身。"肖云飞说。

"曹瑞祥，阿里的双工器换了吗？"肖云飞转身问。"应该还没到吧。"曹瑞祥回道。"别应该啊，盯紧了。"肖云飞说。"在盯着呢。"曹瑞祥说。"别不耐烦，我告诉你，王厚林必须马上回来。如果一线不放，就你上。我这上去可都是给你们射频部干活的。"肖云飞说。"不能这么说吧，你肖云飞整天你们、我们的也不像个大领导啊。柴文娜，你说对吧？"曹瑞祥说。

"你们后台硬，金总亲自领导，我可不敢领导你们射频部。"肖云飞说。"好，你说不领导我们，那西藏我就不去了。"曹瑞祥说。"那不行。"肖云飞说。"看看，原形毕露了吧。"曹瑞祥说。"我们在开基站的版本例会，你们两个老大斗嘴，像话吗？"柴文娜打着圆场说。

"也不一定非要面对面地讨论，给王厚林发邮件，别让他闲着。说实话他在那儿没啥事。"肖云飞对牛玉江说。"肯定不会让他闲着的。"牛玉江回道。"TIO的情况说一下吧。"柴文娜接着说。"说啥，人家金总说，水平臭就是水平臭，收发分了，是个人都能做。这可是金总的原话啊，不信你们可以亲自问金总。"肖云飞说。"金总怎么能这么说？"柴文娜说。"你不经常向金总汇报嘛，可以亲自问问金总为啥要这样说。"马庆生冲着柴文娜说。"我傻呀。"柴文娜回道。

"好啦，杭岩，你来说说多载波班德芯片验证的情况。"肖云飞说。"别急，我先问，厂家配合得怎么样？积极吗？"肖云飞紧接着又对杭岩说。"厂家很希望我们用他的芯片，所以配合得很积极。"杭岩回道。"那就好，你说吧。"肖云飞冲着杭岩说。"目前还没有全部调通，但在按计划正常走。"杭岩说。"有什么困难吗？或者说，有什么需要我协调的？"肖云飞问杭岩。"要是有个软件人的帮助就太好了。"杭岩渴望地看着肖云飞。"难道除了软件就没别的？功放呢？"肖云飞问杭岩。"当然功放是重点。"杭岩说。

"那几个外国人都给你用。"廖默然说。"谁说的，多载波不要让他们插手。"肖云飞说。"那就没人了。"廖默然说。"TIO还有3G各频段功放，真的，功放这边很难的。"曹瑞祥说。"这我知道，你亲自来帮杭岩。"肖云飞冲着曹瑞祥说。"也只能这样了。"曹瑞祥认可地说。"这是空头支票，没什么用。"杭岩摇着头说。"你是说我没用？"曹瑞祥反问杭岩。"你说呢？看你答应得这么爽快就是个幌子，想蒙混过关。"杭岩说。

"杭岩，我倒不这么看。"肖云飞说。"难道他能一直陪着我做测试？"杭岩说。"陪，这可是你说的。"肖云飞对杭岩说。"怎么啦？"杭岩问。"陪就意味着功放这块在你的整个调试过程中处于辅助的角色。"肖云飞说。"不对，多载波、多载波，主要是功放的多载波。功放绝对是主角。"杭岩说。"主角是DPD算法。"邓学佳插话道。"看看，都不用我开口。"肖云飞说。"没有功放的人配合，我怎么搞？"杭岩问肖云飞。"功放就是个硬件，曹瑞祥给你搭好，上了电，功率能出来，剩下全是你的啦。"肖云飞说。"那要是功放有问题呢？"杭岩又问。"好办，曹瑞祥，对了，廖默然，多准备几个，有问题就换，不就得啦。"肖云飞一脸轻松地说。"你们要这么说，我也说不出啥来。但我总觉得不会这么简单吧。"杭岩略有所思地说。

"哎呀，别那么死脑筋，曹瑞祥答应了，有事就找曹瑞祥。"邓学佳冲着杭岩说。"问一个具体的，他要是去西藏了呢？"杭岩说。"想得有点多。"马庆生说。"怎么，这是很现实的。"杭岩很认真地说。"放心，真要上西藏，我来。"廖默然站起来说。"说话算数？"杭岩非常认真地对廖默然说。"算数，肯定算数。"廖默然说。"怎么样，这下放心了吧。"肖云飞笑嘻嘻地冲着杭岩说。"但愿吧。"杭岩仍心有余悸地说。

"说实话，到时候问题多着呢，恐怕我们都得扑进去，肖云飞。"曹瑞祥说。"是啊，杭岩，曹瑞祥说得一点都没错。这是大事。"肖云飞说。"我们测试说说吧。"此时赵长城站起来说。"你说。"柴文娜说。"你们一会儿TIO，一会儿基带板，又是多载波，最后全在我们这儿。"赵长城说。"你们就像足球场上的守门员，铜墙铁壁，钢门啊。"肖云飞说。

"肖云飞，你形容得太贴切了，可不就是肛门嘛，好的坏的最后都从那儿出去。"赵长城说。"哎，赵长城，你可曲解了，我说的可是钢铁大门，怎么到你那儿就变成……不对啊。"肖云飞说。"我觉得赵长城形容得挺确切的。"一旁的柴文娜插话说。"怎么确切啦？"肖云飞不高兴地问柴文娜。"什么软件的bug、硬件的缺陷故障，还有一开机爆炸的、功放烧了的。"柴文娜绘声绘色地说着。"还有双工器打火。"廖默然说。"对对对，光听说开汽车要点火，没想着基站还整出个打火来。"柴文娜说。"行啦，没人让你在这儿演小品，搞得跟宋丹丹似的。"肖云飞不快地说。

"看到了吧，说开发就不爽了。"赵长城说。"你们那种冷嘲热讽的不是正确提意见的方式。有意见好好提嘛，何必阴阳怪气的。"肖云飞说。"你看看啊，现在嫌问题提多了，网上有问题了，又嫌问题发现得少了。"赵长城冲着肖云飞说。"肖云飞、曹瑞祥，这回西藏双工器打火的事，廖默然，我们测试可是测到过，还知会了你们的哦。"赵长城看着廖默然正要张嘴，又接着说："别说测试没告诉你们。"看着赵长城如此张狂地数落开发，曹瑞祥不服地说："西藏双工器还没定论呢。"

"没定论，那肖云飞问你，你为啥藏着掖着？"赵长城冲着曹瑞祥说。"没藏着掖着啊。"曹瑞祥说。"没藏着掖着？我问你，肖云飞当时从山上打电话给你，现象这么明显，你为什么不直说是双工器打火？还忽悠要做什么测试，你怎么没测啊？"赵长城问曹瑞祥。"你怎么知道我没测？"曹瑞祥反问赵长城。"你有整机吗？你有双工器吗？测，测你个大头鬼啊。"赵长城冲着曹瑞祥说。"肖云飞是个明白人，转头就给我打电话啦。肖云飞刚说两句，我马上就说是双工器打火，肖云飞，是不是？"赵长城看着肖云飞说。肖云飞没吭气。

"你厉害。"廖默然打圆场似的冲着赵长城说。"说了半天，我这缺人。这么多事，人手不够，忙不过来。"赵长城冲着肖云飞说。"还有尹贤良的也门版本呢。"麦哲渊插话说。"对了，尹贤良的项目，肖云飞，怎么办啊？"赵长城说。"也门，什么时候升啊？"肖云飞问尹贤良。"6月底吧。"尹贤良答道。"这事不能出差错噢，麦哲渊。"肖云飞说。"人手不够。"麦哲渊说。"这事多重要啊，老板亲自盯的。人不够加人啊。"肖云飞说。

"那TIO和基带板呢？"麦哲渊问肖云飞。"当然都重要啊。别扯，基带板软件没怎么开始呢。"肖云飞又说。"基带改板，软件要大改，难道前期不需要软件测试的人投入吗？"赵长城看着肖云飞说。"赵长城，你什么意思，都是你业务范围的事，拿到这来捣什么乱啊？"肖云飞说。"哈哈，捣乱，柴文娜，我是在捣乱吗？你主持公道，评评这个理。"赵长城说。"我不掺和，清官难断你们这些烂事。"柴文娜摇着双手说。

"娜姐这话有失水准啊。"马庆生在一旁说。"怎么没水准啊，本来就是烂事。"柴文娜回道。"赵长城，你今天究竟想干啥？"肖云飞问。"要排序。"赵长城说。"排序，什么排序？在我看来都重要，你们给我克服，有条件要保证，没有条件创造条件也要保证。"肖云飞说。"另外，还有多载波。"肖云飞又补充道。"多载波，不可能。"赵长城说。"反正我不排，都是你分内的事，排什么排？都要搞定。"肖云飞说。"好，既然你这么说，那我只能优先TIO和基带板，尹贤良的，你们自己多测测吧。"赵长城说。"你们一点都不投？"肖云飞问赵长城。"没有，我们把关，以尹贤良他们自己为主。"赵长城说。"我丑话说在前头，出问题找你。"肖云飞冲着赵长城说。

　　"说实话，准3G基带板，软件测试的必须前期投入，而且要投足。光靠开发肯定是不行的。这可是我们大家总结出来的经验哪。"赵长城说。"反正你们测试要把握好喽，出问题你们肯定跑不掉。"肖云飞说。"柴文娜，好好帮我们把关，多关注尹贤良他们测试用例的执行情况。"赵长城说。"好嘛，把我给使唤上了。"柴文娜无奈地摇了摇头。"不能这么说。大家齐努力嘛。"赵长城说。"尹贤良，压力大喽。"肖云飞拍了拍尹贤良说。"尹贤良能搞定的，我很相信他们。"麦哲渊说。"别给我戴高帽。"尹贤良说。"唉，王厚林得赶紧回来。"肖云飞自语道。

6. 金蝉脱壳

　　"王厚林，晚饭吃了吗？"肖云飞边吃饭边给王厚林打电话。"没呢，一会儿吃臊子面。"王厚林在电话那头说。"不过，那个臊子面味道虽不错，但是，吃了会拉肚子。"肖云飞说。"是吗？我还好。你是不够皮实，有点娇嫩啊。"王厚林调侃地说。"哎，想办法赶紧回，真的，缺你真不行啊。"肖云飞说。"缺我不行？缺你不行。"王厚林没好气地说。"别啊，我是张总强行要求必须回，限定了时间的。"肖云飞解释道。"是啊，你回就行了嘛。"王厚林说。"哎，说真的，赶紧想办法回。"肖云飞又说。"你给郝树斌说嘛。"王厚林说。"你觉得现在我的话管用吗？"肖云飞反问王厚林。"不知道，反正我现在找郝树斌，只能是自讨没趣。"王厚林说。

"哎，你父母最后还是来深圳过的年对吧？"肖云飞问王厚林。"是啊，这边暖和。"王厚林回道。"现在还在深圳吧？"肖云飞又问。"现在还在，估计我回去，他们就该回兰州老家了。"王厚林说。"哎，你父母身体最近怎么样？"肖云飞问王厚林。"最近挺好啊。"王厚林说。"最近流感挺盛的，就没个感冒、发烧的？"肖云飞问。"没有，这边温差这么小，老两口爽得很，不像在乡下温差大。"王厚林说。"来深圳这么久，就一点头痛脑热的都没有？再想想。"肖云飞诱导着王厚林。"知道你的意思了，我想想吧。"王厚林说。"编得圆一点，最好明天就回。看你的啦，王厚林，先挂了。"肖云飞说完挂了电话。

"上午去哪儿啦？找你不在。"边吃午饭，柴文娜边问肖云飞。"有什么事？"肖云飞问。"下午在吧？"柴文娜又问肖云飞。"下午？下午在。咳，上午去了趟医院。"肖云飞说。"怎么了，你？"柴文娜问肖云飞。"王厚林的母亲生病住院了，王厚林不在，我替他去看看。"肖云飞说。"啊，什么病？这么严重，都住院了，那不赶紧叫王厚林回来。"柴文娜急着对肖云飞说。

"老娘病了，那得赶紧把王厚林叫回来，家里还有小孩，光靠他太太一人，不行啊。"马庆生说。"叫了没有？"柴文娜问肖云飞。"什么，叫什么？"肖云飞问柴文娜。"给王厚林打电话呀。"柴文娜着急地说。"打啦，昨晚就打啦。"肖云飞说。"王厚林什么时候回啊？"牛玉江问肖云飞。"不知道。"肖云飞回道。"哼，不知道，等于没打。"牛玉江不满地说。

"王厚林是作为人质被扣在山上的，肖云飞回了，王厚林就难了。"曹瑞祥说。"不是说王厚林下来你就顶上去的嘛。"柴文娜冲着曹瑞祥说。"谁说的？"肖云飞赶紧插话道。"不是你说的吗？"赵长城在一旁对肖云飞说。"我说过吗？曹瑞祥，我说过要你去西藏吗？"肖云飞冲着曹瑞祥说。"反正我没听到你说。别人听到了没有我不知道。"曹瑞祥顺势说。大家伙都愣住了。

"嗨，转脸就不认账，真是领导啊，高，高，高，真是高。"柴文娜说。"没说对啊，娜姐，电影里可是说高高高，实在是高，实在是高。"马庆生调侃地说。"就你能。"柴文娜气不打一处来地对马庆生说。"我现在总算弄明白指鹿为马是怎么回事了。还是古人高啊，啥都预见到了。"赵长城阴阳怪气地说。"形容得不是太确切吧，这既没有鹿，也没有马。"肖云飞说话了。"谁说没有，那不是鹿嘛，你看马在那儿，瞧你这眼神。"赵长城胡乱指着，脸上带着嘲弄的神情对肖云飞说。

"什么乱七八糟的，吃完了走了，不跟你们瞎聊。"肖云飞端起盘子走了。"谁跟你瞎聊，白耽误工夫。"柴文娜说。

"找我干啥？不怕白耽误工夫？"看着走过来的柴文娜，肖云飞坐在座位上说。"谁让你是领导呢！"柴文娜回道。"中午吃饭闲聊的话还记在心里，这领导的心胸也是啊。"柴文娜又说。"我是狭窄啊，啥事？说。"肖云飞没好气地说。"跟您商量两件事，看怎么搞。"柴文娜说。"哪两件？"肖云飞问。"第一件事是，公司要下大力气减少研发的临时技术更改，以减少对生产的干扰。"柴文娜说。"不是一直在强调嘛，这次怎么又单独要抓？"肖云飞问。"这次是有硬性指标的，公司要考核产品线。"柴文娜说。"单独考核啊？"肖云飞问。"你以为呢？"柴文娜说。"来硬的了，张总知道吗？"肖云飞问。"就是他让我找你的。"柴文娜说。"张总怎么说？"肖云飞问。"张总能怎么说。让我跟你商量。"柴文娜说。"好，临时技改，另一个呢？"肖云飞又问。

"坏件返还率。"柴文娜说。"就是要单独考核呗。"肖云飞说。"没错，只是，从公司排名看，我们移动的排名靠后。"柴文娜说。"是吗？"肖云飞说。"很显然，公司认为移动的研发能力是偏弱的。"柴文娜说。"怎么能得出这么个结论，太不客观了吧。"肖云飞说。"怎么不客观？"柴文娜问。"不能仅凭坏件返还率来判断研发能力吧。"肖云飞说。"那你说凭什么判断？"柴文娜说。"应该综合判断才是。"肖云飞说。"怎么个综合判断，具体点。"柴文娜说。"这个要你们去考虑啊。"肖云飞说。

"叫你说。你又说不出来，行啦，张总说了，这两个都要成立专门的工作组，要有例会，我们来监控。"柴文娜说。"搞呗。"肖云飞说。"什么搞呗，先确定组长是谁。"柴文娜说。"组长？"肖云飞说。"两个啊，不能是一个人。"柴文娜说。"为什么不能是一个人？"肖云飞问。"你说一个临时技改，一个网上坏件，同一个人抓，一个内，一个外，合适吗？"柴文娜说。"有什么不合适的？"肖云飞说。"肖云飞，你这个态度有问题啊。"柴文娜说。"别扯什么态度，有事说事。"肖云飞不高兴地说。"不跟你多说。确定两个组的组长和组员，张总要正式任命的。"柴文娜说。"哎，组员是可以重叠的吧？"肖云飞说。"组员应该可以吧。"柴文娜说。

在作战室，一早肖云飞召集大家开个早会。"人总算齐了，欢迎王厚林回来，马庆生、麦哲渊都说说吧，好让王厚林了解情况。"肖云飞说。"我这不用，一直有邮件沟通，麦哲渊说吧。"马庆生说。"我这儿，有些测试用例，牛玉江嫌费时麻烦不肯接收，还是需要王厚林来把握的。"麦哲渊说。"我是说。准3G基带板，马虎不得，真的。要是真像金总说的，量那么大。说白了，曹瑞祥他们的TIO出事就是一个扇区，基带板出事可就是整个基站，不可同日而语的。"赵长城说。"点和面的关系。"麦哲渊说。"知道了，我再好好想想吧。"王厚林说。

"另外，赵长城，别光喊，我在想，还是要想办法提高软件测试的效率。"肖云飞说。"这才是王道，赵长城、麦哲渊。"王厚林跟着说。"按照计划的倒推，似乎很难达成。但质量又不能马虎，怎么办？效率就是关键，工具就是提升效率的有效手段。"肖云飞又说。"这样，王厚林，你先看看，然后咱们再碰个头看如何落实。"赵长城说。"好。"王厚林说。

"另外，跟大家商量个事。"肖云飞说。"什么事？"大家伙问。"公司要考核临时技改和坏件返还率。"肖云飞说。"考核呗，怎么啦？"马庆生说。"要分别成立工作组。"肖云飞说。"这种事，你先兼着呗。"曹瑞祥冲着肖云飞说。"这事，我要是兼着，上面看了就知道是在糊弄。"肖云飞说。"知道又怎么啦？现在大家都这么忙，搞这种不是添乱嘛。"马庆生说。"这次恐怕不好糊弄喽，年底不达标，可是要影响张立彪的KPI的。"肖云飞说。

"你是说有硬性的指标？"王厚林问。"肯定的啦，不然怎么会要求成立专项组，要有例会，柴文娜他们要监督。"肖云飞说。"喔，公司要下狠手。"曹瑞祥说。"张总自然很在意啦，不说了，两个组要确定组长，不能是同一人。"肖云飞说。"为什么？"马庆生说。"哎，简单，临时技改组长马庆生，坏件返还率组长肖云飞。"王厚林说。"理由？"马庆生冲着王厚林说。"理由，你接口生产多，临时技改非你莫属啊。坏件返还主要是对外的，就靠肖云飞了。"王厚林解释道。

"赞同。"曹瑞祥说。"我跟你们说，这两个组长都不能是我。否则，张总肯定不会答应。"肖云飞说。"我看，叫柴文娜提供相关的数据，临时技改谁的问题大就应该谁来当组长。同样，坏件也是。"马庆生说。"反对。"曹瑞祥说。"看见没，谁反对，就应该谁当组长。"马庆生说。"唉，这是什么理？"肖云飞问马庆生。"还用问吗，坏件主要是射频。"

马庆生说。"是吗？"肖云飞问曹瑞祥。

"坏件多就该当组长啊？"廖默然说。"很显然，射频坏件里，功放最多。"马庆生说。"嗯，好像是。"肖云飞冲着曹瑞祥、廖默然说。"这样说不公平。"曹瑞祥说。"基站有三个扇区，载频板要三套，你基带板只需要一套，三比一，自然相对坏件多。"邓学佳说。"是啊，有道理，要不金总说基站就是射频呢。"肖云飞说。"临时技改，马庆生你跑不掉了吧。"王厚林说。

"我是找了一圈没人，估计你们在这儿。王厚林，回来了，正好。"柴文娜说。"什么个意思，不会是让我当组长吧？"王厚林冲着柴文娜说。"不会吧？"肖云飞也说。"我找你，就是想跟你说，从公司和我们移动的数据看，生产上临时技改最多，且对生产影响大的，生产反映最强烈的是软件的临时技改。最让生产弟兄们伤心的是马上要提货了，甚至都上了船了，说是软件有重大的bug，必须拉回来升级。"柴文娜对肖云飞说。"换句话说，公司抓临时技改，主要针对软件。当然，硬件也是要加强的。"柴文娜又补充说。

"哼哼，王厚林。"肖云飞笑着说。"笑啥？硬件不是也有这种事嘛，马庆生，你没拉回过？"王厚林说。"不过，你们软件确实临时技改太多。只不过我以为临时技改似乎就应该是硬件的事，没往软件上想。"马庆生说。"公司肯定综合看，抓主要矛盾。告诉你王厚林，其他产品线都是软件的人当临时技改的组长，想必移动产品线也不会例外吧。"柴文娜说。"从西藏急着回来就是赶着当这个组长的，正好满足你。"马庆生打趣地说。"肖云飞，还是马庆生当，我支持。"王厚林说。

"凭什么呀？"马庆生说。"哎呀，听你的，要我们做啥就做啥，保证听话。"王厚林说。"这样不合适吧，肖云飞？"柴文娜说。"有什么不合适的，我看坏件也都归你管。反正也是大家支持。"曹瑞祥冲着马庆生说。

"其实，我们目前的模式，的确这两块都是马庆生在张罗，对吧？"肖云飞冲着马庆生说。"别啊，我在改着板呢。"马庆生说。

"我看啊，坏件这块本来就是马庆生在搞。临时技改，既然柴文娜这么说，那就应该是王厚林，似乎别无选择。"赵长城插话说。"什么叫别无选择，可选择的余地大了。"王厚林说。"那你说说怎么个余地大？"肖云飞问王厚林。"别光说软件，一个版本有给你马庆生硬件缺陷擦屁股的。邓学佳，你那儿逻辑改得少啊？我是为大家服务的，要明白。就说你功放监控版，时不常地也要改，没错吧，廖默然？"王厚林说。

"看看，都不说话了吧。"王厚林趾高气扬地冲着肖云飞说。"别在这混淆视听，我看了数据，你刚才说的这些仅占你软件临时技改的三分之一，大头还是软件自身的问题。"柴文娜说。"还是要用数据说话，没办法，只能是你了。"肖云飞对王厚林说。"对张总来说，你那边压下去了，也就差不多了。"柴文娜对王厚林说。"噢，光压我，他们硬件呢？"王厚林不服气地说。

"说实话，硬件这一块，分析了整个公司的数据，客观地说，改进的余地不大，总不能一个不擂吧。当然，你们还是要努力减少硬件的临时技改。"柴文娜冲着马庆生、曹瑞祥说。"你要说，硬件真的不想走临时技改，都是没办法，器件批次出问题，你说怎么办？"曹瑞祥说。"就这样，我们还是尽量评估风险，能不批量整改，就不改。就是为了减少生产线上的无用功，劳民伤财啊。"曹瑞祥补充道。

"临时技改组长王厚林，网上坏件组长马庆生。"肖云飞冲着柴文娜说。"哎，不是曹瑞祥吗？"马庆生说。"哎呀，就是你啦，就这么定了，柴文娜，你向张总汇报。"肖云飞说完转身走了。

"哎呀，又不是不支持你，放心，活我们干，你就发号施令就行了。"曹瑞祥边冲着马庆生说边跟着肖云飞走了。"肖云飞，就会欺负咱俩，敢情上辈子欠了他的。"王厚林走近马庆生说。"怕射频靠不住。"柴文娜低声在马庆生、王厚林耳边说。"不过我跟你说，也别怪公司和肖云飞他们，生产对软件临时技改的反应很强烈，这远大于硬件。"柴文娜最后对王厚林说完也离开了。

7. 机会绝不能错过

产品线例会，柴文娜就开发的各项计划执行情况进行汇报。"目前我们产品线的重中之重是准3G，这个机会绝不能错过。"柴文娜汇报完后张立彪说。"基带板，硬件更改我看问题不大，大不了再改一板。王厚林，是吧？赵长城，软件你们要好好测啊。"张立彪又说。"就是人手有点紧。"赵长城说。"问题不大的，能克服。"肖云飞赶紧插话说。"人手再多你们都不会嫌多的，多少是个头啊？所以，关键看你们怎么做。我相信肖云飞所说的，问题不大。我们刚起步的时候才多少个人呀，这样想，你就不会觉得人手紧了，只会觉得自己没有充分挖潜，没动脑子。"张立彪说。"回去多动动脑子，如何把效率提升上来才是正道。"肖云飞插话道。

"好了，我们还是谈一个比较难搞的事。"张立彪说。"什么事？"肖云飞看着张立彪问。"怎么说呢，最近公司下狠心抓坏件返还率，谁去负责啊？马庆生，是你对吧？"张立彪看着马庆生说。"没错，就是马庆生负责坏件返还。"柴文娜说。"公司在梳理市场返还的坏件时发现，有相当一部分坏件很难返回，或者，返回的周期很长。有的国家积压的坏件居然高达1000多块。"张立彪说。

"哪儿啊？"大伙问。"我能记得的是斯里兰卡、孟加拉国，还有印度就是近千块坏件。"张立彪说。"搞不回来吗？"马庆生问。"种种原因导致，很难返回到深圳总部。"张立彪说。"有清单吗？看看都是哪些单板。"肖云飞说。"清单有，问供应链可以要到。"张立彪说。"你们看，坏了要换下，公司发好的过去，要是坏件能及时返回，修好还可以再发到其他地方。返不回，都堆在当地，怎么办？"张立彪问大家。

"派人去修。"曹瑞祥说。"亏你想得出，上千块单板，怎么修？"柴文娜说。"肖云飞，你下去组织讨论一下，一定要拿出一个切实可行且行之有效的方案来。我可盯着这事啊。"张立彪说。"行，我下来组织。"肖云飞回道。"柴文娜，你说你的事。"张立彪说。

"噢，我这个大家听了别叫啊。"柴文娜对大家说。"肯定没好事，最好别说。"肖云飞说。"唉，还是要说呀，公司又要进行质量考试了。"柴文娜笑嘻嘻地看着大家说。"什么时候考？"邓学佳问。"月底。"柴文娜说。"哎呀，张总，这么忙，还要考试。"大家伙叫喊着。"光以为你们考啊，这次我也要考。"张立彪冲着大家说。

"找个人辅导一下，柴文娜。"马庆生说。"这个正在安排，会后我会把相关的资料发给大家，有空看看。"柴文娜说。"没空看。"大家齐声说。"对了，这次可是全员都要考，一个都不能少。"柴文娜补充道。"这是第一波吧，应该有第二波的？"肖云飞问柴文娜。"这个，我要去问问。"柴文娜说。"真的张总，这个月很关键，向公司申请延期。"肖云飞很认真地说。"是的，柴文娜，看看能不能安排第二批考。"张立彪对柴文娜说。"我去问问吧。"柴文娜说。"这事要上心，不行把我叫上。"张立彪严肃地跟柴文娜说。"好。"柴文娜答道。

"肖云飞，我是郝树斌。"郝树斌从拉萨给肖云飞打电话。"哎，郝树斌，你好。"肖云飞回道。"换了。"郝树斌电话那头说。"嗯，怎么样换上去？"肖云飞电话这头问。"换上去就好了。"郝树斌说。"真的？换上好了很好啊！阿里局方很满意吧？"肖云飞说。"当然。"郝树斌说。"怎么，你有想法？"肖云飞问郝树斌。"你说呢？"郝树斌说。"先按个例处理吧。把换下的双工器尽快寄到深圳来，让研发分析一下产生问题的原因。"肖云飞对郝树斌说。"可以，只是不会这么快，另外，我寄给你了，我这账上就少了一个，你得给我补上才是啊。"郝树斌对肖云飞提要求道。

"补上，怎么补？"肖云飞说。"怎么补，你想办法。"郝树斌说。"我想办法，你的意思让我找厂家给补一个？"肖云飞说。"反正你得给我补一个好的双工器，而且要快。"郝树斌说。"找厂家可不敢说有多快。"肖云飞说。"肖云飞，你说个例就个例啦，就不担心再出问题？"郝树斌问肖云飞。"唉，行啦，我赶紧找厂家搞个好的双工器寄过去。"肖云飞赶紧回道。"这就对了嘛，你们俩玩金蝉脱壳当我不知道，好好配合。否则，真出批量问题，恐怕就难收摊了。"郝树斌说。"放心，会好好配合的。"肖云飞说。"那就好，赶紧寄啊，越快越好，否则心里不踏实。"郝树斌说。"一定尽快，我马上给他们打电话。"肖云飞积极地表态说。"这么晚，还是明天吧。"郝树斌说。"这不想早让你心定嘛。"肖云飞说。"寄之前发个邮件过来知会一下。就这样，挂了。"郝树斌说完挂了电话。

第二天一早，肖云飞来到曹瑞祥的座位。"怎么，有事啊？"曹瑞祥问肖云飞。"阿里双工器换上了。"肖云飞说。曹瑞祥望着肖云飞没吭声。"哎，你怎么不问问换上去的效果？"肖云飞问曹瑞祥。"等你说呢。"曹瑞祥说。"看来你早有思想准备。"肖云飞说。"换上就好了是吧？"曹瑞祥问肖云飞。"是啊，郝树斌心里不踏实，让我找厂家赶紧给他再寄个好的，以防再出问题。"肖云飞说。"这容易，我马上给厂家打电话，让他们送来。"曹瑞祥说。

"郝树斌让我们做好批量出问题的思想准备。"肖云飞说。"他怎么会这样想？"曹瑞祥紧张地问肖云飞。"我是跟他说先按个例处理啊。毕竟他比较了解情况，所以，他这样说恐怕是联想到其他一些类似的问题，才说这个话的。"肖云飞说。"但愿这种联想是错的。"肖云飞又说。"但愿吧。"曹瑞祥勉强地说。"好，我马上给厂家打电话。"曹瑞祥忙说。"要重视。"肖云飞冲着曹瑞祥说完离开了。

"马庆生，你说说看都是哪些编码的坏件没返回。"肖云飞问坐在身边的马庆生。"射频的占主要部分。"马庆生说。"也应该是。"肖云飞说。"有故障信息吗？"肖云飞问马庆生。"有是有，只是有的看上去似乎描述的故障现象不是太准确。"马庆生回道。"不是很准确是很正常的，相应的告警信息肯定是有的吧？"肖云飞问马庆生。"基本都有，但也有没有的。"马庆生回道。"没有告警信息，怎么就把模块换下了呢？查查有多少没告警信息的。"肖云飞对马庆生说。"好吧，我让他们再仔细看看。"马庆生说。

"要知道，没有告警信息的都给换下来，这就是浪费啊。"肖云飞愤愤地说。"一线处理问题主要靠换单板，这样简单、有效。只有换了还不行，才进一步去搞。"马庆生说。"有没有张总说的切实可行、行之有效的方案？"肖云飞问马庆生。"主要是射频模块，最好找曹瑞祥他们想办法，我这，使不上劲。"马庆生说。"我把曹瑞祥叫过来。"说着肖云飞抓起固话给曹瑞祥打电话。

一会儿，曹瑞祥过来了。"马庆生，你说。"肖云飞看着曹瑞祥说。"你说就得了呗。"马庆生冲着肖云飞说。"张总说的什么孟加拉国坏件，马庆生他们分析了，主要是你们射频的。"肖云飞对曹瑞祥说。"嗯，怎么啦？"曹瑞祥摆出一副事不关己的样子说。"怎么啦，都是你的坏件，你说怎么啦？"肖云飞反问曹瑞祥。"走供应链坏件返回流程正常返回就行啦，我能做什么？"曹瑞祥说。

"你不是说派人去修嘛。"马庆生接着话说。"我说有什么用，你看柴文娜嗤之以鼻的样子。"曹瑞祥说。"除了派人去修，还有没有更好的方案？"肖云飞问曹瑞祥。"返回啊。"曹瑞祥答道。"那除了返回还有没有更好的方案？"肖云飞又问曹瑞祥。"我是想不出还有其他的路可走。"曹瑞祥回道。"马庆生，你去找下师建宏，看看派人去现场修单板的可行性。"肖云飞说。

"有什么可分析的，就是把产线搬到一线现场。主要是想不想，做是肯定没问题的。研发又不是没这么干过。"曹瑞祥说。"看来你是胸中早有那棵竹子了。"肖云飞冲着曹瑞祥说。"尼日利亚的双工器都现场调过。"马庆生在一旁说。"研发什么都能干，没错，但这事肯定不能研发去做。"肖云飞若有所思地说。

"还是你去跟师建宏沟通一下，看生产的意愿。我们指导、培训都没问题。"肖云飞对马庆生说。"好，我先去谈。曹瑞祥，如果需要，还要你们射频支持。"马庆生说。"支持没问题。"曹瑞祥说。"这个思路是最省心的。"肖云飞说。

8. 先斩后奏，非搞成不可

"我看了郝树斌的邮件，怀疑是双工器的批量问题。"王厚林边吃午饭边对身边的肖云飞说。"别瞎说，吃你的饭。"肖云飞冲着王厚林使了个眼色低声说。"娜姐，打听了没有？"王厚林提高嗓门冲着远处的柴文娜说。

"打听啥？"柴文娜问。"打听啥，考试的事，能不能再搞一波，延迟一下。"王厚林说。"对啊，公司再搞一次嘛。作为产品线正式向公司申请集体延期，可以的。"马庆生说。"反正呢我是没时间，延不延期，这次月底的考试我是肯定不参加的。"王厚林说。"那就考评打C喽。"柴文娜说。"打C就打C。"王厚林说。"娜姐，还是先问问，能申请延期就申请。公司不会这么死板的。"肖云飞对柴文娜说。

"要不你代表开发写个邮件，把要延期的理由说一下，光我嘴上说，没分量。实话告诉你们，理都不会理我，肯定不会给我开这个口啦。肖云飞，你们写邮件，我把邮件往公司那帮人一转，还是有分量的。"柴文娜对肖云飞说。"这简单，回去就给你写。"肖云飞对柴文娜说。"是给你们自己写，什么给我写。"柴文娜说。

"开发说话，尤其是你肖云飞啊，应该没问题，都不用张总出马。"赵长城说。"不会吧。"肖云飞谦虚地说。"公司的大红人，说话当然有分量啦。"柴文娜说。"是不是延期考？"麦哲渊问。"对啊，否则，大家伙都去复习，肯定会影响工作的。"牛玉江说。"牛玉江，你就给大家伙说，为了保证工作，考试延期，具体时间正与公司商量。"王厚林不耐烦地说。"都什么事儿，添乱。"王厚林说完又补了一句。

牛玉江左看看肖云飞，右看看柴文娜，看这俩人都没反应。"好，回去就给大家伙说。"牛玉江说。"先斩后奏啊。"廖默然一旁嘀咕着。"也不是，这个时候搞这个，对准3G太有影响了。"肖云飞补充道。"不就是硬逼着我去搞嘛。"柴文娜说。"你先去搞，大不了我亲自去沟通。"肖云飞对柴文娜说。

"不用想着考试的事啦。"赵长城边端起盘子边对麦哲渊说。听着赵长城的话，肖云飞突然停下说："不许以考试为理由影响开发计划，听见没？""邮件，邮件。"柴文娜冲着肖云飞喊。"回去不睡午觉就给你写。"肖云飞边走边大声地回着柴文娜的话。"看来我是非搞成不可啦，否则这帮人不把我吃了。"柴文娜端起盘子边走边自语。

下午，生产线，马庆生正和师建宏讨论坏件现场维修的事。"搞是可以啊，把生产的装备运过去，不是跟产线一样了嘛。"师建宏说。"啊，要把装备运过去？"马庆生说。"不要装备你怎么搞？"师建宏反问。"研发搞过，有基站就可以。"马庆生说。"你们是怎么搞的？"师建宏问。"其实，你把基站当装备看就行了。你整机测试不就是基站嘛。"马庆生说。"也是，把你们研发做过的方法形成文档，再进行专门的培训，就可以搞。"师建宏爽气地说。

"可以分两步嘛，先用基站，因为当地肯定有。但要在当地建维修中心，还是把家里生产维修的这套全搞过去。"师建宏说。"这没问题。"马庆生说。"都能出国跑一趟，产线上的工人巴不得呢。"师建宏说。"那就好，其实我就是担心你们生产意愿不强烈，没有做不成的事，关键看愿不愿意。"马庆生说。"这事我们制造要综合全面地考虑，下来要找制造质量的一起讨论。"师建宏说。"把产品线的柴文娜也叫上吧，形成一个现场维修的质量规范。这样，有了质量的保障，面对客户也有底气。"马庆生说。

"喂，肖云飞，有事啊？"马庆生接着肖云飞的电话。"你在干吗？"肖云飞问。"我在生产部。"马庆生回道。"是在跟师建宏讨论现场维修的事吗？"肖云飞问。"是啊。"马庆生回道。"马庆生，这事要抓紧，孟加拉国一线要我们尽快给方案，坏件太多，强烈要求公司即刻派人去现场把坏件都给修了。"肖云飞说。"要快？怎么个快法？"马庆生为难地说。"告诉你，要我们马上去，那边签证很方便的。"肖云飞说。"你回来，我们商量一下，马上。"肖云飞又说。

"师建宏，一起去研发商量吧？"马庆生通完电话对师建宏说。"你们研发先商量吧。首先要从技术层面上落实。"师建宏对马庆生说。"但是，整个现场维修的质量保障体系你要搞啊。"马庆生说。"这没问题，产品线不是也有柴文娜参与嘛。"师建宏说。"那好，你负责质量规范，我负责技术规范。"马庆生说完转身离开了。

"来了，好，我们合计一下，这事没想到这么棘手。"看着过来的马庆生，肖云飞说。"看了孟加拉国坏板，功放坏得比较多。"曹瑞祥说。"反正都是射频模块，赶紧去修吧。"肖云飞说。"我印象中功放没在现场修过，都是换的。"邓学佳看了看廖默然说。"是这样吗，廖默然？"肖云飞问。廖默然没吭声。"曹瑞祥，你说。"肖云飞指着曹瑞祥说。

"不好修。"此时廖默然开腔了。"管子现场没法换。"曹瑞祥说。"功放都是坏管子吗？"肖云飞问。"肯定啦。"廖默然说。"那你说派人去修？"肖云飞冲着曹瑞祥说。"家里为啥能修？"曹瑞祥问廖默然。廖默然还没来得及回话，曹瑞祥又说："家里能修，现场就能修。""家里能修是有加热台，现场没这个条件。"廖默然说。"肖云飞，听到了吧，我说现场能修没错吧。"曹瑞祥冲着肖云飞说。"现场不能修功放，廖默然不是说得很清楚嘛，现场没加热台，管子没法换。"马庆生说。"就是加热台嘛，有加热台不就可以啦。"肖云飞说。"关键是现场没有唉。"马庆生说。

"肖云飞，你把加热台解决了，连同邓学佳的FPGA都能修。"曹瑞祥说。"就是全能修嘛。"肖云飞说。"就是能加热把坏器件换下，好器件换上。"曹瑞祥补充道。"赶紧下单采购。"肖云飞冲着廖默然说。"我，我怎么搞？"廖默然一头雾水。"我们买是研发固定资产，搞过去，什么时候能还回来？"马庆生问肖云飞。"把实验室的搞过去，研发自己还要用。"肖云飞自语道。

"不管是研发，还是生产，下单采购至少3个月。"马庆生说。"还是返回吧。"邓学佳说。"一线现在缺模块。"肖云飞说。"让他们正常走备件不就得了。"邓学佳说。"你们仔细看看发往孟加拉国的模块编码，比较老了。"肖云飞说。"是的，现在生产的都不是这些编码。"马庆生说。

"我看了，网上的版本也是老的。"肖云飞说。"新单板上去，版本要升啊。"马庆生说。"版本是要卖钱的。"曹瑞祥说。"版本肯定是升不了。"肖云飞说。"为什么？"邓学佳问。"结构和接口都变了。"马庆生说。"结构变得小。"廖默然说。"哎，这也是一条路啊，现在产线做的功放放在孟加拉国老版本上能不能用？"肖云飞问廖默然。"硬件应该可以。"廖默然不是很肯定地说。"软件，好，叫王厚林。"肖云飞示意马庆生叫王厚林过来。

不一会儿，王厚林走了过来。"现有产线的功放要是能证明可以用在孟加拉国老版本上，至少，是一个解决方案。"肖云飞说。"好，廖默然、王厚林，马上就去验证。"马庆生说。"要用孟加拉国的版本。"曹瑞祥说。"孟加拉国用的什么版本？"王厚林问。"发给他。"肖云飞示意马庆生把孟加拉国的版本信息发给王厚林。"现在就发，你们赶紧准备实际测试。"马庆生冲着廖默然、王厚林说。

"今天必须给结论。"肖云飞冲着大家说。"可能不行。"廖默然不自信地说。"甭管行不行，试。"肖云飞说。"看来版本的兼容性还是要考虑。"曹瑞祥说。"问题的关键不在这儿，实际上只要升级版本，向下兼容肯定没问题啊，你说模块结构兼容，这谁也不能保证。"肖云飞说。"就是要保证结构兼容啊。"曹瑞祥说。"这是很难的。所谓升级，肯定是原来的有问题需要改进，你若是把结构、接口都定死了不能动，那就没法玩了。"肖云飞说。"当然尽量做到结构、接口的向下兼容，如果能这样最好，但不能强求。"肖云飞又补充道。

"没法强求，多载波是肯定做不到的。"邓学佳说。"对啊，曹瑞祥，难道多载波还要结构、接口兼容孟加拉国的吗？不可能啊。"肖云飞说。"别扯那么远，我去看他们测试。"曹瑞祥说着走了。"其实FPGA在现场也没修过。"邓学佳对肖云飞说。"哎呀，加热台成了关键了。"肖云飞自语道。"让他们测，应该是不行。"邓学佳说着也走了。

第二天一早，肖云飞来到办公室。"怎么办？"肖云飞问大家，大家都不吭声。"派人去现场修除功放以外的坏件。功放重新做了发过去。"曹瑞祥说。"六成是功放坏件，功放不能现场修，派人就没意义了。"肖云飞说。"更何况中频如果FPGA有问题也修不了。"邓学佳说。"FPGA应该坏的比较少吧？"曹瑞祥问邓学佳。"按概率百分之五算，也有几十块单板FPGA有问题要换。"邓学佳说。

"问一下师建宏，生产能不能抽出一台加热台发到一线？"肖云飞对马庆生说。"好，我给师建宏发邮件。"马庆生说。"打电话啊。"廖默然说。"这种事还是要邮件确认。电话不靠谱，没凭证。"马庆生说。"唉，你问问生产下单采购需要多久？"肖云飞问马庆生。"两把大烙铁能换功率管吗？"邓学佳问廖默然。"试过多次，功放结构件散热太快。"廖默然摇着头回道。"马庆生，去问问，研发下单多久能拿到手？"肖云飞说。"怎么办啊，曹瑞祥，你这一句派人去修，一线到哪儿都说研发专家说现场都能修好，上面的领导就认为这事搞定了。"肖云飞说。

9.周末亲子乐

"今天植树节，公司也安排人去植树了。"柴文娜边吃午饭边说。"我们产品线有人去吗？"朱文学问。"我看好多秘书去了。"柳超智说。"曹瑞祥，这两天好好想想，怎么现场修功放？"肖云飞说。"看来以后话不能乱说。"曹瑞祥说。"上哪儿去弄加热台呢？"曹瑞祥又自语道。"电吹风行不行？"夏润泽说。"电吹风？"马庆生问。"我看他们有的时候拆器件就是用电吹风的。"夏润泽说。"那是器件管脚少，简单，功率管搞不定。"袁一帆说。

"你们为什么不用螺钉固定功率管呢？换起来又好换。"邓学佳说。"我看那个功率管安装设计就是用螺钉固定的。"马庆生说。"用螺钉固定，热性能不稳定，对线性影响大。"廖默然说。"总是有利有弊啊。"肖云飞说。"所以，我们要解决现场维修的问题，这样，就不怕了。"肖云飞又说。"孟加拉国情况特殊好不好，还是最好不要在现场维修功放。"廖默然说。"对，这是个特例。"曹瑞祥说。

"对我们来说，要搞成啊。"肖云飞说。"真不行，你就直说吧。咱们也用不着打肿脸充胖子。"马庆生说。"师建宏怎么说？"肖云飞冲着马庆生说。"没回邮件，给我打了电话，说不行。"马庆生说。"哪个不行？"肖云飞问马庆生。"都不行。"马庆生说。"产线上不肯借，下单采购也不行？"肖云飞说。"说了，预算用完了，真想要，产品线要向他们制造的老大曾永庆汇报。师建宏说，这个过程至少半年。"马庆生说。

"看来真的搞不定啦？"肖云飞问曹瑞祥。"问我干啥？"曹瑞祥说。"不问你问谁？是你说的能修。"肖云飞说。"有加热台就可以修啊。"曹瑞祥说。"马庆生，找厂家联系一下，我就不信。"肖云飞说。

"宝宝，吃完饭，中午睡个午觉，下午3点半，爸爸带你去招北足球场踢球去。"一家三口正吃着午饭，肖云飞说。"好，哦，跟爸爸踢球喽。"肖云飞的儿子高兴地说。"爸爸，踢完球带我去吃麦当劳。""吃什么麦当劳，那是快餐食品，还是吃妈妈做的饭。"卢梦娇对儿子说。"不好，妈妈坏。"宝宝生气地冲着妈妈说。

"是不是嫌妈妈做的饭不好吃？"卢梦娇问儿子。"妈妈做的饭没有麦当劳的好吃。"宝宝回道。"你再说一遍。"卢梦娇冲着儿子大声说。"就是不好吃。"宝宝回道。"不好吃是吧，你现在吃的就是妈妈做的，那你就别吃。"卢梦娇生气地对儿子说。"哼，不吃就不吃。"说着宝宝离开了饭桌。

"宝宝，不像话了，不能这样对妈妈说话，想不想下午跟爸爸踢球啦？"肖云飞冲着儿子说。看到宝宝想踢球的眼神，肖云飞又说："想跟爸爸去踢球，就回到座位，把妈妈辛辛苦苦做的饭吃完，然后睡觉去。"肖云飞对儿子说。想踢球的宝宝看着肖云飞，慢慢回到饭桌上。"就说嘛，宝宝最听话了，快吃。"卢梦娇冲着儿子笑嘻嘻地说。"妈妈，踢完球能吃麦当劳吗？"宝宝用祈求的目光看着卢梦娇。"好好吃饭，爸爸难得周六在家，这次就答应宝宝一回。"卢梦娇说。"噢，可以吃麦当劳喽。"宝宝高兴地大叫起来。

"约法三章：第一，不许喝可乐、雪碧；第二，只许喝橙汁；第三，不许吃薯条。"卢梦娇说。"那我要吃菠萝派。"宝宝说。"菠萝派可以。"卢梦娇说。"朱古力应该可以。"肖云飞说。"朱古力可以。"卢梦娇说。"宝宝，就是不吃薯条，不喝可乐、雪碧，有菠萝派、朱古力也可以了。"肖云飞冲着儿子说。"那好吧。"宝宝边吃着饭边说。

"我要圣代。"宝宝突然说。"孩子都喜欢冰激凌，就让他吃吧。"肖云飞说。"要求有点多啊，这次就准你一回。"卢梦娇说。"快，谢谢妈妈。"肖云飞激动地说。"谢谢妈妈。"宝宝说。"你的胃不行，只能喝朱古力。"卢梦娇冲着肖云飞说。"我就最喜欢麦当劳的朱古力，味道很纯正，我的最爱。"肖云飞说。"那最好。"卢梦娇说。

蛇口招北足球场，难得不收费的足球场。苦孩子出身的肖云飞上大学后喜欢上了踢足球，加之张立彪也喜欢踢球，就这样，肖云飞有时会约张立彪一起到招北踢球。现在两人都忙，也就不再相约踢球了。下午，肖云飞把儿子领到招北足球场，教儿子踢足球。没过多久，卢梦娇也来了。"哎，妈妈，你看着宝宝踢球，我去跟他们踢一会儿。差不多叫我，去花园城麦当劳啊。"肖云飞对卢梦娇说。"就你个臭水平，人家要你吗？"卢梦娇调侃道。"要我吗？看我进俩球给你们娘俩看看。"肖云飞边走边说。

"宝宝瞧，你爸爸又吹牛了。"卢梦娇说。"爸爸就是能进球。"宝宝看着爸爸说。"嗨，儿子是粉丝，妈妈没脾气。"肖云飞边走边说。"宝宝，喜欢游泳吗？"卢梦娇问儿子。儿子一边玩着足球一边说："喜欢跟爸爸踢足球。""傻儿子，这边就是育才中学的游泳池，踢完球，游个泳不喜欢啊。"卢梦娇说。"喜欢，我喜欢。"宝宝说。"这就对了，傻儿子。"卢梦娇说。"现在是3月份，4月底5月初游泳池应该开了，到时候妈妈给你办个游泳证。"卢梦娇说。"不要。"宝宝说。"傻儿子，妈妈也办一张陪你。"卢梦娇说。"嗯，爸爸也办一张。"宝宝说。"把你爸忘了，你个没良心的，心里只有你爸。好，给你爸也办一张。"卢梦娇说。"哦……我们都去游泳喽。"宝宝开心地玩着球高喊着。

"瞧你爸，呆呆地站在那儿，没人传球给他。"卢梦娇指着远处对宝宝说。宝宝扭过头看着远方的爸爸。"妈妈你看，爸爸拿球了，你看，爸爸进球了。哦，爸爸进球喽，爸爸进球喽。"宝宝开心得又蹦又跳的。此时肖云飞跑到娘俩面前显摆起来。"别显摆，有本事再进一个算你牛。"卢梦娇冲着肖云飞说。"宝宝，你们等着，爸爸再给你们进一个。"说着肖云飞喝了口水又去踢了。

踢完了球，一家三口慢步来到花园城。"爸爸，妈妈，你们看那边那些人为啥要在外面炒菜啊？"宝宝在沃尔玛门口问。"卖电磁炉的。"卢梦娇答道。"电磁炉是什么呀，妈妈？"宝宝又问。"你不是都看到了吗？"卢梦娇说。"妈妈，我看到什么啦？"宝宝又问。"宝宝自己看到了，而且你刚才都说了。"卢梦娇启发式地说。宝宝被说愣了，半天说不出话来。

　　"傻宝宝，你刚才一来不就说那些人在外面炒菜嘛。"肖云飞说。"炒菜，电磁炉是用来炒菜的，爸爸？"宝宝疑惑地问肖云飞。"是啊，你看这些叔叔阿姨不正在用电磁炉炒菜嘛。"卢梦娇说。"来，尝一片火腿肠。"说着卢梦娇用牙签叉上一片炒好的火腿肠给宝宝吃。看着宝宝大口地吃着，卢梦娇问："宝宝，好吃吗？""好吃，妈妈，怎么没有火啊？"宝宝指着正在炒菜的电磁炉问。"电磁炉是用电的。"卢梦娇说。"用电的就没有火啊？"宝宝又问。卢梦娇显然被问住了，看了一眼肖云飞。"不想吃麦当劳啦？"肖云飞灵机一动冲着宝宝说。"不看了，宝宝，走，去吃麦当劳。"说着卢梦娇、肖云飞牵着儿子走向对面的麦当劳。

　　"这个沃尔玛火得很。"一家三口边吃边聊，肖云飞说。"东滨路的人人乐，要不是因为修地下通道，跟沃尔玛不相上下的。"卢梦娇说。"是啊，好酒也怕巷子深哪。"肖云飞说。"你看这里的人是不是很面熟？"卢梦娇问肖云飞。"有点面熟。"肖云飞说。"当然了，这个麦当劳就是人人乐那边搬过来的。"卢梦娇说。"噢，怪不得。"肖云飞说。"四海这一带好像最早的麦当劳就是人人乐那边的，那个时候有空就带宝宝吃麦当劳，他还小抱在手上，只能吃圣代。"肖云飞说。

　　"是你喜欢吃吧，宝宝那么小能吃什么呀。"卢梦娇说。"宝宝喜欢来，你说宝宝一进麦当劳是不是就兴奋？"肖云飞说。"吃吃吃，宝宝，在家吃饭没那么投入，吃麦当劳就这么专注。"卢梦娇看着宝宝只顾埋头吃，略为不满地说。"小孩嘛，就喜欢麦当劳、肯德基。"肖云飞说。"是啊，他们能抓住孩子的心理。"卢梦娇说。

　　"爸爸，为什么电磁炉用电就没有火啊？"宝宝若有所思地问肖云飞。"没有火怎么能炒菜啊？"宝宝又问。"我看你爸也答不出来，快吃。"卢梦娇冲着儿子说。"看来宝宝一直在琢磨这个事，我想想该怎么答你噢。"肖云飞边说边考虑着。"看看你爸爸是不是十万个为什么？"

卢梦娇有点幸灾乐祸地说。"能答得出来，只是想着怎么说能让宝宝听明白。"肖云飞说。

"快吃，让你爸爸好好想想。"卢梦娇对宝宝说。"爸爸是十万个为什么，加油，爸爸。"宝宝鼓励着爸爸。"还是让妈妈来十万个为什么吧，你爸憋了半天也没憋出啥来。"卢梦娇说。"不行啊，肖云飞。家里的微波炉就没火呀。宝宝，你自己去加热面包、牛奶的时候，不是也没看见火嘛。一样的道理。"卢梦娇紧接着说。此时的宝宝希望得到爸爸的认可。

"妈妈说得对，家里的微波炉和电磁炉都是一样道理，没火也能把东西烧熟了。"肖云飞说。"哦，妈妈是十万个为什么喽，爸爸输给妈妈喽。"宝宝激动地拥抱着妈妈。"这个两面派，说变就变。"肖云飞看着娘俩亲热拥抱，不禁幸福地说。"妈妈，买个电磁炉回家吧。"宝宝说。"买什么，电磁炉炒菜不香，比不过家里的煤气灶。"卢梦娇说。"其实，电磁炉很环保的。"肖云飞说。"别废话，不买。快吃，不早了，该回家了，还要洗澡，快，宝宝。"卢梦娇说。

"爸爸，我还想去花园城玩。"第二天一早，宝宝边吃着早饭边说。"10点钟，花园城里有小孩子的活动，手工活，教孩子剪纸，还有积木、陶艺。"卢梦娇说。"现在的商场，首先是笼络孩子，知道拴住了孩子就套牢了家长。"肖云飞说。"吃完了带他去吧。"卢梦娇说。"好，宝宝，不急，慢慢吃，吃完去花园城玩，好吧？"肖云飞说。"还想吃麦当劳。"宝宝说。"还吃麦当劳呀，过分。"卢梦娇说。"一起去吧。"肖云飞对卢梦娇说。"不吃午饭啦？"卢梦娇问。"哎呀，难得出去，去永和大王吃吧。"肖云飞说。

磨磨蹭蹭的，一家三口来到了花园城一楼大厅。"宝宝也就能玩个积木啦，就玩积木吧。"卢梦娇对儿子说。"好。"宝宝一屁股坐在玩积木的桌旁。肖云飞一家三口其乐融融。花园城大厅一片欢声笑语。"12

点了，差不多了吧？"肖云飞说。"宝宝，玩得差不多啦，小肚肚饿了吧？"卢梦娇说。

　　经过大人一番思想工作，宝宝总算放下手中的积木。看肖云飞领着孩子往门外走，卢梦娇喊着："永和大王有什么吃头，还是去楼上涮火锅吧。"说完卢梦娇朝电梯走去。"娱妈要吃火锅，跟上妈妈吗。"肖云飞牵着儿子跟着卢梦娇来到楼上的火锅店。

　　"三位是吧，这边请。"服务员热情招呼着这一家三口。"这是？"肖云飞指着桌上问。"电磁炉。"服务员答道。"不是煤气小罐啊？"卢梦娇问。"现在都兴用电磁炉涮火锅。"服务员解释道。"电磁炉还是方便，又没有味道，干净，还安全。"肖云飞说。"干净，最主要是安全。"卢梦娇说。"是的，用煤气出过不少事。请问点什么套餐？"服务员问。

　　看着卢梦娇拿不定主意，肖云飞接过菜单说：'就我们三个人，您给推荐一下。""你们就来三号套餐比较合适。"服务员说。"好，就三号套餐。"卢梦娇说。"三号套餐，那我就下单了。"服务员说。"好，快点吧。"肖云飞说。

　　"这么快？"肖云飞话音刚落，服务员就把套餐端了上来。"都准备好了的。"卢梦娇说。肖云飞把食材放入电磁炉火锅中。"你看，这个电磁炉的加热和微波炉是不一样的。"肖云飞仔细观察着对卢梦娇说。"原理都是电磁场。"卢梦娇说。"都是电磁场没错，但加热的机理还是不同。"肖云飞说。"怎么不同？"卢梦娇问肖云飞。"你看微波炉，你热个牛奶什么的，这碗不能是金属的。"肖云飞说。"废话，是金属的电磁场就没法穿透把牛奶加热了。"卢梦娇说。"可是你看这儿，锅是金属的，它把这一锅食物烧开，不是靠电磁波穿透的，而是上下电磁场作用把锅搞热了，记住这个锅必须是金属的，我们的碗、碟，不是金属的形成不了电磁场的相互作用，热不了。"肖云飞说。

　　卢梦娇边听边仔细地看着眼前正煮着火锅的电磁炉，默默地认可了肖云飞的说法。"你不是说没加热台，孟加拉国修不了功放吗，把这个电磁炉拿去。"卢梦娇开玩笑地说。说者无心，听者有意，肖云飞还真动了心思："说不定真行唉！""什么真行，逗你玩的，还当真啊。"卢梦娇说。"别，还真不好说，没准真行。"肖云飞认真地说。"行啦，别瞎想啦，赶紧吃，来，宝宝，妈妈喂。"说着卢梦娇拣着羊肉塞进宝宝的嘴里。吃完饭，宝宝下地一溜烟地往门外跑，卢梦娇赶紧追赶还回头喊着："买单啊，我们先回了。"说着追着儿子走了。肖云飞缓慢地来到收银台，脑子里还惦记着电磁炉当加热台的事。结完账后，肖云飞头也不回地离开了餐厅，直奔沃尔玛。

　　"这是什么？"刚睡完午觉的卢梦娇看着墙角放着的东西问肖云飞。"电磁炉。"肖云飞回道。"买电磁炉干啥？好好的天然气不用，整这个。"卢梦娇不高兴地说。"还是想试试能不能代替加热台。"肖云飞说。"你脑子进水了是吧？我是开玩笑的，你还……"卢梦娇又好气又好笑地说。"我觉得你说得有道理，明天拿去公司试一下就知道了。这两天都在想这事，从昨天宝宝对电磁炉感兴趣，我就隐约觉得上帝会帮助我的。"肖云飞说。"好嘛，把上帝都给搬出来了。"卢梦娇说。"结果上帝派来了您这么个天使来拯救我。"肖云飞说。"肖云飞，就你这张嘴，哎，你就试吧，但愿啊。"卢梦娇美滋滋地说。

　　"宝宝起来了，四海公园转转去。"卢梦娇走进卧室叫着儿子。"我跟你们一起去。"肖云飞卖萌道。"宝宝，你同意跟屁虫爸爸和我们一起去四海公园玩吗？"卢梦娇问儿子。"我要爸爸带我划船。"宝宝边起来边说。"没问题。"肖云飞说。

10. 电磁炉当加热台

　　周一刚上班，肖云飞拎着从沃尔玛促销买来的电磁炉来到功放实验室。"拎的啥？"廖默然用异样的眼光看着肖云飞拎的东西问。"电磁炉。"肖云飞往桌上一放。"电磁炉？"袁一帆吃惊地问。"干啥？涮羊肉啊。"朱文学凑过来说。"一边去，有上班时间在实验室涮羊肉的吗？"肖云飞说。"你要干啥？"廖默然问肖云飞。"拿电磁炉当加热台用，修功放。"肖云飞两眼放光地说。

　　"你还真用心了，想了这么个招。"刚进屋的曹瑞祥冲着肖云飞说。"这话说的，这两天我可都在琢磨用什么能替代加热台。"肖云飞自豪地说。"琢磨不错，恐怕你是有点走火入魔了。"廖默然对肖云飞说。"我觉得应该可以，所以，我从沃尔玛买来试一下吧。"肖云飞说。"试一下，可以，打开，先试试好坏。"曹瑞祥示意袁一帆说。袁一帆拆开包装，插上电，用配的锅放在电磁炉上，打开电源。

　　"放点水进去，看能烧开不。"廖默然把自己杯里的水全倒进了锅里。10分钟过去了，一点热气都没有，曹瑞祥问肖云飞："好的坏的，你买的？""应该是好的，卖的人说不用试，肯定没问题。"肖云飞回道。"用得对不对啊你？"曹瑞祥冲着袁一帆问。"我那儿有个电磁炉，就这么用，要不谁来试试？"袁一帆示意大家。"我试试，我家主要用电磁炉，用起来很简单的。"廖默然试了起来。又过了10分钟。"还是一点热气都没有，肖云飞，买到假冒伪劣产品了吧。正好今儿是3·15，赶紧去投诉。"曹瑞祥说。

　　肖云飞一声不吭，默默地把电磁炉收拾装好，拎起走了。肖云飞拎着电磁炉走到一楼大厅，正要出门，门卫拦住了肖云飞。"有电子流吗？"

门卫问肖云飞。"这是我的私人用品，不用电子流吧？"肖云飞说。"私人用品？进门有登记吗？"门卫问肖云飞。"进门？一早急急忙忙，人那么多，没……"肖云飞说。"什么东西？打开看看。"门卫又说。"电磁炉。"肖云飞边打开包装边说。看了实物，门卫对肖云飞说："在这儿登记一下就可以了。"门卫指着前台上的本子说。肖云飞登记后拎着电磁炉离开了办公楼。

临近12点，在蛇口沃尔玛扶梯旁的客服柜台前，肖云飞跟客服人员进行交涉。"按理3天内有问题无条件退货。但是，这款促销卖得很火爆，没货了，没法给你换。"客服人员说。"那怎么办？"肖云飞问。"要么修。"客服人员说。"要多久？"肖云飞问。"一周吧。"客服人员回道。"一周？我可以在这等，2个小时怎么样？"肖云飞说。"这里修不了，要送回厂家的。"沃尔玛的客服说。"那怎么办？我急着用。"肖云飞说。"再加200块钱，可以换一台更好的电磁炉。"客服人员建议道。"200块？"肖云飞自语道。"对，再加200块，这款是最好的，保你没问题。"客服人员又说。"好吧。"肖云飞顺手掏出信用卡递给客服人员。"这边开单，您去那边收银台交钱。"客服人员把单子和信用卡交到肖云飞的手上说。"你去，我在这儿给你试一下，免得再有问题，让你又跑一趟。"客服人员又说。

在回公司的出租车上，肖云飞接听着张立彪打来的电话。"肖云飞，来我这一趟。"张立彪在电话里说。"哎哟，现在来不了，张总。"肖云飞回话说。"什么来不了，有事，赶紧过来。"张立彪不爽地说。"张总，真来不了。"肖云飞说道。"有什么重要的事啊，再重要的事也先放下，赶紧过来。"张立彪说。"在医院挂水呢。"肖云飞说。"怎么，感冒发烧啦，这么严重还要挂水，在哪儿挂水呢？"张立彪问。"蛇口联合医院。"肖云飞说。"那好吧，孟加拉国的事到底怎么说？搞得一线总盯着我。"张立彪问。"明天给您准信。"肖云飞说。"那好，我明天不在深圳，发短信吧。"张立彪说完挂断了电话。

"2点半，挺快的嘛，午饭没吃吗？"在功放实验室，廖默然看着进来的肖云飞问。"少废话，今儿一定要试个结果出来。"肖云飞边说边拆新换的电磁炉包装。"让他们搞吧，你去整点东西吃吧。"廖默然对肖云飞说。

"打包了麦当劳巨无霸套餐，在出租车上解决了。"肖云飞说。"肖云飞，你是不到黄河心不死啊，非做成不可。"闻风过来的曹瑞祥说。"来的路上张总让我去他那儿。"肖云飞说。"你怎么没去啊？"曹瑞祥问肖云飞。

"这时是张总重要，还是加热台重要？"肖云飞反问曹瑞祥。

"当然张总的事重要啊。咱都是给领导干活的。"曹瑞祥说。"错，此时此刻，电磁炉替代加热台更重要。"肖云飞说。"那张总能答应啊？"曹瑞祥说。"没有，当时在出租车上，我灵机一动说生病了在联合医院挂水呢。"肖云飞说。"好嘛，挂水的招都用上啦。看来你把宝押在电磁炉上了。"曹瑞祥认真地说。

"这个锅平面太小，功放放不下啊。"袁一帆说。"哎呀，为啥一上来就上这个大的嘛，把你们平时验证管子的测试单板搞上来，小多了准行。"肖云飞说。"一看你们就是不尽心。所以，我得亲自盯着。否则，曹瑞祥、廖默然你们信不信，就这，我要是不在，肯定放一边不搞了。然后我问起来就先说不行，再细问肯定说放不下，搞不了。"肖云飞说。

"你看你看你看，把大家说的，不是在搞嘛。"廖默然说。"在搞，那是我在这儿。"肖云飞说。"我费半天劲，绝不能让张总一个电话给搅黄了。"肖云飞自语道。

"怎么样？"看着廖默然用镊子夹功率管，肖云飞问。"说话呀，能取下来吗？"肖云飞着急地对廖默然说。廖默然没说话，只见他手拿镊子缓缓地把管子取了出来。"成了。"肖云飞大喊一声说。"别激动，现场可是大的模块？"廖默然问肖云飞。"剩下的你们动脑筋啦。你们看啊，我是仔细研究过的。其实这个锅核心是这个平底，就是跟下面的电磁炉产生的电磁场相互作用，把这个锅底搞热了，它再把功放加热的。把这个锅只留平底，其余全给锯了，赶紧的，找个锯子来。"肖云飞说。

"不用，朱文学，去找个这么大的金属块就行了。"廖默然说。"我去找，大把。"朱文学说。没过多久，朱文学找来锅底大小的金属块。"放上去。"廖默然对朱文学说。"把那个大的功放模块撂上。"曹瑞祥说。

不一会儿，朱文学成功地用镊子将功放模块上的功率管取了下来。肖云飞鼓着掌说："功夫不负有心人，廖默然，赶紧形成规范性的操作文件，本周就派人去孟加拉国。"说完肖云飞健步朝门外走去。"电磁炉过海关没人拦，而且哪儿都能买得到。"走到门口，肖云飞停下脚步回头说。

第三章

嗅觉灵敏抓细节

1. 县官不如现管

"砸锅卖铁修功放，肖云飞，你们家卢梦娇愿意啊？"边吃着午饭柴文娜边调侃着说。"没砸锅，也没卖铁好不好。"肖云飞说。"问你卢梦娇愿意把家里的电磁炉拿去孟加拉修功放吗？"柴文娜又问肖云飞。"告诉你吧，这主意就是她出的，我还是受了她的启发呢。"肖云飞说。"哎呀，真是模范夫妻啊。"柴文娜惊叹道。"整个一夫唱妇随啊。"赵长城附和着。"真是我梦娇姐姐想出来的？"尹贤良问肖云飞。"你别问我，直接问你姐去。"肖云飞冲着尹贤良说。"美女多才智啊。"尹贤良自语道。

"邓学佳，板子该回了吧？"肖云飞问。"周末差不多都能回。"曹瑞祥说。"前期要介入啊，赵长城。"肖云飞又说。"安排了，先是低频嘛。"赵长城回道。"什么？为什么先是900兆？"肖云飞转头问曹瑞祥。"高频就晚半个月。"曹瑞祥回道。"谁说的？谁允许你们1800兆晚半个月的？"肖云飞严肃地说。"主流肯定是900兆嘛。"曹瑞祥说。"谁跟你说主流是低频的？柴文娜，我们计划源头是这样的吗？"肖云飞说。"输入900兆、1800兆都是一样的要求，没说谁是主流。"柴文娜说。"在欧洲，900兆频率资源紧张，1800兆在准3G上将会大量用。"肖云飞说。"总要有个先后。"曹瑞祥说。

"为什么？"肖云飞不依不饶地问。"这，还用问吗？"曹瑞祥说。"我就在问你啊，两个频段为什么不能同步开发？"肖云飞追问曹瑞祥。"反正我都一样。"邓学佳插话道。"你当然了，功放变化就大了。"袁一帆说。"还有双工器呢。"柳超智说。"对了，双工器什么时候回？"肖云飞问柳超智。"你是指低频900兆呢，还是高频1800兆呀？"柳超智反问道。"都指。"肖云飞说。"1800兆要下个月10日差不多。"柳超智说。"我不管，曹瑞祥，你们想办法，真的不是开玩笑，4月10日左右，就要定板，双工器，尤其是1800兆，恐怕就要下大单，6月要形成能大批量地供货。"肖云飞说。

"国内，还是国外，1800兆？"马庆生问。"欧洲。"肖云飞说。"你这消息确切不确切？"曹瑞祥问肖云飞。"张总刚去欧洲。"柴文娜说。"你们哪，自作聪明，我不在，张总又老出差，你们就自娱自乐，随意更改计划，不行的。"肖云飞说。"别这么说。都是一个平台，先主攻低频，高频也就顺理成章了。"曹瑞祥说。"难道低频搞定了，高频就不会有问题啦？"肖云飞问大家。"双工器肯定好做些。"柳超智说。

"为什么？"尹贤良问。"同样的尺寸，频率越高越好做。"柳超智说。"功放就不一定了，高频难一点。"朱文学说。"你们看功放，人手是够的啊。柳超智，你也就是出个规格，一份两份都一样，完全可以同步啊。"肖云飞说。"测试就不一样了。"赵长城说。"软件可以一拨人，硬件要两拨人的。"夏润泽说。"一个柜子一半插900，一半插1800。"肖云飞大喊着。"不说了，4月10日，900、1800双工器都要下单。"肖云飞说。"要多少？"马庆生问。"至少500。"肖云飞说。

"总共还是……"马庆生又问。"各500，而且是至少，说不定要下2000呢。"肖云飞说。"2000？"马庆生说。"要求7月以万计。"肖云飞说。"啊！"大家惊呆了齐声说。"告诉你们，4月10日各500是争取来的，否则一线直接上万。"肖云飞又说。"总要有个过程。"王厚林说。"压力来了吧，否则，张总硬把我从山上叫下来？"肖云飞说。"4月10日啊，柴文娜。"肖云飞冲着柴文娜说。"好，我盯他们把详细计划列出来。"柴文娜赶紧说。"做事一定要赶前不赶后。"肖云飞说完端起盘子走了。

"曹瑞祥，把柳超智叫过来。"下午刚上班肖云飞就来到曹瑞祥座位上说。"让他去厂家盯着，别在家待着啦。"肖云飞又说。不一会儿，柳超智过来了。"你跟他说吧。"曹瑞祥冲着肖云飞说。"柳超智，赶紧去厂家，把900、1800的双工器都搞回来。"肖云飞说。"我去能管用吗？"柳超智说。"怎么不管用？"肖云飞问柳超智。"我们去都从研发角度帮助他们解决问题。至于交付时间，尤其是1800兆的要提前这么多，我恐怕……"柳超智为难地说。"你去了，真实的情况就知道了。无非就是把别的往后延，更重要的是你过去了，表明这事真的急了。采购会告诉他们量的。看着这块肥肉，肯定会全力以赴的。"肖云飞冲着柳超智说。

"他们也是看燎原的决心，真这么大量，他们也希望尽快验证开模的效果。一般要修一次的，要是真上量模还有问题，用铣床再铣一刀，不划算。"曹瑞祥说。"谈的是开模价吧？"肖云飞问。"是啊，主力产品肯定直接谈开模，况且这两个双工器难度不大，尤其是1800兆的。"曹瑞祥说。

"那明天就去呗。"肖云飞冲着柳超智说。"另外，孟加拉国的事你们赶紧啊。"肖云飞对曹瑞祥说。"最迟下周三。"曹瑞祥说。

"去两个？"肖云飞问。"是，去两个，正在功放实验室培训呢。"曹瑞祥说。"除了孟加拉国，还有斯里兰卡和印度。"肖云飞说。"先去孟加拉国，看效果，如果可以，总结一下再派人去斯里兰卡和印度，那就是搞正规的本地化的维修中心啦。"曹瑞祥说。"加热台他们买了吗？"肖云飞问。"买了，已经下单了。"曹瑞祥说。"毕竟电磁炉是临时措施。"肖云飞说。"有维修中心不用，但其他的地方电磁炉还是挺实用的。"曹瑞祥说。"报销不好办，唉。"肖云飞说。"没事，做饭、修功放两不误。"曹瑞祥说。"能这样最好。质量保障体系一定要健全，现场操作要跟在家里一样，满足公司质量规范。"肖云飞说。

"放心，制造质量有详细的现场维修的质量保障支持。"曹瑞祥说。"要知道，作为运营商，最担心的就是能不能保证质量了。"肖云飞又说。"可以理解。"曹瑞祥说。"所以，这方面估计还是要和一线商量，如何引导客户认可这件事。"肖云飞又说。"肯定的啦，先要说服一线。"曹瑞祥说。"他们闹着要搞的。"肖云飞说。"要搞没错，担心也没错，说服嘛。"曹瑞祥说。"自己一定要统一思想，否则很难办的。"肖云飞说。"在沟通，先把资料发过去了，应该没问题。"曹瑞祥说。"切记，千万不要修了半天，客户不认可，又全被返回。"肖云飞说。"嗯，提醒得对。"曹瑞祥若有所思地说。"做事要考虑周到，否则会有麻烦的。"肖云飞说。

功放实验室。"板子一来就上线，周一开始实验室调试。"曹瑞祥对大家说。"大家再检查一下，清单别错了。"邓学佳说。"没欠料吧？"廖默然问袁一帆。"别轻易回答，物料跟紧了，无米之炊就真的没办法了。赶紧一个一个地查。"曹瑞祥又说。

"大家这几天都待在生产吧，试制的东西很多，你不跟，就有可能被别的产品插队了。"邓学佳说。"没这么悬吧？"朱文学说。"没这么悬？你去产线看看就知道了。"曹瑞祥说。"产线发料员，check工位的，有人盯、没人盯可差别大啦。"邓学佳说。"不同的产品线，都有老大打招呼，都说重要，你说谁急？"曹瑞祥说。"谁在一线盯着谁急。"邓学佳说。

"不该这样吧？"袁一帆说。"县官不如现管，你们就待在生产，一个盯物料，一个盯check。"廖默然说。"你那边没事吧？"曹瑞祥转头问邓学佳。"两个人全程盯着。"邓学佳说。"不对，你们是一块板，分头去搞，不对吧？"不知什么时候，肖云飞进来了说道。"功放是嵌入的，都用环氧板损耗大。"廖默然解释道。"功放是用的射频板材，损耗小。"曹瑞祥补充道。"低噪放呢？"肖云飞问。"一起就搞了，简单。"曹瑞祥说。

"难怪金总说，其实你们是3块板。"肖云飞又说。"哎，低噪放用的板材？"肖云飞又问。"环氧板。"曹瑞祥回道。"一直都是环氧板。"邓学佳说。"对了，一直和你的中频在一块板上的。"肖云飞说。"是啊，以前是功放相对独立的。"廖默然说。

周五下午一上班，生产线check工位。"美女，53060288功放单板入库了吗？"袁一帆问物料员。"我查一下。"物料员查看着电脑。"你自己看，系统里还没有。"看了后物料员冲着袁一帆说。"我问了厂家，说是送过来了。"袁一帆说。"应该是在做账，要过一会儿系统才能显示。"物料员说。

"美女，看下您的工卡。"袁一帆凑过来看着物料员的工卡。"罗雪娟。"袁一帆读着，物料员有点不好意思。"罗雪娟，游泳的世界冠军也叫这个名哎。"袁一帆说。"哎哟，我是旱鸭子，不会游泳的。"物料员罗雪娟回道。"雪娟妹妹，再看看0288有了吗？"袁一帆又问。"没那么快。"罗雪娟回道。"来了会给你领的。"说着罗雪娟忙别的去了。

"板子领到手了吗？"廖默然给袁一帆打电话问。"刚查了，系统里还没有。"袁一帆回道。"钢网没问题吧？"廖默然又问袁一帆。"钢网应该没问题，朱文学在排产那边，我过去看看。"袁一帆回道。袁一帆来到二楼排产的地方。"钢网没问题吧？"袁一帆问朱文学。"0288的钢网没问题吧？"朱文学问排产员。"刚查过有。"排产员回道。"什么时候上线？"袁一帆问排产员。"哪块单板？"排产员反问。"还有低噪放的吗？"朱文学冲着袁一帆问。"53070385。"袁一帆冲着排产员说。"0385，夜里1点钟左右。前提是料齐。晚上8点钟，必须料齐套。"排产员说。"晚上8点，我下去盯紧了。"袁一帆边说边下楼去了。

"你们的板子呢？"朱文学走到TIO单板的李和平面前问。"我们物料已经齐套，晚9点上线。"李和平说。"排啦？"朱文学问。"刚排的。"

李和平回道。"还是你们快。"朱文学冲着李和平说。袁一帆来到物料员罗雪娟面前问："0288能查到了吗？""整别的了，我再看一下。"说着罗雪娟查看着电脑。"嗯，有了。"罗雪娟说。"查到啦！"袁一帆开心地说。"等着，我这就去领。"说着罗雪娟抬腿往库房去。"我也去。"袁一帆跟着罗雪娟往库房走。"你是不让进的。"罗雪娟说。"没事，你进去，我去外边等。"袁一帆说。"对了，我可以帮你拿的。"袁一帆又说。"那好，按理库房要派人送过来的，这下省了。"罗雪娟说。"这就对了嘛，跟来还是有用的。"袁一帆说。"好，好，跟着吧。"罗雪娟说。

"喂，曹瑞祥，板子都到了吧？"肖云飞在座位上用固话给曹瑞祥打电话。"都到了。"曹瑞祥说。"什么时候上线啊？"肖云飞又问。"邓学佳说9点。"曹瑞祥说。"不会是明天早上9点吧？"肖云飞说。"晚上晚上，今儿晚上9点。"曹瑞祥回道。"功放呢？"肖云飞又问。"夜里1点钟左右。"曹瑞祥说。"谁去那儿？"肖云飞问。"袁一帆、朱文学两人。"曹瑞祥说。"好，周一调试。"肖云飞说完满意地挂了电话。

"刚问过又怎么……"看着肖云飞直奔自己的座位，曹瑞祥说。"双工器？"肖云飞问。"双工器，没到。"曹瑞祥说。"柳超智去干啥啦？至少900兆的要到吧。"肖云飞追着说。"礼拜天能到。"曹瑞祥说。"900、1800都能到？"肖云飞说。"怎么可能？只到900。"曹瑞祥说。"1800呢？"肖云飞急着问。"月底吧！"曹瑞祥说。

"别这么急，要赶紧试装一下看有什么问题。"肖云飞说。"试装？前期样品都试装过了，没问题。"曹瑞祥说。"前期，是机加的吧？"肖云飞说。"都是按一样的图纸做的，机加、开模都一样。"曹瑞祥说。"不怕一万，就怕万一，这时候别太自信。"肖云飞提醒着。"我也急，但再急，有些也难以逾越。"曹瑞祥劝着肖云飞说。"我可看不出你急。"肖云飞说。"只是没让你看出罢了。"曹瑞祥说。"别贫啊，TIO千万别出差错。"肖云飞说。"知道。"曹瑞祥说。"知道，知道1800兆的还那么晚。"肖云飞说。"900搞好了，1800直接上。"曹瑞祥说。

"1800直接上没问题吗？"肖云飞担心地问。"没问题，能有啥问题嘛。"曹瑞祥说。"信你，但千万别大意了，曹瑞祥。"肖云飞说。"放心吧，不会有问题的，万一有问题就迅速解决。"曹瑞祥说。"你看你看，自己说有问题了吧。"肖云飞又说。"别这样好不好，做产品哪有一点问题都没有的。"曹瑞祥说。"是怕你们太大意了，信你，信你啊。不信你，我信谁去？"肖云飞说。"这不对了嘛。"曹瑞祥说。

"你跟柳超智说，1800的双工器，26日回。"肖云飞说。"就4天，至于这么急吗？"曹瑞祥说。"至于，月底就有可能是月初，而26日则可能是28日，你说呢？"肖云飞说。"领导都是这么算的，真的领教了。"曹瑞祥说。"26日啊，走了。"说着肖云飞离开了。"26日，说得轻巧。"曹瑞祥不满地自语道。

2. 夹具找不到了

晚上11点半，产线二楼三号线体。"工段长，前面的我看差不多了。"朱文学问三号线的工段长。"差不多了，我已经叫人准备0385了。"三号线的工段长说。正说着只见远处有人招手让工段长过去，朱文学、袁一帆跟着工段长一起走了过去。

"夹管子的夹具找不到了。"三号线体的工人说。"不会吧？"工段长说。"再找一下吧，工段长。"朱文学说。"再找一下。"工段长和大家再次走进工具库房。'功放管的夹具就放在这儿的，怎么不见了？"三号线的工段长问管理员。'没注意，好像下午临下班前苏工进来过。"管理员说。"看登记本。"三号线工段长说。"你自己看吧。"管理员顺手把登记本扔到工段长面前。"还真是苏工借走了，给苏工打电话。"工段长说。"这么晚。"管理员说。"我来打电话。"说着工段长在桌上玻璃下寻找苏工的电话，找到后拨了起来。

电话通了，但很久无人接。"不接。"工段长正想挂电话对方接了。"喂，哪位？"苏工在电话那头问。"苏工您好，我是三号线工段长。您好，请问您下午借的功放管夹具在哪儿啊？这马上要上线，夹具没有，开不了工啊。"三号线的工段长对苏工说。"我没还吗？"苏工在电话那头问。"没有，登记的本上只有借的记录，没有还的记录。"工段长在电话这头说。"哎呀，想起来了。当时领导找我有事，把这事给忘了。"苏工说。"等等，苏工，您是说夹具您就放在桌上对吧？"工段长问。"没有，怕丢，走时锁到柜子里了。"苏工说。

"苏工，我是开发的单板负责人，您住哪儿呀？我去您那儿把钥匙拿过来，准3G项目真的太紧急了，拖不起工啊。您住哪儿？我过去拿柜子的钥匙。"朱文学夺过话筒说。"知道，领导吩咐过你们功放重要。"苏工在电话那头说。"您住哪儿？"朱文学问。"我想想，我住龙华，我过去吧。你一来一去花的时间长，我就比较快，好，我马上就去生产线。"说完苏工挂了电话。"苏工过来，还有什么问题？"朱文学问身旁的工段长。"刚开始准备，看吧，反正你们在现场，有问题会找你们的。"工段长说。

周一刚上班，肖云飞来到功放实验室。"来了是吧？"肖云飞一进门冲着大家说。大家忙着调试没人理肖云飞。"有啥问题吗？"肖云飞凑到廖默然身旁问。"刚开始调。"廖默然说。肖云飞看了看都在忙，无趣地来到邓学佳的实验室。看到大家也在忙，话都没说离开了。

　　"喂，赵长城，板子都来了，没见你们的人啊？"肖云飞出门给赵长城打电话。"你说哪儿啊？"赵长城在电话里问肖云飞。"廖默然、邓学佳这边都在调试刚回来的板子，你们的人也不过来了解情况？"肖云飞在电话这头说。"上午先让他们搞吧，这时测试往里掺和，恐怕没人会搭理我的。"赵长城回道。"也是，总之质量你们把好关，有问题尽量暴露，别藏着掖着。"肖云飞说。"测试不会的，只有开发的才会藏着掖着。"赵长城在电话里说。"那得靠你们发现啊。"肖云飞说完挂了电话。

　　"喂，曹瑞祥，你去哪儿了啊？两个实验室都没见你人，这时候你还稳坐在座位上？"肖云飞又给曹瑞祥打电话。"正拿双工器呢。"曹瑞祥说。"噢噢噢，双工器来啦，900？1800？"肖云飞在电话里又问。"900的，1800周四到。"曹瑞祥说。"周四？"肖云飞又问。"你不是说要26日周五嘛。"曹瑞祥在电话那头说。"提前了一天。"肖云飞惊喜地说。"唉，是提前三天好吧。"曹瑞祥说。"我是正负两天。"肖云飞说。

　　"娜姐，板子可都回来了。"肖云飞给曹瑞祥打完电话又给柴文娜打电话。"知道啊，他们都在调试呢。"柴文娜说。"没事，我就是告诉你一下。"肖云飞说。"噢，我知道的。"柴文娜说完挂了电话。绕了一圈回到座位，肖云飞又问马庆生："你的用不着4月中吧？""还是谨慎点。"马庆生说。"软件那边，王厚林他们怎么样？"肖云飞又问马庆生。"应该问题不大吧。"马庆生说。"没什么人吃饭啊。"边吃着午饭，肖云飞边自语道。"什么意思？我们不是人嘛。"尹贤良说。"一忙就忘点。"王厚林说。

　　"娜姐，又吃猪肉炖粉条啦。"马庆生说。"怎么不行啊？"柴文娜没好气地说。"我没得罪你吧？"马庆生冲着柴文娜说。"杭岩有点不像话啊。"柴文娜冲着肖云飞说。看了一眼坐在远处的杭岩，肖云飞轻声问："怎么啦，杭岩？""计划进展、过程输出什么都没有，问他要，不理我。"柴文娜生气地回着肖云飞。"我当什么事呢，吃饭还生气。回头我跟他说说。"肖云飞说。"别，你说了他一准认为是我告状的。"柴文娜低声说。"还是我去，你先别去找他。"柴文娜又说。"那好，我不找他。赶紧吃吧。"肖云飞对柴文娜说。

"唉，肖云飞，问你个事？"曹瑞祥叫住正要离开的肖云飞。"啥事？"肖云飞停住脚步扭头问曹瑞祥。"朱文学，你说。"曹瑞祥冲着朱文学说。"噢，是这样，周五深夜，功放正要上线，发现管子的夹具被生产工艺的苏工拿走了。"朱文学说。"嗯，怎么啦？后来怎么解决的？"肖云飞问朱文学。"最后人家苏工半夜打的把钥匙送来，开了柜子取出了夹具。"袁一帆说。"锁打开了，不是密码柜啊？"肖云飞问。"苏工的密码柜里放的午睡的东西，工具柜是专门配了锁的。"朱文学说。"嗯，这不挺好嘛，否则今天也不会顺利进行调试。"肖云飞说。

"只是……"朱文学说。"哎呀，直说吧，那个苏工希望研发给他报销出租车费。"廖默然说。"你们觉得可以就可以啊。"肖云飞说。"好的，你说可以我们就去报了。"曹瑞祥说。"可以，但要备注清楚。"肖云飞说完端着盘子走了。"以后，这种事还是少整，他自己的错，影响了生产，不应该提这种要求。"廖默然说。"也别这么说。只是这种报销跟出差不一样，麻烦。说清楚就是了，还要什么备注？"曹瑞祥边吃边说。"哎呀，算了，我们不是有点经费嘛，100块钱不到，从那里出得了，省得为那么点钱来回解释，烦。"曹瑞祥说。

"他为什么要借夹具？"廖默然问。"检查一下夹具有没有问题。"朱文学说。"嗯，夹具是出过问题，不平衡，有一点不太紧。"廖默然说。"检查一下是对的，只是忘了及时还回来了。"曹瑞祥说。"100块，小意思，我那儿还有点钱，回去拿给你。"廖默然对朱文学说。"觉悟一下就上来了，我又省了100块。"曹瑞祥开心地说。

"怎么啦，柴文娜对你这么生气？"肖云飞来到杭岩正在调试的实验室问。"正是关键时刻，会给她补上的。"杭岩回道。"跟她还是要搞好关系，啊。"肖云飞说。"知道。"杭岩说。"怎么样？"肖云飞问。"快调通了。"杭岩回道。"好，不打扰你，等你好信。"肖云飞边说边离开了实验室。

"喂，柴文娜，杭岩这个实验室门禁都给了哪些人啊？"肖云飞给柴文娜打着电话。"感觉你是不是闲得慌啊，多载波实验室，门禁的人都是你审批过的，有电子流，可以查的。你自己可以上去看啊。"柴文娜在电话那头说。"那我要是想删除谁，怎么操作？"肖云飞又问。"你想删除谁啊？"柴文娜问。"我是假设。"肖云飞在电话这头说。"你发邮件把名单给我，我提电子流，你审批就能把你要删除的人去掉了。"柴文娜说。"哦，知道了。"肖云飞说完挂断了电话。

3. 墨脱要建天地通

功放实验室，正在进行结构试装，肖云飞走了进来。"怎么样，结构上有什么问题？"肖云飞问。"你看！"曹瑞祥指着装好的TIO模块说。"装好了啊。没什么大问题，对吧？"肖云飞说。"大问题没什么，小问题还是有。"项庆林回道。"没大问题就好。"肖云飞说。"这个模块能给我们吗？"赵长城问曹瑞祥。"这个不行，功放、双工器都是可以的，但TIO板还没调通。明天下午下班前吧。"曹瑞祥说。"功放、双工器没问题啦？"肖云飞惊喜地问。"差不多吧。"廖默然说。"剩下就是复制了。"朱文学说。"难的还是中频啊。"肖云飞说着离开功放实验室来到中频实验室。

"调通了吗?"肖云飞问邓学佳。"在调,差不多,今天吧。"邓学佳说。出了中频实验室,肖云飞又拨起电话。"喂,师建宏,我是肖云飞。"肖云飞拨通电后说。"你好,肖云飞。"师建宏在电话那头说。"TIO量产还有什么问题?"肖云飞问。"只要物料齐套,要多少做多少。"师建宏说。"装备软件没问题吧?"肖云飞问。"应该没问题吧。"师建宏回道。"别应该啊,有问题就赶紧解决。"肖云飞又说。"我问下章树桐吧。"师建宏说。"盯紧了,有问题赶紧协调解决。"肖云飞说完挂断了电话。

随后,肖云飞又来到测试实验室。"夏润泽,在干吗?"肖云飞一进门就问。"没干吗,等TIO模块来。"夏润泽回道。"说说你们准备怎么搞?"肖云飞问夏润泽。正说着麦哲渊进来了。"好,你们一起说说准备怎么搞?"肖云飞冲着夏润泽、麦哲渊说。"先整机,同步再单元测试呗。"夏润泽说。"嗯,这样可以。一下子模块不可能这么多,先宏观再微观。但单元测试是要做的。"肖云飞说。"我们先一起测嘛,等模块多了,软件再单独吧。"夏润泽对麦哲渊说。"这次仅是TIO,以你们硬件为主。等马庆生的新板来了,就是软件为主了。"麦哲渊说。"巧了,正好错开。"肖云飞说。"跑通,上行灵敏度,下行功率,协议指标测试没问题,赶紧去做温循。"肖云飞又说。"温循?"夏润泽问。"对,赶紧做温循。温循最容易发现问题,不仅是硬件,软件的问题也容易暴露。"肖云飞说。

"软件?"麦哲渊疑惑地说。"哎呀,现在软件、硬件很难分开的。温循,温度高速变化,时钟就会漂移,如果软件不能适配,肯定就出问题啦。"肖云飞解释道。"那计划还要调一下。"夏润泽说。"调整吧,本周五前一定要把温循做起来。"肖云飞说。"周五就做温循啊?"此时赵长城进来了说。"早点做，问题早暴露。"肖云飞说。"做呗，单元测试先放一放。"赵长城说。"实践充分证明，温循是暴露问题最有效的手段。"肖云飞说。"那周五前曹瑞祥至少要提供四个模块。"赵长城说。"差不多。"肖云飞对赵长城说。"这个时候没必要分开了，开发测试一起搞。"肖云飞又说。"就应该这样。"夏润泽说。"周五温循，我也来跟你们一起做。"肖云飞说完离开了实验室。

"柴文娜，到我这来一下。"肖云飞给柴文娜打电话，不一会儿，柴文娜来了。"从明天开始，每晚开项目进展通报会。"肖云飞对柴文娜说。"几点开始？"柴文娜问。"班车9点20分左右，8点到9点怎么样？"肖云飞说。"行，就8点到9点。"柴文娜说。"这个会主要是给测试压力，希望他们多发现问题。只要觉得是问题就提单，多多益善。每个人提单数搞个顺序，最多的有奖。"肖云飞说。

"会不会乱提啊？问题单太多能把控得住吗？"柴文娜担心地说。"你再搞个无效问题单数和排名啊，正反两面都有。放心，测试部自己提单也是有规矩的。想想，提那么多无效、没水平的问题单，开发部的人不嘲笑死他们。"肖云飞说。"没错，开发、测试本身就是相互约束的。一个想提，一个尽量说服不让提。嗯，问题不大。"柴文娜说。"关键是还有我们把关呢！"肖云飞自信满满地说。

正说着，肖云飞的手机响了。"喂，哪位？"肖云飞拿起手机问。"肖云飞，刚离开没多久就听不出来啦？"郝树斌在电话那头说。"等等，郝树斌？"肖云飞说。"还能想起我，肖总真的让人心暖啊。"郝树斌说。"怎么有空打电话？"肖云飞亲切地问。"想肖总了呗。"郝树斌说。"哎呀，这年头还有人能想着我，真开心啊。"肖云飞说。

"我在林芝唉。"郝树斌说。"噢，山上待久了下来吸吸氧是吧？"肖云飞调侃道。"哪有这么好的事，和老板一起来的。"郝树斌说。"老板？华今朝啊？"肖云飞吃惊地问。"是啊，华老板，还有邵利伟。"郝树斌回道。"有大事啊？"肖云飞问。"墨脱要建天地通。"郝树斌说。"墨脱？"肖云飞略带疑惑的语气说。"对，墨脱。"郝树斌说。"建呗，有问题吗？"肖云飞问。"肖云飞，你说得太轻松了。"郝树斌说。"怎么啦？"肖云飞问。"告诉你吧，墨脱是中国唯一没通公路的县。"郝树斌说。"没通公路，怎么啦？"肖云飞又问。"怎么啦？没公路，只能靠人拉肩扛步行，还要过一个雪山。"郝树斌说。

"是不是还要过沼泽地啊？"肖云飞问。"沼泽地倒没有，但要穿越蚂蟥区。"郝树斌说。"说得有点吓人啊，蚂蟥区都出来了。"肖云飞说。"真的，要四天四夜呢？"郝树斌强调道。"四天四夜？二万五千里过雪山草地啊。"肖云飞惊叫着说。"反正挺艰难的。"郝树斌说。"不说这些了，有什么诉求吗？什么时候建？"肖云飞问。"6月中旬。"郝树斌回道。"6月中旬？还早呢。"肖云飞说。

"墨脱没有光纤传输。"郝树斌说。"没传输怎么搞？"肖云飞问。"光纤传输没有，想想连公路都没有，怎么可能有光纤嘛。"郝树斌说。"用卫星传输。"肖云飞说。"对，用卫星传输。"郝树斌说。"没事，卫星传输搞过，可以。"肖云飞说。"纳木错，调卫星传输还是很费劲的。"郝树斌说。"放心，我们派人去现场支持你们。"肖云飞说。"就等你肖总这句话呢。"郝树斌说。"肯定啊，义不容辞。"肖云飞说。

"今天陪老板把这事敲定，下来要谈具体的计划。由于交通不便，还是一项相当艰巨的任务啊。你们产品线一定要全力支持，老板可是表过态了。"郝树斌说。"老板都表态了，还有什么话说。"肖云飞说。"毕竟交通不便，通信也不便。所以，要多想想困难，真的和一般建站不大一样。你想想，要是不顺，很久都于不通会是怎样的感觉。"郝树斌说。"没电话吗？"肖云飞问。"约等于没有。"郝树斌说。"嗯，我们下来有针对性地进行验证，尽量把困难考虑得多一些。"肖云飞说。"今天就是先知会一下产品线。随后我会把项目的进展情况及时知会到你这儿。就这样，挂了。"郝树斌说完挂了电话。

收起电话看着还在的柴文娜，肖云飞问："墨脱，西藏林芝的墨脱知道吧？""墨脱知道点，门巴族居民挺多的，和印度接壤。世界上至今没有被人类征服的高峰南迦巴瓦峰挨着它。"柴文娜说。"其实墨脱挺有名的，有门巴族，还有南迦巴瓦峰。门巴族，知道吗？"柴文娜问肖云飞。

"那谁敢去啊。"一旁的马庆生插话道。"难怪郝树斌总是强调艰巨。"肖云飞自语道。"他应该知道，但是不好明说，怕吓着我们。"马庆生说。"一吓，都找理由不去墨脱。"柴文娜形象地说。"没那么可怕，不要自己吓自己。"肖云飞说。"不过四天四夜的步行，还是有点恐怖。"肖云飞自语道。"估计一路也挺危险的。"马庆生说。"所以，郝树斌用了艰巨两字。"肖云飞说。"想想公路都修不通，自然是环境恶劣。否则，怎么会是中国唯一没通公路的县呢？"马庆生自语道。

4. 让功放效率更高一些

第二天一早，功放实验室。"怎么样？调通了是吧？"肖云飞冲着曹瑞祥问。"赵长城说你说的，周五要给他四个模块，那我们还用不用？"曹瑞祥问肖云飞。"你用你再装啊！"肖云飞说。"有那么急吗，非要周五就开始做温循？"廖默然冲着肖云飞问。"想想，温循是最能发现问题的，这一点你们比我清楚。"肖云飞说。"都是为你们好。你们在这能测出啥来，指标在哪儿都能测啊。一起过去测呗，不用单独搞。"肖云飞说。"想搞可以啊。自己赶紧再多装几套，想怎么用就怎么用。"肖云飞又说。

"再装就是麦哲渊软件的，刚才王厚林、麦哲渊都来催过了。"邓学佳说。"再接着装。"肖云飞说。"我肯定盯着温循，周五开始我就待在那儿。"肖云飞又说。"我也待在那儿！"曹瑞祥说。"我也待在那儿。"邓学佳说。"对啊，在那儿有问题及时协调处理啊。省得测试先提单，开发见到单再来处理，没准现象就没了。"肖云飞说。"我们还要做很多单元的测试，让功放效率更高一些。你们去跟温循，有问题及时叫我。知道温循就是考验功放的，多谢大家关心。"廖默然拱手示意地说。"总算说了句像样的话。"肖云飞说。'不要这么说嘛。"廖默然说。

"咦，怎么没人？"肖云飞来到温循实验室看到没人自语道。"喂，赵长城，怎么没人？"肖云飞给赵长城打电话问。"你说哪儿没人？"赵长城电话里问。"温循这边，还有哪儿啊？"肖云飞没好气地说。"不是周五搞嘛。"赵长城说。"周五要开始做起来，你这事先不要好好准备啊。"肖云飞。"没模块呢。"赵长城说。"除了TIO模块，其他都有的。"肖云飞说。"等齐了物料再说嘛。"赵长城电话里说。"按你说的周五物料齐套再搭环境，下周一能正式做起来就算不错了。"肖云飞说。"没那么悬乎，周日吧。"赵长城电话里回道。

"是你说的要3天才能做起来。今天周二，周三、周四，正好，周五正式做。"肖云飞抓住机会说。"不是这么说的。"赵长城说。"少废话，我就在这儿，赶紧派人来搭环境，我跟你们一起搞。记住是我和你们一起搭这个环境。"肖云飞强硬地说。

不一会儿，夏润泽推着一车物料和仪表过来了。"嗯，这还差不多。搭环境费时费力，肯定要提前准备的，缺这少那是常有的事。就是少个螺丝刀也许你就玩不转。"肖云飞说。"你说得对，领导英明，有远见。"夏润泽边做边说。

"你这阴阳怪气的，说明思想没通啊。"肖云飞说。"不是说领导英明有远见了嘛，通，早就通了。瞧我多积极啊，通了。"夏润泽说。"通不通反正我在这盯着，不怕你们要心眼。"肖云飞说。"领导这话说的，谁敢跟你要心眼。"夏润泽说。"不要心眼好啊，踏实地干。"肖云飞说。

"领导老是怀疑下属要心眼，可不太好啊。"过来的赵长城边走边说。"干活，来，一起搭环境。"肖云飞冲着赵长城说。"我可没你这么闲，只是过来看看。事多着呢，我不可能只待在这儿。"赵长城说。"你看，先要把环境搭起来，单板都要升到统一的版本吧。夏润泽，今天这两项能做完不？"肖云飞说。"争取吧。"夏润泽说。

"明天，系统先跑顺了，接着箱子要试一下吧。以前就出现过低温降不到位的情况，整个一个温循周期全跑一遍肯定是必需的。"肖云飞说。"试一下，试一下，有问题赶紧找人解决。"赵长城示意夏润泽。"明天要是真出现温度降不到位的情况，赶紧修好，或者换个箱子。所以，时间不宽松对吧？"肖云飞说。"不说那么多了，赶紧搞吧，我去催模块。"说着赵长城走了。

"我待在这儿是有道理的，及时协调处理出现的问题，这样快。"肖云飞自语道。"还真让你说中了，带了十字起，居然是内六角。"夏润泽说。"正常，小问题，马庆生那儿有。"肖云飞说。"不过最好你们自己解决，不得已再找马庆生。"肖云飞忙又补充道。"有点小气了吧。"夏润泽说。"真要是你们自己手上没有，没问题。"肖云飞回道。"怎么啦？"正说着麦哲渊进来了问。

"你有内六角的起子吗？"夏润泽问麦哲渊。"有啊，要吗？我帮你去拿。"麦哲渊爽快地说。"要，快去拿来，谢啦。"夏润泽对麦哲渊说。

“慢，就是上基带单板的。”夏润泽比画着说给麦哲渊。“知道。”麦哲渊瞥了一眼掉头走了。“他们搞基带多，所以有。”肖云飞说。“先把仪表架起来，把接线板拿过来。”夏润泽冲着肖云飞说。“接线板，噢，在这儿，给你。”肖云飞找着接线板递给夏润泽。

“这个接线板没开关和保险丝，最好找个有保险丝和开关的，这样可以保护仪表。”夏润泽边搞边说。“我去找吧。”肖云飞说着掉头离开了。“哎，再拿个风扇来，散热用。”夏润泽冲着肖云飞说。“好。”肖云飞边走边说。“来，内六角的。”此时麦哲渊进来递过内六角起子。

周三一早，肖云飞来到温循实验室，夏润泽、麦哲渊都在。“今天能试箱子吗？”肖云飞问。“时钟板有点问题。”麦哲渊说。“是吗？”肖云飞问夏润泽。“是啊，正在定位。”夏润泽回道。“哎呀，别定位了，还有没有？”肖云飞问两人。“有是有，这个应该是好的，怎么就……”夏润泽说。“你那儿应该有的。”肖云飞冲着麦哲渊说。“有。”麦哲渊回道。“有就先拿来，把这拿过去，慢慢定位。”肖云飞说。“这样啊！”麦哲渊说。“别，我说了算，你把好的赶紧拿来，这个拿去也可以，不拿放这儿，有空再定位。赶紧的，去拿。”肖云飞非常果断地冲着麦哲渊说。麦哲渊看了看夏润泽只好无奈地说：“好吧，我去拿。”

望着麦哲渊的背影，肖云飞冲着夏润泽说：“这下知道我待在这儿的价值了吧。”“这儿有价值了，他们的工作……”夏润泽欲言又止地说。“总有重点，先保这儿，他们会自己克服的。”肖云飞说。“那是你说。”夏润泽不认可地说。“其实，大家的工作虽说都重要，但先宏观再微观更容易整体把握产品的全貌。”肖云飞解释道。“但是大家也都是有具体计划任务的，拆了别人的环境，别人的工作就没法开展了。”夏润泽说。“调整一下，代码检视。夏润泽，我要这么跟你说，也许你会理解得更深。”肖云飞说。

“你看，我们现在就开始整机温循，这个环境是最贴近实际的，你承认不承认？"肖云飞接着说。"承认。"夏润泽说。"温循出现的问题肯定就是问题。"肖云飞说。"没错。"夏润泽说。"但是，你单元测试发现的问题，可能也是问题，但是不是对整机，尤其对业务是不是产生影响，恐怕难以判断吧。"肖云飞说。"不能这么说。你这样说，不就等于说单元测试没意义啦。"夏润泽说。"啊，来啦。"看着麦哲渊拿着单板进来，肖云飞说。换上单板，一切正常后，夏润泽说："可以试温箱了。""好，叫管理员来把温循跑起来。"肖云飞说着掏出手机给曹瑞祥打电话。

"曹瑞祥，有装好的模块了吗？有一个也行，现在就拿过来整机上跑一下。"肖云飞说。"有一个好了，我给你拿过去。"曹瑞祥说完挂了电话。"马上曹瑞祥拿个模块过来。"肖云飞跟夏润泽说。"这时候能体现你的价值了。"夏润泽调侃地说。"前面换单板没价值吗？"肖云飞不服地问夏润泽。"真的，没你在，曹瑞祥绝对不可能提前给我们模块的。从来没有，都是一拖再拖。"夏润泽说。"他们这样不太好。"肖云飞说。

"谁不太好？"曹瑞祥拎着模块进来问。"没有啊，好，这么快就送来了。"肖云飞说。"还是肖云飞的面子大。"此时赵长城也进来了。"别这么说。"肖云飞说。"别这么说？我先去找他啦，看能不能先提供一个。"赵长城说。"这不送来了嘛。"曹瑞祥顺势说。"就是，还是你面子大。"肖云飞说。"行行行，甭管谁面子大了，夏润泽赶紧完整地试一遍。"赵长城说。"别走啊，一起看看有什么问题。"看着曹瑞祥要离开，肖云飞说。"你们先盯着，我得回去赶紧再把其余三个装好测好了送过来。"曹瑞祥说。"别，这是新TIO第一次整机联试，还是等跑正常了再走，不差这一会儿。"肖云飞还是硬叫住了曹瑞祥。

"应该没问题，先看看版本是不是一致的，不一致赶紧升成一致的。"曹瑞祥冲着夏润泽说。"你说对了，版本就是不一致，你这是个测试版本。"夏润泽说。"自己做的事自己最清楚，开发就是做事随意。赶紧升一下。"肖云飞冲着夏润泽说。"安心在这待着，等跑顺了，再往下搞，这样效率会更高。"赵长城对曹瑞祥说。"你这光接频谱仪，没功率计啊。"曹瑞祥说。"折算一下不就知道功率了吗？"夏润泽说。"折算是折算，对于这种大功率，还是要用功率计直接测。"曹瑞祥说。"先测完功率，再接频谱仪是吧？"肖云飞问。"不用，可以同时测。"曹瑞祥说。

"同时测？可以吗？"肖云飞不解地问赵长城。"功率计是通过式的。"赵长城回道。"噢，这样啊。那你们为什么不用功率计？"肖云飞问道。"没必要啊，折算一样的。"夏润泽说。"还是不一样的，我去拿个功率计，你们等着啊。"说着曹瑞祥去拿功率计了。"这叫严谨，我知道可以折算，但不直观。他们对功率是一点一点扣的。"肖云飞说。"单元测试肯定要用功率计。但整机，一是没那么多功率计，再者确实也没必要。"赵长城说。"有必要，整机有必要，真正要出的功率是在整机口，很有必要。"肖云飞说。

"那就要再申购一些功率计。"赵长城说。"该买的就买啊。"肖云飞说。"那好，我让他们填电子流申购。"赵长城说。"走计划外吧，提到我这。"肖云飞补充道。"你们也是，该省的不省，不该省的乱省。"肖云飞冲着赵长城说。"该省的还是省了。"赵长城辩解道。"那更好。"肖云飞说。"你看温循箱，你让我们申购的，我们只申购了一套。剩下的利用公司的公共资源。"赵长城说。"你们做得好。赶紧申购功率计，功率计你到公司去协调肯定是没有的。"肖云飞说。"那是，别的产品线也不做功放啊。"赵长城说。

5. 关键看温循

"曹瑞祥，1800的双工器该到了吧？"肖云飞打断大家的话题转向曹瑞祥。"什么叫该到啦？"曹瑞祥不耐烦地回道。"怎么……你？"肖云飞被曹瑞祥的话堵得一时不知说啥好。"说好的26日到。"曹瑞祥说。"今儿几号啦？"肖云飞说。"装糊涂啊？"曹瑞祥冲着肖云飞说。"今天周三，24日，周五是26日。"廖默然说。"噢，周五才来是吧。行，周五，正好赶上一起做温循。"肖云飞说。"恐怕周五做不了。"曹瑞祥说。"那就周六呗。"肖云飞又说。"周六，恐怕……"曹瑞祥说。

"哎呀，周五上午到，下午下班的时候应该差不多，下午到，晚上嘛，总之，周六肯定可以做起来的。"肖云飞说。"下周二吧。"曹瑞祥摇着头对肖云飞说。"什么意思你？"肖云飞不悦地冲着曹瑞祥说。"吃饭前，柳超智打了电话。"曹瑞祥说。"怎么啦？出什么事啦？"肖云飞忙问曹瑞祥。"驻波调不下来，真被你说中了。"曹瑞祥说。"要铣一刀啊？"肖云飞说。"是啊，又要耽搁两天，下周一到。赶得紧，周二可以做起温循。"曹瑞祥说。"10日嘛，10日定板，应该没问题吧？"肖云飞问曹瑞祥。"看900做的，周一就能知道情况了。要是900正常，1800肯定没问题啦。"曹瑞祥说。

"是这样吗，廖默然？"肖云飞问廖默然。"低频的功放比高频的容易坏。"廖默然回道。"这样啊，那就关键看这几天的900兆的温循喽。"肖云飞轻松地说。"没错，应该是这个理。"曹瑞祥说。"柴文娜，我们是不考了是吧？"袁一帆问。"不考了，不考了。"柴文娜说。"延到什么时候？"李和平问。"不知道。"柴文娜说。"会不会就不考了？"邓学佳问。"想得美。"柴文娜说。"我看他们的通知，就在食堂考。"赵长城说。"可正规啦，A、B卷。"柴文娜说。"娜姐应该会参加监考吧？"肖云飞问。"肯定啦。"柴文娜说。"及格85分。"柴文娜又补充道。

"为什么是85分？"于贤良问。"你当是以前学校里60分及格呢，做梦吧。"柴文娜说。"这个分数，我们模拟过。你要是没有针对性地学习，蒙肯定蒙不过。"柴文娜又说。"如果你有一定的基础，然后再蒙，基本上是在75到80出头一点。"柴文娜又接着说。"就是说要复习嘛！"肖云飞最后说。

"一个中午的低温贮存，差不多可以启动了。"在温循实验室，肖云飞对夏润泽说。"好，我叫管理员启动温循。"夏润泽说完去叫管理员。"今天先走一遍，看看有什么问题。"肖云飞冲着身旁的曹瑞祥和赵长城说。

"邓学佳来了。"赵长城看着进来的邓学佳说。"上电了吗？"邓学佳进门就问。"夏润泽找管理员启动温循，然后就上电。"赵长城回道。"怎么，担心低温贮存猛地上电起不来？"曹瑞祥问邓学佳。"没……没，看看。"邓学佳回道。"我看还是无事不登三宝殿。"肖云飞一旁自语道。"还是有点心虚。"赵长城说。"上电吧。"肖云飞看管理员启动了温循对夏润泽说。"好，上电。"夏润泽说着把系统上了电，邓学佳十分关注地透过温循箱的玻璃看着箱里整机的指示灯。

两三分钟后邓学佳叫着"OK"。"都起来了？"肖云飞问。"嗯，都起来了。"曹瑞祥看着电脑的数据说。"行啊，低温贮存可以。"夏润泽说。"跑着呗！"邓学佳、曹瑞祥说着离开了，赵长城正要走。"哎，赵长城，别走，问你个事。"肖云飞叫住了赵长城。"什么事？"赵长城问肖云飞。"你们卫星传输主要谁在搞？"肖云飞问。"麦哲渊他们。"赵长城回道。"怎么？"赵长城问肖云飞。"西藏墨脱要搞卫星传输。"肖云飞说。"什么时候？"赵长城问。"6月中旬吧。"肖云飞说。"6月中旬，现在才3月下旬。"赵长城说。

肖云飞看着赵长城，拍着他的肩膀说："墨脱，知道是个什么地方吗？""墨脱，没什么印象。"赵长城回道。"墨脱，中印交界附近是吧？"赵长城说。"对对对。"夏润泽忙说。"那边会打仗吗？"赵长城问肖云飞。"打仗？没有，没事打什么仗啊。但墨脱可是中国唯一没通公路的县。"肖云飞说。

"到时可能要去人啊。"肖云飞对赵长城说。"为什么不是开发的人去？"赵长城问。"这话说的，卫星传输这块，一直都是你赵长城具体负责的，开发仅仅是辅助、支撑。你们为主，开发搞个人备份。"肖云飞说。"再说了，拉萨纳木错的卫星站你们也没去人。"肖云飞接着说。

"那就对喽，一线自己能搞定，我们就不用去人了。"赵长城说。"你倒挺能钻空子嘛。告诉你，是郝树斌提的要研发支持。"肖云飞说。"支持可以，纳木错我们也是支持的。"赵长城说。"纳木错，旅游胜地。墨脱能跟纳木错比吗？"肖云飞说。"没听明白你这话的意思。"赵长城冲着肖云飞说。"夏润泽，你跟你们领导解释一下我刚才话的含意。"肖云飞说。

夏润泽正要开口，赵长城直接打住说："你听明白啦，能得不行呀？""别这样，赵长城。郝树斌求助肯定是有道理的。"肖云飞说。"有什么道理，有道理你们开发去啊。"赵长城说。"时间还早，到时候再说吧。"肖云飞冷静地说。"墨脱，那地方应该挺刺激的，没人愿意去，就我去。"夏润泽说。"你当去玩哪，还刺激。"赵长城说。"你手下的弟兄比你觉悟高。"肖云飞冲着赵长城说。赵长城正要说啥，肖云飞赶紧接着说："到时候看具体情况吧，夏润泽查查正常不。""好，我来查。"夏润泽敲着键盘查看着数据。

"怎么样？我看灯都挺正常的。"肖云飞冲着夏润泽说。"嗯，这里看着也正常。"夏润泽说。"正常就好啊，跑着吧。"说着赵长城走了。

"真愿意去啊？"肖云飞看赵长城走远了转头问夏润泽。"愿意啊，为什么不愿意？像墨脱这种地方，要不是出差，恐怕一辈子都不可能去。

我赚啦！"夏润泽干心地说。"哎，你这个思路，说得我都想去了。"肖云飞说。肖云飞想了想又说："别，说不定真有人愿意去呢。""那我可是优先。"夏润泽说。"主要是解决卫星传输问题。"肖云飞说。"我熟，真的，搭系统，都是我搞的。"夏润泽说。"知道了，到时候再确定吧。要能单兵作战解决问题，通信不方便，远程支持难度大。"肖云飞说。"没问题。"夏润泽说。"真没问题就好啊。"肖云飞说。"放心，没问题的，我能搞得定。"夏润泽说。"我信。"肖云飞应着。

"嗯，有三个模块了，我看可以正式搞了。"一早在温循实验室，肖云飞说。"还有一个有点问题，估计要明天才能拿过来。"曹瑞祥说。"三个就三个，那一个做备份。"肖云飞冲着夏润泽说。"你是说现在就开始做吗？"夏润泽向肖云飞确认。"装好，跑了都正常。然后下电，低温贮存。搞狠点，明早来上电。"肖云飞冲着大家说。

"是不是太长了？"邓学佳说。"怕啦！"肖云飞冲着邓学佳说。"我怕啥，昨天都试过没问题了。"邓学佳说。"昨天，不过两个小时不到。这次，12个小时呢，赵长城。"肖云飞说。"12个小时能扛过，肯定就问题不大啦！"赵长城应着肖云飞的话。"就这样，赶紧装好，跑起来，没问题，下电。低温贮存到明天一早上电。"肖云飞又重复着强调一遍。

"哎，邓学佳，那个模块怎么回事啊？"赵长城问。"不知道，有点怪。哎哟，我得去定位了。"邓学佳说着急忙离开了。"不会有什么大事的。"肖云飞坦然地说。"为什么？"赵长城问。"你看，要是第一块板刚开始就不好说。这前三块都没啥问题，到了第四板，说是有点怪。通常就是生产工艺的问题，要么虚焊了，要么就没焊上。"肖云飞说。

"没焊上，不会吧？"赵长城说。"怎么不会，就碰到没上锡膏的。"肖云飞说。"SMT这么先进，这么复杂的单板，有一个管脚钢网就没有？"赵长城问。"你说得不对，钢网不用怀疑。"曹瑞祥说。"不是说漏上锡膏了嘛。"赵长城说。"想想你也不对啊，如果钢网错了，前三块怎么会是好的呢？"肖云飞说。"噢，前三块锡膏上得好好的，到了第四块，某个管脚锡膏愣是没上去，有这事？"赵长城问。"有，碰到过。一般是刚开始，SMT的各项参数没有调整到位。"曹瑞祥说。"要这么说倒有可能。"赵长城说。"也有可能某个零件坏了。"曹瑞祥说。"单板复杂，定位有难度。"肖云飞说。"所以，邓学佳赶紧过去一起定位。"曹瑞祥说。

"为什么你们射频的人不去啊？"赵长城问曹瑞祥。"通常有问题先从射频开始。射频好判断，虚焊，没焊上，简单，烙铁一补焊就行了。"曹瑞祥说。"还是中频复杂，自然难定位。"肖云飞说。"我也过去看看。"说着曹瑞祥也走了。"没那么难，中频和我们基带板差不多，还没基带板复杂，只是和射频走一起，存在电磁兼容的问题。"肖云飞说。

"唉，马庆生，你的板子怎么样啦？"肖云飞边吃边问。"现在在调线，调线完了，大家评论都没太大问题了，最后就铺铜。"马庆生回道。"其实改动不大，你怎么搞出这么大动静。"肖云飞对马庆生说。"能不动的已经冻结了，其实改动还挺大的，主要换的芯片管脚出的差异有点大。"马庆生说。"照你的意思这么大的改动，还能有冻结的地方吗？"肖云飞问马庆生。"有，电源，电源不用动。"马庆生说。"电源，说明不同芯片供电还是一致的。"肖云飞说。"没错。"马庆生应着肖云飞。"4月10日，曹定板，你投板。"肖云飞对马庆生说。"差不多吧。"马庆生说。

"柴文娜，检视要盯紧啊。检视的专家要真的投入，如果是应付肯定就提不出有价值的问题。"肖云飞冲着柴文娜说。"对了，柴文娜，最后搞三天封闭检视。"肖云飞又说。"三天？"王厚林惊讶道。"一天够吗？不够的。"肖云飞说。"什么都不许干啊，安心检视。"肖云飞说。"给他们整点好吃的，就安心了。"曹瑞祥说。"哎，马庆生，检视别忘了叫邓学佳、曹瑞祥，让他们从另一个角度看你的单板。"肖云飞说。"没问题，以前老叫，基本都不来。"马庆生说。"不会吧。"肖云飞看着邓学佳、曹瑞祥说。"听他瞎说，没有的事，娜姐到时叫我们就行了。"曹瑞祥说。"好，娜姐，不行找我啊。"肖云飞说。"好。"柴文娜说。

"好，用不着娜姐出马，大家都要来。"马庆生恶狠狠地说。"这么狠干啥，又不是打架。"肖云飞冲着马庆生说。"以前早期的时候，都是一起评的。哪像现在分得那么清，对吧，邓学佳？"马庆生说。"我们叫你可是从来就没来过。"邓学佳对马庆生说。"你们那个我不懂，评不了。"马庆生说。"看看，问题还是出在自身吧。"肖云飞说。"不过真的，我们基带板还是真心希望射频的专家来帮着把把关。"马庆生诚恳地说。

"我看明白了，人家射频是乐意帮忙的，只是你有点啊……"柴文娜冲着马庆生说。"CAD的人对基带板很熟的，他们内部是有评审的。"王厚林说。"没错，三道关：自己、射频、CAD。嗯，很严谨啊。"肖云飞总结道。"那就一板搞定喽。"柴文娜说。"但愿吧。"马庆生说。"有点小问题，改一板也没啥大不了的。"王厚林说。

6. 这么多问题单？

"王厚林，看了柴文娜的缺陷统计，TIO你的软件怎么这么多问题单？"下午一上班，肖云飞看着电脑，给王厚林打电话说。"你不是温循在做着嘛，有啥问题？"王厚林反问肖云飞。"态度有点不对啊。"肖云飞在电话这头说。"不是提倡感觉有问题就提嘛，这就是结果。"王厚林说。"那到底是不是问题呢？"肖云飞说。"真正是问题的有三分之一吧。"王厚林说。"那三分之二是怎么回事？"肖云飞问。"你自己进去看嘛，你判断一下，我要处理三分之一去了。"王厚林说完挂断了电话。

"硬件的问题单少。"肖云飞自语道。"你一开始就搞整机温循，单元测试没开展，硬件的问题单自然就少。"一旁的马庆生说。"曹瑞祥他们模板装得太慢。"肖云飞说。"你让他们装自然快不了，找师建宏要两个工人帮忙，那就快啦。"马庆生回道。"唉，对唉，我怎么没想到呢？"说着肖云飞离开了座位，来到功放实验室，看大伙都在，说："廖默然，到生产部找两个工人来帮忙，这样装起来快。""那还不如直接拿到生产部去做，更快。"廖默然回道。"能吗？"肖云飞问廖默然。"应该可以，我找一下师建宏。"廖默然说。

"曹瑞祥，还是要赶紧多装，软件已经一大堆问题单，硬件没怎么提。"肖云飞冲着身旁的曹瑞祥说。"那是你要先整机温循的。"曹瑞祥说。"都重要，都重要。"肖云飞说。"唉，邓学佳那个模块定位得怎样啦？"肖云飞又问曹瑞祥。"我也不清楚，你过去看看就知道了呗。"曹瑞祥对肖云飞说。

肖云飞来到射频实验室，邓学佳看着进来的肖云飞说："真怪了，什么虚焊、漏焊都排除了。""怎么排除的？"肖云飞问邓学佳。"是焊点就重新焊一遍。"邓学佳说。"隔直电容会不会裂了？"肖云飞又说。"如果射频通道的隔直电容裂了也就是30分贝的影响。"曹瑞祥说。"电容裂了很容易判断的。"邓学佳说。"哟，你有什么高招？"肖云飞问邓学佳。

"看这个，探针。"一旁的李和平示意肖云飞。"噢，两边一点就知道电容好坏了。嗯，那怎么办呢？问题症结一定要找到啊，否则……"肖云飞说。"估计芯片加载时出了问题，准备重新加载一把。"邓学佳说。"哎，杭岩，在这儿干吗？"看到远处的杭岩，肖云飞问。"到这边来蹭仪器。"杭岩回道。"唉，为啥要到这儿蹭仪器？"肖云飞不解地问曹瑞祥。"这时候，肯定优先保证TIO嘛。"曹瑞祥说。"不是说好了多载波仪表专用吗？"肖云飞又说。"没那么多。"曹瑞祥回道。

"你先得问杭岩啊。"肖云飞不依不饶地说。"过来共享着用没什么不好，多载波专用没那个必要。"曹瑞祥说。"你说没必要就没必要啦，这定下的事怎么可以说不执行就不执行呢？"肖云飞生气地说。"别这么上纲上线的好不好。"曹瑞祥说。"这怎么叫上纲上线呢。产品线有决议，要求多载波的仪表专用，你这倒好，搞得杭岩跑这来用。"肖云飞说。"过来用也没啥嘛。"曹瑞祥回道。"没啥，什么都要我说明白吗？怎么一点政治头脑都没有。"肖云飞说。

"要想快，就需要充足的仪表，放在多载波实验室，利用率太低了。"邓学佳说。"曹瑞祥，要是仪表不够再申购一些呗。"肖云飞说。"就这么临时的高峰，协调一下就可以了。搞那么多仪表，再往下都是多载波了，没必要。"曹瑞祥说。"管仪表的定期会公布使用率，我们的仪表使用率不高。"邓学佳说。"不高就不高呗。"肖云飞满不在乎地说。"你有所不知呀，如果使用率不高，公司就要协调出去。你自己算算这笔账吧。"曹瑞祥冲着肖云飞说。"噢，好像有这个说法。"肖云飞说。"我们目前的状态基本达到动态平衡，管理员建议维持现状。"曹瑞祥说。"动态平衡都出来了，多载波的信息安全要重视，一定要重视。"肖云飞最后说。"知道，会重视的。"曹瑞祥目送着肖云飞的背影说。

"哟，我们的乒乓女将邓亚萍来了。"肖云飞看见CAD的许亚萍打趣地说。"肖总，只可惜我不姓邓，所以也成不了乒乓女将邓亚萍。只能是给你们服务的许亚萍。"许亚萍回道。"别这么说，前几年，你们CAD这种情绪比较重，看不起自己的CAD工作。但现在，许亚萍，说实话，真的，你们CAD有绝对的核心竞争力。这块单板，马庆生他们画出原理图，真正的实现全靠你们。"肖云飞诚恳地说。"还是要为你们服务。"许亚萍说。"你这是要去哪，有什么问题？"肖云飞问许亚萍。"一些细节，去和马庆生沟通。"许亚萍回道。"这个单板很重要啊，还请亚萍妹妹多多费心啊。"肖云飞说。"不客气，应该的。"许亚萍说。

"由亚萍妹子负责这块单板，我是绝对放心的。太认真负责了，再小的细节都十分认真地对待。敬业精神是绝对的。"马庆生说。"别这么夸，我都不好意思了。要知道我们做服务的，生怕你们不满意。要是你们不满意，让我们领导知道了，还不定怎样呢。"许亚萍说。"放心，这块单板如果没啥大问题，一定给你写个表扬信，马庆生记住，产品线奖CAD1000元，不，1500元。对，奖1500元。"肖云飞冲着马庆生说。"有表扬信就够了，钱不重要。"许亚萍说。"哎，精神、物质奖励都要有。"肖云飞说。

周五一早，肖云飞、赵长城、曹瑞祥、邓学佳以及夏润泽不约而同地来到温循实验室。"加电，看能起来吗？"肖云飞冲着夏润泽说。"好，上电了。"夏润泽边上着电边说。此时的邓学佳扒着温循箱的玻璃窗往里看着。"没起来。"邓学佳说。"没那么快，过个10分钟应该可以。"曹瑞祥说。"后台呢？"肖云飞问在后台看着的夏润泽。"还没起来。"夏润泽说。"怎么着，这种情况算是一个问题单了吧？"肖云飞问赵长城。

"昨天周四上午11:30开始的，现在是周五上午9点15分。还有不到3小时就24小时了，再等会儿嘛，不急。"赵长城说。"昨天最后定位的情况怎样？"肖云飞问邓学佳。"芯片重新加载就好了。"邓学佳说。"是生产上芯片加载过程出现了问题？"肖云飞问邓学佳。"我让李和平去生产部查一下。"邓学佳说。"如此说来，岂不是很没底？"赵长城说。"刚开始，其实你要是去生产部搞，单板一测就会发现问题。"曹瑞祥说。"这种问题影响产能，要重视。"说着肖云飞拨起了电话。

"喂，师建宏，我是肖云飞。"肖云飞说。"啊，你好。"师建宏在电话里说。"昨天定位，有块单板在生产芯片加载过程中应该是出问题了。"

肖云飞说。"啊，怎么会？"师建宏说。"别怎么会啊，真的。给你打电话的意思就是要重视，有什么要帮助的找邓学佳，李和平去生产部查原因了，你们看一下吧，我怕这种事情处理不好，影响到产能就麻烦了。"肖云飞说。"李和平过来了是吧？我过去看看。"师建宏说。"这事要重视，真的，是大事。"肖云飞说。

"还没起来？"肖云飞问夏润泽，夏润泽摇摇头没吭声。"好嘛，这问题单还不太好关啊。"肖云飞又说。"肖云飞，我都搞不清你是想让我们提单呢，还是不想让我们提单？"赵长城说。"此话差矣，提不提单是你们测试部的权力，怎么是我想不想让你提的呢？"肖云飞反问赵长城。"不说了，夏润泽，升点温度。"曹瑞祥此时冷静地说。"怎么升？"夏润泽问曹瑞祥。"一摄氏度一摄氏度地慢慢升，看底线在哪里。"曹瑞祥一字一句地说。"好。"夏润泽说着开始操作。"升了1℃。"夏润泽说。

"刚才用了一刻钟，现在复升1℃停留5分钟。"曹瑞祥说。5分钟过去了。"还是起不来。"邓学佳说。"再升1℃。"曹瑞祥说。"好，又升了1℃。"曹瑞祥很坚定地指示着夏润泽。"好，又升了1℃。"夏润泽说。"起来了。"坐在后台看数据的赵长城跳起来说。邓学佳急忙凑到温循箱的玻璃窗往里看。"嗯，起来了。"邓学佳边看边说。"3分钟不到。"肖云飞。"3℃之内，应该不算问题。"赵长城说。"有规范吗？"肖云飞问。"对，规范是3℃以内。"夏润泽说。

"你刚才要是直接升到5℃，其实就是破坏了定位问题的第一现场。5℃恐怕就要提单了。"曹瑞祥说。"而且，这种实验难得做一次。所以，问题单也难关闭。"赵长城说。"3℃、5℃我看差不多。你有问题单，我有CCB，不怕。"肖云飞说。"第一关就算是闯过喽！"邓学佳开心地说。"那个模块没拿过来？"肖云飞问邓学佳。"他们拿去做频点遍历去了。"邓学佳说。"噢，频点遍历，以前好像没有。"肖云飞说。"以前就高中低测测就行了。"曹瑞祥说。"按理是要遍历的。"赵长城说。"按理，不会有问题的。"曹瑞祥说。"我想也是，应该不会有问题。"肖云飞说。

7. 丑小鸭变小天鹅

中午食堂，边吃着午饭肖云飞边说："今天，曹瑞祥经典诠释了什么叫细节决定成败。""没错，是这么个理儿。"赵长城跟着说。"古人云，三人行必有我师啊。"邓学佳说。"这三个人一唱一和的，什么事啊？这么感慨。"柴文娜说。"没事。"曹瑞祥说。

"问题单？"肖云飞盯着身旁的王厚林说。"在搞，问题应该不大。唉，希望你们温循别出什么大事。"王厚林说。"唉……唉，往往事是反过来的。好了，不说了，不说了。"肖云飞会意赶紧说。"杭岩这边有进展吗？"肖云飞望着杭岩问。"已经调通了。"杭岩平静地回道。"你说什么？大声点。"肖云飞接着问杭岩。"单板已经调通了，可以开始整个系统的验证了。"杭岩说。"这么大的事也不发个邮件给我。"肖云飞高兴地说。"跟你说有啥用？"邓学佳对肖云飞说。"什么意思？"肖云飞不解地问邓学佳。"平台调通了，接下来才是多载波真正工作的开始。"曹瑞祥跟着说。"就是要我们出人帮他搞调试。"廖默然说。

"杭岩，有问题吗？"肖云飞目光转向杭岩问。"你要是说没问题，那就没问题了。"杭岩把球又踢回到肖云飞。"没问题，对吧，廖默然？"肖云飞冲着廖默然说。"嗯，问题不大。"廖默然说。"今天是3月26日。4月份见底，再改改，六七月份应该就能具备量产的能力了。"肖云飞打着如意算盘说。"七八月份吧。"曹瑞祥说。"六七月份，七八月份的，差不多嘛。"肖云飞说。"做的人把时间往松了说，不做的人往紧了说。"柴文娜一旁说。"这叫讨价还价。"尹贤良说。

"班德的芯片有什么问题吗？"肖云飞又问杭岩。"现在不好说。要系统DPD算法跑起来，看真正功放口的效果。"杭岩回道。"就是说要赶紧试了，廖默然。"肖云飞说。"嗯，试，赶紧试。"廖默然说。"听见没，杭岩，廖默然催你赶紧试。"肖云飞说。"那好，下午我找你。"杭岩冲着廖默然说。"没问题。"廖默然说。

"看来要快速进入多载波时代了。"马庆生说。"否则TIO、准3G做完了做啥。"王厚林说。"一语道破天机呀。"赵长城说。"就你懂得多。"肖云飞冲着王厚林说。"哎，马庆生，孟加拉国单板修得咋样啦？"曹瑞祥突然问。"妥妥的。"马庆生说。"妥妥的是啥意思？"廖默然问。

"那个电磁炉作用太大了，简直……"马庆生激动地说。"修了多少了？"肖云飞问马庆生。"具体记不清，我就记得功放，用电磁炉，一天最多能修好十几个功放。"马庆生说。"修功放，就是换管子。"廖默然说。"先用万用表量好哪支管子坏了，然后统一上电磁炉换管子。流水线作业，一天十来个正常。"袁一帆形象地说。"这事一线反映很好，各办事处按着要求派人去修。"肖云飞说。"上不了台面的事。'柴文娜在一旁鄙视地说。"管用就行，啥叫上得了上不了台面。"曹瑞祥说。"还是小炉匠作风。"柴文娜又说。"咱要是包装一下，也许就是丑小鸭变小天鹅了。"邓学佳说。

下午，温循实验室。"挺正常的。"夏润泽说。"明天安排值班了吗？"曹瑞祥问。'明天小礼拜正常上班。"赵长城回道。"曹瑞祥，问你呀，中午说修功放就是换管子，这管子很贵的，难道功放管子坏了仅仅就是功放自身的问题吗？"肖云飞问。"邓学佳，难道和你们一点关系都没有？"肖云飞又问邓学佳。"你这是世纪之问，没能力回答。"曹瑞祥说。"什么世纪之问，回答不了就回答不了。就是水平臭嘛，搞个世纪之问来抬高自己。"肖云飞冲着曹瑞祥说。

"你为什么会提这个问题？"邓学佳反问肖云飞。"我问这个问题很自然啊，一天要换十几个管子。说不定一个功放坏的不止一处，那就更多。这种管子很贵的，都是钱啊。"肖云飞说。"功放的管子坏，和我中频有什么关系？挨不上啊。"邓学佳说。"话虽这么说，还是多想想，我总觉得……"肖云飞欲言又止地说。"咱不能光跟着你的感觉没方向地走啊。"曹瑞祥说。

"没方向？是指明了方向，你们不愿往那儿奔吧。"赵长城在一旁说。"看，太过分了就会有人打抱不平。"肖云飞冲着邓学佳、曹瑞祥说。"去杭岩那儿看看吧。"曹瑞祥冲着肖云飞说。"好啊，这儿夏润泽看着，我们去多载波实验室。"肖云飞说完，几个人就去了杭岩那儿。

来到多载波实验室，只见廖默然正和杭岩搭建系统。"我印象高效功放还没出来吧？"肖云飞问廖默然。"刚开始时先用AB类功放试，跑得差不多了，芯片各方面也摸得差不多了，再上高效功放。"廖默然说。"高效功放比较脆弱。"曹瑞祥说。"容易坏啊？"肖云飞眉头一紧说。大家都没吭声。"不行啊，容易烧管子也是很严重的事，大家不能太不放在眼里，轻飘飘的。"肖云飞说。"没人轻飘飘的。"廖默然说。

"邓学佳，说起烧管子，看看杭岩你们能不能也帮助分析分析？"廖默然说。"不光肖云飞一个人提这个问题喽。"赵长城冲着邓学佳、曹瑞祥说。"我都不说话啦。"肖云飞跟着说。"杭岩，行不行吗？"廖默然又追问。"有什么根据吗？"杭岩倒是很认真地说。"反正我们用信号往功放里灌，过载很过都不会烧。"朱文学说。"这能说明什么问题？"邓学佳反问。"按理信号源的信号和你的是一样的。"廖默然说。

"信号源不烧，你的就烧，什么原因？"肖云飞接过话说。"对了，这个任务交给你。"肖云飞转身对着赵长城。"什么？"赵长城问肖云飞。"你的测试就把他们中频的信号和信号源的信号做个对比测试。啊，曹瑞祥的谜底不就解开了吗？"肖云飞自觉得意地说。"行啊，让他们测嘛，看有什么差异。"曹瑞祥说。"我来安排。"赵长城说。"其实我们都测过。"邓学佳说。"唉，你就让他们测嘛，不怕。"曹瑞祥对邓学佳说。

"你这操作太土了吧？"看着杭岩在电脑上操作，肖云飞说。"有这就不错啦，界面也是要花工夫的，就他一个人。"邓学佳忙替杭岩解释。"这样影响效率，而且复杂的操作只能杭岩自己搞，别人，廖默然你行吗？"肖云飞冲着廖默然说。"我，肯定不行。"廖默然说。"朱文学？"肖云飞又问。"比较难，你看他自己都困难。"朱文学说。"哎呀，还是需要软件的人哪。"肖云飞说。"能有精力投吗？"邓学佳问。"现在，正是关键时刻。杭岩，只能靠你自己啦。"肖云飞冲着杭岩说。"没事，我再优化优化，至少得让朱文学能用。"杭岩说。

"曹瑞祥，1800兆的双工器什么时候到？"肖云飞边出门边问曹瑞祥。"问了，应该周一能到。"曹瑞祥回道。"这样就衔接上了，1800兆再做三天。嗯，4月初温循就见底了。"肖云飞盘算着说。

大家正说着，忽然赵长城的手机响了。"喂，嗯，别急，慢慢说。别瞎说，能出什么大事？频点遍历，别瞎吵吵。频点不准，搞准不就行了嘛。好，我马上过来。'说着赵长城挂了电话急匆匆离开了，边走边说："频点遍历出了点事，我去看看。''频点遍历？"邓学佳警觉地说。"赶紧，你们都过去看看，这一测就有事，也太脆弱了吧。"肖云飞说着掏出手机拨打起来："喂，王厚林，频点遍历又怎么啦？""在定位呢，挂了。"王厚林在电话里说。

看大家都去测试实验室了，肖云飞却独自慢慢回到自己的座位，拿起固话："喂，柴文娜，我是肖云飞，到我这儿来一下。"肖云飞说完挂了电话。

不一会儿柴文娜来了。"频点遍历出问题了，知道吗？"肖云飞问柴文娜。"看他们提的单了。"柴文娜说。"这么快就提单啦？"肖云飞说。"昨天晚上就发现了，经过开发确认过，王厚林亲自确认的。"柴文娜说。"这个王厚林，这么大的事不跟我说一下。"肖云飞自语道。"这事很大吗？就一个问题单，而且测试仅仅提的是一般问题，都没提严重。"柴文娜说。"频点都没搞准，还搞啥嘛。你看王厚林一声不吭。"肖云飞说。

"以前怎么测的？"柴文娜问。"以前，高、中、低三点测测就完啦。"肖云飞说。"那王厚林他们高、中、低三点测过肯定没问题的。"柴文娜说。"什么叫遍历，就是把协议中规定的频点按最小步进全部测一遍。"肖云飞说。"哎，我知道这个频点设置就是一个公式。公式没错，测个高、中、低也没错，其他频点也不应该错啊。"柴文娜说。"你讲的公式是协议提供的频点算法，我相信王厚林他们是不会搞错的。否则，高、中、低就会出错。"肖云飞停了停又说。"但是，要把这个协议公式变成可执行的频率源的频点设置……"肖云飞正要往下说，柴文娜插进来说："你的意思是问题出在这儿？"肖云飞看着柴文娜没吭声。

"明白了。"柴文娜说。"你明白什么啦？"肖云飞问柴文娜。"王厚林他们的问题啊。"柴文娜说。"要是这么简单找你来干吗？"肖云飞说。"那你……"柴文娜不解地问。"你想，王厚林他们出错的概率是50%，剩下这50%就得靠我们严谨的测试用例。"肖云飞对柴文娜说。

"唉，赵长城他们这次怎么想起来这么测的？"柴文娜自问道。"你是这样想的。我在想，要是赵长城他们还是沿用以前的，后果会怎样？"肖云飞说。"嗯，测试用例的全面和严谨都非常重要。"柴文娜若有所思地说。"这下知道该怎么做了吧？"肖云飞说。"召集大家全面梳理一下测试用例的全面性和严谨性。"说着柴文娜走了。

8. 开发与测试对错参半？

"搞什么搞啊，搞个锤，连一个频点都搞不对，说出去都成笑话。"肖云飞边吃晚饭边生气地唠叨着。"也别这么说嘛。"赵长城说。"不这么说怎么说？"肖云飞反问赵长城。"烧功放都没这样，至于嘛。"牛玉江在一边小声地说。"廖默然，你说说烧功放严重还是频点不准严重？"肖云飞冲着廖默然说。

"行啦，别指桑骂槐的啦。"王厚林一旁说。"吃饭吃饭吃饭，问题找到了吗？"柴文娜打圆场地问王厚林。"埋得太深，光软件难。哎，邓学佳、曹瑞祥，下午咱们要仔细看看，要把频率源芯片资料好好研究一下。"王厚林说。"哎，赵长城，你搞得好像这事跟你没关系似的。"肖云飞转来又冲着赵长城说。"我又怎么了？我们发现了问题总没有错吧。"赵长城笑嘻嘻地说。"发现问题，为什么不早发现？"肖云飞问赵长城。

"赵长城，看买我们要全面梳理一下测试用例的完备性和严谨性。"柴文娜又打圆场地说。"想想赵长城，开发做一件事是对错参半的，另一半就得靠你们测试来弥补。明白吗？"肖云飞说。"不明白。什么叫对错参半，测试能补什么？"赵长城说。"不明白回去自个儿琢磨。柴文娜，辅导辅导。"肖云飞说。"嗯，没问题。"柴文娜应着。

"哎，我好奇，麦哲渊，你们是怎么测出频点不对的？"马庆生问。"其实只有个别频点偏了那么一点点。"麦哲渊说。"有没有试过这几个频点能不能打电话？"柴文娜问麦哲渊。"打电话没问题。"麦哲渊回道。"什么？能打电话？"肖云飞问。"偏得很小，在容差之内，自然手机也是可以通话的。"王厚林说。"数据业务有没有影响。"肖云飞又问。"没测。"麦哲渊回道。"下来我们测测。"赵长城冲着麦哲渊说。

"哎，麦哲渊，你没回答我的问题。"马庆生说。"什么问题？噢，怎么测出来的？"麦哲渊说。"是啊，偏差这么小，手机照样打电话，你是怎么测的嘛。"马庆生又问。"跟信号源对比啊。先是在频谱仪上感觉总有点差，后来统一用频谱仪的时钟，分辨率打细了就能明显看出差异来。虽然偏得很小，但在高档频谱仪面前，又用了统一的时钟，还是能看出差异来。"麦哲渊说。

"照你的意思，要是没有好的频谱仪，还测不出来喽。"柴文娜说。"是的。"麦哲渊说。"但说起来就是频点做不对啊。"肖云飞说。"我们的质量体系也是要不断去完善的。"柴文娜说。

周六大清早，肖云飞就来到了温循实验室。"怎么样？"肖云飞问夏润泽。"都还正常。"夏润泽回道。"邓学佳，频点的事怎么样？"肖云飞又问身旁的邓学佳。"锁相器件资料上写得很清楚，公式没错。"曹瑞祥接着话说。"主要是射频锁相环是吧？"肖云飞问。"是，问题主要出在射频锁相环。"邓学佳说。"王厚林他们认吗？"肖云飞又问。"这有什么不认的。没事，主要是软件处理的累计误差造成的。能搞得定，不用担心。"曹瑞祥说。

"大不了硬置，就几个频点。"邓学佳说。"那多笨啊。"肖云飞说。"频点少嘛。不过王厚林他们应该有办法。"曹瑞祥说。"哎，赵长城，怎么低温启动还提了问题单呢？"邓学佳问。"是提示。"夏润泽说。"关键这单我们没法处理啊。"邓学佳说。"是提示，不会影响过点的。"赵长城说。"可不能这么说。"曹瑞祥说。"你们连提示问题都不让提啊。"肖云飞说。"不是不让提，只是这提示问题多了也会影响过点的。"曹瑞祥说。

正说着柴文娜进来了。"你问娜姐是不是。"邓学佳看着进来的柴文娜说。"什么？"柴文娜一头雾水地问。"好，正好，柴文娜你就用这儿的电脑，看看问题单的情况。"肖云飞说。"可以。"说着柴文娜坐到测试电脑前操作起来。"嗯，硬件的单也多起来了。"肖云飞看着电脑说。

正说着，王厚林进来了。"赵长城，你们提的电流不准的单，我们很难处理啊。"王厚林冲着赵长城说。"为什么难处理？"赵长城反问王厚林。"用钳流表测不准。"王厚林说。"是这样吗？"赵长城问夏润泽。"那个钳流表你稍微动一下，电流的数据就可能变化。这让我们做软件的怎么搞啊？"王厚林说。"先别说这，问你，频点的事怎么样啦？"肖云飞冲着王厚林问。"那搞定了。哎，这电流怎么搞？"王厚林问赵长城。"钳流表肯定测不准。"曹瑞祥发话了。"钳流表不准，那什么准？"赵长城问。"电源模块是跟功耗相配的。"肖云飞说。"S111和S222电源配的可能就不一样。"肖云飞又说。

"要想测准电流，首先基准要准。"曹瑞祥说。"基准？什么基准，电源的基准？"赵长城问。"对啊。"曹瑞祥说。"我们就只有钳流表啊。"赵长城说。"钳流表肯定不行嘛。"曹瑞祥说。"你说电流基准是什么？"肖云飞问曹瑞祥。"公司平台有一个标准电源，电流是用标准负载校准的。"曹瑞祥说。"功率够不够？"夏润泽问。"功率就是大功率的，小功率的精密电源不稀奇。"曹瑞祥说。"那夏润泽，你们要去借来测啊。功率一定要准的，牵涉到机房的配电，这是大事。"肖云飞说。"行吧，我还不知道有这东西，先了解一下。"赵长城说。"等你们啊，说起来是软件的问题，其实……"王厚林说。"软件就是要弥补硬件的不足，没什么的啊。"肖云飞说。

"问题单有点多唉，关不了的估计都转成提示了。这样，提示单多了，十个顶一个也够厉害的，还是会影响过点。"柴文娜说。"那你们好好协商啊。"肖云飞说。"你看，又绕回来了。我一开始就说低温启动就不该提什么提示问题，赵长城赶紧关了吧。"邓学佳说。"关了，理由呢？"赵长城问邓学佳。"你不是说3℃以内可以不算问题嘛。"邓学佳说。"是啊，没提一般问题，提的是提示问题。"赵长城回道。

"不算问题为啥要提单？"曹瑞祥问赵长城。"柴文娜，你主持公道。

你说，测试提提示问题有错吗？"赵长城问柴文娜。"如果是上限，我不该提。但差3℃，是下限，提提示问题表示余量不足，提醒大家，没错。"柴文娜说。"哎呀呀，没错，放那儿做个提醒是对的，别听他们开发胡扯。"肖云飞说。"好喽，不会乱提的，都是有规矩的。"赵长城冲着邓学佳、曹瑞祥说。"这么搞，过不了点别怪我们。"曹瑞祥说。"哎呀，可以评估的嘛，否则要CCB干吗？"肖云飞说。"CCB也是要讲原则的。"柴文娜说。"CCB不是你看着吗，怕啥？"肖云飞冲着柴文娜说。"最后过点急了，还不是你说了算。"赵长城说。"大家一起评估嘛，总要有个决策者。否则不都乱套啦。"肖云飞说。"赵长城，赶紧联系电源的事，这是大事。"肖云飞转过身冲着赵长城说。"好，我去联系。"赵长城说着走了。

中午食堂，肖云飞边吃饭边说："下午来了高精度的电源要好好测测，而且要测得细一点、全一点。""这个大功率高精度的电源我们是不是应该买一台？"曹瑞祥说。"赵长城，你觉得我们是不是也要买一台？"肖云飞问赵长城。"先借着用吧，然后再说。"赵长城说。"还是赶紧买一台吧，多载波可是讲究效率，功耗的准确性至关重要。测都测不准，怎么搞？"邓学佳说。"忙半天，结果是测试波动，有可能白忙了。"杭岩说。"那个主要针对整机的，至于你的多载波功效系统，就是一个载频模块，功耗就没那么大。我们有高精度电源，可以准确测试一个多载波模块的功耗。"廖默然对杭岩说。"你这有是不是就不需要了？"赵长城说。"不一样，不一样。"肖云飞说。"一样的。"赵长城说。

"你看，载频模块能准确测了，其他单板更不是问题。整机的功耗算一下就出来了。"赵长城又说。"不能算，不能算，要真实地测出来。"肖云飞说。"没必要。"赵长城说。"你这个测试经理不合格，当然要能真实地测出来啦。噢，客户要，你让客户去算啊。对客户来说就是电费，他们肯定要你实测的，你能证明实测和推算没有误差？"肖云飞问赵长城。"应该差得不多吧？"赵长城说。"差得不多是多少啊？如此地不严谨，柴文娜，看来你们要好好梳理，漏洞太六。"肖云飞生气地说。"不说了，赶紧申购，提到我这来。"肖云飞催促着赵长城。"预算又超了。"赵长城说。"说超就超啊，说明预算没做准。还是你们自己水平臭。"肖云飞对赵长城说。"推算也是可以的。"赵长城说。"行啦，赶紧提申购。"肖云飞说。

"对了，资料，对外上网的资料，功耗的数据一定要以测试数据为准。谁来落实？"肖云飞问。"我来吧。"赵长城说。"我来跟。"柴文娜跟着说。"当然，测试的数据不能只测一个，要多测一些，再结合推算的，综合给出合适的功耗值。最大值、最小值，典型值都要有，这样才能做到心中有数。"肖云飞补充道。"运营商的费用里，电费是很大一块。所以，在功耗上比较在意。"曹瑞祥说。"还是曹瑞祥理解得透啊。"肖云飞吃完端起盘子边走边说。"没那么玄乎，一直都没高精度电源，估计也没啥事。"王厚林端起盘子说。"总是要进步的。"邓学佳说。

9. 不想做英雄，只想没问题

下午刚上班，肖云飞来到王厚林的座位。"走，你不说搞定了，我要亲自验收。"肖云飞冲着王厚林说。"哟，还不相信？好，带你去亲眼看一把。"王厚林起身带着肖云飞往测试实验室走。"你们花花肠子太多，这么久都没被发现。这次我可要做成铁案，省得让人说咱频点都搞不对。"肖云飞边走边说。"铁案，对，铁案。"王厚林应和着肖云飞的话。

来到了测试实验室，王厚林冲着麦哲渊说："肖云飞要验收频点问题，你用新版本测给他看。"麦哲渊听后说："好啊，我们是看了，那几个频点没问题。""你先让我看看有问题的是什么样。"肖云飞冲着麦哲渊说。"好，用老版来给你看原来的样子。"麦哲渊边说边演示起来。

"看Marker，差一点吧。"王厚林看着仪表说。"嗯，换版本。"肖云飞说。换完版本麦哲渊又演示原来的频点。"这下对了。"肖云飞看后说。"铁案了吧。"王厚林神气地对肖云飞说。"我对你的这几个频点不怀疑，刚才麦哲渊也说了。"肖云飞慢条斯理地说。"其他的频点肯定也不会有问题啊。"王厚林忙说。"测了没有？"肖云飞追问王厚林，同时又转向麦哲渊问，"全都过了一遍没有？"听了肖云飞的追问麦哲渊没吭声。"不吭声就表明没搞嘛，没搞就不能那么肯定地说。"肖云飞接着说。"什么是铁案？经得起考验的才能算铁案。"肖云飞又说。"我担心会不会是按下葫芦又起瓢呢。"肖云飞看着王厚林、麦哲渊说。

此时的王厚林显得底气不足，低声对麦哲渊说："全部测试一下，赶紧。""我来就是提醒你们一下，如果你们解决问题方法正确，就不会有问题。我相信1800的就不容易出错。"肖云飞边往门外走边说。说着肖云飞来到温循实验室，柴文娜也在，肖云飞见了就说："赵长城、柴文娜，工作的严谨性是非常重要的。""此话怎讲？"曹瑞祥问肖云飞。"怎么一进来就说这话，不会频点还是没搞对，拆了东墙补西墙吧？"邓学佳说。"不知道，我只是说。没全过一遍，仅仅是原来有问题的频点测试OK，还是不能轻易说搞定。"肖云飞说。

"我去看看。"柴文娜、赵长城异口同声地说，说着他们走出了温循实验室。看着两人的背影，肖云飞又说："这事，应当以你们为主。王厚林他们搞软件的对频率源理解得不透彻，有点依葫芦画瓢的感觉。"肖云飞对邓学佳、曹瑞祥说。"怎么会呢？"曹瑞祥说。"这是我的直觉，但愿不是我想的那样。"肖云飞说。

"去看看吧？'邓学佳低声对曹瑞祥说。曹瑞祥看了一眼肖云飞，转身和邓学佳离开了。"电源借来啦？"肖云飞问夏润泽。"他们去拿了，这边测不了。"夏润泽回道。"这边为什么不能测？"肖云飞不解地问。"它就是个电源，要用它这边就得断开接上它。"夏润泽说。"明天谁值班？"肖云飞问。"我。"夏润泽说。"一周都不休啊。"肖云飞说。"明天最关键嘛，问题往往出在最后。"夏润泽说。"有道理。"肖云飞低头自语道。

"柴文娜，怎么样？"肖云飞此时给柴文娜打电话。"为啥打电话？直接过去嘛。"夏润泽对肖云飞说。肖云飞做了个手势让夏润泽别说话，只听电话那头的柴文娜回道：'不好。哎呀，就在边上，自己来看看，打什么电话？"说着柴文娜把电话圭了。

"说啥啦？"夏润泽问。"没说啥就挂了。"肖云飞说。"过去看不就得了。"夏润泽说。"该说的我都说了，这时我再去就是多余的，真的。"肖云飞冲着夏润泽说。"你是不是觉得他们会有问题？"夏润泽问。"哎⋯⋯钳流表还是有用的。"肖云飞转了话题。"怎么又这么说啦？"夏润泽问肖云飞。"钳流表不用断开就可以测，工程应用还是钳流表管用。"肖云飞说。"本来嘛。其实，我们也掌握了测试的规律，多测几次，而且钳的位置一样，与真实的情况就相差不大了。"夏润泽说。"搞个操作指导书，让大家都知道。"肖云飞说。"这个可以。"夏润泽说。

两个人正聊着呢，就见赵长城回来了。肖云飞没吭声，夏润泽看了眼肖云飞忍不住问赵长城："真没搞定啊？""这边正常吗？"赵长城答非所问地冲着夏润泽说。"这边，正常着呢。"肖云飞抢着答道。"怎么样，看你这样是有问题了。"肖云飞看着赵长城说。"搞不清楚，你可以过去看看啊。"赵长城冲着肖云飞说。"该说的都说了，没必要过去。"肖云飞说。

"这里正常就好，我去看看电源借来没有。"赵长城说着又走了。

"你们还有整机环境吗？模块这么紧？"肖云飞问夏润泽。"不是拿到生产部给装了嘛，快多啦。"夏润泽说。"这样啊。"肖云飞说。正说着肖云飞的手机响了。"喂。""肖云飞，给点思路呗。"曹瑞祥在电话里头说。"真有问题啊？"肖云飞问。"你是不是发现点什么了？"曹瑞祥问。"你们在现场还问我，好意思。"肖云飞说。"没思路了。"曹瑞祥说。"不能吧？"肖云飞说。"哎呀，别卖乖了，说说。"曹瑞祥说。"我是看出来，按协议步进就有可能出问题。"肖云飞说。"那肯定要按协议做啊。"曹瑞祥说。"按协议没错，但你把协议步进再细分，一样能满足协议的频点需求啊。"肖云飞说。"啊，明白了。"曹瑞祥说着把电话挂了。

"怎么样？"夏润泽、赵长城同时问肖云飞。"这下差不多了。"肖云飞得意地说。"协议不存在对错，但是，锁相环内部的分解如何满足协议的要求，这就要仔细分析了。"肖云飞补充说。"很多事真的难如人愿。"肖云飞又说。"此话怎么讲？"赵长城问。"怎么讲，你看，本来想着借来高精度电源，这里就可以边做温循，边把电流测了，多好。"肖云飞说。"好啊，拿来啊。"赵长城说。"不行。"夏润泽在一旁说。"怎么不行？"赵长城不悦地说。"和钳流表不一样，要断开。"夏润泽说。"对了，要断开，温循就中断了，那不行。"赵长城说。"对吧。所以，事与愿违常有，心想事成难求。"肖云飞说。"唯有经历风雨，方能见得彩虹。"肖云飞感慨。"哇，诗人哪。"夏润泽赞许着说。"不会是淋了雨的湿人吧？"肖云飞笑着说。

周日一早的温循实验室，夏润泽正查看着温循的数据，抬头一看："哟，肖总今天……"夏润泽话没说完，肖云飞就问："怎么样？""嗯，还行，没啥问题。"夏润泽边看着数据边说。"你都说今天是关键时期了，我肯定要来啊。"肖云飞补充道。"今天搞定了，最好接着做1800的。"夏润泽说。"说到这儿，1800双工器呢？"肖云飞赶紧摸出手机拨打起来。

"喂，柳超智吗？我，肖云飞。""啊，肖云飞，怎么了？"柳超智在电话那头说。"1800的双工器明天能到吗？"肖云飞问。"明天，应该没问题吧，他们说是昨天投递的。"柳超智说。"他们说？你不是在厂家吗？"肖云飞追问。"啊，我昨天就回来了。"柳超智说。"你没亲眼看着他们把东西寄过来啊？"肖云飞不爽地说。"不用这么盯着吧，周五晚上跟他们说好的，周六投递，应该不会有问题的，放心吧！"柳超智说。"但愿周一上午就能拿到。"肖云飞说完挂断了电话。"周一到的话，最快周二做。"夏润泽说。"周二是30日，31、1日。嗯，下周末能做完，10日定板问题不大。"肖云飞盘算着。

"哎，昨天他们用新的电源测的功耗怎么样？"肖云飞突然转了话题问。"还没测完。不过从已测完的数据看，和以前的方法比，差得不多。"夏润泽说。"差得不多好啊。这样我们至少心里是有底的。否则，被别人挑战的时候底气就不足。"肖云飞说。"那是。"夏润泽附和着。

"美国人还是厉害。"肖云飞又转移话题。"怎么？"夏润泽问。"早上听收音机，说美国首次成功地进行了极超音速飞行，X-43A实验机在约10万英尺的高空实现了7马赫的超音速飞行。"肖云飞说。"7马赫是个什么概念？"夏润泽问。"好像说是7马赫相当于每小时8000公里。"肖云飞说。"每小时8000公里，意味着什么？"夏润泽又问。"说是任何系统都无法拦截，太快了。"肖云飞说。"岂不是想打哪儿打哪儿？"夏润泽说。"是这个意思。所以说美国人厉害啊。"肖云飞说。

"对了，我们还是说说眼前吧。问你，900温循有可能没啥大问题。那么是不是1800的也不会有问题？"肖云飞问。"显然不会有什么问题。"夏润泽回道。"理由呢？"肖云飞又问。"理由嘛，一般低频容易出问题。"

夏润泽回道。"嗯，这次开发、测试观点比较一致。"肖云飞点着头说。"你要求的10日定板问题不大。"夏润泽附和着说。"好，借你吉言。不过TIO大家多重视啊，金总亲自抓，应该的。"肖云飞说。"我觉得1800用不着再做三天了。"夏润泽说。"为什么？"肖云飞问。"明摆着嘛。"夏润泽说。"再说吧，明天大家一起商量。"肖云飞说。"真觉着没必要。"夏润泽自语道。

"如果明天大家意见一致不用三天，那你说几天？"肖云飞问。"一天就够了。"夏润泽说。"你说24小时？"肖云飞震惊地说。"900的用了三天时间做温循，已经成熟啦，1800就是验证一下，24小时可以了。"夏润泽说。"还是明天看吧。"肖云飞不松口。肖云飞看着夏润泽，用手拍了拍他的肩膀："够累的，1800的测试让开发派人盯着，你休息休息。""我不是这个意思。"夏润泽说。"我知道，确实挺辛苦的你。要么白天你来，晚上开发盯着怎么样？"肖云飞说。"这样，可以啊。"夏润泽说。"好，那就这么定了，开发上晚班。"肖云飞说。

10. 方法和细节很重要

周一温循实验室，一早人员全到齐了。"赵长城这次开发做得不错。"肖云飞开心地说。"嗯，比较难得。说明曹瑞祥、邓学佳他们用心了。"赵长城说。"功放，是功放做得好。"邓学佳在一旁说。"对了，功放，廖默然他们，没烧，这次没烧对吧？"肖云飞激动地说。"廖默然连影都见不着。"曹瑞祥说。"被杭岩盯着搞多载波呢，是吧？"肖云飞问。邓学佳点着头说："没错，天天泡在多载波实验室。"

"下面就是1800，怎么说？"赵长城问大家。"东西已经到了，柳超智刚填单去取了。"曹瑞祥说。"下午拿来，晚上开做。"曹瑞祥轻松地说。"那好，我们排下班吧。"赵长城急忙说。"没事，昨天都说好了。"肖云飞说。"说好什么啦？"赵长城问。"白天还是我来，晚上开发的来。"夏润泽说。"这样，好啊。"赵长城说。"你们出个人，两个吧。"肖云飞冲着曹瑞祥、邓学佳说。"柳超智。"曹瑞祥说。"李和平。"邓学佳说。"这两个人归你安排。"肖云飞冲着夏润泽说。"好啊，我来具体安排。"夏润泽说。

"我强调一下啊，和900一样，三天。"肖云飞说。"三天就三天嘛，其实没必要。"赵长城说。"900、1800一视同仁。"肖云飞说。"做呗。"曹瑞祥说。"跟你们兑，1800重要啊，欧洲会有大单。"肖云飞看着大家说。"是啊，赵长城，为什么1800就要比900少做呢？你的质量意识都到哪儿去啦？你的原则呢？怎么能凭经验主义呢！1800和900的真的没有差异吗？是真的没差异还是你们水平臭没分辨出来？"顺着肖云飞的话，刚来的柴文娜连珠炮似的一大串。"说完啦？"赵长城问柴文娜。"先说这么多。"柴文娜说。

"不过，我觉得刚才柴文娜的一连串问题问得挺好。我也想问曹瑞祥，是真没差异还是没意识到差异？"肖云飞接着柴文娜的话说。"我提这些问题仅仅是从我个人角度看，1800和900两个产品，从质量角度看标准肯定是一样的，用例没理由删减。'柴文娜说。"不说那么多啦，不是要做嘛，做了看不就知道啦，不用耍嘴皮子。"曹瑞祥说。"好，相信你们说的是真的，通过真实不缩水的实验，证明你们是正确的，岂不是真英雄？"肖云飞说。"我们不想做英雄，只想没问题，少点麻烦。"曹瑞祥低调地说。

"对了，肖云飞，我去确认了，频点的事真的搞定了。听说最后是曹瑞祥真英雄了一把！"柴文娜说。"别，不是我，是他。"曹瑞祥忙指着肖云飞对柴文娜说。"不会啊，王厚林就是这么对我说的啊。"柴文娜说。"真不是我，是肖云飞。"曹瑞祥说。"是肖云飞，没错的。"赵长城补充道。"啊，真的吗？"柴文娜问肖云飞。"听他们瞎说。我只是提醒他们一下，具体都是他们搞的。不过这事他们显得有点尴尬，所以……"肖云飞说。"明白了，知耻后勇亦英雄啊，曹瑞祥。"柴文娜说。

"1800不容易出现这种问题。"肖云飞说。"噢，有了前车之鉴。"柴文娜说。"也不是，就是不容易出900的问题。"曹瑞祥说。"为什么？"柴文娜不解地问。"协议频点定义得好。"邓学佳补充道。"啊，这样啊？搞不懂。"柴文娜最后说。

中午大家来到食堂，赵长城吃着午饭对着身边的廖默然说："多载波调得咋样啦？""在调。"廖默然回道。"是不是可以上产品啦？"赵长城又问廖默然，廖默然摇着头没吭声。一旁的杭岩说："上产品恐怕……还是不稳定。""怎么个不稳定，说说？"赵长城问杭岩。杭岩看了看廖默然，正要回赵长城的话，邓学佳一旁插话道："容易烧功放。""班德的片子行不行啊？"肖云飞问。"不知道。"杭岩说。

"功放是怎么烧的？"曹瑞祥问杭岩。"说不清楚。"杭岩回道。"不知道，说不清楚，难道就是调通，搭起来这么简单吗？"邓学佳在一旁生气地说。"别，邓学佳，要是一上来什么都整明白了，恐怕早有人做出来了。搞不清楚，现在是正常的，啊，杭岩？"肖云飞安抚着说。"烧得有点莫名其妙。"廖默然说。"烧几个啦？"赵长城问。"已经烧了两个了。"廖默然说。"不够赔的。"麦哲渊说。"别给他们压力好不好。"肖云飞说。"不用别人给压力。"曹瑞祥说。"舍不得孩子套不着狼，这点代价付得起。"肖云飞说。"付得起，好。杭岩、廖默然，可劲烧。"柴文娜说。"烧多了人的精神是会崩溃的。"杭岩说。"听到了吧，不用给压力。"曹瑞祥说。

"还是要从两个方面来找原因。功放自身的原因要查，但输入的信号也要好好地分析分析，DPD是整个一个环，有输入、输出、反馈，不能仅着眼于功放。这是我的一贯主张。"肖云飞说。"对了，你们对比测试的情况怎样？"曹瑞祥问赵长城。"还没开展呢，人手有点紧。"赵长城回道。"下午去看看。"肖云飞说完端起盘子走了。

"杭岩，首先还是找芯片厂家沟通。通过沟通，厂家有可能会要求你做一些事。总之，通过良好互动，有可能让我们的思路更加开阔。同时，也可以更深入地了解厂家和芯片。"下午，在多载波实验室里的肖云飞说。"和班德的沟通畅通吗？"邓学佳问。"挺畅通的，班德很积极。"杭岩回道。"按理他们应该积极，麦克他们根本不理班德。"曹瑞祥说。"哎，这是为什么？"肖云飞好奇地问。"麦克、香农都是自己先摸索，然后直接做成自己的芯片。而且这个芯片是收发信机的芯片，包含DPD功能。"曹瑞祥解释说。

"不像班德的芯片，仅仅是DPD。"邓学佳说。"麦克他们做得怎样了？"肖云飞问。"具体情况不太清楚，只是收发信机的芯片，目前没有DPD功能。"邓学佳说。"那我们……"肖云飞说。"我们先看看班德片子用的情况，然后再看下一步自己要做的事。"邓学佳说。"凭你的经验，有没有个预测？"肖云飞问邓学佳。"你是指……"邓学佳说。"没错，班德的片子能否产品化？"肖云飞问。"可能在一定条件下还是可行的。"邓学佳谨慎地说。

"具体说说嘛。"肖云飞追问道。"比如啊，带宽10兆。"邓学佳说。"10兆？"肖云飞问。"如果更宽，频点拉得太开，恐怕DPD就……"邓学佳说。"按说现在10兆也可以啊。"肖云飞说。"哎，如果要15兆、20兆，升级版本可以搞定不？"肖云飞又问。"只要版本成熟就可以升啊，硬件不受限的。"邓学佳回道。"那我就放心了，先用10兆试试。局方过两年要扩载频，升个版本就行了。"肖云飞说。"先10兆，目前主流场景都可以覆盖。然后再20兆。"邓学佳说。"好，就这样，先10兆，后20兆。"肖云飞说。

"10兆？好像有15兆的应用。"赵长城说。"有15兆吗？"肖云飞问。"是有，有的国家频点跨了15兆。"曹瑞祥说。"哪个国家？"肖云飞又问。"哪个国家不清楚，反正一线有这种需求来咨询过。"曹瑞祥说。"噢，印度，对，印度。"赵长城说。"好像还有越南。"曹瑞祥说。"还有其他的吗？"肖云飞又问。"白俄罗斯还是乌克兰，好像也是。频点好像还是分开的。"曹瑞祥说。"哎，行啦行啦，15兆就15兆，能拉开15兆，就能挑战25兆。"肖云飞说。"一步步来吧，15兆，能拉开。"邓学佳冲着杭岩说。"可以。"杭岩答道。"方法和细节很重要。"肖云飞提醒着大家。

"软件呢？"杭岩又冲着肖云飞说。"软件还是要投人，否则效率太低。杭岩就一个人，问题点又多，还要和厂家沟通。"邓学佳说。"软件的人，现在能帮得上忙吗？"肖云飞问。"你看，不知道领导是明白装糊涂，还是怎么的。"邓学佳说。"不，你说说。我还真不太明白。"肖云飞认真地说。

"芯片，DPD肯定是杭岩，功放廖默然，反馈、功控呢？"曹瑞祥问。"谁说反馈、功控就无关紧要，谁说就跟烧功放没关系？"曹瑞祥又说。"你们找王厚林啊。"肖云飞说。"真需要，肖云飞。"曹瑞祥说。"需要，刚才你这么一说，我也真的认为软件重要。"肖云飞说。"那你跟王厚林打个招呼。"曹瑞祥逼着肖云飞。"不用，你把这些道理跟他讲，他会支持的。"肖云飞说。"好，我先跟他说，不行再找你协调。"曹瑞祥说。"好。对了，双工器拿到啦？"肖云飞说。"拿到了，下午装好，测试好，晚上开始做低温贮存。"曹瑞祥说。

11. 越南设备有问题?

第二天一早，肖云飞的座位旁是王厚林、邓学佳。"王厚林，多载波要支持啊，就这么定。"肖云飞坚定地说。王厚林听后也没再说什么。"另外，邓学佳，既然先定15兆，就要全力以赴地搞。"肖云飞又说。"在全力以赴地搞啊。"邓学佳说。"看来还是没真正理解我的意思。"肖云飞对邓学佳说。"他把我叫来，很明显就是产品化嘛。"王厚林说。"是吗?"邓学佳望着肖云飞。"看来你的敏感度还是不够啊。赶紧搞，目标就是能尽快进行多载波系统的温循实验。"肖云飞说。"什么时间?"邓学佳说。"4月底怎么样?"肖云飞说。"4月底，其实我心里也没底。就先按你的4月底吧。"邓学佳说。"真金要靠火炼的，仅仅实验室是远远不够的。"肖云飞补充道。

正说着，肖云飞手机响了。只听对方说："哥。""哪位啊?"肖云飞问。"哥，我的声音都听不出来啦? 子玉啊。"对方在电话里说。"车子玉?"肖云飞问。"哥，我的声音真听不出来啦? 就是子玉啊。"对方在电话里无语地说。"车子玉?"王厚林在一旁问，肖云飞点点头。"就说哥不会忘了子玉嘛。"车子玉说。"啊，子玉，我正和王厚林说话呢，有啥事你?"肖云飞说。

这时王厚林夺过电话说："子玉，我是厚林，来深圳也不打个招呼，不够意思啊。"王厚林说。"没来深圳，在越南。"车子玉说。"越南，去越南干啥?"王厚林问。"反正不是来旅游的，你让我哥听电话。"车子玉说。"给，要你听电话。"王厚林对肖云飞说。接过电话，肖云飞问："什么事?""越南这边实验局要我来支持。"车子玉说。"不挺好吗?"肖云飞说。"好啥，咱的基站有问题。"车子玉说。"有什么问题? 别乱说。你说说有什么问题？"肖云飞问道。"哥，我跟你说。咱的基站从接收能看到发射的信号，好大哦。"车子玉神秘兮兮地说。"你说什么？"肖云飞追问着。"真的，哥，我没骗你。从接收的检测口就是能测到发射的信号。"车子玉说。

"有图吗？"肖云飞问。"图，没有。"车子玉说。"当时测的时候好几个人都在场看见了。这事我哪敢瞎说。"车子玉为了证明自己又接着说。"好几个人，都是哪些人啊？"肖云飞警觉地问。"有办事处的，还有局方的人。"车子玉说。"局方的人也在？"肖云飞问。"对啊。"车子玉回道。"哎，我再问你，你在基站做测试，从接收检测口看到发射的信号，局方的人也在现场看到了，是这样吗？"肖云飞一字一句耐心地问。"没错，是这样的。"车子玉说。"这样，子玉，你把刚才说的，原原本本，一字一句地写出来，越真实越好，赶紧写完发给我。"肖云飞说。"局方说我们设备有问题，要说法。"车子玉说。"你先写了发过来再说。"说完肖云飞直接把电话挂了，急匆匆来到温循实验室。

"都在啊，怎么样？"肖云飞问。"正常。"夏润泽说。"正常就好。曹瑞祥、赵长城，有麻烦了。"肖云飞说。"怎么啦？"曹瑞祥问。"车子玉。"肖云飞说。"车子玉？"曹瑞祥惊讶地问。"对，车子玉，在越南刚打来电话，说是从接收的检测口居然能测到发射的信号。更糟的是，局方也在现场看到了。现在局方就说我们的设备有问题，要我们给说法。"肖云飞说。"有老基站环境吗？测一下看看什么情况。"曹瑞祥冲着赵长城说。"有，去测试实验室测。"赵长城说。"走，去测一把。哎，肖云飞，让他们发个邮件详细说明一下。"曹瑞祥边走边说。"没问题，子玉马上就会发。"肖云飞回道。此时的肖云飞独自回到座位看车子玉从越南发来的邮件，看完邮件又转发给了曹瑞祥和赵长城。

中午大家在食堂吃饭。看着走过来的曹瑞祥和赵长城，肖云飞赶紧示意他们坐在自己身边。二位端着盘子刚坐下，肖云飞迫不及待地问："测得怎么样？""通常都是打在接收带看，当然看不到。收发带宽都看，就能看到。我觉得是正常现象。"曹瑞祥边吃边说。"这事可不能觉得，要分析透，而且要能说服越南那边的局方。"肖云飞说。"下午再仔细看一下，分析分析是怎么回事。"赵长城说。"有空我也过去看看，应该是过去没注意到这个问题。"肖云飞边吃边兑。

"车子玉这人，不会是自己不清楚想学习学习瞎测，自己搞出的事吧？"王厚林说。"不知道。"肖云飞说。"据我对子玉的了解，还真有可能像王厚林说的。"马庆生说。"你们俩跟他最熟，感觉都一样，莫非真的是……"肖云飞说。"从他邮件看，感觉与和我通话时说的不太一样。"肖云飞又说。"没事瞎测个啥，还带着局方的人，真是。"马庆生又说。"难办唉，不知道最早说基站有问题的是车子玉呢，还是局方的人。要是车子玉首先说咱们的基站有问题，还就真有点麻烦了。"肖云飞说。"车子玉不会这么傻吧？"曹瑞祥说。"你知道车子玉这人最大的特点吗？"王厚林问曹瑞祥。"我跟他接触不多，还真不太清楚。"曹瑞祥说。"实在。"马庆生接过话说。

"我现在开始担心了。"肖云飞说。"为什么？"赵长城问。"他给我打电话的语气是真以为我们的基站有问题的。"肖云飞说。"是吗？"王厚林问。"但邮件又说是局方发现的问题。"肖云飞说。"下午再看看吧，他会再打电话的。"曹瑞祥说。"不好跟他联系，只能等他的电话。"肖云飞说。"给他发邮件，让他来电话。"马庆生说。"发了，我让他晚些时候再打电话。"肖云飞说。

"业务正常不正常，这才是关键点。"尹贤良说。"电话里没问，邮件里也没提。"肖云飞说。"对这个问题，业务正不正常，那差别大了。"尹贤良又说。"尹贤良说得没错，业务要正常，就是解释解释的事啦。要是打电话出了问题，那就难说清楚了。"肖云飞说。"没办法就只能派人去现场把问题搞清楚了。"王厚林说。"说的是，不过在边境就可以办临时过境证，方便。"肖云飞说。"中越边境繁荣得很，看电视越南人都过来卖菜。两边卖同样的菜，收入可差远了。都愿意到中国这边来做生意。"尹贤良说。"说得跟真的似的，你去过？"麦哲渊问。"别说，在百色的时候，抽空时还真去过，一直没敢说。"尹贤良说。"现在老实交代啦？"柴文娜调侃道。

"听说那边赌场很多啊。"夏润泽说。"没错。"尹贤良说。"你去赌啊？"柴文娜冲着尹贤良说。"没有，一日游，没工夫。"尹贤良说。"当心被扣下。看电视里就有被扣下的。"赵长城说。"那是太贪心，赌急了眼，再借高利贷，再输，没办法啦。"尹贤良说。

"就是这是吧？"看着频谱仪肖云飞问曹瑞祥。"是啊。"曹瑞祥说。"是问题吗？"肖云飞问。下午，在测试实验室，一帮人去定位越南问题。"我想想啊，这是低噪板的检测口。考虑到耦合度，就相当于是机顶口。"曹瑞祥边思考边说。"机顶口，收发信号肯定都有啊。"肖云飞说。"没错。"赵长城赞许地说。"机顶口就是收发信号都有的，频谱仪上看到的就应该是这样的。"赵长城又说。"哎，邓学佳，我有点糊涂了，这收发信号都存在，岂不是全灌到你的接收通道里啦？好像是有问题。"肖云飞看着邓学佳说。邓学佳很淡定地说："不是好像，是肯定没问题的。""没问题，你是说没问题？"肖云飞紧盯着邓学佳说。"对，可以肯定没问题。"邓学佳说。"好，那你说说为什么会是没问题？"肖云飞问。

"我来回，我来回。"曹瑞祥扒开邓学佳冲到肖云飞面前说。"你说，没人拦你，说说为什么没问题。"肖云飞说。"通俗地说，接收通道只让小轿车能跑，高一点的大货车、大巴车由于限高，进不来我的接收通道。"曹瑞祥说。"他讲的限高其实就是选频。"邓学佳说。"你看前两天频点不准，把你急的。"邓学佳又说。"啊。"肖云飞附和着。"你急是对的，要是接收的频率源弄错了，真有可能把发射信号放进接收通道。"邓学佳说。

"高人就是高人，茅塞顿开啊。你们俩这么一说，我是全明白了。我也是懂的，只是刚才一时糊涂。高人，高人啊！赵长城，想明白了？"肖云飞冲着赵长城说。"我就不认为有问题啊。"赵长城说。"甭管是否有问题，你都不会承认问题的。否则都是自己的错，没测出来。"肖云飞说。"不带这样说的，还是要实事求是嘛。"赵长城说。"车子玉再来电话，我要好好说说他，没事别折腾。"肖云飞说。

周三一早温循实验室。"有问题吗？"一进门肖云飞就问夏润泽。"没啥问题。"夏润泽说。"没问题是吧？"曹瑞祥也进来问道。"没问题。"赵长城说。"没问题就好。"刚进来的邓学佳说。此时麦哲渊进来了。"没问题是不是可以停了，单板该还给我们了吧。"麦哲渊说。"谁说可以停？你没单板用了吗？"肖云飞说。"又没啥问题，应该可以撤了。"夏润泽说。"谁说的可以撤？以我说的为准啊，今天、明天、后天，周五早晨来了没问题就撤摊子。"肖云飞强硬地说。"我来看下900、1800两个数据的对比，看看有什么差异。"麦哲渊说。"看嘛，900的数据在这儿。"夏润泽点着鼠标示意着。"接着做啊，不许停。"肖云飞边说边离开。

"哎，肖云飞，昨晚车子玉来电话了吗？"曹瑞祥追着问。"昨晚车子玉没来电话。应该来的，不知为什么没来。"肖云飞边走边说。"不会就这么过去了吧？"曹瑞祥说。"但愿。"肖云飞说。"自己折腾的事，自己摆平了，也行。"曹瑞祥自语道。"哎，看来定板的事应该问题不大了。"肖云飞冲着身边的曹瑞祥说。"本来就没问题。"曹瑞祥边走边说。"哟哟哟，牛的。"肖云飞轻松地说。说着两人来到多载波实验室，一进门看见牛玉江也在。肖云飞冲着牛玉江开心地说："你也在啊，真好。""15兆怎么样？"曹瑞祥问。"应该会好。调一调，准备直接上温循。"廖默然说。

"这么猛，不会觉得太急了点？"肖云飞问。"先从高低温开始，逐步提升到温循。你看怎么样？"廖默然说。"你们呢？"肖云飞问牛玉江和杭岩。"随他嘛。"牛玉江说。"哟，你们是默认廖默然的思路喽。"肖云飞说。"软件功控，需要高低温的验证。"牛玉江说。"噢，对对对。看来叫你来是对的，一下把思路拓宽了。"肖云飞冲着牛玉江说。"杭岩没意见吧？"曹瑞祥问。"他俩都达成一致了，我只能跟着。"杭岩说。"你没问题吧？"肖云飞问杭岩。"问题嘛，倒是不大。"杭岩说。"那就按他俩的思路走吧。"肖云飞说。"你们觉得什么时候可以做高低温？"肖云飞紧接着问。"争取下周，对吧？"廖默然看着牛玉江、杭岩说。"争取吧。"杭岩说。

"感觉你们很猛呀，下周温循实验室正好腾给你们做。"肖云飞说。"你们会不会有点太快啦？"肖云飞忽然又问。"不说了嘛，调功控是要高低温的。"曹瑞祥说。"噢，对了，我把这茬给忘了。"肖云飞说。"这样一起搞方便，否则分开调也没这么多环境。"牛玉江说。

"车子玉来电话了吗？"中午在食堂赵长城边吃边问肖云飞。"没有。"肖云飞说。"说不定摆平客户了就不用再打电话了。"曹瑞祥在一旁插话道。"要是这样最好，本来也是没事的。"赵长城说。"你们说的越南的事，其实这种现象我看到过。"麦哲渊说。"你为什么会看到，好像没理由？"邓学佳说。"那个时候老搞上行底噪嘛，就用频谱仪接着看。有检测口，又不影响业务测试。"麦哲渊说。"你当时为啥没提单？"柴文娜说。"我又不懂，而且当时测业务一切正常，我自认为不是问题。"麦哲渊说。

"当时你要是抱着觉得有问题就提单的想法就好了。"夏润泽冲着麦哲渊说。"对啊，我们肯定要处理，这样也不至于车子玉大惊小怪的。"曹瑞祥说。"那就是我不好了，下次一定注意。"麦哲渊说。"不过，也不好说。当时，我只是觉得自己不太懂这个，也没认为是问题。"麦哲渊说。"你们测试还是要以否定的眼光看待所发生的现象。"肖云飞说。"这样啊，那我说一个刚发生的现象，不知是不是问题。"麦哲渊说。"说出来听听。"赵长城说。

"我比较关心上行底噪，想对比看TIO新模块900、1800底噪电平的差异，我发现了一个现象，900没有，1800上面有。"麦哲渊说。"什么现象？"肖云飞问。"900都是很平稳的底噪电平，1800在某一时间段底噪会飘一下，还很有规律。"麦哲渊说。"什么飘一下，我看了是正常的。"夏润泽说。"所以，你说正常，我就没说啥了嘛。不过我还是感兴趣地查了一下，很规律地在低温下，就飘这么一下。"麦哲渊说。

肖云飞和曹瑞祥对视了一下，但都没吭声地吃着饭。"飘什么飘啊，飘一下，我看了，没事的。"夏润泽说。"没事就好，不提单是对的。"麦哲渊说。"快做，接下来多载波要用温循的环境。"牛玉江说。"别催，周五就可以给你了。"夏润泽说。"我们没那么快，最早也要下周一。"杭岩说。"没错，下周一能去就不错了。"廖默然说。

下午一上班，肖云飞和曹瑞祥就来到温循实验室。肖云飞看了看夏润泽问："麦哲渊说的到底是怎么回事？""哎，你凭啥就张口没问题，闭口没问题的。"曹瑞祥也说起了夏润泽。"怎么，本来就没问题嘛，应该是环境箱电机的影响。"夏润泽说。"有可能是环境箱的影响。"刚进来的赵长城附和着夏润泽。"那你们要证明给我看。"肖云飞说。"夏润泽，就证明一下是环境箱电机导致的。"赵长城说。"哎呀，证明什么，明摆着没问题嘛，就这么几分贝的飘动，能有什么问题嘛。"夏润泽说。"不扯那么多，先分析一下数据。"曹瑞祥走到电脑旁坐下，查看着数据。

"赵长城你别这个那个的，低温下自激我们是遇到过的，你忘啦？"肖云飞说。"中午吃饭的时候刚说过要用否定的眼光，什么环境箱、电机的。别猜，有本事你给我定位清楚。"肖云飞又说。"别吵，先看数据，分析完数据再看看怎么个定位法。"曹瑞祥说。"你怎么就这么肯定是环境箱的影响造成的？"肖云飞问夏润泽。"900没有，1800温循低温底噪飘起一下，很显然是电机频谱对1800干扰比较厉害。"夏润泽说。

"赵长城，你似乎也是这么想的？"肖云飞说。"是的，分析得有道理。"赵长城回道。"仅仅靠推理和分析，对于1800这么重要的产品，是远远不够的。"肖云飞说。"也不仅仅是推理和分析吧，能听到温箱电机的声音的。"赵长城说。"你俩是假定底噪放正常，把温箱电机扯了进来。但没有任何证据可证明，光说电机有声音不应算是证据。"肖云飞说着来到曹瑞祥身旁问："分析得怎样？""就是麦哲渊说的。"曹瑞祥说。"我可真怕低噪放自激啊，想想欧洲还是比较冷的，西伯利亚就更冷了。"肖云飞说。

"我们东北也很冷啊。"不知什么时候进来的邓学佳说。"对了，东北、新疆也冷啊。"肖云飞说。"今天周三，嗯，温循还有一天。夏润泽，等明天做完吧，再积累一些数据，然后再看看怎么定位，是不是自激。明天下午定。"曹瑞祥说。"好，就这样，还是先把温循做完。"肖云飞认可地说。"还是要多想想问题，赵长城。"肖云飞最后说道。

12.多载波下周准备做温循了

"哟嗬，牡丹。"一早正在等电梯的肖云飞看见电梯里走出的人喊着。"肖云飞。"东方牡丹开心地叫着。"嗯，变化不大。"肖云飞上下打量着东方牡丹说。"变化不大，就是变化大呗。"东方牡丹不爽地说。"没没没，真变化不大。比原来更丰满了，更有魅力了。真的牡丹，不是奉承，绝对不是奉承。"肖云飞急忙解释道。"好啦，人家不就是胖了一些嘛。"

东方牡丹说。"你这是趁今儿的日子来娱乐一把？"肖云飞开玩笑地说。"什么呀，我是来上班的。"东方牡丹认真地说。"哟嗬，上班？啊，上班上班。"肖云飞调侃地说。"真的，真是来上班的。"东方牡丹又说。"好好，上班。"说着肖云飞进电梯走了。

出了电梯，肖云飞径直走向张立彪的办公室。"来啦？"张立彪看着进来的肖云飞说。"郝树斌找过尔是吧？"张立彪问。"嗯，您是说西藏墨脱的事吧？"肖云飞说。"这是政治任务，老板承诺了，必须按期完成。中央挂了号的项目，想想全国唯一没通公路的县，怎么着也得先把通信搞起来啊，路再接着慢慢搞。"张立彪说。"知道。"肖云飞说。"安排谁去啊？"张立彪问。"测试吧，郝树斌说主要难点是卫星传输，测试是主要负责卫星传输的。"肖云飞说。"我跟你说，你要亲自盯紧。不行，我告诉你，亲自上。"张立彪严肃地说。"我去是没有问题的，只是最好别到那步。"肖云飞说。"我知道，TIO、准3G的确都非常非常、非常非常地重要。总之，都重要，看你怎么把握了。"张立彪说。"还有多载波。"肖云飞说。

张立彪眼睛一亮追问道："多载波，怎么啦？""没怎么，现在也在搞。"肖云飞轻描淡写地说。"不对，一定有好消息是不是，肖云飞？瞒不过我的，您刚才故意挑起这个话题，我的理解是有信息要传递，而且是利好的信息。"张立彪猜测说。"多载波下周准备做温循了。"肖云飞说。张立彪听后愣了半天，缓缓地说："都可以做温循啦？""我们调整了一下目标，先改15兆宽带，然后再25兆。"肖云飞说。"15兆目前应该够。"张立彪边思考边说。"25兆要换硬件吗？"张立彪又问。"不用，版本升级就可以。"肖云飞说。"功放还是要换的吧，收发信机不换。"张立彪说。"把功放给忘了，功放要不要换，也要看，还未必呢。"肖云飞说。"要是连功放都不用换那就太神了啊。"张立彪说。"还是要看具体的情况，我想有些情况下应该不用换功放。"肖云飞说。"你是把余量搞大了是吧？"张立彪又说。"也不是。"肖云飞说。"也不是？好好好，等你们好消息。"张立彪说。

中午，大家在饭堂吃饭。"哎，今天见张总说起多载波，张总的第一反应把我给搞愣了。"肖云飞吃着饭对身旁的廖默然说。"他什么反应？"廖默然问。"我就说先确定15兆，然后才是25兆。"肖云飞说。"嗯，怎么啦？"廖默然说。"张总先是问，升25兆用不用换硬件？我说不用换硬件。结果你猜张总怎么说？"肖云飞问廖默然。"还是要你直接做25兆。"廖默然说。"不是，他认为目前15兆就可以了。"肖云飞说。"那张总说了啥？"廖默然问。"张总听我说不用换硬件，立马说功放还是要换的吧。"肖云飞说。"那你怎么说？"廖默然问。"我说功放不用换。"肖云飞说。"载频增加了，不用换功放？你可真敢说。"廖默然叹道。

"哎，其实当时我是被问住了，后来跟张总说大多数情况下，应该不用换功放。"肖云飞说。"哎，你猜结果张总又说啥？"肖云飞又问廖默然。"说啥？猜不出。"廖默然说。"他说不换功放当然好啦，但肯定是我们把余量做大了才不用换功放的。"肖云飞又说。"张总说得也没错啊。"廖默然说。"啊，这么说是可以不用换功放的喽？"肖云飞问廖默然。"张总都把路点明啦。"廖默然说。"当时想的不换硬件就指收发信机，还真没想功放的事。"肖云飞说。"成本和商业模式，都要综合考虑。"曹瑞祥说。"不过跟张总交流，还是觉得自己眼界太低了。想想也是，什么叫不用换硬件，难道功放不是硬件？太幼稚了。"肖云飞自责地说。

"要不人家是大领导呢。"尹贤良在一边说。"版本升级搞定就意味着硬件一个都不能换，远程升级搞定，近端都不用去人。"王厚林说。"看出来了，领导们就喜欢搞软件。所以，他们的思路就是怕换硬件。"马庆生说。"这是肯定的啊。"柴文娜说。

"哎，对了，上午碰到牡丹。柴文娜，牡丹干啥来了？"肖云飞问。"来干啥？人家来上班。"柴文娜回道。"你问她，她说来干啥？"柴文娜问肖云飞。"我问她,她是说来上班的。"肖云飞说。"那不就得了。"柴文娜说。"我当时不信,怎么可能,刚满一个月吧?"肖云飞说。"信不信人家都已经来上班了。"柴文娜说。"真来上班啦,这才刚坐完月子。"肖云飞说。"人家是女强人,孩子家人帮着照顾,觉得在家光带个孩子没意思,还是上班好。"柴文娜说。

"真的假的,我们家的还去新疆待着不肯回呢。"马庆生说。"这就是差别嘛。"王厚林说。"什么差别?"马庆生不爽地说。"说错了,叫人人都有差异,差异啊。"王厚林说。"哎,怎么没见牡丹来吃饭啊?"尹贤良说。"人家呢是有时间的,所以回家吃好的啦,顺便给孩子喂奶。"柴文娜说。"噢,这样啊。"尹贤良说。"你们家的什么时候生啊?"邓学佳问尹贤良。"8月份吧。"尹贤良说。"这坐完月子就来上班,真是不一般啊。"赵长城说。

"车子玉没动静啦?"曹瑞祥问肖云飞。"给他回邮件了,说是没问题,他正和局方沟通呢。"肖云飞回道。"越南这事就这么过去啦?也太轻松了。车子玉挺牛的嘛。"赵长城说。

"廖默然,功放规格你看定多少合适啊?"下午一上班在多载波实验室,肖云飞就问。"这个肯定是由市场的人来考虑啊。"廖默然说。"Marketing(市场部)?"肖云飞问。"你问我,我只能根据管子情况来看。"廖默然说。"这你就说对了嘛,光靠他们定,你又不一定做得了。还是要双向考虑。"肖云飞说。"也没什么复杂的,跟着人家走。"廖默然说。"单载波是跟的啊。现如今人家没有多载波了,怎么跟?"肖云飞反问道。

"我看你们是当局者迷。"杭岩插话说。"你也不是局外人啊。"肖云飞说。"功放的能力无非是低频80瓦、高频60瓦,更高我就不敢说了,是不是100瓦和80瓦?这要廖默然他们看。"杭岩停了停又说。"你们想的最好是客户现在要40瓦的,我就只给他40瓦的。如果客户要加载波,就要再付钱,而我们呢，拿了人家的钱，还不想换更大功率的功放。最好是吹口仙气，就把功率给升了。""杭岩你这说的有点不靠谱噢，哪来什么仙气，你吹一口我看看是不是仙气。"肖云飞说。"哎呀，肯定是靠License（软件版权）控制。都是这么做的。"牛玉江在一旁说。"这么做，单载波吃亏大了。"肖云飞说。"升了多载波不就赚回来了吗？"牛玉江说。

"要是人家就是不升多载波呢？"杭岩说。"不会吧？业务发展了，单载波不够用啊。"牛玉江说。"这种情况肯定会有，关键看占比。"肖云飞说。"恐怕主流就得按牛玉江说的。"廖默然说。"如果是这样，没办法。"肖云飞说。"廖默然，只能靠你们去压厂家，把管子价格降下去了。"杭岩说。"你那个芯片，这么贵，还说我。"廖默然说。"他那个芯片，早晚要自己做。"肖云飞说。"班德的芯片，燎原自己做？"廖默然问。"必须的，核心芯片公司策略是一定要自己做的。"肖云飞说。"那我们的功率管，你说是不是核心？"廖默然问。"肯定是核心啊。"杭岩、牛玉江异口同声地说。

"肖云飞，要是认可功率管是核心的话，那公司的策略可是难落地喽。"廖默然说。"功率管肯定是核心啊，拼的不都是功率嘛。"肖云飞说。"那要怎样？"廖默然摊开双手。"模拟是难，数字芯片用FPGA搭起来走通，就可以找芯片代工厂做了。"杭岩说。"你这个模拟大功率器件，还是要靠采购跟厂家谈价。"肖云飞对廖默然说。"另外，怎么听说我们管子的用量都快赶上麦克公司啦？"肖云飞又问廖默然。"从第三爬到第二了，直逼第一。"廖默然说。"你说Max Power的出货吗？"肖云飞问。"对啊。"廖默然说。"那采购得给我把价格压下来。"肖云飞恶狠狠地说。"我们说没用，最好让张总直接给他们压力。"廖默然说。"知道。"肖云飞心领神会地说。"升好了，跑一下吧。"牛玉江说。"好，你们忙。"说着肖云飞抬腿走了。

13.印尼2000万大单（天上掉馅饼了）

"从数据看规律一致。夏润泽，你认为是温箱电机的干扰？"曹瑞祥说。"是的，你说是低噪放自激产生的，感觉不太像。1800和900是一块单板，不是自激。"夏润泽说。"说的也有道理，900、1800是完全一样的单板，只是用在不同的频段。"曹瑞祥说。"又在这儿揣测了，有没有道理，还是要靠实验的数据来说话。"刚进来的肖云飞说。"这就是实验的数据啊。"赵长城说。"什么，肯定要铁板钉钉地证明是电机干扰才行啊，你证明了吗？"肖云飞问。"好，我们来考虑如何定位吧。"曹瑞祥说。

"就低温存贮，不上电。现在就开始做，明早低温肯定冻透了。短时间把电机的电给断了，同时基站上电。这样就把电机干扰给隔离了，要是再有问题，只有低噪放自激一种可能性。"肖云飞说。"嗯，这样很周全，结果也清楚，白是白，黑是黑。"曹瑞祥说。"夏润泽，就这么做。"赵长城对夏润泽说。"好，马上降温，下电。"夏润泽说。"明早都来看啊。"肖云飞说着离开了温循实验室。

"今儿晚上好，不用加班了。"夏润泽说。"不是说开发是晚上嘛。"赵长城说。"是啊，开发就不用来啦。"夏润泽说。"不会自激的，有点过度敏感。"曹瑞祥说。"搞清楚也是对的，以后就不会瞎吵吵了。"赵长城说着离开了。

"哎，投板，没问题吧？"回到座位的肖云飞问旁边的马庆生。"能有啥问题，够谨慎的了。"马庆生说。"软件呢？"肖云飞又问。"软件？我给王厚林发邮件，让他过来跟你说。"马庆生说。

不一会儿，王厚林过来了。"怎么，有空问软件的事啦？"王厚林说。"哎，墨脱建站很重要，我跟赵长城说了，让测试派人。但……"肖云飞说。

"他们能搞定的，刚开始我介入。你看后来都是他们独立搞的，我都没掺和。没问题的。"王厚林说。"我知道没问题，但是作为备份嘛。"肖云飞说。"备份没问题。"王厚林说。"没问题就行啦。"肖云飞正说着手机响了。

"喂，哪位？"肖云飞接着手机问。"哎哎哎，肖云飞吧，是肖云飞吧？"电话那头问。"我是肖云飞。"肖云飞回道。"肖云飞啊，我是梅清波，印尼的梅清波啊。"梅清波在电话那头有点激动地说。"啊，梅清波啊，你好啊，有事吗？"肖云飞问。"我刚从雅加达到万隆的飞机上下来。"梅清波说。"嗯，万隆，怎么啦？"肖云飞问。"肖云飞啊，我太激动了！你知道吗？太激动了！"梅清波说。"什么事这么激动啊？"肖云飞也略显激动地问。

"啊，会不会是S666又有戏啦？"一旁的王厚林两眼放光地说。"肖云飞啊，天上掉馅饼啦，真是天上掉馅饼啦！"梅清波说。"S666又有戏啦？"肖云飞也激动地问。"你怎么知道的啊？"梅清波惊讶道。"真有戏啦？"肖云飞又问。"真的，肖云飞，今早接到一个电话，你猜是谁打的？"梅清波说。"嗯，谁打的？"肖云飞问。"阿贡电信打来的，说是奈奎斯特供不上货，要是燎原能供上让我马上去万隆签单。"

梅清波停了停又说："肖云飞，你猜猜单子有多大？""多大？1000万美金？"肖云飞说。"2000万美金，吓死你啊。"梅清波激动地说。"2000万，签了吗？"肖云飞问。"正坐车去阿贡电信签单呢，刚还打来电话问我到了没。"梅清波说。"好了不说了，签完会给你再打电话的。"梅清波正要挂电话，肖云飞追问："时间，交货时间？""电话里说是签单后四周到货。"梅清波说。"四周啊。"肖云飞说。"唉，这可没商量啊，我已经答应人家了。"梅清波说完挂了电话。

"四周发货？"马庆生看着肖云飞问。"做梦啊你，到货。"肖云飞望着马庆生和王厚林大声地说。"四周到货啊，那只能空运啦。"马庆生说。"2000万美金，空运就空运。"肖云飞说。"空运就没问题啦。"王厚林说。"哎，你说这奈奎斯特怎么啦？"马庆生说。"谁知道呢，这么好的命啊。"肖云飞开心地说。"奇怪，怎么这时想到中国足球的黑色三分钟了。"王厚林说。"不过，这次不是我们，是奈奎斯特。"马庆生接过话说。"要是有多载波多好。"肖云飞冷静下来说。"真的，要是用多载波，不知能省多少呢，这么高的配置。"马庆生说。

　　周五早上，在温循实验室里，一群人都在现场看结果。"起不来。"夏润泽说。"把这事给忘了，又不能开电机。曹瑞祥，怎么办？"肖云飞问。"不知道唉，其实，我想了，不会是自激。"曹瑞祥说。"得得得，叫你想办法，尽想这儿。"肖云飞生气地说。"对了，把基带拿出来，只剩载频模块在箱里。这样就不存在低温贮存起不来的情况了。对不对，曹瑞祥，你给我尽想没用的。"肖云飞兴奋地望着曹瑞祥说。"领导英明，这招好，彻底。"曹瑞祥说。"好了，让它自然恢复到常温，把基带拿出来。接着做低温存贮，明早再来看结果。"肖云飞说着正要离开，忽然又对夏润泽说："千万别开门啊，否则会积水的，一定让它自然恢复。"说完肖云飞走了。"肖云飞说得对，别开门啊。"赵长城说着也走了。

　　回到座位，肖云飞叫来了王厚林。"后来梅清波又打电话了。"肖云飞说。"签了是吧？"王厚林问。"4月底货到印尼。"肖云飞说。"问题不大，我看邮件了，印尼那边直接找供应链了，师建宏他们去处理。"马庆生说。"S666的版本没问题吧？"肖云飞问王厚林。"正式过点的，能有啥问题。"王厚林回道。"没问题最好。马庆生，你跟紧点，有问题及时处理。不行的话，派人去印尼。"肖云飞说。"好啊，印尼应该是好地方吧？我去。"王厚林兴奋地说。"云啥，要去去墨脱。"肖云飞没好气地说。"不过印尼这么复杂的配置，研发恐怕真要派人去现场支援，否则搞不定。"马庆生说。"研发不一定非要你们哪，测试一样可以去啊。"肖云飞说。"哎呀，就说说，当真了。你安排呗。"王厚林冲着肖云飞说。"你们还是安心准备准3G，心别野。"肖云飞说。"知道，知道。"王厚林说。"以后机会有的是。"马庆生说。

正说着柴文娜过来了。"刚跟供应链开了个会，印尼2000万美金大单的生产质量保障，你们研发要有个接口人。"柴文娜说。"马庆生啊。"肖云飞随口就说。"好，那我就报上去了。"柴文娜说。"报上去？怎么还要搞个保障组任命啊？"马庆生问。"肯定啦，这么大的单，供应链要体现重视啊。"柴文娜说。"说明公司这种大单没几个，当然要重视啦。"王厚林说。"你说公司没几个这种大单，我们产品线就搞了几个了，说明我们的产品可以啊。"马庆生说。"看到这些大单，我第一反应是多载波要快上产品。"肖云飞说。"领导就是不一样。"柴文娜说。"印尼这个大单真是没想到，可是又有谁能想到呢？"肖云飞边吃着午饭边说。"为什么？奈奎斯特是不是生意太大了，根本不在意这2000万美金？"廖默然问。"咱先别想奈奎斯特。如果印尼这单能用多载波交付，你说能省多少？"肖云飞说。"那就省多了。"廖默然说。"套你话呢，意思是你的多载波要加快。"柴文娜说。"多载波快不快取决于功放啊，要看杭岩他们的算法。"廖默然说。"看，一说动真格了，又开始躲了。"柴文娜说。

"温循什么时候开始做？"肖云飞问杭岩。"下周。"杭岩回道。"我知道下周，是周一啊，还是周二，还是周三、周四？"肖云飞追着问。"从这两天调的情况看，周一恐怕不行了。"牛玉江说。"怎么这么说呢？还有两天赶紧搞啊。"肖云飞说。"还是得休一天吧。"牛玉江说。"也别一下就催得这么急。"曹瑞祥说。"其实，要是你们早的话，明天箱子就可以给你们用了。"夏润泽说。"明天不行吧。"邓学佳说。"应该可以。"曹瑞祥说。"不是说自激嘛。"邓学佳又说。"就是一说。不会的，明天一早也就看一眼，单撤了就撤了。"曹瑞祥说。"是这样吗？"邓学佳又问肖云飞。"明天一早就知道了。"肖云飞说。"量产的话，杭岩，班德的供货没问题吧？"肖云飞问。"这个我就不清楚了。"杭岩回道。"这个要找采购，我去问一下吧。"邓学佳说。

"哎，娜姐，跟牡丹说搞个活动啊。"赵长城说。"牡丹现如今心里只有儿子，这种事没以往那么热情了。"柴文娜说。"啊？"大家伙齐声说。"你跟她说说嘛，看她怎么说。"肖云飞对柴文娜说。"不行自己搞呗。"柴文娜说。'你先问问牡丹，不行再说。"肖云飞说。"我跟查曼丽说牡丹上班了，查曼丽居然也觉得牡丹做得对，想把孩子扔在新疆跑回来上班。"马庆生说。'奶不喂了？"柴文娜说。"就没奶，全靠奶粉。"马庆生说。"你们家那口子就想逃避带孩子。"柴文娜说。"别那么说嘛，怪难听的。"马庆生说。

"啥时候回来？"肖云飞问。"没定。"马庆生说。"回来，带我们把班德的事搞定。"邓学佳说。"不一定等她吧。"肖云飞说。"没上产品都不上心，前期是查曼丽搞的。现在没有明确的人在跟。"邓学佳说。"那不行，不能指望查曼丽啊，毕竟不是东方牡丹。"肖云飞说。"说得对，别指望她，只是那么一说。"马庆生说。

"喂，牡丹，招人的事还在搞吗？"下午一上班肖云飞就用固话给牡丹打电话。"在搞在搞，我之所以这么早上班，就是他们说招聘缺人手。"东方牡丹在电话里说。"一心想着工作的好牡丹啊，唉，现在人手确实太紧了，需要赶紧招些有经验的人。"肖云飞又说。"哪方面的啊？"东方牡丹问。"都要。"肖云飞说。"那你也要发动大家积极推荐啊，跟大伙说，推荐成功有奖啊。"东方牡丹说。"有奖，奖什么？"肖云飞说。"具体还没定，应该是现金。"东方牡丹说。"你发邮箱宣传一下呗。"肖云飞说。"会的，放心，正在准备呢。"东方牡丹说完正要挂电话，肖云飞又说：

"牡丹，你现在对玩还感兴趣不？""原来是为这，柴文娜跟我说了，本姑娘玩心依旧，放心吧，我来组织。"说完后东方牡丹挂了电话。

"就说嘛，怎么可能对玩不感兴趣了。"肖云飞自语道。"牡丹答应啦？"马庆生在一旁问。"能不答应嘛。"肖云飞说。"爱玩的牡丹又回来了。"马庆生说。

14. 越南基站求助

此时，肖云飞的手机响了。"喂。"肖云飞掏出手机问。"是肖云飞肖总吗？"电话那头有人问。"啊，我是肖云飞啊，您哪位？"肖云飞问。"我们呢现在和产品线一起开个会，就越南客户对我司基站的质疑进行了求助，看看肖总怎样帮帮我们，车子玉已经没招了。"电话那头说。"车子玉也在你那啊？"肖云飞问。"我在，哥。"车子玉接过电话说。"子玉，那你说说怎么回事啊，这两天没动静，都以为搞定了呢。"肖云飞说。"搞定？现在麻烦大了，本来实验局差不多了，正式的批量合同就该下了，谁知道这个车子玉，车子玉，你自己向产品线说清楚。"电话那头越南办市场接口人王嘉良说。"怎么啦，子玉？"肖云飞问。"哥。"车子玉说。"别哥、哥的，快说怎么回事？"肖云飞没好气地说。

此时，电话那头的人说："自己没事瞎折腾，子玉他不好意思说啦。肖总，我是市场接口人王嘉良。""王嘉良你好！"肖云飞回道。"本来没事，我们在站上进行实验局验收，其实局方挺满意的，这不挺好的嘛。"王嘉良说。"是啊，挺好就行啦。"肖云飞说。"谁知道，你这个宝贝弟弟在一旁估计是好奇，测这测那的，突然叫起来，跑到客户面前说设备有问题，还硬让客户看。"王嘉良停了停又接着说。"我当时凑过去看了，我和客户看了半天都没认为是问题。"王嘉良说。"没问题不就行了嘛！"肖云飞说。"对啊，客户都不认为是问题。更何况当时业务也正常，我想顺水推舟没问题就了了。"王嘉良说。"对啊，没问题不就了了嘛。"肖云飞附和着。"可是，这个车子玉认死理，非说设备有问题，跟客户解释了半天，结果……"王嘉良停了停又说。"结果客户被说得脸色越来越不对劲了，最后直接冲我说，设备有问题，验收暂停。您说这是什么事，肖总？"王嘉良说。

"车子玉，你说话，是这样吗？"肖云飞大声地问。"说啊，我刚说得对不对？"王嘉良在电话那头对车子玉说。"这时候一声不吭了，当时的能耐哪去啦？"王嘉良说。"那这两天也没见你们找我啊？"肖云飞说。"他不是跟您沟通了嘛，您回了邮件，您的解释我也看了，这两天我就带着他找局方沟通这事，按您的邮件解释设备没问题。"王嘉良说。"结果局方没认是吧？"肖云飞说。"是啊，自己说有问题，转脸又说没问题，局方很难认啊。"王嘉良说。"这两天来回解释，人家就是不认。没办法，只好再求助肖总您啦！"王嘉良说。"我们整份材料吧，这样正式点，可能局方能认。"肖云飞说。

"肖总，您觉得产品研发此时再整一份材料，让车子玉再去跟局方沟通，胜算有多大？"王嘉良问。"那你说怎么办？"肖云飞反问王嘉良。"派专家，马上过来，最好明天、后天，礼拜天过来，周一一早见客户。"王嘉良说。"过来方便，边境办个临时通行证，我去接他。"王嘉良说。"这么急？"肖云飞问。"肖总，不能拖了，再不验收通过，单子就是别人的啦，我可就白忙活了，一点业绩都没有，我们在越南刚刚打开点局面，也就歇菜了。真的，帮帮忙，拉兄弟一把吧。"王嘉良哀求着肖云飞。"哥，研发不来专家恐怕是没法说服局方了。"此时车子玉在电话那头说。"都是你干的好事。"肖云飞怒吼着说。"怎么样，肖总，就这么定了？礼拜天到，周一见客户。谁来发个邮件，我会跟他联系的。"王嘉良说。"好吧，确定了人给你们发邮件。"肖云飞说完挂了电话。

"车子玉。"肖云飞大喊着对身旁的马庆生说。"去把曹瑞祥叫过来。"肖云飞说："现在不用再羡慕尹贤良了，曹瑞祥。""什么意思？"曹瑞祥问。"礼拜天去越南。"肖云飞对曹瑞祥说。"开什么玩笑。"曹瑞祥说。"真的，车子玉把事情搞砸了，只能派研发专家去和局方解释，刚和一线开的会，明早我们一起看自激不自激，然后你准备去越南，材料自己准备吧。"肖云飞说。"这事搞的。"曹瑞祥说。"我就什么都不说了，见了车子玉，你就什么都清楚了。"肖云飞说。"我陪曹兄去行不？"马庆生调侃道。"投你的板。"肖云飞说。

周六一早，大家出现在温循实验室。"肯定冻透了，温箱下电，载频模块上电。"肖云飞对夏润泽说。夏润泽操作完后说："OK!""好，看低噪。"肖云飞说。"自激了。"肖云飞说。"别急，就是飘一下，一会儿就下去。"曹瑞祥说。"越来越严重了。"夏润泽边看着数据边说。"不是说会消下去的吗？消啊。"肖云飞冲着曹瑞祥说。"邓学佳，去把廖默然叫来。"肖云飞对邓学佳说。"好，我去叫。"

不一会儿，廖默然来了。"10分钟过去了，没像曹瑞祥说的消下去。我看反而飘得更厉害了，曹瑞祥，怎么说？"肖云飞问。"没道理啊。"曹瑞祥自语道。"不是没道理，是你们看问题有局限性，这下不能再说是电机干扰了吧，根本就没有上电，看见没？灯都是灭的。"肖云飞说。"啊，真自激啦。"廖默然冲着曹瑞祥说。"怎么着，曹瑞祥，给个说法。"肖云飞逼问曹瑞祥。"这样吧，廖默然，你来主持定位这个问题，我要准备材料，明天去越南。"曹瑞祥说。"什么意思？想溜啊。"廖默然说。"他去给车子玉擦屁股，你在这给他擦屁股。"肖云飞说。"好了赶紧定位吧，我走了。"说着曹瑞祥离开了。

"我现在只关心10日能否实现定板。"肖云飞说。"一步步来，一步步来，先定位，把问题搞清楚了，再说下一步。"邓学佳说。"怎么回来了？"大家看到回来的曹瑞祥问。"自激也没那么可怕，廖默然，这样做，温度1℃1℃地往上升，看看自激点的温度范围。放心地搞吧，不是电机的干扰。"曹瑞祥说完扭头走了。

"有道理，就照他说的做。"廖默然对夏润泽说。"这样做没问题，我是在想，900、1800之间，有何差异？"肖云飞问。"这块板是朱文学搞的，我把他叫来。"廖默然说着打起了手机。

不一会儿，朱文学来了。"朱文学，你确定1800和900的低噪放是一块单板？"廖默然问。"只有一个编码。"朱文学说。"单板没差异。"廖默然对肖云飞说。"你这板子是装在柳超智的双工器里的，那就只有双工器喽。"肖云飞说。"你是说……"廖默然欲言又止地说。"双工器是无源的，怎么可能影响到我的单板呢？"朱文学说。"那你说说为什么不会影响到你的单板？"肖云飞反问朱文学。"把柳超智叫来嘛。"朱文学说着给柳超智打电话。

不一会儿，柳超智也来了。"柳超智，你这个烂东西，影响朱文学的板子自激了。"肖云飞说。"不会吧，朱文学，自己的板子没做好自激，赖着双工器啥事啊。"柳超智说。"谁赖你啦。"朱文学回道。"那你叫我过来干吗？"柳超智问朱文学。"不是，我是……"朱文学指着肖云飞说。"别，是你自己叫的柳超智，大家都在这儿啊。"肖云飞忙解释。"我这个无源的东西能影响到你啥？你在这瞎扯。"柳超智生气地冲着朱文学说。

"你才瞎扯呢，没错，我就怀疑是双工器造成的自激。"朱文学说。"哼哼，你说，拿出证据来。"柳超智说。"道理很简单，为了保证单板的稳定，不仅从设计上，而且在实验室也做了大量的试验，像这种低温存贮，做了多次，都没问题，900双工器配上，也没问题，为什么配上1800的双工器就出现了自激？"朱文学说。

"先别闹，夏润泽，怎么样？"廖默然问。"升5℃，自激就消失了。"赵长城回道。"是的，5℃。"夏润泽说。"那也没那么严重嘛，肖云飞。"廖默然如释重负地说。"不能这么说吧，肯定是严重问题。"赵长城说。"当然严重了，都自激了还不严重，那什么才算严重？"肖云飞说。"就5℃。"廖默然辩解着说。

"我要端正你们的思想哦，欧洲，尤其是北欧、东欧，包括俄罗斯，很冷的，而且冷的时间很长，千万别被这个自激给毁了。这种高端市场，一旦名声坏了，想要挽回那就难了，知道吗？千万别有侥幸心理。"肖云飞说。"没有侥幸心理，来看看怎么定位，大家心平气和一点。"廖默然说。"大家看看，怎么才能尽快定位？"肖云飞略显着急地说。"怎么定位？我一个无源的，我也不知道怎么搞。"柳超智说。"我的单板单独低温做了多次，都没问题，怎么搞，我也不知道。"朱文学说。"你们这是合作解决问题的态度吗？"肖云飞脸一沉说。

"别急，有了。"廖默然说。"怎么搞？"肖云飞问。"单板不是说单独做低温没问题吗？那就在这儿再做一次，马上就做，今天，明天，明天礼拜天，辛苦一下都来，明天做完就可以证明朱文学所说的是不是真的。"廖默然说。"再往下呢？"赵长城问。"一步一步来，下一步明天看结果再定。"肖云飞说。"没错，看明天的结果再定下一步该怎么做。"廖默然说。"联着整机做啊，别单独做，用上你以前的测试盒，对吧？"廖默然提醒着朱文学。"以前不是连着整机做的。"朱文学说。"别心虚，这回连上整机做，更真实。"廖默然说。"这回可是动真格的，是骡子是马，都得拉出来遛遛。"肖云飞说。"不用心虚，你不是说都做过了，没问题。"柳超智对朱文学说。此旷的朱文学显得心中没底。

"室内站是没问题的。"朱文学边吃着午饭边说。"关键你这块板室内外通用啊。"袁一帆说。"高个加热板，太冷了加加热。"尹贤良说。"可以是可以，也有这种方案，且除非特殊需求，否则……"马庆生摇着头说。"打铁还需自身硬，把问题定位看清楚了，解决掉了，什么加热板的，都不需要。"肖云飞边吃边说。"这才是正道，人间正道是沧桑啊。"柴文娜说。

"去欧洲，主要是室内宏吧？"赵长城问肖云飞。"为了差异化竞争，而且光纤拉远又是我司的优势，荷兰项目投的就是ODU。"肖云飞说。"看来还是你英明，一上来就做温循。看，一下做出这么大的问题来。"赵长城冲着肖云飞说。"这倒是真的，否则即便出问题，也会比较晚。"夏润泽说。"现在理解了吧。"肖云飞环顾着大家说。"还是领导有水平啊。"柴文娜说。"那是，要不怎么当领导呢。"王厚林说。"是啊，看问题的角度不一样嘛，我就怕夏润泽说的情况出现，想想，要是那样，多悲哀。"肖云飞又说。"学着点吧。"邓学佳说。

"看看我们现在多被动，曹瑞祥啊，又自激啊，接着墨脱，又来个印尼掉的馅饼。"肖云飞说。"曹瑞祥怎么啦？"柴文娜问。"去越南逛赌场去了。"马庆生说。"别瞎说。"王厚林说。"怎么啦？怎么啦？"尹贤良激动地问。"你不是去过了吗？还那么激动。"麦哲渊说。"你才去过了呢，我根本就没时间去，别诬陷我，到时候传到我那位耳朵里。"尹贤良不爽地说。"怕啦？"马庆生说。"怕倒不怕，没去就是没去，心不虚。"尹贤良说。"曹瑞祥真去越南逛赌场啦？"柴文娜问。"怎么可能，是去和局方技术交流。"肖云飞正经地说。"什么时候的事，上午好像还见到他的。"柴文娜说。"明天去，周一和客户交流。"肖云飞说。"是够被动的，10日定板能行吗？"柴文娜问。"咹，努力吧。"肖云飞说。

"喂，廖默然吗？"周日肖云飞在家给廖默然打电话。"啊，肖云飞。"廖默然回道。"你在温循现场吗？"肖云飞问。"在啊，也是刚到。"廖默然说。"怎么样？"肖云飞问。"目前看没有自激。"廖默然说。"我倒是希望这块板子自己有问题，否则，还真有点难办。"肖云飞说。"那人家不自激啊。"廖默然说。"下午再看吧，我上午有点事，下午过去。"说完肖云飞挂了电话。

15. 哪壶不开提哪壶

下午4点多，肖云飞来到温循实验室，一进门就问："怎么样？还是没自激吗？""跟你们说过了，做过实验，单板是不会自激的。"朱文学说。"柳超智，你怎么说？"肖云飞扭头问柳超智。"连着900的双工器，再做一遍低温。"柳超智说。"你觉得这个建议合适吗？"夏润泽问柳超智。"为什么不合适？"柳超智说。"如果你们这么定我拒绝，要做你们做。"夏润泽说。"刚做过，这不瞎胡闹吗？"夏润泽又说。"按理现在就可以作出结论了。"赵长城说。

"什么结论？"肖云飞问。"明摆着，至少可以说1800的双工器与低噪放单板配合，在低温下会自激，而且稳定重现。"赵长城说。"那好，朱文学，既然是稳定重现，再用1800的双工器做一遍，现在就做，明天就什么都明白了。"廖默然说。"好，就这么做，其实就是再确认一下。"肖云飞说。"好吧，我来准备。"朱文学说。"关键是根因在哪儿，为什么1800的双工器就会引起自激，柳超智，要仔细分析分析。"肖云飞说。"一头雾水啊。"柳超智说。

·

周一一上班，肖云飞急匆匆地来到温循实验室。"冻了一夜，肯定透了，快上电看看。"肖云飞冲着夏润泽说。"不用说，一上电就飘。"说着夏润泽给系统上电。

"柳超智，你自己看。"夏润泽说。"为什么？为什么会这样？"柳超智边看着数据边说。"今天是5日，什么事都往一块凑。"肖云飞说。"怎么样啦？"赵长城在一旁问。"一线居然知道了自激的事。"肖云飞说。"他们怎么知道的？"廖默然问。"好事不出门，坏事传千里。"肖云飞说。"欧洲有大单，就要1800的，你说哪有这么巧的事，真是哪壶不开提哪壶。"肖云飞又说。

"那怎么办？"廖默然望着肖云飞问。"你们赶紧想办法定位，离10日还有5天，把问题定位清楚，找到解决问题的方法，把问题，啊，把自激灭了，不就皆大欢喜了嘛。"肖云飞说。"关键是搞移动的人，都怕这个自激。"邓学佳说。"所以，一线反弹大嘛。"肖云飞说。"一线说了，自激问题不解决，他们不敢发货，丢单的责任要我负。拜托各位了。"肖云飞说。

"我真的一头雾水啊，朱文学能不能想想办法？"柳超智说。"柳超智这话倒是实话，双工器是外购的，最便捷的方法就是找朱文学。你那个单板能不能怎么着一下啊，然后就药到病除了。"廖默然说。"我可没这个本事，你说怎么着一下就药到病除了？"朱文学对廖默然说。"没错，他俩说得对，朱文学只能打你的单板的主意了，只有这样是最快的。"肖云飞说。"是啊，双工器是厂家做的，即使找着根因了，解决也需要周期。"柳超智说。"好吧，柳超智，你配合我，试试。"朱文学说。

"曹瑞祥明天能回来吗？"廖默然问肖云飞。"不知道，应该周三能回来。怎么，有想法？"肖云飞问。"多一个人，多一份力量啊。"廖默然说。"你们双工器也要仔细分析分析，别光指望我。"朱文学说。"知道。"廖默然说。

此时肖云飞的手机响了。"你好，我是肖云飞，啊，张总。"肖云飞接着电话说。"你们干的好事，自激到底是怎么回事？"张立彪在电话那头说。"在定位，放心，问题不大，不用这么大惊小怪的。"肖云飞说。"哎，你们不是都分开了吗？怎么还是出问题？搞得一线如此大的反应。"张立彪说。"我还真的有点不明白，这事一线咋知道得这么快？"肖云飞问张立彪。

"当初金总不是定了重大项目要对一线透明吗，柴文娜的质量报告也抄送给一线的人了。"张立彪说。"在定位，放心，问你就说能搞定，啊，张总。"肖云飞说。"什么能搞定？别让我骗人，到时候搞不定呢？"张立彪说。"到时候搞不定你砍了我。"说完肖云飞挂了电话，同时又拨起了电话。"柴文娜，到我座位这来。"说着肖云飞挂了电话。"你们都听见了，赶紧定位解决，否则，我的脑袋砍之前，先砍你们的。"

回到座位，看到走过来的柴文娜，肖云飞怒气冲冲地说："怎么回事？""咋啦？"柴文娜问肖云飞。觉着自己有点失态，肖云飞稍微平静了一下又说："也没啥事儿。""也没啥事，你怒气冲冲地干啥？"柴文娜反问肖云飞。"哎，你的日报抄送给一线了是吧？"肖云飞说。"是啊，金总要求的。"柴文娜说。"怎么啦？"柴文娜又问。"没什么，只是一线对自激有点过于敏感了。"肖云飞轻描淡写地说。"哎，我不知道，没见他们的邮件反馈啊。"柴文娜说。"可能是没反馈到你这吧。"肖云飞说。"是不是反馈到张总那啦？"柴文娜问。"刚才张总打电话了。"肖云飞说。

"那你看……"柴文娜试探着问肖云飞。"没有啊，你实事求是，客观反映问题没错啊。"肖云飞说。"肖总，别这么说，对我们的日报提点意见呗。"柴文娜说。"没意见，挺好，金总要做的，自然有他的道理。"肖云飞说。"这样吧，从今天起发日报之前跟您沟通一下，让您把把关。"柴文娜说。"当然也不是什么都让您把关，主要是碰到类似自激这种重大的事情。"柴文娜赶紧又补充道。"好啊，我告诉你，其实这个自激没什么大不了的，你去找廖默然了解一下，就知道该怎么写了。"肖云飞对柴文娜说。"知道了，我去温循那边找一下廖默然。"说着柴文娜走了。

"哎呀，今天是周一，曹瑞祥最好沟通顺利早点回，最好明天就回。"肖云飞自语道。"刚去怎么也要四五天吧。"马庆生在一旁插话说。"不行，给曹瑞祥发邮件，周三必须回。"肖云飞说。

到了中午，在食堂吃午饭的柴文娜边吃边聊："上甘岭，干部锻炼的上甘岭。""娜姐，什么干部锻炼的上甘岭啊？"李和平问。"老板前几天在尼日利亚。"柴文娜说。"啊，老板去尼日利亚啦？"尹贤良说。"可不，老板在尼日利亚说，今后燎原的高级干部，若想提升，必须经过尼日利亚这个上甘岭的锻炼才能提拔。"柴文娜说。"哪儿听来的？"肖云飞问。"他们转过来的，估计这两天公司网上就会公布出来。"柴文娜说。

"这下关景鹏牛了。"尹贤良说。"说到关景鹏，听说他那个媳妇，是他的发小，爱关景鹏爱到什么程度，你们猜猜看。"柴文娜说。"爱到什么程度？"赵长城问。"首先长得怎么样？"麦哲渊问。"要说长相，那就更没得说。据说比明星还漂亮，真的，不是瞎说。有照片我看了，真漂亮，而且人家还不化妆，纯自然。"柴文娜绘声绘色地说。"听说啦，确实很漂亮，重庆妹子，上次关景鹏他住在博雅苑的时候有人碰见过，对，邵利伟看到了。"肖云飞说。

"哇，重庆妹子，怎么个爱法？"麦哲渊两眼放光地问。"为了关景鹏，哎，直接跳上火车跟关景鹏走了，连小学教师的工作都不要了。"柴文娜说。"真的假的？"马庆生问。"真的假的？他那个媳妇就跟着关景鹏待在尼日利亚了，关景鹏是老婆孩子热炕头了。"柴文娜说。

"都有孩子啦？"赵长城问。"说是怀上了，这次老板和他们一起吃饭，好像还送了个红包给他俩。"柴文娜说。"美死关景鹏了。"尹贤良说。"老板当然很愿意看到像关景鹏他们夫妻这样的情况啦，要是外派人员都能像关景鹏夫妻这样，老板岂不是心里乐开花啦。"肖云飞说。"稳定。"邓学佳说。"可不稳定嘛，一心一意的，生活工作两不误啦。"柴文娜说。

"两天了，没什么进展，我对外都说没问题的。"肖云飞在温循实验室里说。"我这也是试了不少方法，都没效果，看来光我这块使力不行啊。"朱文学说。"曹瑞祥今天能回来吗？"廖默然问。"昨天交流得挺好的，今天应该能回来。"肖云飞说。"朱文学，你再折腾一天，明天曹瑞祥回来再好好商量一下，看怎么解决。"廖默然说。

"柳超智，你有什么进展？"肖云飞问。"没进展，我都不知道从哪儿下手，只有配合朱文学的份。"柳超智说。"你们心里不会都在等着曹瑞祥回来吧。"肖云飞冲着大家说。"没有，自激本身就是挺难解决的。"廖默然说。"关键又是在这么低的温度下才出现，虽说是两天，但相当多的时间耗在修改电路和降温上了。"朱文学说。

"哎，柳超智，备料怎么搞？"肖云飞问。"只能先备原料了。"柳超智说。"你是说1800的双工器可能要改？"肖云飞又说。"我是找不到什么理由说要改，关键是干啥都不知道。"柳超智说。"我可不敢说你不改哦，按理我的单板做了这么多实验，又是按绝对稳定设计的，不该呀，莫非有一个神秘通道把输出又灌回到输入啦？"朱文学说。"这个神秘通道是什么呢？"廖默然自语道。"你们说的神秘通道就是正反馈吗？"邓学佳说。"对，正反馈。"肖云飞说。

大家正说着，肖云飞的手机响了。"喂，啊，曹瑞祥，你确定今天回啦，好，赶紧回吧。"肖云飞挂了电话说。"曹瑞祥总算回来了，太好了。"廖默然说。"好，你们搞，我还有事。"说着肖云飞离开了。

"去开备料的会啦，哎呀，我们得加快啊。"廖默然说。

16.用吸波材料解决自激

周四一早，曹瑞祥也来到了温循实验室，正听着朱文学的汇报。"要不盖上吧，盖上再跑一遍我看看。"曹瑞祥对朱文学说。"好，再盖上，这两天拆了盖，盖了拆的。"朱文学正拿着盖板往上盖，廖默然突然发话说："先别动，我云拿吸波材料。""有道理，你们刚不是说什么神秘通道吗？"曹瑞祥问。

不一会儿，廖默然拿着吸波材料和硅胶进来说："盖板上贴吸波材料，阻断正反馈通道。"说着廖默然将一大块吸波材料用硅胶贴在低噪放盖板上，又说："再做，应该就不会自激了。""廖默然说得对，赶紧做。"曹瑞祥说。"好，马上做。"夏润泽此时来了劲说。"做吧，下午临下班就应该有眉目了。"曹瑞祥又说。"那好，我们下午再来看。"肖云飞说完，大家伙都散去了。

下午4点多钟，大家伙又聚在温循实验室。"怎么样？"肖云飞问夏润泽。"没自激。"夏润泽说。"是不是时间不够，没冻透？"肖云飞又问。"前两天这样都是不行的。"夏润泽说。"要不明早再来看？"肖云飞望着大家说。"可以，明早再来，总之，好事要多磨啊。"赵长城说。"别，明早不定呢？"肖云飞此时谨真地说。

周五中午。"哎，廖默然，你怎么偏等着曹瑞祥来才想到这招？"肖云飞边吃着饭边问。"其实想想也没几天，周一，周二，周三，周四，今儿是周五。周二、周三朱文学在搞，其实朱文学不断强调单板做了很多测试，就意味着他的单板是稳定的，当时我就在想，如果朱文学的单板真的是稳定的，那么唯一变化的是外壳，就是屏蔽形式不同，看了朱文学测试用的屏蔽盒，又查了双二器装低噪放的尺寸，1800比900频率高，容易产生波导效应。"廖默然正说着，肖云飞插话说："对对对，波导效应，就是波导效应，专业，太专业了。"

"柳超智，你算一下，看看是不是波导效应产生的。"曹瑞祥说。"算了，就是波导效应。"柳超智说。"一块吸波材料就搞定了自激，太牛了廖默然。柴文娜，今天的日报报上去啊，这下一线不闹了吧？"肖云飞得意地说。"好，今天的日报，重点体现吸波材料解决自激问题。"柴文娜说。"虽经历风雨，但终见彩虹啊。"肖云飞说。

"曹瑞祥，你去赌场赢了多少？"王厚林说。"还赢了多少？这趟赔大发了。"曹瑞祥说。"这个车子玉，我不仅给他擦屁股，还要请他吃饭，上哪儿说理去。"曹瑞祥说。"客户你一说就服啦？"马庆生问。"哎呀，都是车子玉瞎折腾，好好的，车子玉非说会影响业务，结果客户看了几天的数据，业务好好的，放号也顺利，也就没有当真了。"曹瑞祥说。"经验。在一线，不清楚千万别乱说，更不能乱测。"肖云飞说。

"哎呀，廖默然，你可是神笔马良啊。"下午刚上班，肖云飞笑嘻嘻地来到功放实验室说。"什么神笔马良？"廖默然问。"哎，再让我看看吸波材料。"肖云飞说。袁一帆从柜子里取出一块吸波材料递给肖云飞。"真的有点神奇啊，这里面是什么材料？"肖云飞问。"一种可以吸收电磁波的材料。"廖默然说。"碳基铁粉。"袁一帆补充道。"碳基铁粉，这东西好，真好。"肖云飞边看着手中的吸波材料边说。

此时柳超智进来问肖云飞："采购要备货，问我行不行。""这帮采购的，昨天找我，我都已经跟他们说了，问题是问题，不影响备货，让他们正常备。"肖云飞说。"你已经说了是吧？那好我就回复正常备。"说着柳超智走了。"哎呀，虚惊一场。"肖云飞自语道。

肖云飞回到了自己的座位，刚坐下固话就响了。"喂，张总啊。"肖云飞说。"心定了，在座位上坐着呢？"张立彪说。"你说什么？"肖云飞不知所云地问。"柴文娜的日报看了，牛啊。"张立彪说。"你说自激是吧？我不跟您说了吗，没问题。"肖云飞牛哄哄地说。"抓紧备料，单马上就要来了。"说完张立彪挂断了电话。

刚放下电话，铃又响了，肖云飞不紧不慢地拎起固话。"喂，哪位？""我是师建宏啊。"师建宏在电话里说。"啊，师建宏，你好，印尼S666发货没问题吧？"肖云飞忙问。"印尼老产品，没问题。"师建宏说。"S666唉。"肖云飞说。"S666，这两天试了没问题。"师建宏说。"那就好。"肖云飞说。"好什么，看了柴文娜的日报，不行啊，用吸波材料解决自激，生产不同意。"师建宏说。

"唉，为什么？"肖云飞忙问。"首先，物料采购是有问题的；其次，生产也无法操作。"师建宏说。"不会吧，师建宏，有问题咱们共同来解决，但你不能这么刚性地拒绝。"肖云飞说。"我还有会，只是知会你一下，给你们发邮件了。"师建宏说完把电话挂了。

"气死我了，这个师建宏，莫名其妙！吸波材料，咋惹着他了？"肖云飞自语道。"你忘了，当时功放要用吸波材料，生产坚决不同意，结果功放他们想了各种办法，最终功放生产就没用吸波材料。"马庆生在一旁说。"什么时候的事？我怎么没印象。"肖云飞说。"哎呀，当时功放他们就承诺生产能搞定，所以没有声张出来，我整天在生产待着，也是在产线上听他们说的。"马庆生说。"你是说廖默然对这事很清楚，却故意装作不知道产线不肯用吸波材料之事？"肖云飞问。"哼哼。"马庆生没说话。"这个廖默然。"肖云飞说。"道深吧。"马庆生说。

肖云飞离开座位往多载波实验室走去，一进门看见三人在调试，肖云飞没吭声。"差不多，准备下周一用温循做做看。"杭岩说。"晚了整整一周。"肖云飞说。"应该说是定位自激给延了。"廖默然说。"哎，说实话，就是没自激一事，我们也没准备好。"牛玉江诚恳地说。"好啊，周一做。看，要是有多载波的产品，印尼S666就不知能省多少。"肖云飞说。"哎，廖默然。"肖云飞又想说啥。"怎么？"廖默然问。"吸波材料采购还没知会他们吧？"肖云飞问。"跟他们说呀。"廖默然说。"要不要把采购叫上一起讨论一下！"肖云飞又说。"讨论什么，吸波材料啊？"廖默然说。

"对了，我找曹瑞祥搞这事。"肖云飞假装要走，突然又问，"生产没问题吧？""生产？找师建宏看看他们怎么落实。"廖默然说。听了廖默然的回答，肖云飞的心凉了一半，一声不吭地离开了多载波实验室，转头去找曹瑞祥。"你们这个坑挖得有点大。"肖云飞来到曹瑞祥的座位便说。"什么坑？我在整理报销单呢，有事我搞完了去找你。"曹瑞祥正聚精会神地粘贴发票。"好，我等你。"说着肖云飞走了。

周六一早，肖云飞给柴文娜打电话。"柴文娜，你把廖默然、曹瑞祥、赵长城叫到作战室，现在就叫，你也来。"肖云飞说着往作战室走。不一会儿，大家陆陆续续来到作战室。"廖默然呢？"肖云飞问。"今天家里好像有事请假了。"曹瑞祥说。"哦，请假了，好，你在就行。"肖云飞说。"什么事？"赵长城问。"曹瑞祥？"肖云飞转向曹瑞祥。"我是被叫来的，我怎么知道什么事。"曹瑞祥说。"不知道是吧，我问你昨天下午为什么没来找我？"肖云飞问曹瑞祥。"报销起来麻烦，秘书一会儿这样，一会儿那样的折腾半天才能合格。"曹瑞祥装疯卖傻地说。

"说说吧，你们这个坑准备怎么填？"肖云飞直截了当地问。"你说什么坑？"曹瑞祥装傻。"问你呢，我走后去找廖默然了吧？"肖云飞问曹瑞祥。"我不管，你把采购、生产搞定就可以，否则，你们必须解决不用吸波材料的方法。"肖云飞怒吼着说。"什么什么啊？你在说什么呀？"赵长城、柴文娜一头雾水。"问他，别问我。"肖云飞指着曹瑞祥说。

"怎么回事，曹瑞祥？"柴文娜问。"其实啊，并不是什么坑，用吸波材料管用是不争的事实，赵长城，对不对？"曹瑞祥说。"对呀。"赵长城说。"采购、生产唯解决不就完了吗？"曹瑞祥轻描淡写地说。"真的？"肖云飞问。"是啊，别听他们瞎吵吵。"曹瑞祥说。"那好，采购、生产你去落实。"肖云飞冲着曹瑞祥说。"我落实不了。"曹瑞祥回道。

"你落实不了，谁能落实？"肖云飞逼问道。"你们产品线影响力大，我们射频还是不行。"曹瑞祥说。"产品线搞没问题，但要说清楚为什么生产线不愿意？"肖云飞说。"显然不愿意啦。"曹瑞祥说。"具体说说原因，为什么生产线师建宏他们就这么反对用吸波材料。"肖云飞说。"而且，为什么，为什么功放开始要用吸波材料，师建宏他们坚决反对。廖默然，他就能当场承诺不用，结果就真的不用了，请把这些都说清楚喽！"肖云飞冲着曹瑞祥说。"这些，恐怕只有廖默然能说清楚。"曹瑞祥说。

"他肯定能说清，但你别说你说不清楚，如果你敢说你说不清楚，那我立马撤了你，你不配在这个位置上。"肖云飞不客气地说。"这么杀气腾腾的干吗？会伤身体的。"曹瑞祥说。"别扯别的，说说生产为什么不愿用吸波材料？功放为什么就可以不用吸波材料？双工器低噪放为什么就不能学功放不用吸波材料也能清除波导效应，抑制这个正反馈？"肖云飞连珠炮似的问。

"对啊，曹瑞祥？"赵长城说。"我很想知道生产为什么不愿用吸波材料。"柴文娜说。"首先，采购回来是整张的，产线要用需要做裁剪，就这一点，你们觉得我们的产线愿意吗？"曹瑞祥问。"更何况，肖云飞，你想想，早期生产线固定单板上的线缆都是用蜡封枪搞的是不是？"曹瑞祥问。"没错，后来生产线不愿意，硬要我们从设计上来解决，坚决不用蜡封枪。"肖云飞说。'生产线就是不愿意用胶粘嘛，同样吸波材料要用硅胶粘吧。"曹瑞祥说。曹瑞祥的一番话说得肖云飞半天没话说。

"我说啦，不吭气了吧？所以，只要对生产线强压，应该能做成。"曹瑞祥又说。"下午廖默然会来吗？"肖云飞问。"下午会来。"曹瑞祥说。"下午功放实验室我们再讨论讨论。"肖云飞说。"能不能不用吸波材料啊。"柴文娜问曹瑞祥。曹瑞祥没吭声。

下午，功放实验室。"说了那么多，只是要你们明白一件事，就是生产线，师建宏他们是有道理的。"肖云飞说。"确实，让生产线又裁剪，又胶粘的，在规范性、一致性、质量方面都比较难把控。不确定因素太多，和人的技能相关性太大了。"柴文娜说。"就是可生产性差。"马庆生说。"不用，像功放一样，坚决不用吸波材料。"肖云飞说。"朱文学，学学功放怎么去掉吸波材料。"肖云飞又说。"还有柳超智，你不是都算出来波导效应了嘛，原理都清楚了，应该好搞啊。"肖云飞接着又说。

"怎么样？廖默然，把功放的经验贡献出来，应该能不用的。"柴文娜说。"在盖板上做点文章喽。"柳超智说。"这不是有办法了吗？"肖云飞冲着曹瑞祥说。"说得具体点。"曹瑞祥冲着柳超智说。"不动模具，PCB也不动的话，只能在盖板上打主意，把盖板做厚些，形成隔腔来消除波导效应，仅动盖板，恐怕要抠盖板了，别的什么都不用动。"柳超智说。"有把握吗？"肖云飞问柳超智。"这个肯定了，波导效应算出来就是跟腔体的尺寸相关，尺寸变了，自然也就消除了波导效应。"柳超智说。

"是这样吗？"肖云飞又问曹瑞祥。"是的。"曹瑞祥说。"这不就解决了嘛，仅仅变个盖板，问题就不大了。"肖云飞说。"还是不要用吸波材料这种生产不喜欢的东西。"肖云飞又开始轻松起来。"都有招，但要挤牙膏。"柴文娜说。"不是这样的，抠盖板，怎么抠啊？做做实验可以，真要生产，不能这么搞。"廖默然终于发话了。"那你说怎么搞？"肖云飞不爽地说。"PCB要动，盖板不动，跟双工器无关，家里单独做隔条就行了。"廖默然说。

"曹瑞祥？"肖云飞望着曹瑞祥问。"朱文学明白了吧？就按廖默然的思路去做。"曹瑞祥说。"这PCB要改啊？"朱文学说。"你呢，说是改，其实未必真的改到你的电路，把大片的地亮铜拿出来隔筋，就留低噪放一条缝，截止频率不就高上去啦。"曹瑞祥冲着朱文学说。"说白了，就是绿油窗重新开一下。"廖默然说。"越说越简单了。"邓学佳说完走了。"好啊，就这么搞吧，我去搞多载波了。"说着廖默然也走了。"哎，别别别，曹瑞祥，甭管简单不简单，这是大事，不能再出乱子了，你给我亲自盯着这事，朱文学，啊。"肖云飞赶紧说。"就是，别让我的3报来回地变。"柴文娜说。

"还是慎重些，夏润泽侬跟朱文学一起搞，反正是PCB和结构件，都是自己把控的，先试，再定，不急。"赵长城说。"知道了，我来跟着。"夏润泽说。"还是增加了隔筋，改了板，省事还是要用吸波材料。"曹瑞祥说。"可生产线做产品是最重要的。"肖云飞说。"搞吸波材料，要有人搞，以后载频板要做到全自动，无人化。"柴文娜说。"我们基带板早就无人了。"马庆生说。"功放想做到无人很难吧。"赵长城说。"很难也得搞啊。"肖云飞说。

17. 人生能有几回搏

周一早上，张立彪的办公室。"东欧有机会，但想要4月底或5月初发货准3G。"张立彪对肖云飞说。"板子刚投，是不是有点太急了。"肖云飞说。"现在是东欧的客户给我们这个机会，换句话说，这个机会抓住了，可能这些国家就能取得突破。"张立彪说。"都是哪些国家？"肖云飞问。

"波兰、捷克、匈牙利、罗马尼亚和保加利亚，各30个站。"张立彪说。"30个站，实验局？"肖云飞又问。"你不先试，人家怎么可能下单呢？机会难得，我已经答应一线了。"张立彪说。"啊，都答应了？"肖云飞说。"不答应，可能机会就丧失了，一线想做，但他们知道开发的现状，所以等我的口风。"张立彪说。"还是应该商量一下，哪能就这么答应啦。"肖云飞说。

"我不想失去这次机会，昨天邵利伟在欧洲给我打电话，他是让我跟你商量的，但我一想，既然没有退路，何不坚决果断，让一线没顾虑，勇往直前。"张立彪说。"搞不定的，张总。"肖云飞说。"我算了，搏一下还是可以的，今天是4月11日，一个月后发货，TIO不是已经备货了吗？准3G的基带能有多难？攻关一下，让他们两周回单板，评审了这么久，该不会有事了，怕啥？大不了飞线。"张立彪说。"该搏的时候还是要搏，肖云飞你想想，人生能有几回搏啊。"张立彪又说。"就是5月10日左右发货对吧？"肖云飞重复了一下。"对，一线就OK啊！"张立彪说。

离开张总的办公室，肖云飞回到座位上。"把他们都叫来。"肖云飞对身边的马庆生说。"怎么啦？"马庆生问。"别问那么多，赶紧叫。"肖云飞没好气地说。不一会儿，几个管事的都来了。"什么事啊？肖云飞，这么急着叫我们。"赵长城问。"5月10日发150个站，准3G加TIO。"肖云飞说。"这怎么可能嘛。"王厚林率先说。"马庆生，赶紧催单，一周回板。"肖云飞说。"全力以赴测3天，再投200，4月底到货。"肖云飞接着又说。"不行，吃住在公司，别回去了。"肖云飞说。"把牡丹叫来，让她做好后勤保障。"肖云飞又说。"牡丹我跟她说吧，她可能这会儿不在。"柴文娜说。

"波兰、捷克、匈牙利、罗马尼亚和保加利亚，各30个站，TIO是备了货的，曹瑞祥赶紧去催，人生能有几回搏啊！人家给机会让你去，咱们有理由说不吗？"肖云飞略显激动地说。"哎呀，不说了，全力以赴就是喽。"王厚林说。"其实，这个时候考验最多的是你。"肖云飞冲着王厚林说。"知道。"王厚林说。"还有赵长城。"肖云飞又说。"不说住在公司了吗？24小时测不停。"赵长城说。"马庆生、曹瑞祥，物料啊！"肖云飞强调着。"质量这边我盯着。"柴文娜主动说。"对一线只有一个词：OK。"肖云飞又强调着。"找我们问，我们都不吭声，让你回答。"王厚林说。

中午食堂。"好在双工器没改。"肖云飞边吃边说。"单板要改啊。"朱文学说。"你那不算啥。"廖默然说。"出去玩又泡汤了。"麦哲渊说。"等发货嘛。"赵长城说。"原计划月底要质量考试的。"柴文娜说。"这时，别掺和这种事了。"王厚林说。"肖云飞恐怕这次得亲自向公司解释了。"柴文娜说。"为什么？"肖云飞说。"第二次延啊，人家还会信我吗？"柴文娜说。"回头再说吧。"肖云飞说。"下午去PCB厂家。"马庆生说着急匆匆地吃完端起盘子走了。

"牛玉江，多载波先放放。"王厚林突然说。"别啊，正做温循呢。"杭岩说。"肖云飞？"王厚林冲着肖云飞说。肖云飞没有吭声。见肖云飞没有吭声，王厚林大声地说："今天收尾，明天过来调软件。听见没？牛玉江。"牛玉江看着肖云飞，默默地点着头。杭岩正要说，被邓学佳一把按住，邓学佳说："温循都可以做了，说明牛玉江的软件可以用了，你用不就行了吗？"多载波的事再次被耽搁下来了。

"杭岩，温循箱我们还要用，明天一天，周三还给我们。"夏润泽说。"怎么都这样啊！"杭岩无奈地说。"今天、明天摸一下，然后慢慢调。"廖默然安抚杭岩说。"怎么调？"杭岩问廖默然。"把高温和低温分开，多载波功能主要难点是高温。"廖默然说。"好，你说，高温怎么搞？"杭岩又问廖默然。"让它发热喽，靠功放自身的热量，温升可以人为控制，不就相当于做高温啦。"曹瑞祥说。"搞不懂，反正你们说行，你们搞就行了。"杭岩说。"放心，这样可以的。"邓学佳说。"这叫有条件要上，没条件创造条件也要上。"肖云飞说。"对了，马庆生去PCB厂家催板子，柳超智也要去厂家催双工器啊。"曹瑞祥冲着柳超智说。"刚回来没多久，又要去啊？"柳超智不爽地说。"该去就去，你在那儿了解情况，有问题及时处理，供货的风险就大大降低了。"肖云飞说。"去吧，明天就去。"曹瑞祥对柳超智说。

下午，温循实验室。杭岩、牛玉江、廖默然正在进行多载波温循实验。此时，肖云飞进来了。"你这大领导，此时还能光顾这里，难得啊。"廖默然说。"别这么说。大家要理解，所以我过来和大家聊聊。"肖云飞说。"理解理解，准备聊什么呀？不会现在就赶我们走吧。"杭岩说。"杭岩，这种情绪不对啊，说好的周三腾出来，就周三。"肖云飞说。"那行啊。"杭岩说。"现在正做着了吧，牛玉江？说明功控还是可以的。"肖云飞看着牛玉江说。"是啊，功控还可以，就不用待在这了，可以抽身调准3G软件了。"杭岩阴阳怪气地说。"刚开始做，还不清楚呢。"廖默然说。

"晚上就有眉目了，剩下的，杭岩，你就一肩挑了。"肖云飞说。"我要强调，目前这种状态，只能做15兆了。"杭岩说。肖云飞愣了一会儿，缓缓地说："也行，精力有限，专攻15兆。""那就说好了，这样关于班德芯片的问题，目前也只限于15兆。"杭岩略显轻松地说。"这样会不会有问题啊？"肖云飞问。"问题肯定有啊，再升25兆，尤其是班德的芯片，恐怕都要重新再做一遍实验，芯片的修改也是肯定的。"杭岩说。"芯片的升级，能做到远程吗？"肖云飞警惕地问。"不好说。需要与班德确认。"杭岩说。"别，让我想想，本想做25兆，保15兆，芯片要有25兆的能力。只限于15兆，不能这样干啊，杭岩。"肖云飞说。"芯片要有45兆的能力。"肖云飞又说。"25兆还是45兆？"杭岩问。"45兆，要更宽。"肖云飞说。"你这，本来想窄一点，结果，更宽了。"杭岩说。"所以，我要和大家商量。"肖云飞说。

"哎，廖默然，我们不是有小箱子嘛，看看能不能放进去，温循这个箱子也太大了，光做个多载波有点浪费。"肖云飞说。"还有就是廖默然说的，多载波功放的难点是高温，温度高功放压缩点会降低的，低温就不一样了，反而压缩点会改善的。换句话说，相对于高温，低温下多载波功放的线性是变好的。"肖云飞又接着说。"说得没错，所以现在重点搞高温。"廖默然说。"低温就不管了吗？"杭岩说。"没说不管，对了，实在不行用冰块。"廖默然说。"小温循箱不行吗？"肖云飞问。"不知道，如果小温循箱不行的话，我是说如果装不进小温循箱，也可以用冰块降温，土法上马嘛！"廖默然说。

"用冰块降温也行啊，为什么不呢？"肖云飞开心地说。"唉，对了，到公司其他部门看看有没有合适的高低温箱，廖默然。"肖云飞又说。"嗯，好主意，光网络印象中是有的。"廖默然说。"那太好了，赶紧地。"肖云飞兴奋地说。"不行，用我这个换。"廖默然说。"另外，赶紧买一台，专供多载波用，谁提单？"肖云飞问。"让廖默然他们做吧。"杭岩说。"好，我让他们提单。"廖默然说。"直接提给我，要快，双管齐下。"肖云飞说。

"杭岩，聊一聊还是有好处的吧？"肖云飞微笑着冲着杭岩说。"嗯，感谢领导的关心！"杭岩说。"不应该这么说。如果现在就有多载波，印尼的S666啊，这150个站的准3G，所以说我们能节约多少！"肖云飞又说。"应该会省很多吧。"杭岩说。"所以不是我要关心多载波，实在是它对燎原太重要了。"肖云飞又说。"是啊，还需要努力啊，45兆。"杭岩自语道。"箱子赶紧落实。"肖云飞望着廖默然边说边离开了。

18. S666首次业界商用

回到座位的肖云飞，屁股还没坐稳，马庆生就说："印尼S666，梅清波他们一线心里没底，正说服局方开个含5个站的实验局。梅清波说，毕竟业界的第一个S666的站。""开就开呗，怎么啦？"肖云飞说。"前期准备的5个站，他们一线正在建。"马庆生说。"什么什么？前期有发过货吗？"肖云飞问。"发过，只是我们不知道而已，他们是借货的，就是想先把实验局开起来。"马庆生说。

"什么时候的事？"肖云飞问。"很久了，当初丢单的那会儿的，想想当初，S666只有燎原能搞定，奈奎斯特没有，要并柜，阿贡电信的唯一选择啊，那时一线就借了5个站过去。"马庆生说。"我说呢，怎么会这么快就到货。"肖云飞说。"不担心啊？"马庆生又说。"你该问王厚林。"肖云飞说。"赵长城心可有点虚。"马庆生说。"对唉，实验局应该是测试的事。"肖云飞说。"那边有网规的人是吧？"肖云飞又问。"就是网规的人找我说这事的。"马庆生说。肖云飞想了想自语道："还是要认真对待，别影响到这个大单。""不是局方都下单了吗？"马庆生说。"奈奎斯特不也签单了嘛，结果不照样撤单。"肖云飞说。

正说着王厚林来了。"看了马庆生的邮件，估计你俩在商量这事。"王厚林说。"没问题吧？"肖云飞问。"一线网规的担心，应该没问题。"王厚林说。"都这么说着，我都有点担心了。"肖云飞说。"哎，不过事已至此，只有积极面对了，本来就是只过了TCP5，还没正式商用发布，正好借此正式商用发布。"肖云飞又说。"现在主要是人手缺，否则真该去印尼。"王厚林说。"家里支持到位，一样的。"肖云飞又说。"找赵长城，搞个镜像环境。"王厚林说着走了，看着王厚林的背影，肖云飞说："印尼的签证要加快，好像3天就能办下来。""旅游签是的。"马庆生说。"其实去巴厘岛玩玩也很不错的。"肖云飞说。"就怕去了，没时间，整天待在机房，还没见印尼是啥样就回来了。"马庆生说。

"牡丹，最近难见到啊。"一早在座位上肖云飞给牡丹打电话。"不难，马上过来。"东方牡丹撂下电话一路小跑来到肖云飞的座位旁。"招聘，三天两头地不在公司，有什么要吩咐的，尽管说。"东方牡丹爽快地说。"上了一下班，就被打回原形啊。"肖云飞打量着牡丹说。"啊，这是对我最高的评价，说明我这么早就来上班是正确的选择。"东方牡丹说。

"柴文娜都跟你说了吧？"肖云飞问。"您是说给大家做攻关后勤保障的事，没问题，放心吧。"东方牡丹说。"好，那就辛苦牡丹啦。"肖云飞说。"还有别的事吗？没有，我又要出去招聘了。"东方牡丹说着离开了。

"哎，马庆生，昨天下午没去催PCB呀？"肖云飞对旁边坐着的马庆生说。"采购的说没什么技术问题，他们去就行了，采购昨天说得挺好，说是最快明天晚上8点钟左右板子就可以来。"马庆生说。"真的假的？3天啊？"肖云飞吃惊地说。"公司给加班费，PCB厂家24小时加工。"马庆生说。"你说我们公司吗？"肖云飞问。"没错，燎原给PCB厂家加班费。"马庆生说。"这样也行啊。"肖云飞说。

"嗯，就看明晚8点到不到得了了。"马庆生说。"几点上线加工？"肖云飞问。"师建宏都安排妥了，产线等板子，板子一来就加工，除板子之外，明天白天其他全准备齐。"马庆生说。"可以啊，周三、周四就能知道板子有没有问题了。"肖云飞盘算着。"周五吧，争取周六通知厂家批量加工。"马庆生说。'但愿别出问题。"肖云飞说。"出问题也不怕，三天改板，下周一、周二直接批量投，月底应该能出来。"马庆生说。"再改板肯定是细微修改，不可能大面积动。"马庆生又补充道。"这点我相信，许亚萍他们还是值得信赖的。"肖云飞说。"他们很懂的，我们原理图他们吃得很透，真要有啥问题，他们一定会全力以赴，迅速把问题闭环。"马庆生说。

"我听许亚萍说，他们帮你们找出了原理图的几个问题。"肖云飞说。"难免难免，所以要大家帮着审评嘛。"马庆生不好意思地说。"我印象中，你们基带板以前一板搞定过。"肖云飞说。"别你们基带板，别把自个儿刨干净。"马庆生说。"看来我只能指望周二啦。"肖云飞说。"印尼已经装了两个站了。"看着电脑马庆生说。"他们还实时通报啊。"肖云飞说。"开玩笑，S666首次业界商用，一线还是很紧张的，网规网优投重兵，要力保成功。"马庆生说。"想来是不能出问题，否则这单子要黄了，没法交差呀。"肖云飞说。

肖云飞起身走了，来到测试实验室。肖云飞冲着赵长城说："印尼S666镜像环境在哪儿？""正搭着呢，在麦哲渊那。"赵长城回道。"外场测试过吗？"肖云飞又问。"外场？这要问麦哲渊了。"赵长城说。"那就是没测。"肖云飞说。"我问一下。"说着赵长城给麦哲渊打电话。

"测了吗？"肖云飞问打完电话的赵长城。"没。"赵长城低声说。"要看一下当时的计划，应该是要去印尼开实验局的，他们现在这5个站就是当时计划开实验局发的。"赵长城补充说。"嗯，这倒是能说得通。"肖云飞说。"要不要搞外场？"肖云飞又问赵长城。"没人啊！"赵长城说。"唉，事都赶到一块了。"肖云飞说。

说着两人来到了麦哲渊的实验室。"麦哲渊，你这搭环境是和一线镜像吗？"肖云飞一进来就问。"和一线确认了版本和配置。"麦哲渊回道。"嗯，一定要做到真正的镜像。"肖云飞说。"赵长城，这事要重视，别把到手的单子搞丢了。"肖云飞说。"不会吧？"赵长城说。"为什么不会？奈奎斯特煮熟的鸭子都能飞了。"肖云飞说。"别人为地制造紧张的气氛好不好？"赵长城说。"事到如今，麦哲渊跟紧了，也不用怕，有问题解决问题，及时把问题灭了就行。"肖云飞说。"大不了开发去人。"肖云飞走到门口又说。

"满载波的业务就没测过。"看着肖云飞的背影，麦哲渊对赵长城说。"你是说6个载波业务就没有同时跑过？"赵长城问。"打电话是打过。"麦哲渊说。"你是，两两对打吧。"赵长城说。"是啊。"麦哲渊说。"单扇区，6部手机各占一个载波相互打。"赵长城说。"马上把镜像环境搭起来，就准备先做这个。"麦哲渊说。"好嘛，那你起紧吧。"赵长城说。"还有多部手机呢，不同扇区呢？"赵长城又说。"不同扇区要外场，搞不了。"麦哲渊说。"先6部，多部得搞。上天啊，不出事真可就万幸了。"赵长城说。"印尼那边的测试计划里，你说的都有。"麦哲渊说。"好嘛，全指望一线了。"赵长城说。"我觉得没啥，就是要一个场景，一个场景的模，出现问题解决掉也就行了。"麦哲渊说。"这是你和王厚林商量的结果？"赵长城问。"应该只能这样了吧，难道这是真要自己搭外场吗？"麦哲渊说。"只能借助一线的现场了，没人啊。"赵长城说。"一线把数据抓到家里分析，有针对性地解决，在家里做也就这样啊，一线做更真实。"麦哲渊说。"软件就这点好。"赵长城说。"怎样搭的？"正说着王厚林进来问。"你忙得过来吗？"赵长城问王厚林。"忙不过来也得忙啊，当初是在丢单的情况下过的点，心里还有点虚啊。"王厚林说。"没想到还能翻过来。"赵长城说。"是啊，世事难料啊。"王厚林说。

中午食堂。"肖云飞，牡丹都帮你们把好吃的买好了，分别交给赵长城、王厚林、马庆生，还有曹瑞祥他们了。"柴文娜边吃边说。"好啊。"肖云飞说。"我们呢？"尹贤良问。"你找他们要去。"柴文娜说。"这不公平吧，肖云飞，为什么没有我们的？"尹贤良问。"你搞准3G吗？"肖云飞问。"分你点就是了。"马庆生说。"我们可不要施舍。"尹贤良说。"施舍都说出来了，不要算了。"马庆生说。"牡丹只是根据准3G和TIO名单来，本来你们就不在项目里，她自然不会给你们准备。"肖云飞说。"把你们柜子密码公布出来，我让兄弟们蹭你们的。"尹贤良说。

"廖默然，温箱有着落了吗？"肖云飞问。"借到了。"廖默然说。"哪儿借的。"肖云飞问。"平台。"廖默然说。"哦，平台有，好，高低温都有吗？"肖云飞又问。"只有高温。"杭岩说。"有高低温都有的，在用。"廖默然说。"只有高温的估计就没人要用。"曹瑞祥说。"没人用正好，我们用啊。"肖云飞说。"我们也是要高低温的。"杭岩说。"自己的箱子还是装不进去啊？"肖云飞说。"就差一点。"廖默然说。"就差一点也不行啊。"杭岩说。"杭岩，这就体现我们的水平了。"肖云飞说。"怎么讲？"杭岩问。"你们想想，功放功耗大，热，再加高温，一定是难上加难的，低温，把功放的热量降低了，自然会好些，所以，有个高温箱，集中精力搞高温，不也是一种思路嘛。唉，廖默然，盯住他们全温的箱子，用完赶紧借过来。"肖云飞说。"好，我盯着，每天给他们发个邮件。"廖默然说。"再时不时地去现场看一眼。"赵长城说。"时不时地看一眼也没啥，就当遛弯。"肖云飞说。

"另外，王厚林，我想想，印尼的事还是很重要的，真要有问题，一时半会儿搞不定，恐怕得去人。"肖云飞说。"我们软件尽量不要去现场吧，网规在那儿传回数据，在家分析和去现场也差不多，我们肯定会全力以赴的，这你放心，肯定不能再被翻过去。"王厚林说。"要是再被翻过去，真就没法交差了。"肖云飞说。"要是真被翻了，恐怕肖云飞的脑袋就咔嚓了。"柴文娜做了个砍脑袋的动作。"真是这样，燎原肯定是待不下去了。"肖云飞说。"别说得这么吓人，没那么悲观，有信心啊，有信心搞定。"王厚林使劲地说。

"肖云飞，质量考试的事，你去公司说说呀。"柴文娜说。"我为啥要去说？你发邮件给他们就行了，反正这次也不仅仅是为我们单独搞的。总之，我们不参加，爱啥是啥。"肖云飞说。"我发邮件，剩下的也管不了。"柴文娜说。"你就发邮件说明清楚就行了，抄送我。"肖云飞说。

"镜像环境搭好了哦。"来到软件测试实验室，肖云飞对麦哲渊说。"上午刚搭好，这不正准备跑一下。"麦哲渊说。"先把六载频的业务全跑起来，从最常用的业务做起，这个时候，先保最基本的。"肖云飞说。

正说着，肖云飞的手机响了。"喂，哪位？"肖云飞掏出手机问。"肖总，您好，我是公司质量部的谢云云。"对方在电话里说。"您好，有事吗？"肖云飞问。"肖总，刚看了柴文娜关于你们移动产品线不参加质量考试的邮件，我就找了她，她说让我找您，肖总。"谢云云说。"嗯，怎么啦？"肖云飞问。"肖总，不行啊，上次你们就没参加，这次再不参加恐怕要影响您的弟兄晋级的。"谢云云说。"有这么严重吗？"肖云飞问。"有，真有这么严重，这样我发一些文件给您，您看看就知道了。"谢云云说。"那你先发过来吧，就这样。"说着肖云飞挂了电话。

"麦哲渊，先从最基本的做起。"说着肖云飞转身走了，边走边打电话。"柴文娜，到我这边来一下。把牡丹一起叫来。"肖云飞回到座位上。看着过来的柴文娜、东方牡丹，肖云飞问："谢云云是何许人？""质量考试就是她在组织。"柴文娜说。"刚才她和我说不参加考试会影响到大家的晋级，真是这样吗？"肖云飞问。"云云是这么跟你说的？"东方牡丹问肖云飞。"你跟她很熟，牡丹？"肖云飞问。"原来在蛇口，我们租同一间屋的。"东方牡丹说。"她说的是真的吗？"肖云飞问。"对了，她说要发文件给我看的。"说着肖云飞查看着电脑。"我看看云云发的啥邮件吓唬我们肖总。"东方牡丹看着屏幕说。看完邮件，东方牡丹笑嘻嘻地对肖云飞说："这样，我先去和云云沟通一下再说。""那就拜托啦，牡丹。"肖云飞说。"不会影响大家晋级，对吧？"肖云飞又问。"沟通了再说吧。"东方牡丹说。"好，等你沟通。"肖云飞说。"不过产品线的自我批评还是要尽快搞啊。"东方牡丹说。"公司搞啥？一会这一会那的。"肖云飞不满地说。"您是领导，带头抱怨可不好哦。"东方牡丹说。"不是抱怨，不是抱怨，搞，张总有时间就搞，随时啊。"肖云飞忙解释道。"正在约张总的时间，您说的，张总的时间定了就定了。"东方牡丹说。"是的。"肖云飞听话地说。"嗯，这还差不多，好啦，云云那儿我去沟通。"东方牡丹边说边拉着柴文娜走了。

此时桌上的固话响了。"喂，你啊，怎么了？"肖云飞听着夫人卢梦娇的电话。"哎，刚才郭清源打来电话。"卢梦娇在电话里说。"说什么？"肖云飞问。"前一阵子楚海滨——就是在清华读博又做博士后的。"卢梦娇说。"楚海滨怎么啦？"肖云飞问。"楚海滨前阵子去学校了，见了郭清源，两人聊着聊着，说是想在五一搞个同学聚会。"卢梦娇说。"五一回学校啊？"肖云飞问。"是啊。"卢梦娇说。"你答应啦？"肖云飞问。"关键看你啦，我说是看你。"卢梦娇说。"先答应吧，到时再看。"肖云飞倒是爽快地说。"我想也是，先答应，一天的时间还是有的。"卢梦娇说完挂了电话。

刚刚撂下电话，肖云飞的手机又响了。"喂，哪位？"肖云飞在电话里问。"猜猜我是谁？肖云飞。"对方在电话里说。"行啦，郭老师。"肖云飞说。"哇，我在你心目中如此牢不可破，那我就直说了，五一来学校参加同学聚会，没得商量，你们两口子必须到。"郭清源说。"没问题，卢梦娇刚给我打电话了，是1日还是2日？"肖云飞问。"咱俩就定2日吧，你看呢？"郭清源说。"好，2日，一定来。"肖云飞爽快地说。"肖总，您忙啊，我赶紧联络其他同学。"说着郭清源挂了电话。"肖总？哪学的？"肖云飞自语道。

19. 自我批评

周三一早，肖云飞看着马庆生不在座位上，掏出手机拨打起来。"唉，在哪儿呢？"肖云飞问马庆生。"在生产。"马庆生电话里回。"PCB今天能回吗？"肖云飞问。"晚上八九点，说是能到。"马庆生说。"今天确定很关键啊，看你的。"说完肖云飞挂了电话。

此时，东方牡丹走了过来。"怎么说？"肖云飞看着走过来的牡丹问。"没怎么说。先说自我批评，公司下周一要上报自我批评的会议纪要，本周必须搞。"东方牡丹说。"搞啊，看张总的。"肖云飞说。"张总的自我批评在公司搞，他是要参加你们的自我批评。"东方牡丹说。"嗯。"肖云飞说。"和他沟通了，本周确实没空，他让你们自己搞。"东方牡丹说。"自己搞？"肖云飞问。"我来组织。"东方牡丹说。"今天是周三，你看？"东方牡丹问。"今天肯定不行，周五也不行，这样吧，下周一上报，那就周一晚上搞，那时PCB应该差不多了。"肖云飞说。"周一上交纪要，你周一晚上搞，合适吗？"东方牡丹说。"为啥不合适？周一又没规定什么时间点报，周二上午你发过去没事的。"肖云飞说。

突然肖云飞话锋一转问："下周一晚上开自我批评会，你不方便是吧？"东方牡丹愣了一下，不急不慢地说："没事，难得一次，而且公司对自我批评抓得挺紧，我必须亲自主持。""不好意思啊，牡丹，今天晚上板子要来，大家要全力以赴，这几天，如果验证没问题，还要赶紧把板投出去，最好周二晚上开，计划是周二把板投出去。"肖云飞说。"那好，我做主，周二晚上开，支持你们的工作。"东方牡丹说。"那公司……"肖云飞说。"没事，我去解释一下，一天问题不大。"东方牡丹爽快地说。"谢谢牡丹。"肖云飞说。"先别谢，考试的事还没说呢。"

东方牡丹说。"怎么，还是要考？"肖云飞说。"会影响到晋级的。"东方牡丹说。"还是要考，他们这个时候真没空，真的，牡丹。"肖云飞说。"我跟云云商量了，这阵忙完，单独给你们考，不到食堂了，云云到我们这来监考。"东方牡丹说。"牡丹，你真是！"肖云飞边说边给牡丹鞠躬。"其实，主要还是你肖云飞名气大，谢云云包括他们领导都是你的崇拜者。"东方牡丹说。"不会吧？"肖云飞说。"真的。我也是你的崇拜者。"东方牡丹说。"对了，每个人自我批评材料还是要准备的，你、王厚林、马庆生、赵长城、曹瑞祥，还有尹贤良，你们6个要把材料发给我，纪要要附上的。"东方牡丹说。

"那邓学佳、廖默然……"肖云飞说。"主要是各领域，他们都是射频部的，曹瑞祥代表了。"东方牡丹说。"尹贤良？"肖云飞又问。"软件业务啊，人家是单独的一块。"东方牡丹说。"明白了。"肖云飞说。"公司也不想一次搞太多人。"东方牡丹说。"他们下面要不要自己再搞？"肖云飞问。"再下面就是民主生活会了。"东方牡丹说。"等你安排对不对？"肖云飞又问。"是，我会安排，而且我都要参加的。"东方牡丹说。"是撇开你们领导的。"东方牡丹补充道。"啊，这样啊。"肖云飞说。"有压力了吧。"东方牡丹说。

"高温怎么样？"来到多载波实验室的肖云飞问。"问题很大啊，芯片15兆就崩溃了。"杭岩说。"是芯片还是功放？"肖云飞问。"应该是芯片。"廖默然说。"为什么？还是要定位清楚。"肖云飞说。"厂家正在分析数据。"杭岩说。"功放单独测了，高温下压缩略降。"廖默然说。"会不会是……"肖云飞还没说完，杭岩就说："应该不至于崩溃，指标适当恶化有可能。""厂家要做温补。"廖默然说。"你说他们的芯片有没有做过高低温？"肖云飞问杭岩。"不知道。"杭岩回道。"不会是我们帮班德做温试了吧？"肖云飞说。"还真难说，没准真像你说的。"廖默然对肖云飞说。"要是自己搞，立马就可以出版本把温补做上，试几下就差不多了。"杭岩说。"有可能班德也做了，只是功放不一样。功放不一样，芯片和功放的匹配就需要修改。"廖默然说。"看来多载波是算法、功控、功放三者的相互匹配要做好，否则就难达到目的。"肖云飞说。"感觉用别人的芯片，很难做好。"杭岩说。"所以，你要积累经验，最终要自己做的。"肖云飞说。"说是方俊凯他们的算法可以了，用FPGA就具备了自己做的基本条件。"杭岩说。"一步步来，先把班德芯片摸清楚。"肖云飞说。"反应太慢，干着急。"廖默然说。"杭岩，不断地催班德。"肖云飞说。

"对了，新箱子啥时能到？"肖云飞又问。"正在询价。"廖默然说。"就是广州五所吧，应该很快的。"肖云飞说。"不知道，我去催催。"廖默然说。"大家要明白，对班德芯片摸得越透，自己做的把握就越大，所以低温要赶紧摸，箱子是关键，万事不能靠推测，一定要基于实际的测试，这样根基才牢固。"肖云飞说。"好，马上催。"廖默然听后说。

中午食堂。"双工器供货没问题吧？柳超智在哪儿？"肖云飞问曹瑞祥。"问题应该不大吧？"曹瑞祥说。"你关心一下。"肖云飞说。"柴文娜，质量考试的事公司很给面子，我想还是要让大家准备起来，给大家发资料，有空看起来。"肖云飞又对旁边的柴文娜说。"还要考啊。"尹贤良说。"不考怎么办？大家晋级还要靠它的。"肖云飞说。"S666测了，没啥问题。"麦哲渊积极地对肖云飞说。"没问题就好，接着下面的用例测啊。"肖云飞说。

"对了，一线5个站都建起来了吗？"肖云飞问麦哲渊。"说是今天能把5个站全建好。"麦哲渊说。"考验你们的时刻到了。"尹贤良说。"应该问题不大。"麦哲渊说。"朱文学，改板的事没问题吧。"肖云飞又问。"能有啥问题。"廖默然说。"有些库存，怎么办？"朱文学问肖云飞。"多少？"肖云飞问。"200片吧。"朱文学说。"你的意见呢？"肖云飞问朱文学。"这样，朱文学你试一下，其实我觉得绿油去不去无所谓，验证一下不去绿油，应该问题不大。"曹瑞祥说。"不去绿油，你这个想法有点猛，要是能成岂不是重大利好，不用改板了？"肖云飞激动地说。"朱文学，下午赶紧去温循实验室试，环境让给你。"赵长城赶紧说。"我有点晕，一时没转过来，曹瑞祥下午一起搞吧。"朱文学说。"好吧，我和你一起。"曹瑞祥说。"你也一起搞吧？"赵长城对着夏润泽说。"没问题。"夏润泽说。"晕啥？绿油就是相当于一层介质厚膜，去掉绿油是直接接地，有层绿油相当于电容接地。"廖默然接话说。"直接接地和隔了个电容接地能一样吗？"朱文学问。"看频率。"曹瑞祥说。"频率越高电容的阻抗越低，是反比的关系，这里恰恰要求的是高频接地，所以，应该没问题。"廖默然说。"电容的阻抗与频率成反比，有道理。"肖云飞自语道。"试了就知道了。"邓学佳说。"好好好，快吃，休息好了赶紧试。"肖云飞兴奋地说。

　　下午一上班，肖云飞并没有去温循实验室，而是来到了王厚林的座位上。"明天一早，板子应该就能到你手上。"肖云飞说。"应该吧，否则马庆生不白忙活啦。"王厚林说。"目标很明确，先验证硬件有没有问题。"肖云飞说。"你不去看朱文学他们不去绿油的验证？"王厚林转换话题说。"你要去？这时还想着凑热闹。"肖云飞嘲讽地说。"中学都学过的东西，有啥大惊小怪的。"肖云飞又说。"唉，牡丹给你们招到人了吗？"肖云飞问王厚林。"有。"王厚林说。"赶紧来，你们人手太缺了，你看，多载波就没有人。"肖云飞说。"哎呀，我在愁要是S666真有问题咋整。"王厚林说。"麦哲渊去行不行？"肖云飞说。"麦哲渊去，跟网规的人在那儿没什么区别，取数据谁都会。"王厚林说。"麦哲渊说目前测的没啥问题。"肖云飞说。"这种最基本的再有问题就别玩了。"王厚林说。"你别这么说啊，搞得我心里发毛。"肖云飞说。"功夫没到家，心里自然发毛。"王厚林自语道。"什么什么？"肖云飞忙问。"哎呀，没啥了，别在我这儿晃，赶紧去温循实验室吧。"说着王厚林看自己的代码了。"不去温循，看看多载波，高温崩了。"肖云飞说。"片子不行？"王厚林问。"赶紧搞个人吧。"说着肖云飞走了。

刚进多载波实验室，廖默然说："下周一。""什么？你说新买的箱子？"肖云飞问。"没错，箱子下周一到，就是你说的广州五所。"廖默然说。"调试两天，周末应该能用起来。"肖云飞说。"唉，现在又行了吗？"肖云飞看着频谱仪说。"这次，温度上得慢，还好。"杭岩说。"找到窍门啦？"肖云飞问。"也没，不知和实际有什么差异。"杭岩说。"说到实际的话，我看看怎么讲啊。"肖云飞边想边说。"可以，就拿新疆来说。"肖云飞说。"为什么是新疆？"杭岩问。"早穿皮袄午穿纱，抱着火炉吃西瓜，就是指新疆。"廖默然说。"嗯，怎么啦？还是没弄明白。"杭岩说。

"早穿皮袄，说明冷，中午穿纱，说明热。"肖云飞说。"总之，新疆的温差大，是真的。"廖默然说。"你注意看天气预报，有时新疆的温差有30℃，凌晨是0℃，中午是30℃。"肖云飞说。"杭岩，你算算，12小时吧，温度变化有30℃，你现在的比它慢还是快？"肖云飞又说。"你这，就算10个小时的，每小时才3℃，那我们这还是比新疆快多了。"杭岩说。"就是说比新疆还要严酷。"肖云飞说。"当然比新疆严酷多了。"廖默然说。"这说明，你们目前的实验，还是有实用价值的。"肖云飞说。"啊，是吗？"杭岩受宠若惊地说。"这是我们的底。"肖云飞说。"但愿吧。"廖默然说。"所以，全温就很重要，班德也很重要，还是要敦促班德尽快改。目标还是要保证正常温循没有问题，毕竟这种测试用例被麦克他们证实是有效的。"肖云飞说。"我们也认为很有效啊。"廖默然说。"对嘛，还是要让温循没有问题。"

肖云飞说。"反应太慢，干着急。"杭岩说。"没别的，催！"肖云飞说。"要不要箱子来了，把全温都做了，再让班德改？"廖默然问。"你们看吧。"说着肖云飞离开了。

晚上，大家在食堂吃饭。"哎，马庆生怎么样了？"肖云飞边吃边问王厚林。"板子还没到。"王厚林说。"印尼呢？"肖云飞又问。"5个站开起来了，网规的正在路测。"王厚林说。"哎，下周二开自我批评会，收到牡丹的邮件了吧？"肖云飞问大家。"没收到。"廖默然说。"没收到。"邓学佳也说。"你俩是曹瑞祥代表了，曹瑞祥要写啊。"肖云飞说。

"对了，试得怎么样？"肖云飞忽然问道。"慎重点，再试。"曹瑞祥说。"啥慎重，你说现在，做到现在，有没有问题？"肖云飞说。曹瑞祥不自信地说："看今晚的。""会有明确结论了？"肖云飞说。"自我批评，你们要深挖自己的不足。我跟你们说，自我批评不到位，要重新来过，不要被公司抓典型啊。"肖云飞说。"别吓唬我们，要抓也是抓你这一级的，我们这个层次的，公司没这个精力的。"赵长城说。"除非特别差，那就抓典型了。"曹瑞祥说。"唉，不明白，你们这次为啥这么谨慎？"赵长城问曹瑞祥。"你不明白啊，面子问题。"肖云飞说。"没什么面子问题，赵长城，你不该问这种问题，太不严谨了。"曹瑞祥说。"这没问题还老做，不浪费资源啊？"赵长城说。"1800自激做了多久才发现，900都没做出来。"曹瑞祥说。"谨慎点好，曹瑞祥说的有道理，做啊。"肖云飞说。"也不存在什么面子问题。"曹瑞祥说。"我说错了，我心眼小，行了吧？"肖云飞忙说。

"周三晚上，食堂里人明显少啊。"王厚林说。"周三、周五人都少。"赵长城说。"我看很多人一早都背个球拍，搞得跟个专业羽毛球运动员似的。"肖云飞说。"还是乒乓球好，小拍子小包里一放，看不出来。"赵长城说。"你们有没有发现，有些宾馆里就有乒乓球桌。上次去广州招聘，住的宾馆就有乒乓球桌，我和赵长城还打了一场。"邓学佳说。"乒乓球没桌子，还可以对着墙打。"赵长城说。"对墙打？这有点像香港的壁球。"王厚林说。"香港为啥盛行壁球？主要是没地方，只能窝在室内。"赵长城说。"香港就是个寸二寸金的地方。"肖云飞说。"深圳也是啊，你去罗湖看看，人山人海啊。"曹瑞祥说。

"哇，板子到了。"王厚林看着手机说。"马庆生发短信啦？"肖云飞问。"决战拉开序幕。"王厚林端起盘子走了。"板子到啦？"肖云飞拨通马庆生的电话。"嗯。"马庆生说。"看你的啦。"说完肖云飞挂了电话。

20. 管理能力要提升

第二天一早，马庆生的基带硬件实验室。"哇，这么多人，全在这儿呢。"肖云飞一进门看到满屋子的人说。"刚开始。"马庆生看着肖云飞说。"不急。"肖云飞说。"你们……"肖云飞看着麦哲渊和夏润泽正要说什么。麦哲渊插话说："先让开发确定单板没问题，再拿去做测试。""唉，印尼那边没啥事吧？"肖云飞又问麦哲渊。"目前一线网规反馈，都挺正常的，还在继续测。"麦哲渊说。"嗯，那就好。"肖云飞说着离开了。

肖云飞来到曹瑞祥的座位处问："没问题了吧？""板子不改了。"曹瑞祥说。"你们决定不改板啦？"肖云飞惊讶地问道。"实验结果没啥区别，还改个啥。"曹瑞祥说。"那确实不改更好。另外，多载波高效功放、低频、准3G，也都要搞，一个都不能少。"肖云飞对曹瑞祥说。"哪来这么多人呢？"曹瑞祥问。"问我？找牡丹啊，自己团队人员无法满足业务的需求，就应该发力招人啊，自我批评里面要好好反省这一块。"肖云飞说。"我们整天忙里忙外的，又是攻关自激，又是出差越南的，哪有这么多工夫啊。"曹瑞祥抱怨道。"这说明你的管理能力需要提升啊。公司太英明了，连曹瑞祥的问题都看到了，及时组织自我批评，真是太及时了。"肖云飞调侃地说。

"招聘的事就应该你……"曹瑞祥话没说完，肖云飞立马抢先说："错，人员的管理和补充是你的事。""别不服气，仔细想想，只能是你们自己来搞，我们只是驱动你们。"肖云飞说。"牡丹倒是建议我们射频要有负责招聘的专职接口人。"曹瑞祥说。"噢，你说牡丹的建议有没有道理啊？"肖云飞问。曹瑞祥没吭声。"就是嘛，你们射频，尤其是功放还是很难招的，面又窄，又那么特殊，靠牡丹他们怎么可能，归根到底，射频的事，只能射频自己搞。"肖云飞说。"全靠自己怎么行？"曹瑞祥瞪大眼睛说。"牡丹他们支持你们啊。所以射频招聘的这个接口人要赶紧确定，你也看到了，业务上得快，你的人明显跟不上。"肖云飞说。

"嗯，我自我批评的内容算是有了。"曹瑞祥说。"认识确实要提高了，否则真的跟不上发展。"肖云飞说。"功放的人难招啊。"曹瑞祥面露难色地说。"你们都说难，你让牡丹他们怎么搞？"肖云飞感叹道。"再难也得加紧。"肖云飞补充道。"为什么？"曹瑞祥问。"你看，明摆着的，准3G这一波冲上去了，接下来要做什么？"肖云飞问。"只能是多载波了。"曹瑞祥说。"你信不，现在搞3G的，只是高频的，难道3G不会往低频扩展？准3G虽说难度更大，但强劲的成本需求，金总他们肯定会考虑准3G的多载波的。"肖云飞说。"你说的都没有错，最后的压力全在功放上。"曹瑞祥说。"那可不嘛，人家算法又不认频段的，一个频段调好了，其他频段都可以用，顶多不同频段适当调整一下，也仅仅是微调，适配嘛。"肖云飞说。

"接口人，谁呢？"曹瑞祥自语道。"没人先让廖默然顶着。"肖云飞说。"关键是接口人要经常开会。"曹瑞祥说。"这个你跟牡丹商量，有选择性地参加应该是可以的。"肖云飞说。"还有，班德的芯片要用，但自己必须加快研发。"肖云飞紧握拳头说。"邓学佳那边也要加人啊。"曹瑞祥说。"你让邓学佳自己想办法。"肖云飞说。"邓学佳还是挺能想办法的。"曹瑞祥说。"好样的，邓学佳、廖默然都是接口人。"肖云飞说。"这个主意好。一般情况下，邓学佳就可以了。"曹瑞祥说。"好好找牡丹策划一下，别忘了你是招聘的第一责任人。"肖云飞说。"我们三个人嘛。"曹瑞祥说。

"五一回学校怎么样？"肖云飞吃着午饭对着尹贤良说。"好不容易放个假，回学校干吗？"尹贤良不解地问。"五一回学校参加同学聚会。"肖云飞说。"啊，同学聚会，我们班没有。"尹贤良说。"哎，霍未然去吗？"尹贤良紧接着又问。"不知道哎。"肖云飞说。"哎，你们班是谁组织的？我们班怎么没人组织呢？"尹贤良又问。"留校的郭清源和那个……对，楚海滨，他们俩想起来的。"肖云飞说。"郭老师知道，楚海滨，是那个保送清华读博士的吧？"尹贤良问。"没错。"肖云飞说。"楚海滨现在在哪儿？"尹贤良又问。"在清华继续读博士后，研究半导体。"肖云飞说。"博士后，老待在学校，他也不腻啊。"尹贤良说。"那是你这么想。"肖云飞说。

"马庆生他们忙得饭都不吃啦？"曹瑞祥说。"问问他们要不要给打盒饭。"肖云飞对曹瑞祥说。"他们中午用方便面对付，牡丹不是买了很多东西嘛！"麦哲渊说。"方便面，也好，难得吃一次，这康师傅的方便面还挺好吃的，有汤有水的。"肖云飞说。"明天，估计要明天，才轮到我们。"夏润泽说。"目前发现了什么问题没有？"肖云飞问。"单板加工多了一个零件，可能会影响到SMT焊接效果。"夏润泽说。"多了个什么零件？"曹瑞祥问。"好像是个钽电容。"夏润泽说。"钽电容多一个、少一个无所谓，电源滤波用的。"曹瑞祥说。"不知道马庆生为什么说多了。"夏润泽说。"这丝印太近，都做出来了，说明问题不大。"曹瑞祥说。"照你这么说，没测到啥硬件问题，马庆生他们能一板搞定喽！"肖云飞说。"应该是。"曹瑞祥说。"一板搞定，还是挺牛的。"夏润泽说。"反正以前，基带板总要飞线。"麦哲渊说。"你这是在说谁呢？知道不？"赵长城对着麦哲渊说。"没关系，马庆生有出息了呗！"肖云飞应着赵长城的话说。

"哎，朱文学，你最后那块没动，不也是一板搞定嘛！"肖云飞又说。"我那块简单，不能和准3G的比。"朱文学谦虚地说。"嗯，现在硬件的水平的确在明显提高，看数据就能看出了。"柴文娜说。"这么多专家整天评审，还是有用的。"肖云飞说。"说明燎原的EPD是管用的。"柴文娜说着端起盘子走了。

第四章

学质量，忙招聘，自我批评不能丢

1. 广州招聘

"哥。" 正午睡的肖云飞接到车子玉的来电。"有没有搞错啊，大中午的，什么事非要这个时候打呀！"肖云飞满脸不高兴地对着电话那头的车子玉说。"我正在皇岗口岸，马上要过关了。"车子玉说。"什么什么？去哪儿啊？"肖云飞急忙问。"公司派我去非洲南部，先到尼日利亚，然后再安排。"车子玉在电话那头说。"噢，尼日利亚，好啊，公司业务大发展，尤其是非洲，自己多注意吧。"肖云飞说。"哎，子玉，尼日利亚那边，关景鹏你认识的，左小虎我跟他挺熟，有事找他帮助，没问题的。我会给他们发邮件的。"肖云飞又说。"关景鹏不认识，应该是我走后来的吧。"车子玉说。"没错，你走，他来，他是和尹贤良一拨的。"肖云飞说。"尹贤良，不认识。"车子玉说。"总之你找关景鹏、左小虎没错，他俩跟我关系都很好。"肖云飞说。"那好，哥，挂了啊。"车子玉说。"几点了，还可以再睡一会儿。"说着肖云飞又躺下了。

下午一上班，肖云飞来到马庆生的实验室。"中午车子玉在皇岗口岸给我打电话。"肖云飞对马庆生和王厚林说。"子玉要去哪儿啊？"马庆生问。"说是派往非洲南部，先去尼日利亚。"肖云飞说。"越南就是个锻炼，核心是要去非洲。"王厚林说。"非洲南部指的是哪儿啊？"马庆生问。"南非肯定是啦，津巴布韦、纳米比亚应该都属非洲南部的。"肖云飞说。

"不说子玉了，怎么样，你们这儿？"肖云飞问。"今天在这儿一起测测，明天交给软件和测试，慎重点！"马庆生说。"目前有什么问题，硬件？"肖云飞问。"还好，目前没啥问题。"马庆生说。正说着许亚萍进来了。

"啊，来啦！"马庆生说。"看了生产工艺的问题，想想还是要改一下比较好，所以来跟您商量。"许亚萍说。"挺好的，就别改了吧。"马庆生说。"你们说什么，是为丝印的事吗？"肖云飞问。"消息挺灵通啊。"马庆生说。"我听夏润泽说的。"肖云飞说。"哎，许亚萍，为什么非要改？"肖云飞又问。"肖总，是这样的，这次这个电源芯片是他们新选用的。当时我们CAD的器件库里并没有对应的模型。"许亚萍说。"那你们……"肖云飞问。"我们就找了一个类似的，在上面进行了修改，就这么用上了。但是，仔细看了新器件的资料，和我们临时找的器件有一定的差别。"许亚萍说。"什么差别？"肖云飞问。"其实就是两个器件标的尺寸公差有区别。"马庆生插话说。"是啊，所以要修改。"许亚萍说。"为这么点就改，不值得。"马庆生说。"生产工艺要我们改，找我们啦。"许亚萍说。"他们怎么说？"马庆生问。"他们说丝印太靠近焊盘，会影响SMT焊接效果。还说在做的时候就已经发现了，他们特别关注，还是补焊了一个，你在现场的是吧？"许亚萍说。"是，我是在现场。"马庆生说。"都有影响了，别强撑着，改吧，许亚萍。"肖云飞说。"那就改了。"许亚萍冲着马庆生说。"改就改呗。"马庆生无奈地说。"这块板已经做得很好啦！"许亚萍边离开边说。

此时，肖云飞手机响了。"喂，啊，牡丹，什么广州招聘，明天就去，明天，我想想。晚上去就可以，可以啊。"肖云飞接完电话说："去广州招聘，明天晚上到广州，星期六、星期天两天。""除了你，应该还有别人吧？"马庆生说。"我是综合面试，曹瑞祥、赵长城是技术面试。"肖云飞说。"不对，王厚林，你们软件，你应该去啊！"肖云飞又说。"你觉得我能去吗？我跟牡丹说啦，你代表我。"王厚林说。"你代表基带的软硬件，曹瑞祥代表射频，赵长城代表测试。"马庆生说。"要是都去，谁干活？"王厚林问。"最怕招聘，比上班累10倍。"肖云飞说。"综面人员是比较惨，大家陆续走了，最后就剩下综面人员。"王厚林说。"对了，我干吗明天晚上去？周六上午去吧，反正综面比较靠后。"肖云飞说。"别呀，还要帮我看技术面试呢。"王厚林说。"对呀，还有硬件呢，还是明晚去吧。"马庆生说。"身不由己呀，你们周二必须把板投出去。"说完肖云飞扬长而去。

周五晚，广州新天河宾馆3楼会议室。"明天早晨8点准时到场，男员工着正装，打领带，戴工卡，7点开始早餐厅有早餐供应，大家保持良好的状态，体现燎原的风貌，给应聘者良好的印象，希望大家配合。"负责公司招聘的领导说。"大家看看还有什么不清楚的。"一旁的东方牡丹补充道。"明后两天会很辛苦，应聘的人比较多，请大家做好充分的思想准备，先谢谢大家的配合。"领导又说。"没什么事，就先回屋早点休息吧，记住，明早8点，准时到。"东方牡丹说。

"肖总，我还担心你晚上来不了呢？"东方牡丹看着肖云飞说。"哪能呢？这不来了嘛。"肖云飞说。"硬件、软件部有些人来应聘，功放部有点难，不确定能来几个。"东方牡丹又说。"测试部呢？"肖云飞替赵长城问。"我们测试跟着你们就行，一起看，不用特别招聘。"赵长城说。

周六一早，新天河2楼早餐厅，肖云飞等人正在吃早餐。"广州的早茶就是丰富，真好吃。"曹瑞祥正说着，肖云飞的手机响了。"喂，肖云飞，我这儿有个应聘的叫谢锦林，谢谢的谢，锦标赛的锦，树林的林。"马庆生一早就急着给肖云飞打电话说。"噢，谢锦林，他今天会来应聘是吧？"肖云飞问。"是啊，他刚给我打电话了，他在广州一个研究所做硬件，我同学推荐的，据说很不错，你重点关注一下。"马庆生说。"谢锦林，广州哪个研究所？"肖云飞又问。"是原电子部的吧，你可以问他嘛，好吧，就这样。"说着马庆生挂了电话。

"你这事先没有人推荐吗？"肖云飞问曹瑞祥。"其他城市有，广州好像没有。"曹瑞祥说。"那只能守株待兔喽。"肖云飞说。"测试呢？"肖云飞又问赵长城。"测试有，事先联系了几个。"赵长城说。"曹瑞祥你看，射频难招，又缺人，你们自己又不积极，光指望牡丹。"肖云飞说。"谁说没人，没准今天就有呢。"曹瑞祥冲着肖云飞说。"广州的早茶确实好吃。"赵长城边吃边说。

8点，肖云飞等人准时来到招聘大厅。"哇，这么多人。"看着黑压压一片坐满的应聘者，肖云飞自语道。看到肖云飞他们，牡丹过来招呼说："进去吧，都有名牌的，找到自己的名牌就位吧。"肖云飞凑到牡丹的身旁轻声说："帮我看看应聘硬件的，一个叫谢锦林的登记了没有。"牡丹听后轻声说："一会我去查，有了我会告诉你的，你们先进去吧。"听着牡丹的话，肖云飞、曹瑞祥、赵长城去找各自的名牌了，紧张、有序的招聘工作在秘书的一个个叫号中拉开了序幕。

肖云飞等人面试了一个又一个的应聘者，不仅仅是自己产品线上的。"牡丹，别的产品线上的也要我们搞有点不合适吧？"肖云飞找到牡丹诉苦。"这是公司招聘，其他产品线的综面人员要到下午才能到，前两天他们已经面试了一些，你现在就是综合面试这些人，辛苦一下吧，肖总。"东方牡丹说。

2. 认同与不认同

"哎，谢锦林来了吗？"肖云飞问牡丹。"忙得没来得及查呢，要不您自己去秘书那查一下？"东方牡丹说完忙别的去了。看着等在一边的应聘者，肖云飞无奈地继续面试，无暇顾及谢锦林的事，一晃快中午1点了。"幸亏早晨吃得多，下一个。"肖云飞看着表格愣了一下。"谢锦林。""我是。"说着谢锦林走了过来坐在肖云飞的面前。"你一早就过来了？"肖云飞面对着谢锦林说。"8点前就到了，你们秘书发短信说要尽早，人很多，来了一看，真的很多人。"谢锦林说。"怎么研究所待得好好的想到燎原来呢？"肖云飞问。"我同学找的我。"谢锦林说。"那你……"肖云飞欲言又止地问。"我在研究所做课题感觉挺好的，收入也不错，而且还可以分房。"谢锦林说。"那你今天为什么来啊？"肖云飞问。"同学找我，你们公司的秘书极其热情，整天打电话、发短信的，说是今天要在这边招聘。周末休息，我就来喽！"谢锦林说。

"你应该对燎原有所了解吧？"肖云飞问。"了解，网上什么都有，还有同学在你们那儿。"谢锦林说。"同学，在哪个部门？"肖云飞问。"光网络吧。"谢锦林说。"你应聘的是移动部门。"肖云飞说。"我是搞移动通信的，主要是做军方的移动保密通信。"谢锦林说。"还是谈谈为什么想来燎原移动吧。"肖云飞说。"为什么？其实对燎原印象最深刻的还是森尼韦尔告燎原。"谢锦林说。"公司的发展势头比较好，看到这么多的应聘者应该有所感受，燎原现在需要人，尤其需要像你这样在研究所从事科研的有经验的人加盟。在所里你分到房子了吗？"肖云飞问。"还没有，要结婚了才有资格排队。"谢锦林说。"有女朋友了吗？"肖云飞问。"有了。"谢锦林说。"研究所很好呀，结婚后单位分套房，而且收入也不错。"肖云飞说。"不是一结婚就能分到的。"谢锦林说。

"燎原的收入情况您了解吗？"肖云飞又问。"大致了解，有股份嘛！"谢锦林说。"是的，燎原的收入分三块，工资、奖金，还有就是股票的分红，而且燎原的收入中，分红占了大头。"肖云飞说。"就不知道是不是一直都这么好，听说今年就不太好噢。"谢锦林说。"那就要看您对燎原文化怎么看的。"肖云飞说。"另外，要补充一下，这两年通信行业不是太景气，燎原自然会受到一定影响。您说的是去年的情况，今年海外起来了，就移动这块连续几个几千万美元的大单，而且欧洲，马上要上准3G了，公司在中欧、东欧以及荷兰、葡萄牙等地的前景很好。所以，公司在大规模招聘。"肖云飞说。

"你怎么看待燎原文化？"肖云飞又问。"就是加班嘛！"谢锦林说。"不对，燎原的文化是以客户为中心，以奋斗者为本，艰苦奋斗。关于加班，网上的说法很多，都有点误导大家了，说得太过了，其实，还是跟项目的交付周期有关。比如说，市场有需求，产品开发需要过点才能发货。这个时候，为了满足客户的需求，肯定是要辛苦一下的。"肖云飞解释说。"这时加班是应该的，我们也这样。"谢锦林说。"你看你都可以这么看了，没那么玄乎对吧？"肖云飞顺势说。"其实我挺佩服燎原的，敢和欧美那么牛的公司拼，真的，打心眼里就……"谢锦林说。"来吧，燎原张开双臂欢迎您。"肖云飞说。"对了，我知道你现在的收入还是可以的，人嘛，总是往高处走的，根据你的情况，月薪这个数怎么样？"肖云飞边说边在纸上写着。"这仅仅是月薪，还有奖金和分红是吧？"谢锦林看着肖云飞纸上写的数问。"是的，仅仅是月薪，当然是税前的。"肖云飞说。"说实话不高，对吧？"谢锦林问。"这是公司定的，我已经给了你这个层级最高的啦，真的。"肖云飞说。"这我知道。"谢锦林说。"你知道？"肖云飞吃惊地问。"我同学说的。"谢锦林说。"怎么样？还是应该看到燎原发展的潜力，更何况也不低啦。"肖云飞说。"行吧，可以。"谢锦林思考了一会儿说。"那好。另外，必须先和你说，公司目前在向海外发展，尤其是非洲等艰苦地区，甚至还有局部战乱的地方，有可能需要去出差支援的，有一定危险性，这一点你怎么看？"肖云飞又问道。"这，不是搞开发吗？您说的应该是技术支持吧。"谢锦林问。"是技术支持，但公司常常会派开发的去一线支持，这在公司是常态，我也经常会去一线支持的。"肖云飞说。"这样啊。"谢锦林说。"这你同学没跟你说过？"肖云飞问。"没，他去燎原有两三年了，光开发单板，没出过差。"谢锦林说。"当然，这只是可能，并不是每个开发人员都会碰到。"肖云飞说。"别人能去我也能去，没问题。"谢锦林说。"那太好了，看来你还是挺认同燎原文化的。行，我这关就过了，欢迎你，希望你能加入我们的团队。"肖云飞握着谢锦林的手说。"我会考虑的。"谢锦林说。"该吃饭了。"肖云飞望着离去的谢锦林说。

在去餐厅的路上，肖云飞拨通了马庆生的电话。"哎哟，肖云飞，能不能晚点再打呀！"马庆生正睡着午觉说。"睡啥睡，刚面试完你说的那个谢锦林。"肖云飞说。"嗯，怎么样？"马庆生在电话里问。"感觉可以，就是不知道会不会来。"肖云飞说。"好吧，我再找我同学劝劝他。"说完马庆生挂了电话。

肖云飞迎面碰见了吃完饭的曹瑞祥、赵长城，问道："这么快，都吃完了？""你咋不说是你太晚？"曹瑞祥说。招聘会的紧张繁忙也体现在没工夫午休上，因为应聘者实在太多了。曹瑞祥、赵长城走回到自己的座位上，继续进行技术面试。肖云飞吃完了午饭也回到了面试的座位上等待新的面试者。

"林伟涛。"肖云飞拿起资料喊着。"在。"坐在一旁的林伟涛站起来走到肖云飞面前坐下。"林伟涛，呦，好学校，数学专业的。"肖云飞说。"搞软件算法的。"林伟涛回道。"我们很需要啊。"肖云飞说。听到肖云飞的话，林伟涛感觉有点飘飘然地说："跟外企比，燎原的薪水还是低了点。""那是，不过外企薪水虽然高，但总的收入未必能赶上燎原吧。"肖云飞说。"你那要几年后，几年后在哪儿还不知道呢。"林伟涛说。"燎原是这样的，干个两三年就出国了。不过也有出了国，又回到燎原的。"肖云飞说。"出国了，又还回到燎原？"林伟涛满是疑惑地问。"是啊，国外读个硕士，又回到燎原。"肖云飞说。"还真有，有点怪怪的。"林伟涛耸耸肩不解地说。

"对燎原不了解吗？"肖云飞问。"了解，很了解。什么以客户为中心，以奋斗者为本，坚持艰苦奋斗，核心就是加班嘛！"林伟涛说。"不能这么简单地认为吧。"肖云飞说。"实质就是这个，不存在简单不简单。"林伟涛说。"那你对加班怎么看？"肖云飞问。"搞软件算法的，加班很正常。你们不就是喜欢愿意加班的吗？"林伟涛说。"您理解的还是有点片面。"肖云飞说。"那你说除了加班还有什么？"林伟涛问。"以奋斗者为本，坚持艰苦奋斗，还意味着要能在艰苦环境中战斗。"肖云飞说。

"能解释一下吗？"林伟涛问。"比如，最近我们老板在尼日利亚说，尼日利亚就是燎原的上甘岭。高级干部，要想升迁，必须先到尼日利亚锻炼。"肖云飞说。"我们进来是普通员工，又不是什么高级干部。"林伟涛满不在意地说。"好，说说普通员工，在尼日利亚开拓期间，由于尼日利亚一些疾病比较流行，燎原的一个员工三次因拉肚子住院，难受得在床上爬不起来。眼看项目成功了，身体却没撑住，最后被送到深圳治疗。"肖云飞说。"软件开发的又不会去像尼日利亚这种地方！"林伟涛说。"研发去一线支持，尤其是软件开发的，是比较普遍的，沙特核心网项目，都是软件开发的，一待就是3个月。"肖云飞说。"3个月，要去非洲，我肯定不干。"林伟涛说。"你怎么能不干呢？你做的软件，如果在尼日利亚，或者在津巴布韦、肯尼亚出了问题，家里无法定位，项目不验收就收不到钱，你说怎么办？"肖云飞问。"我不知道，反正我肯定不会去那些地方，条件又艰苦，还有一定的危险。我们家就我一个独子，我父母肯定不同意的。"林伟涛说。"愿意加班，不愿意去非洲艰苦的地方出差？"肖云飞问。"我们家就我这么一个独生子，加班搞软件没问题，但是环境艰苦又恶劣的地方，最关键是不安全，嗯，不愿意。"林伟涛摇着头说。"当然，没说一定去。"肖云飞说。"我怎么知道搞的项目会不会在非洲？我再考虑一下。"林伟涛说。"你的意思是因为这个，想要放弃来燎原？"肖云飞问林伟涛。林伟涛想了一会儿站了起来说："算了，有风险，还是算了吧。"说着林伟涛头也不回地离开了。看着林伟涛远去的背影，肖云飞无奈地摇着头。

晚上，大伙正在宾馆吃着晚餐。"牡丹，晚上还会有人吗？"肖云飞边吃边问。"他们应该没有，但你综面则说不准。你可以先回房间，有再叫你。"东方牡丹说。"那好，真是够累的一天。"肖云飞说。"今天没碰见一个功放的，射频电路的倒是有几个。"曹瑞祥说。"我感觉我的工作量比你们大。"肖云飞说。"有个综面官没来，好像是固网的，可不就辛苦您啦。肖总，等忙完了这事，我让干部部给您发个表扬信怎么样？"东方牡丹说。"哎呀，表扬信就算了。牡丹，今天碰到一个叫林伟涛的，搞软件算法的。"肖云飞说。"怎么啦？"东方牡丹问。"我到现在都没想通，你看啊，他说搞软件加班没问题。""肯加班，多好的事啊。"赵长城插话说。"别急啊，下边还有呢。"肖云飞说。"肯加班，就是认同燎原文化嘛。这种人技术面试过了，在你综面这，除非不满意薪水。"东方牡丹说。"哪儿啊，还没谈到薪水呢。"肖云飞说。"不过，这次应聘者普遍认为给的月薪竞争力不够。"东方牡丹说。"不是还有奖金、股票嘛。"曹瑞祥说。"他们知道去年燎原发展得不是很好，奖金，尤其是股票的吸引力就差很多。"东方牡丹说。"我这个还不是钱的事，而是怕苦，怕风险。"肖云飞说。"哎，他不是愿意加班吗？"曹瑞祥问。"愿意加班没错，但不愿意去条件艰苦、环境恶劣又有安全风险的地方。"肖云飞说。"你跟他说这些干啥？"赵长城说。

"我也是无意中说的。他说燎原文化就是加班文化。我想解释燎原是以奋斗者为本，艰苦奋斗的，除了加班也能在尼日利亚这样的上甘岭上坚持。"肖云飞说。"结果，被吓跑了。"曹瑞祥说。"是吗？"东方牡丹看着肖云飞问。"我是不该提上甘岭的事，是吧？"肖云飞冲着东方牡丹说。"为什么不提？走了吗？"东方牡丹说。"他不干，说是独生子，不愿意冒风险。"肖云飞说。"你没劝他？"东方牡丹问。"他站起来说算了吧，头也不回地就走了，我觉得没必要。"肖云飞说。"对呀，又不缺他一个，公司是不会迁就某个人的。要是你劝他留下，又承诺这，又承诺那的，你能承诺得了吗？"东方牡丹说。"倒也是，没人能保证他不去非洲出差。"赵长城说。

3. 忠实的崇拜者

周日上午，招聘继续。"潘元。"肖云飞喊着。"我是潘元。"对方说着坐到肖云飞面前。"潘元，通灵的小灵通不是做得挺好的嘛，燎原很多人都过去了，你怎么……"肖云飞问。"虽然很好，但我觉得没法跟燎原的移动比。"潘元说。"噢，这么看好燎原？"肖云飞说。"我可是燎原的忠实崇拜者。"潘元说。"那你毕业为什么去了通灵，没来燎原呢？你又是那么好的学校。"肖云飞问。"有点惭愧，燎原要英语四级证，当时我四级没过。"潘元说。"那你有没有拿到毕业证啊？"肖云飞问。"毕业证、学位证都有。当时学校没有硬性要求四级，所以就没太认真，结果发现燎原要四级证。"潘元说。"那你现在的四级是怎么回事？"肖云飞问。"我是一心想来燎原的，结果没有四级证来不了，但是通灵也来学校招，没提四级的事。我就想，先进通灵工作两年，积累经验，同时把四级过了，再来燎原。"潘元说。

"对燎原这么情有独钟？我看了你的家庭背景，你应该算是富二代啊，为什么非要来燎原？而且还是应聘移动的网规网优。"肖云飞问。"没有为什么，就是崇拜燎原。"潘元说。"网规很辛苦的。"肖云飞说。"知道，在通灵就是做网规啊。"潘元说。"现在我司的网规主要在非洲、中东这些地方。"肖云飞说。"知道。"潘元说。"知道，那你还非要来？"肖云飞说。"别人能去，我为什么就不能去？"潘元反问。"那些地方很苦的，还有安全的风险。"肖云飞说。"都听说了，在尼日利亚容易拉肚子，不过不是说中国搞了个中草药很有效吗？"潘元说。"现在是好多了。"肖云飞说。"对呀，以前那么艰苦都有人坚持下来，更何况现在没那么艰苦。"潘元说。"看来你是真心想要来燎原，其实我说这些主要是看你这家庭背景，怕你当高官、大老板的父母不同意。"肖云飞说。"我父母很支持我来燎原的。"潘元说。"他们知道燎原的情况吗？"肖云飞问。"知道。"潘元说。

"那好，我们谈谈薪资待遇吧。"肖云飞说。"燎原的薪资不能算好，更何况去年不怎么样。"潘元说。"那你？"肖云飞问。"但也不算差，更何况我看中的是燎原的未来。"潘元乐观地说。"那好，你看月薪这个怎么样？"肖云飞用笔写在纸上给潘元看。"比我想象的高啊。"潘元说。"你毕竟在通灵工作了两年，技术面试对你的业务水平评估很高，一句话，燎原需要像你这样的人。"肖云飞略显激动地说。"我是不是就算被录取了？"潘元问。"一般情况下是的，公司还要最后审核，除非公司招聘计划有变化，放心吧，没问题的。"肖云飞对潘元说。正说着肖云飞的手机响了。

"哎，王厚林。"肖云飞听着电话，同时示意潘元可以走了。"肖云飞，刚得到消息，先前我联系了一个叫达荣生的人，马达的达，光荣的荣，生产的生。"王厚林说。"达式常的达呗。"肖云飞说。"达式常是谁？"王厚林问。"你个土人，达式常都不知道，一个电影演员。哎，发生什么事了？"肖云飞问。"本来说来不了的，这不刚收到他的短信，已经从北京机场登机飞往广州，去你们那儿应聘了。我跟你说，我已经在电话里面试过了，很牛，而且崇拜我们公司，一定一定要走完流程啊。这人来了你就知道了，他只想在燎原干一番事业，别无所求的。"王厚林又说。"好，你把他的手机发给我。"肖云飞说。"我已经把你的手机发给他了，一会儿把他的发给你，记住一定啊。"王厚林说完挂了电话。

接完电话，肖云飞兴奋地跑向牡丹。"今天的心情看起来和昨天的大不一样啊，是变好了，还是更差了？"东方牡丹调侃道。"当然是大好，昨天那个林伟涛，其实我是很想要的，水平高，可是……搞得我郁闷了一个晚上。"肖云飞说。"那你现在不郁闷了呗。"东方牡丹说。"刚刚那个叫潘元的，绝对是富二代，父亲是省厅的厅长，母亲是个国企的老总。"肖云飞说。"那你兴奋啥？公司对这种人不是很看好的。"东方牡丹说。"公司不看好，可没说不要啊。"肖云飞说。"不是说了吗？要靠你们这些综面官把握，好的，真心想来公司的，又是真的能力强的，你们要好好把握啦。"东方牡丹说。"把握了，可以，真的可以。我都把员工在尼日利亚拉肚子，中东、非洲等地的安全风险都说了。"肖云飞说。"他怎么说？"东方牡丹问。"人家很淡然，似乎这些事，他事先都有所了解，说别人能去他也能去。"肖云飞说。

"你知道他是谁推荐来的吗？"东方牡丹问。"潘元，别人推荐的？是公司的谁啊？"肖云飞问。"不是公司的。"东方牡丹摇着头说。"不是公司的？谁啊？"肖云飞好奇地问道。"他的领导陆鼎轩。"东方牡丹说。"那陆鼎轩为什么不回来？"肖云飞问。"下半年吧。"东方牡丹说。"嗯，是你找他的，还是他找你的？"肖云飞问。"你说陆鼎轩啊？"东方牡丹问。"是啊。"肖云飞问道。"陆鼎轩是方俊凯本科的同学。"东方牡丹说。"还是他主动提出的对吧？"肖云飞问。"有点后悔了。"东方牡丹说。"这个陆鼎轩自己不来，推荐了别人来。不过也挺好，潘元真的很好，很优秀，最关键是崇拜我们公司，我看他倒贴钱都干。"肖云飞说。"陆鼎轩就不一样了，要等到下半年，发完奖金后才可能来。"东方牡丹说。"哦，可以理解。"肖云飞说着正准备离开。

突然，肖云飞想起了王厚林打电话的事就说："牡丹，差点把正事忘了，刚才王厚林打电话来说……"东方牡丹打断了说："你说的是北京过来的达荣生是吧？王厚林刚给我打了电话。""哦，你知道啊。"肖云飞说。"知道，说是非常优秀。"东方牡丹说。"那怎么搞？"肖云飞问。"这样，你、曹瑞祥、赵长城，一个综面，两个技术面试，我资格面试，我们等他一下。"东方牡丹说。"那好，我们等这个达荣生。不知什么时候能到？"肖云飞问。"正常下午2点左右应该能到我们这儿。"东方牡丹说。"等吧，给他发短信，回信收到了，就说明落地了。从北京飞过来，精神可嘉呀。"肖云飞说。

"陆鼎轩倒是常提到你。"东方牡丹说。"是吗？我们经常一起出差，关系确实不错。"肖云飞说。"他说你很有个人魅力。说不定就是你的个人魅力召唤着他呢！"东方牡丹说。"牡丹你这是在夸我呢，搞得我有点不好意思了。"肖云飞说。"方俊凯也是这么认为的，我也是，陆鼎轩一聊就是和你一起出差的事，说你怎么牛的。"东方牡丹说。"是啊，他走了，其实我心里很难受的。"肖云飞说。"所以，我就说回来吧。"东方牡丹说。"他当时什么反应？"肖云飞说。"他当时低下头，没吭声。"东方牡丹说。"像他这么优秀的人就应该在燎原，去什么通灵啊？想不通。"肖云飞自语道。"你盯紧了，我还是希望他能回来。"肖云飞又说。"我会盯紧的，毕竟和方俊凯是同学。"东方牡丹说。

下午，过了4点，肖云飞又来找牡丹。"眼看一天过去了，招聘差不多了吧？"肖云飞问东方牡丹。"人已经不多了，这个达荣生怎么还不到？"东方牡丹说。"我给他发个短信。"肖云飞说。"还是打个电话吧。"说着东方牡丹给达荣生拨起电话。"已关机，说明还在飞机上，晚点了，等吧！"东方牡丹说。"不会今天回不去深圳了吧。"肖云飞说。"那就明早回呗。"东方牡丹说。正说着曹瑞祥、赵长城也走了过来。"差不多了。"曹瑞祥说。"快5点了，准备回吧。"赵长城说。"王厚林约的一个人，从北京过来，等等他。"肖云飞说。"从北京过来？几点到？"赵长城问。"不知道，不晚点应该2点左右下飞机的。"肖云飞说。

此时，东方牡丹的电话响了。"喂，王厚林啊，怎么，才刚上飞机啊？难怪……好，我们等，一定等。"说完牡丹挂了电话。"刚登机，7点左右到广州。"东方牡丹说。"9点才能到这儿啊。"赵长城说。"有什么，明早回呗。"肖云飞说。"找个地方吃晚饭吧。"曹瑞祥说。"这儿晚上有套餐的。"东方牡丹说。"你们那套餐不咋的，肖云飞，还是找个正宗广州店吧。"曹瑞祥说。"饿啦，这儿有零食，先垫巴垫巴。"肖云飞说。"不想吃这些垃圾食品，想吃正宗的广州小吃。"曹瑞祥说。"先垫巴垫巴，等那个达荣生来了，我们一起吃夜宵，边吃边把面试给搞了。"东方牡丹说。"哈，可以报销，那得猛敲牡丹一把。"赵长城边吃着零食边说。"要不这样吧，牡丹和肖云飞你们在这等，我和赵长城去上下九找个名小吃店等你们过来。"曹瑞祥说。"来了再说吧，别等来找去的，费时间。"东方牡丹说。"好好好，一起在这儿等。"曹瑞祥说。

随后几个人聚在肖云飞的房间边看着电视边等着达荣生。"牡丹，《新闻联播》都开始了，打个电话看看到了没有。"曹瑞祥说。东方牡丹拨起了电话。"怎么样？到了吗？"赵长城问。牡丹摇了摇头。此时，肖云飞的手机响了。"喂，王厚林，下飞机啦，好，马上联系。"肖云飞说。"牡丹，刚下飞机，他给王厚林发了个短信。"肖云飞说。"好，我给他打。"说着东方牡丹拨起手机。"通了。"牡丹示意着。"接了。哎，您好，是达荣生吗？"牡丹在电话里问。"啊，是啊是啊，您是燎原招聘的，是吧？"达荣生电话里应着。"是的，我叫东方牡丹，欢迎您大老远地从北京赶来应聘。这样，在机场叫出租，跟司机说新天河宾馆就可以了。"牡丹说。"新天河宾馆，知道了。"达荣生说。"保持联络。"东方牡丹说。"好，有问题给您打电话。"说完达荣升挂断了电话。

晚上9:30，广州上下九的广州酒家，5个人正品尝着灌汤饺、烧卖和萝卜糕。"你一个人单片机全搞定，测试也是你负责吗？"赵长城问达荣生。"测试有专门的人，但一般情况下，我还是自己做。"达荣生回道。"为什么？"赵长城问。"还是自己做放心，更何况让他们做，很多时候，他们不清楚又来问我，想想还是自己做吧，这样效率会高些。"达荣生说。"你主要是单兵作战，有没有想过来燎原，如何融入团队作战？"肖云飞问。"燎原强调团队作战。"曹瑞祥补充说。"这个，我想我会适应的，但是我还是会把自己做的这块尽量做到问题最少，这样也能减少测试上的工作量。"达荣生说。"自己还是要测一下。"肖云飞说。"是的，否则心里不踏实。"达荣生说。"好习惯，我们的开发就缺少这种精神。"赵长城说。"不希望让别人说自己的东西烂。"达荣生说。"很注重个人名声啊。"东方牡丹说。"我想燎原应该都是这样的吧？"达荣生说。"也有许多像你这样高素质的。"肖云飞说。

"不过，在燎原做软件规矩比较多，你这种怕是要有个适应的过程。"赵长城说。"没问题。"达荣生说。"这你算说对了，放心，到我们这儿绝对各个项目都是极具挑战的，想想，我们都是跟谁拼啊。"肖云飞说。"是啊，要从麦克斯韦、香农，哎，麦克斯韦应该听说过吧？"曹瑞祥说。"肯定了，还有森尼韦尔，告你们的，就冲这一点，就够刺激的了。"达荣生说。"我们可是要你把他们的产品挑下马噢，有没有这种雄心？"肖云飞冲着达荣生问。"我就是个弄潮儿，看我达荣生的。"达荣生满怀豪气地回着。"好一个雄心壮志，放心，薪水不会亏了你的，这个数字怎么样？"肖云飞翻开本子给达荣生看。"刚来没什么贡献，就拿这么多。"达荣生看了肖云飞本上写的数字说。"这仅仅是月薪，还有奖金、股票、分红，在燎原大头是分红，工资是零头。"赵长城说。"当然股票、奖金要看你的贡献。"肖云飞补充道。"我知道，什么都不说了，看我的表现吧。"达荣生低着头默默地说。"好，真是一个愉快的夜晚，广州酒家的美食真是好，尤其是那个灌汤饺吃得那叫一个爽啊。"肖云飞开心地说。

"你今晚住哪儿？"东方牡丹问达荣生。"不知道。"达荣生说。"今晚我们不回深圳，明天上午回，今晚你就跟我住一间吧。"肖云飞说。"不了，我有同学，我找我同学。"达荣生说。"哎呀，感谢你大老远赶到广州应聘，确定要住你同学那儿？"肖云飞问。"没事，我这同学上北京都住我那儿，关系铁。"达荣生说。"那好，今晚就这样，回去等我的信，没问题的。对了，牡丹，他的来回机票是不是可以报的？"肖云飞问。"正式录取后可以，只要我们给出个证明就可以。"东方牡丹说。"机票留着，别丢了。"肖云飞对达荣生说。

4. 记下就行了，不要争辩

周二晚上，东方牡丹在作战室主持自我批评会。"定在周二晚上开这个会，牡丹很有远见啊。"赵长城说。"还是向公司请示的。"东方牡丹说。"哎，邓学佳、廖默然，我没通知你俩呀。"看着邓学佳、廖默然，东方牡丹问。"是我让他俩来的，他们仨射频团队，一起啊，曹瑞祥仅仅是个代表。"肖云飞说。"板子也投了，应该也没啥事，是可以静下来聊聊天了。"马庆生说。"聊聊天，真够心宽的，一会儿就让你尝尝这聊天的滋味。"尹贤良说。"又不是没搞过，对吧，王厚林、肖云飞？"马庆生说。

"好，言归正传，我们开始。"东方牡丹拿出打印好的材料说。"这些你们写的自我批评的材料，我都给你们打印出来了。"说着牡丹把材料发给大家。"轮着来，从我右手边开始。"东方牡丹说。"我先开始啊？"尹贤良问。"嗯，右手嘛，这样，你先讲一下自己的材料，然后大家对你提意见，越深刻越好，自己做好记录，然后发给我。"东方牡丹解释道。

"那好，我先来。我们是新成立的部门，目前首要任务就是也门的项目。"尹贤良说。"别说项目啊，赶紧自我批评。"肖云飞催促着尹贤良。"自我批评，就是团队人员缺乏经验，能力较差，面对也门经常变化的需求，难以快速响应，导致也门投诉。"尹贤良说。"对呀，问题解决了没有？"肖云飞问。"正在搞。"尹贤良说。"不说具体的，接着批。"东方牡丹冲着尹贤良说。"我嘛，在软件业务这块也缺乏经验，也很难正确指导团队人员快速进步。所以目前业务开展，我认为是不理想的，具体就是也门一线人员不满我们的工作。"尹贤良说。"你的意思是团队能力差，你作为领导也没啥好办法？"东方牡丹说。"没人帮我呀，个个都忙。"尹贤良抱怨地说。"这就说明你的依赖性太强，要自己想办法的，你也看到了，这边忙得跟啥似的。"肖云飞说。"是啊，怎么可能抽身来帮你。"王厚林接着说。"这就算批上了。"尹贤良看着牡丹说。"嗯，要是没说完，你继续说呀。"东方牡丹示意尹贤良。"说完了，说完了，让他们开批吧。"尹贤良说。

"我先说啊，尹贤良，带团队可不能光想着依赖别人，首先要靠自己，你这个带头的都没有主心骨，团队怎么搞？"肖云飞说。"肯定一盘散沙。"马庆生说。"一盘散沙，说得有点过了。"尹贤良忍不住争辩道。

"作记录，听，记，不要反驳。"东方牡丹对尹贤良说。"我来说。尹贤良，关于测试这块，虽说目前人手问题是以你们自己为主，但测试用例、测试方案还是要让测试的人参与的。"赵长城说。"记下就行了，别争辩。"看着尹贤良想争辩，东方牡丹赶紧示意尹贤良。尹贤良无奈只好低着头写。

"还有没有要说的？"东方牡丹环顾四周问。"每个人都发了提意见的纸，对谁提出意见要写清楚，提意见的人要签名，完了交给我，为了控制时间，尹贤良的自我批评，就到这儿，还有想说的，写在纸上。好，下一位。"东方牡丹示意尹贤良右手边的马庆生。马庆生说着拿起自己的材料讲起来："我们基带硬件，目前主要问题是人手不够。网上问题我这儿接口，生产也是找我这儿，准3G的信道板先投了，算是成功。但接下来时钟，接口为了适应业务的发展，尤其为了满足市场的需要，都需要改板，准3G和3G共机柜，这些都需要人。肖云飞肯定是帮不上忙了，现在只能请射频的邓学佳多帮着点，参谋参谋，他也忙。所以射频虽重要，基带才是根本，大家千万别忘了。"

"这不刚帮你招人了吗？谢锦林不错的。"肖云飞说。"哎哎哎，你们这是在讨论工作跑偏了，马庆生你也没自己批判批判，哪儿做得不好，哪儿需要改进。"东方牡丹说。"哪不好？我觉得我哪都不好，面太宽了。肖云飞，生产和网上能不能专门成立个维护部门负责？"马庆生说。"行了，打住，说完了没有，马庆生？大家有什么赶紧说，不能发散，否则今晚搞不完。"东方牡丹急着说。

"成立维护部的事下来再说吧。"肖云飞说。"大家没什么就下一个了啊，有什么纸上写。好，下一个。"东方牡丹说。"马庆生，要是成立维护部，估计还是你。"曹瑞祥说。"为什么呀？"马庆生问。

"好了，下一个，赵长城。"东方牡丹说。"我先插一句话，牡丹，维护部的事，请大家考虑一下，公司现在开始重视维护这块业务了。"肖云飞说。"好，赵长城。"东方牡丹说。"说到测试部，就一肚子气。"马庆生说。"怎么？"赵长城问。"个个跟大爷似的，请他测试还要把环境给他准备好。"马庆生气呼呼地说。"你不能这么说。准备环境很花时间的，如果都要测试搞，那就别测了，光准备环境人就都陷进去了。"赵长城辩解道。

"赵长城。你说不说？不说，大家直接批了噢，别在这儿浪费我的时间。"东方牡丹说。"说啥，直接批。"王厚林说。"哎哎哎，大家还是客观点，别这么义愤填膺的。"肖云飞说。"我只想说一句，测试不能把自己当旁观者，被动做事，一定要发挥主观能动性。"王厚林说。"这帽子扣的有点大，搞得像测试都不干活似的。"赵长城说。"哎，赵长城，这次自激定位，测试部配合挺好。"曹瑞祥讨好地说。"看，还是有人说好的嘛，别急。"肖云飞冲着赵长城说。"你要这样想，大家都这么聚焦你，说明你们测试部重要。"曹瑞祥又对赵长城说。

"坐坐坐，搞得要打架似的，坐下来心平气和地提意见。"东方牡丹无奈地说。"不过我要说的是，不会被你们的威逼利诱吓到，该提的单一定要提的。"赵长城挥舞着拳头说。"哎，这是谁不让你提单啦？"马庆生说。"单子关不了，气就冲我撒，见多了。"赵长城说。"没错，是我让他们不搞环境的，有错吗？自从开发部帮助准备环境后，效率明显提升了，你要我帮你定位问题、关单，你当然要主动了，你准备环境，这样我们的人还可以干别的。"赵长城理直气壮地说。

"没有说你不对，大家相互客气点，和为贵嘛。"肖云飞说。"对对对，商量着来。"曹瑞祥也说。"当然，在测试完备性上是有问题的，具体就是低噪放自激有问题。还有就是有的时候还是有点怕测出问题，比如印尼S666，这些我们都要加以避免，要全面测试，多发现问题，相信开发一定是办法比问题多的。另外，像墨脱这样的出差，不应讨价还价。肖云飞，是吧？"赵长城说。"好。"肖云飞应着。"准备得很充分啊，赵长城。"东方牡丹说。"知道他们会这样。"赵长城说。"这次招人招了几个？"王厚林问。"面了两三个，不知道最后能不能来，不像你的开发。"赵长城说。

"好，好，王厚林，下一个。"东方牡丹说。"软件问题最大，网上问题也是软件最多，S666虽然目前尚可，真开起来，我是没有底的。"王厚林说。"如何改进呢？或者说bug少一点呢？"肖云飞插话道。"先让我说完，别破了牡丹的规矩。"王厚林讨好东方牡丹说。"至于人员上，要是达荣生能来，我就让他专职负责多载波。"王厚林说。"我们在人员的补充上确实考虑不足，印尼出问题，同时也门也出现了瘫机，国内又要派人去墨脱。"王厚林正说着，赵长城插话："墨脱我们去。""那万一去的人出了什么意外，不还得我们派人。"王厚林说。"哎，说点吉利的好不好。"赵长城说。"软件市场动不动就弄出点新功能，整天为了新版本加班加点的，软件的人员都比较年轻，思想很活跃，需要经常搞些活动来满足他们。自打牡丹回家生孩子后，就没搞过活动，至少，我是没组织，加上准3G版本确实任务重，看来五一还得加班。"王厚林说。

"好好好，是我的不是，五一前争取搞个小活动，不搞大的，不影响你们工作。"东方牡丹说。"不是板投了嘛，还这么紧张？"廖默然不解地说。"板投了仅仅是硬件没问题，软件方面，赵长城他们提了一大堆的问题单，哎，赵长城，是不是问题提太多了？"王厚林说。"什么多不多呀，是问题就得提单啊。"赵长城说。"我们一起搞吧，人手真的太缺了。"王厚林说。"可以啊，一起搞。"赵长城说。"总之，软件问题多，组织建设也没做好，走了几个人。软件的人难管哪。"王厚林说。

"好嘛，自我批评把牡丹给捎上了，王厚林，真有你的。大家都炮轰一下这个万恶之源，软件。"肖云飞说。"欢迎大家提意见。"王厚林说。"你们软件，从来是我行我素，既不愿意接受意见，也不愿意改正错误。"

赵长城说。"什么事都喜欢强词夺理，就是不认错。"马庆生说。"年轻气傲，我也私下常说他们。"王厚林说。"你会说他们？"赵长城问。"真是，关起门来我不知道说他们多少次了。"王厚林说。"我怎么觉得你一直在怂恿他们呢？"赵长城说。"你这话说得有点过了，我怎么可能嘛。"王厚林委屈地说。"你还别装委屈，面对明摆着的问题，你们的人常常死不承认，一帮人回去后偷偷地也不知道改了啥，再测就好了，这种现象你会不知道？"赵长城问王厚林。"我不知道，我真不知道。"王厚林说。"看看，你的人都跟你刚才说的话一个个性。"赵长城说。"装疯卖傻。"马庆生低声说。"别说得这么难听嘛，既不存在死不认账，更不存在偷偷摸摸。"王厚林说。"牡丹，你看，又来了。"赵长城说。"你让我把话说完，说实话，软件的除了年轻，还有就是有的人对通信其实什么都不懂的，你告诉他怎么做，他就怎么做，不知其所以然的。"王厚林冲着赵长城说。"兽医系的都有。"赵长城回道。"人口学的，还有图书馆学的。"马庆生说。"噢，你们都知道喽，所以什么死不承认，他们自个就没整明白呢，你让他们怎么认错？"王厚林说。

"好啦好啦，总之，你们水平臭。"肖云飞说。王厚林又激动地说："更不存在什么偷偷摸摸改什么东西，代码你们是可以看到的，想想，回来半天才整明白，改了自己心里也没底，你们试了没问题，他才知道咋回事。所以，软件测试就是在给开发人员指引方向。赵长城，软件测试很重要啊。"王厚林说。"听见没？软件出事，都找赵长城的错，我算是听明白了。"东方牡丹说。"牡丹，您这话说得有点那个了啊。"王厚林说。"哪个啦？不是吗？测试指引方向，开发闷着头做，做得不对，肯定是舵手没把正方向，开发的没错的，想去赞比亚，结果去了洛杉矶，正好去好莱坞逛一趟。"东方牡丹调侃地说。"也没这么糟啊，牡丹，确实搞软件的，对自己的工作要理解，有针对性的培训是当务之急，先把自己做的工作整明白，否则再往下会出大麻烦的。邓学佳，培训的事你来负责。你是通信博士，其他都二半吊子。王厚林，你问他学啥的。"肖云飞又说。"学啥的？"东方牡丹问王厚林，王厚林笑而不答。"肖云飞，王厚林学啥的？"东方牡丹急着问。"你问他呀。"肖云飞说。"到底学啥的，王厚林？"东方牡丹又问。

"该下一个啦，批评。"王厚林说。"好，下一个，曹瑞祥，代表射频啊。"东方牡丹说。"我估摸着麦克斯韦肯定都是学通信的，搞软件的，难怪做得这么好。"东方牡丹说。"好，我开始。"曹瑞祥环顾大家说。"首先1800自激的问题。多亏肖云飞的坚持，我是有责任的。想当然这种思想真要不得。"曹瑞祥说。"当然了，TIO是否一块板，没按金总要求做，至少现在看，低噪放分开，而且真出了问题，至少我是庆幸没有放在一块儿。"曹瑞祥说。"你到底是批自己还是夸自己？"肖云飞问曹瑞祥。"随你怎么理解吧，当然集成一块板，现在看来也未必有多难。"曹瑞祥说。"这话说的，多载波只能是一块板了。"肖云飞说。"多载波必须一块板。"廖默然在一旁说。"好啊，一步一个台阶，更上一层楼啊。"肖云飞说。

"还有吗？"东方牡丹问曹瑞祥。"别急，还有。"曹瑞祥冲着牡丹说。"接着说。"东方牡丹示意曹瑞祥。"又要说人啦，牡丹。"曹瑞祥说。"说到人，你们射频真是，这次广州招聘就你们没啥收获。"东方牡丹说。"我认错，我认错。"曹瑞祥说。"准3G、多载波、多频段、功放、双工器都要变，你们真的要好好想办法了。"肖云飞说。"说到人，就指望我们干部部，射频这块真的不行。你们是专业人才，主要靠你们自己。同事、同学、同学的同事、同事的同学，总之你们要积极行动起来。还有老师，老师桃李满天下，也是很好的资源啊。"东方牡丹说。

"你们射频这个专业确实太特殊了，你们3个真的要好好筹划一下，曹瑞祥、廖默然，啊，听到了吧。尤其是廖默然，功放是核心啊。"肖云飞说。"是啊，我和曹瑞祥商量一下吧。"廖默然说。"该发力了。"东方牡丹说。"曹瑞祥的是不是差不多啦？该我了。"肖云飞主动提起来。"曹瑞祥，大家还有什么要批的？"东方牡丹环顾了四周说。"没有。那就肖云飞，最后一个。"东方牡丹说。

"好，总算轮到我了。"肖云飞开始自我批评起来。"说实话，我的最大遗憾是多载波还没做起来。""这又不能怪你，公司在犹豫。"曹瑞祥说。"对呀。"邓学佳附和着。"你这是在自我批评吗？"东方牡丹问肖云飞。"是的，牡丹，说实话，听起来你们说得都对，但我心里有数，你没有真实力谁能相信你？谁敢相信你？"肖云飞有些激动地说。"别激动，慢慢说。"王厚林说。"你们现在还会觉得，仅仅是因为公司在犹豫吗？这一步是关键，公司自然要慎重。金总他们凭什么就心里有底？"肖云飞说。"好，下一步全力以赴多载波。"曹瑞祥说。"说得轻巧，人呢？"肖云飞说。"转了个弯，原来是想射频啊。"曹瑞祥说。"也不是这样哦，先听。"东方牡丹示意曹瑞祥。

"其实我和张总心里都盘算着暗自发力，让多载波有看得见、摸得着的成果，但是，"肖云飞环顾了大家接着说，"TIO、准3G还有产品在国内外出的问题，拖住了我们的步伐。不过，多载波还是有进展的。廖默然，新箱子来了吗？""来了，周五应该可以用起来。"廖默然说。"大家记住，多载波，只有我们真努力，公司才有决策的基础。否则金总一圈问下来，外研所肯定是头摇得跟拨浪鼓似的，你们也不会怎么样的，我呢，我还是要看实打实的，新箱子来了，走上两三轮，廖默然，就应该有底了。"肖云飞说。"这就有底啦？"赵长城说。"怎么，非要把产品全做起来，经过你的测试全OK了才叫有底，那要等到猴年马月？"肖云飞说。"前瞻性，总要有点前瞻性吧，否则燎原也不存在了。"王厚林说。"肖云飞说得没错，搞个两三轮的温循，整个多载波系统的问题也该暴露得差不多了。"廖默然说。

"好好好，行啦，还有啥？"东方牡丹问肖云飞。"还有就是TIO一块板没有把握住，让金总数落了半天。"肖云飞说。"亏了没把握住。"曹瑞祥说。"无能就是无能，金总不说了嘛，分开来是个人都能做的。"肖云飞说。"大领导也就这水平。"廖默然说。"时间这么紧，看这马上就要发货。我只能说当初我和廖默然商量的，这个决定真是太正确了，太伟大了。"曹瑞祥说。"呦呦呦呦呦呦，把自个儿夸成一朵花了。"马庆生在一旁说。"牡丹作证啊，多载波一定一块板！"曹瑞祥说。"核心，射频招人。"东方牡丹说。"尤其是功放。"廖默然说。

"我的自我批评就是多载波没搞好，人员是瓶颈，再往下，招人做多载波。"肖云飞说。"也是时候了。"王厚林附和着说。"完啦？"东方牡丹问。"完啦。"肖云飞回。"我们的肖总，活生生地把自我批评会变成了多载波的动员会。"东方牡丹说。"没有没有，多载波，我要是有底气，就直接找金总请战了。印尼啊，S666没用上多载波多亏啊，想想就心疼。"肖云飞说。"没错，单载波是一个载波一个模块，载波越多压力越大。"马庆生说。"多卖模块不好吗？"东方牡丹问。"总的价格要能上去也行啊。"马庆生说。"这不上不去吗？"王厚林说。"如果是多载波，像S666这种就很爽啦。"曹瑞祥说。

"好，会后大家整理一下，用邮件发给我。谁对谁错要写清楚啊，就这样吧。"东方牡丹说。"活动，五一前搞次活动，牡丹。"肖云飞说。"好，搞。"东方牡丹说。"今儿都20日了，还是五一后吧。"尹贤良说。"软件小范围搞搞。"王厚林示意牡丹。"也行。"牡丹回。

5.印尼出事了

周五一早，马庆生看着邮件，看着看着坐不住了，起身边走边自语道："这时候停线不是要命嘛。""什么停线？"肖云飞刚要问，马庆生已消失在视野中。肖云飞立刻给马庆生发短信。马庆生只回了三个字："看邮件。"

肖云飞边看邮件边拿起固话拨打起来："喂，师建宏，你在哪？在座位上呀，看来事情不是很急啊。""你说基带板停线的事？"师建宏在电话那头说。"是啊。"肖云飞说。"正在定位，还不知道什么原因呢。"师建宏说。"哪里发的货？"肖云飞问。"先别说发货。哎，马庆生过来了没有？"师建宏问。"过去了，刚过去。"肖云飞说。"ICT测试不过，只能先停线查问题。再急也只能这样，必须先把问题查清楚。这儿现场信号不好，只能回到座位打电话叫人。我把人叫齐就过去。"说完师建宏挂了电话。

"马庆生，你和维修的一起把问题定位了。工艺这边查查整个工艺过程有什么问题，两条路并行，上午就做啊。马庆生，还是要你的定位，也许是器件问题呢。"师建宏说。"维修测试软件一跑就差不多知道是不是器件问题了。明龙杰，同时要有一块没问题的单板，对比着测。这样查问题最有效。应该有好的单板对不对？"马庆生问维修工明龙杰。"好单板有，不过要去库里领。"生产单板维修工明龙杰看了看师建宏和马庆生说。"看我干啥？"师建宏望着明龙杰说。"马工，研发能不能领一下？"明龙杰问马庆生。"师建宏，别让研发掺和这种事啦，你们是可以借的。"马庆生说。"你手头有没有？"师建宏对明龙杰说。"这个单板发货急，手里修完的都入库发货了。"明龙杰说。"别说了，研发手头有好的，拿一个过来吧。"马庆生说。"研发手头的，版本不一定和现在的一样。"师建宏说。"软件可以升，硬件一定要和现在生产的完全一样，要看板子的条码才行。"明龙杰说。"那我也没把握，师建宏，想想办法，还是你们自己借吧。我知道，你们可以的。"马庆生说。"研发领也不快，你们这儿方便，不是研发不愿意，这不急嘛。"马庆生又说。"好吧，你去搞一下。"师建宏对明龙杰说。"你们在这儿定位，我去工艺那边看看。"说完师建宏走了。

中午食堂，肖云飞端着盘子过来坐下，环顾了四周问："马庆生没在吗？""他去生产亡定位了吧？"王厚林回道。"怎么，他找你啦？"肖云飞问。"他过来问什么版本、什么板子、流水号有没有的。板子上的流水号，我哪里知道，研发的板子不正规，很多都没有。"王厚林说。"不知道复线了没有？"肖云飞自语道。"廖默然，新箱子调试好了吗？"肖云飞又问。"小箱子，没啥可调试的，试了试没啥问题，准备正式开搞。"廖默然说。"厂家来人说的？"肖云飞又问。"这么个小箱子，厂家说不用调试，直接用。有问题再找他们。"廖默然说。

"那要赶紧用，看看有没有问题。"肖云飞说。"首先是温度准不准？"赵长城说。"温度应该是准的吧？"廖默然说。"要校一下。"赵长城说。"怎么校？"廖默然问。"用温度计，标准的温度计平台有。"赵长城说。"只有水银温度计。"廖默然说。"先用水银的校嘛，再去平台借标准的，看水银准不准就行啦。"赵长城说。"你们是怎么搞的？"肖云飞问赵长城。"我们都是厂家来搞的，他们来都带的。"赵长城说。"可以补偿的对吧？"肖云飞问。"现在都可以补偿。"廖默然说。"那就好办了。"肖云飞说。"在五一节前看看能否有个阶段性的结沦，再看看下一步怎么走。"廖默然说。"下一步肯定是产品化，我们自己先搞。"肖云飞说。"那软件就必须有效投入了。"邓学佳说。"最好那个达荣生能尽快来。"肖云飞对王厚林说。"他没问题，关键在公司。"王厚林说。"你催一下牡丹。"肖云飞对王厚林说。

　　中午研发人员还在午休呢，肖云飞的固话响了，惹得一群人不满。"谁的电话？快接啊，吵死了。"旁边躺着的人说。"喂，什么事不能晚点。"肖云飞拿起固话说。"别睡啦，赶紧来生产。我在这儿等你。"电话那头的马庆生说。"哎，什么……"肖云飞正要说啥，马庆生就把电话挂了。

　　"怎么啦，叫我过来？"肖云飞问大家。"停线的事，要你决策。"师建宏说。"还没复线？印尼的发货不管啦？"肖云飞冲着大家喊着。"刚发走一批，目前是第二批，印尼发货倒是影响不大。"师建宏解释道。"噢，嗯，叫我来干啥？"肖云飞听后紧张略有缓解地说。"问题定位清楚了，是工艺过程出了问题。"马庆生说。"具体点，什么问题？"肖云飞问道。"选择性波峰焊没清理干净，有东西滴在单板上，导致轻微短路。"师建宏说。"短路就短路，什么轻微不轻微的。"肖云飞说。"似短非短，ICT测试结果不稳定。"师建宏说。"怎么会这样呢？"肖云飞冲着做工艺的人说。师建宏赶紧插话说："他们正在处理，目前的问题是，这些可能存在问题的单板怎么处理？""该怎么处理就怎么处理啊！通常这种情况该怎么处理？"肖云飞又问师建宏。"报废，因为板子受到了污染。"师建宏说。"为什么要报废？超声波清洗一下，再过ICT合格入库不就行了吗？"肖云飞说。"所以，我把你从梦中叫过来。"马庆生说。"那好，要是不同意报废，研发就走个临时技改，增加超声波清洗。"师建宏说。"说实话，如果这批报废了，就要重新做，就会影响第二批的印尼发货。"师建宏说。"为保质量，马庆生，你在这边盯着，在维修工位上再测一下。确保万无一失。"肖云飞说。"行唉，我在这儿盯着。"马庆生说。

　　在回研发的路上，肖云飞的手机响了。"喂，肖云飞，我是郭清源。"郭清源在电话里说。"哟，郭老师。"肖云飞说。"好了，来电话就是想最后确认一下5月2日聚会的事，2日来没问题的噢？"郭清源问。"没问题。"肖云飞说。"我要预订学校招待所的房间，你们两口子最省事，一间就搞定。"郭清源说。"没问题，我们肯定来，放心。"肖云飞爽气地回道。"那好，就这样说定了，挂了。"郭清源说。

肖云飞刚放下电话，电话又响了。"喂，马庆生，又怎么啦？"肖云飞问。"印尼那边给我打电话，不是搞了5个站试验局嘛。"马庆生说。"嗯，怎么啦？"肖云飞问。"试验局似乎还可以。但前两天割接到现网，掉话很严重，投诉得厉害，要研发支持解决。"马庆生说。"怕出事，就真的出事啦。"肖云飞说。"可不嘛，你赶紧找王厚林处理啊。我已经跟一线说找你，我这儿有事。"马庆生说。"好好好，我来。"说完肖云飞挂断电话匆匆往回跑。

"马庆生给你也打电话啦？"肖云飞问。"该来的迟早会来。"王厚林说。"怎么办？"肖云飞问。"叫赵长城吧。"王厚林说。"你叫啊。"肖云飞说。

接到王厚林的电话不久，赵长城和麦哲渊就一起来到肖云飞的办公位。"刚过两天好日子，这就来寻了。"肖云飞冲着赵长城说。"先把镜像搞起来吧。"王厚林说。"你指的是什么镜像？和一线S666同样配置的整机是有的，算不算镜像？"麦哲渊问。"你是说一线真实场景？我们是没有的。"王厚林说。"对啊。"麦哲渊说。"赶紧联系一线，开个电话会议。先把情况搞清楚，牛玉江赶紧先过去。凭直觉不去人恐怕是不行的。"肖云飞说。"先开会，把情况搞清楚。"王厚林说。"哎，家里什么都好说啊。别为了不去人搞来搞去搞不定，局方撤单就惨了。"肖云飞提醒着。"不至于，不至于。"王厚林说。"你说了算啊，还不至于。赶前不赶后，必须第一时间把问题扼杀在摇篮中。听见没？你在后方坐镇，麦哲渊配合测试，牛玉江在一线解决问题。"肖云飞冲着王厚林说。

"要是奔着去人搞的话，那跟一线开会就仅仅是了解情况。牛玉江赶紧过去，把我们的思路一一落实。"王厚林说。"是啊，S666毕竟情况复杂，这不前阵子一线还说没问题，现在……所以，这时一线反馈的就需要打个问号。当然，情况还是要尽量了解，牛玉江要快。"肖云飞说。"说得没错，一线肯定工作没到位。现在出问题首先要把自己摘干净，肯定这样啊。所以，一线现在说的话可信度不可能高。只能自己人过去。"赵长城说。"有自己的人在一线，不怕被忽悠。要知道，为了掩盖一个错误，能用一万个错误来补，把你说得云里雾里的都是常有的事。不过我们一开始就表态去人支援，应该是受欢迎的。"肖云飞说。"不是先开会吗？"王厚林说着离开了。

"不去人肯定不行的，到时候影响了交付，一线把屎盆子全往你这儿扣，见多了。"肖云飞看着赵长城、麦哲渊说。"是啊，S666我们是有点心虚啊。"赵长城说。"大家明白这点就好，积极争取主动，去人效率也高啊。"肖云飞又说。

6. 好钢要用在刀刃上

第二天一早，肖云飞来到王厚林座位处。"昨晚会开得怎么样？"肖云飞问王厚林。"和您说的差不多，扯来扯去。但关键是掉话严重是不争的事实，没法掩盖啊。"王厚林说。"去人他们没说啥吧？"肖云飞问。"他们确实没想到研发一开始就要派人，显然问题比较严重嘛。只是略感意外，但还是爽快地答应了。"王厚林说。"牛玉江呢？"肖云飞问。"去找办签证的公司快速办签证了。"王厚林说。"多快？"肖云飞问。"说是最快明天就能拿到，找旅游公司办旅游签。签证时长两周。"王厚林说。"两周应该够了，不够麦哲渊再接着去。"肖云飞说。"没错，这事必须靠自己，别人靠不住。有难度，我的感觉告诉我。"王厚林说。"我一开始就感觉到啦。必须去人。说了那么多都是说给你听的，这时候必须迅速按下去，不能拖。"肖云飞说。"没错，越拖越被动。"王厚林说。"不过你不能去，总要有人坐镇这里。两头都得顾啊。"肖云飞说。"是啊，这时候就感觉人手紧了。"王厚林说。

沉默了一会儿，肖云飞说："赶紧让达荣生来。我问了，offer已经发了。""真的，那好，我给他打电话，让他快点来。"王厚林说。"哎，这次怎么这么快？"王厚林又问。"专门找公司特批的。"肖云飞说。"难怪。"王厚林说。"抓住机会，趁公司重视移动。"肖云飞说。"应该重视，两三千万美金的单，只有我们有。像光网、固网也就是几百万的单，差远了。"王厚林说。

回到座位的肖云飞看见马庆生问："生产搞定啦？""不搞定能坐在这吗？小事，要是报废了更省事。"马庆生说。"就这如果报废也太浪费了吧。"肖云飞说。"别说，核心网也遇到了同样的问题，就是报废了。"马庆生说。"也太大手大脚了吧。"肖云飞说。"听核心网的员工说，他们在网上的问题比我们的重要，他们不想有任何质量疑点。比起网上事故，这点小钱不算啥。"马庆生说。"基站瘫就瘫一点，他们可是整网。我们这么处理也没什么问题啊，现在又让研发专门测试保证质量。"肖云飞说。"没问题，超声波清洗，我又专门额外地加测。尽管放心。"马庆生说。"核心网是过于谨慎了，不过他们量也少。"肖云飞说。

"对了，那个谢锦林的offer已经发了，赶紧催他来报到。"肖云飞说。"这么快？"马庆生惊奇地问。"我找公司特批的。"肖云飞说。"看来你比我急。"马庆生说。"是啊，拖个半年有什么用呢？要解燃眉之急啊。"肖云飞说。"说明公司真重视移动了。"马庆生说。"那是。"肖云飞得意地说。

中午食堂。"廖默然，做起来啦？"肖云飞边吃边问。廖默然没吭声，杭岩接话了："做起来了，不过机器刚跑就把功放烧了。""难怪不吭声，说明早早把箱子买来是多么英明的决定。"肖云飞自夸着。"整天这么自恋有意思吗？"尹贤良在一旁说。

"牛玉江的签证，明天办下来，后天就赶紧走，别磨蹭。"肖云飞对王厚林说。"没磨蹭啊，话说得没根没据的。"王厚林边吃边说。"这么急，机票可贵啦。"马庆生说。"搞得燎原是你家开的，像掏你钱似的。"王厚林说。"就是，咸吃萝卜淡操心。"肖云飞说。

"哎，大伙听着，28日，也就是下周三晚上，进行质量考试。"柴文娜说。"下周三，没复习呢。"朱文学说。"哎，讲点道理好吧。材料早发给大家了，你们不看，不能赖我。"柴文娜说。"还是搞个培训吧，3个晚上应该够了。"赵长城说。"3个晚上是吧，好，我来安排。本周六是上班的，嗯，培训时间回头发给大家。不过，大家还是要自己看啊，不能全指望培训。"柴文娜说。"可不指望您嘛，反正我考不过就是娜姐没下功夫搞培训。"马庆生说。"瞧你这号人。"柴文娜端起盘子走了。

"哟，就你一个人啊。"肖云飞下午一上班就来到多载波实验室。"他们去修功放了。"杭岩说。"知道是咋烧的吗？"肖云飞问。"莫名其妙，从低温刚开始升温就……"杭岩说。"低温下增益高啊。"肖云飞自语道。"廖默然怎么说？"肖云飞又问。"他，没怎么说。"杭岩回道。"没多准备几个功放？这样效率太低了。"肖云飞说。"没有。"杭岩说。"我让他们多准备几个功放吧。"说着肖云飞离开了，直奔功放实验室。

"这样效率太低，廖默然，多搞几个备着。"肖云飞进了功放实验室说。"还是要看看功放损坏的原因，包括管子损坏的机理是什么。平台的人也参与分析了。"廖默然说。"平台的人，分析啥？"肖云飞问。"做切片。"廖默然说。"做切片就能分析清楚了吗？"肖云飞说。"全面的分析还是需要的，也让厂家参与分析了。"廖默然说。"Max Power？"肖云飞问。"是，Max Power，多渠道，看看各方怎么说的。"廖默然说。"有点复杂。"肖云飞说。"本来就不简单，算法、功控、功放自身，功放自身里又有电路，Max Power的管子，自身的健壮性怎样，会不会有固有的缺陷。还要了解它这个管子在其他地方用是不是也坏。"廖默然一连串地说着。"就是都有可能，好啊，系统全面地考虑是对的。"肖云飞说。

"杭岩那边的分析，光靠杭岩估计不行。得让曹瑞祥参与。"肖云飞说。"不是参与，是主导，曹瑞祥要主导。"廖默然说。"主导啊？"肖云飞说。"对，主导。杭岩还是要侧重算法，功控没去人肯定是不行的。"廖默然说。"你们3个人了，还要个主导？有这必要吗？"肖云飞问。"那你去问问杭岩要不要？反正我看是要。"廖默然说。

"说曹操，曹操到。"看着此时刚进来的曹瑞祥，肖云飞说。"又在说多载波的事啊。"曹瑞祥说。"看来廖默然跟你说了。"肖云飞说。"没法全身投入啊。"曹瑞祥说。"想想，搞软件，搞算法，明确让他做啥没问题。但是，多载波，显然是要摸索怎样做的，你觉得他们行啊？"廖默然说。"你嘛。"肖云飞说。"你以为高效功放这么好做？效率，还是很难的。人家宣称的效率比我们高了，你们又不高兴了，金总更是……"廖默然说。"效率无止境，还是让他去攻高效功放吧。"曹瑞祥说。"那你全陷进去？"肖云飞冲着曹瑞祥说。"没那么玄乎，可以兼顾的嘛。"曹瑞祥说。"你自己把握吧。"肖云飞说完离开了。

"你联系达荣生了吗？"肖云飞来到王厚林的住处问。"有这么急吗？"王厚林不耐烦地反问。"有。"肖云飞说。"你offer发了就行了，上面有时间的，你说我有必要再给他打个电话吗？"王厚林说。"有必要。"肖云飞说。"要打也是牡丹去打，不应该是我。"王厚林说。"那你让牡丹打。"肖云飞说。"为啥要我打电话给牡丹啊，显然该你啊。"王厚林说。"什么叫该我，你的人唉。"肖云飞说完掉头就走。

　　肖云飞回到住处，气归气，还是给东方牡丹打电话了。"你跟他沟通看看，又不是强制，也没法强制。只是提前三四周白干？"东方牡丹说。"商量嘛，现在真的很需要啊。"肖云飞说。"你呀，不愧是当领导的。好，我跟达荣生沟通看看。"东方牡丹说。"拜托啊，牡丹。"肖云飞说。"王厚林这烂人，自己的人都不愿意打个电话。"挂了电话的肖云飞恨恨地说。

　　"人就这么缺吗，要这样？"一旁听的马庆生问。"不要临时了，看好达荣生，这就干下去啦。连续性是很重要的，刚开始，正是时候。"肖云飞说。"好钢要用在刀刃上。"肖云飞说。"那万一不是好钢呢？"马庆生说。"相信我的眼力，燎原的有几个不是好钢？"肖云飞反问道。"也是，磨也磨出来了。"马庆生说。"放心，来了你就知道了。"肖云飞说。

　　此时，肖云飞的固话响了，肖云飞接起电话："喂，啊，牡丹。""肖云飞，想了想这个电话还是你打比较合适。"东方牡丹在电话里说。"有事过来说嘛，打什么电话。"肖云飞说。"电话里好说些。"东方牡丹说。"为什么你不能打呢？"肖云飞问牡丹。"打可以打，只是觉得这事吧，还是你亲自打比较好。"东方牡丹说。"牡丹你这，可以打就打喽。"肖云飞说。"你打和我打可能是不一样的，肖云飞。"东方牡丹提高语调说。"都是代表公司，有什么不一样？"肖云飞不解地问。"哎，我打就代表公司。你个人打就仅仅代表你个人。"东方牡丹说。"什么什么，说清楚。我打，代表我个人？"肖云飞忙问。"你要知道，公司都是安排好的，发了offer，就要按offer的报到时间来，并不希望提前的。"东方牡丹说。"这我知道，我是问我打为什么仅代表我个人。"肖云飞说。

　　"当然是这样的啦。想想，肖总你亲自打，代表你特别欣赏他。正好现在有个项目，觉得特别适合达荣生。肖总你又深知，如果按正常报到，有可能会错过这个项目。"东方牡丹停了停又接着说，"于是啊，你从项目和为达荣生考虑的角度出发，希望达荣生能提前来，把这项目先干起来。也是为达荣生在燎原有个光明的未来考虑，对不对？""牡丹，我怎么想的你都替我想好了，真有你的。"肖云飞说。"真的，肖云飞，不是我不肯帮你。你看，要是达荣生提到报酬的事，我没法回答呀。我说话是代表公司的，公司找人来干活，不可能不给报酬。"东方牡丹说。"他不会提的。"肖云飞说。"万一提了呢？"东方牡丹问。"万一提了，我再打嘛。"肖云飞说。

"肖总，你觉得合适吗？"东方牡丹反问。"有什么不合适的。"肖云飞说。"肖云飞，你可是领导，说话要有水平啊。"东方牡丹说。"这不就是没水平才让你打嘛。"肖云飞说。"别，实不相瞒。我把这事跟我们头说了，我们头不让。"东方牡丹说。"就是嘛，早猜着是你们头不让了，牡丹是不会这样的。行哐，这事你别管了。"肖云飞说完挂了电话。

"你都不想打，牡丹更不愿意啦。"马庆生在一旁说。"谁说我不愿意？"肖云飞冲着马庆生说。"愿意就打呀。"马庆生说。"现在是上班时间，不合适。晚上，慢慢聊。"肖云飞说。"别贫，就看人家能不能来。"马庆生说。

7. 到岗越快越好

第二天是周五，大早上马庆生看到了肖云飞就问："昨晚打电话啦？""啥打啦？噢，昨晚打了，打了几次都在通话中，这个达荣生，打那么久的电话。"肖云飞正说着，王厚林走了过来。"牛玉江的签证办下来啦？"肖云飞问王厚林。"啊，在办，说是今天能办下来。"王厚林正要说啥，肖云飞忙说："今天办下来，明天就赶紧去印尼，听见没？别磨蹭。"肖云飞说。"好。

哎，达荣生没给你打电话？"王厚林问肖云飞。"没有啊。"肖云飞说。"怎么？"肖云飞又问王厚林。"昨晚我跟他沟通了。"王厚林说。"噢，怪不得昨晚我给达荣生打了几次电话，他都一直在通话中，原来是和你在通话啊。"肖云飞说。"我只是以个人名义跟他聊聊，把你的想法转达了一下。"王厚林说。"怎样，他愿意吗？"肖云飞问。"我只跟他说，我们领导很欣赏他，正好有个机会，我们领导觉得他比较合适，希望……"王厚林说。"他怎么说？"肖云飞问。"我只是把你的希望给他说清楚了，没让他表态。我是建议今早让他给你打个电话，他说他有你的手机号。就这样。"王厚林说。

正说着，肖云飞的固话响了。"喂，哪位？""是肖云飞吗？我是公司总机。"电话那头的人说。"我是肖云飞，什么事？"肖云飞问。"有个叫达荣生的要和您通话，您认识这个人吗？"电话那头的人问。"啊，认识，认识，接过来吧。"肖云飞捂住电话对王厚林说："达荣生。"

"喂，哪位？"肖云飞问。"啊，肖总是吧？"达荣生在电话里问。"我是肖云飞，您是？"肖云飞问。"啊，肖总，我是在广州应聘的从北京来的达荣生啊。"达荣生说。"噢，达荣生，有印象，您好，您好。有事吗？"肖云飞问。"肖总，是这样的，昨晚，贵司的王厚林给我打了电话，说是你们有一个重要的项目刚开始。肖总您非常希望我能提前来燎原承担这个项目的软件开发。是王厚林建议我打这个电话的，说让我跟您确认一下这件事。"达荣生说。"噢，是这样啊。我是跟王厚林说过。没错，没错。您可以提前来吗？"肖云飞问。"您希望我最快什么时候到？"达荣生问。"看您，当然是越快越好喽。最好下周一就能来。当然，要看您的时间。"肖云飞说。"我知道了，肖总。这样，如果我决定下周一来，我给王厚林打电话，好吧？"达荣生说。"好好好，给王厚林打电话。你来就在王厚林部门。"肖云飞有点激动地说。"那好，肖总，先这样吧，我考虑好了会给王厚林打电话的。"说完达荣生挂了电话。

"有戏。"肖云飞撂下电话对王厚林说。"还是等周一吧，才知道是不是真能来。"王厚林谨慎地说。"印尼的事，牛玉江明天就去啊，别磨蹭啦。"肖云飞说。"没磨蹭啊。"王厚林说。"行，忙你的去吧。"肖云飞挥着手示意王厚林。

此时，肖云飞又拿起了电话："牡丹，到我这来一下。"不一会儿，牡丹来了。"跟达荣生沟通啦？"东方牡丹问。"嗯，刚沟通完。"肖云飞说。"怎么样？"东方牡丹问。"哎，牡丹，他要是来了，机票应该可以报销的吧？"肖云飞问。"达荣生问的吗？"东方牡丹说。"没有，是我想起来问你的。达荣生，钱的方面只字未提。"肖云飞说。"真有不要钱也干的人。"东方牡丹感叹道。"看吧，来了才算数。"肖云飞说。"让他留着，可以报。"东方牡丹说。"牡丹，人家看中的是在燎原长远的发展，吃点小亏不算啥。"肖云飞说。"我感觉像这种招，也就你肖云飞能想出来。"东方牡丹说完，掉头走了。

肖云飞兴冲冲地来到多载波实验室。"哟，又开始做啦？"肖云飞冲着杭岩、廖默然说。"刚开始降到低温。"廖默然说。"杭岩说就是一直低温烧的。"肖云飞说。"知道，低温下增益会高，启动的时候，功放输入的电平缓慢地升上来，应该可以避免的。"廖默然说。"看吧，不知道。"杭岩说。"就功控改了一下是吧？"肖云飞问。"是的，就是电平不要立马升到位，功控慢一些。"杭岩说。"太慢也不行哟。"肖云飞说。"哎呀，先做吧。"廖默然说。"功控稳定下来要多久？"肖云飞问杭岩。"要几分钟的，是有点慢。"杭岩说。"一步步来，不要一口就想吃成个胖子嘛。"廖默然说。"行，杭岩，先做，关键看还烧不烧功放。"肖云飞说。"对了，也不一定啊。"肖云飞话说一半，杭岩问："什么？""下周可能会来个软件高手。"肖云飞说。"搞多载波吗？"杭岩看着肖云飞问。"是的，搞多载波。我是说可能会来，还不能确定，感觉应该没问题。"肖云飞说。

"噢，来了再说吧。"廖默然不屑地说。"没听王厚林说起。"杭岩低声道。"不相信是吧？好，等着瞧。"肖云飞说完离开了。

中午食堂，大家边看着电视边吃着午饭。"尹贤良，今年欧洲杯在葡萄牙打啊？"肖云飞说。"你自己看电视了还问我。"尹贤良不耐烦地说。"今年还有奥运会的。"马庆生说。"对喽，牛玉江的签证办下来没有？"肖云飞问王厚林。"嗯，牛玉江，没来吃饭？"王厚林环顾了四周说。"下午问一下。"王厚林又说。"盯紧啊。"肖云飞说。"哎哎哎，大家注意啦，今晚质量考试培训，作战室，6点半啊。下周一、周二晚还有两次，周三晚考试。"柴文娜说。"我有个问题。"朱文学说。"啥问题？说。"柴文娜说。"要是明天牛玉江去印尼了，周三的考试怎么办？"朱文学说。"对唉，怎么办？"麦哲渊问。"这么幼稚的问题，懒得回答，赵长城你回。"柴文娜说。"考试重要还是网上问题重要？"赵长城冲着麦哲渊说。"这么说，只要出差，就可以免考？"袁一帆说。"免考不可能，补考嘛。"柴文娜说。"这帮小子装傻在套你的话。"肖云飞冲着柴文娜说。"你以为我没听出来，补考，没空子可钻的。"柴文娜说。"好好复习，质量还是很重要的。"肖云飞对大家说。

8. 故障是洪水，质量是堤坝

"差不多了吧？我们开始。"柴文娜在作战室对大家说。"Life behind the quality dikes。"柴文娜看着投影说。"什么意思？"马庆生问。"质量，生命的防护栏，是美国人朱兰博士说的。"柴文娜说。"故障是洪水，质量是堤坝。堤坝垮了，我们就完蛋了。"尹贤良说。"嗯，理解得很到位。"柴文娜说。"接下来看看我们燎原在质量上出了哪些大事，大家应该知道的，公司的网上都公布过。看看啊，用户板刷漆，磨蚀没做好。"柴文娜说。"固网的，肖云飞，我们会不会这样？"马庆生问。"如果是室外站，单板都是封闭的就不会。"肖云飞说。"这么说在室内，如果单板都是裸露的，也有可能被磨蚀？"马庆生问。"有可能。"赵长城说。"那怎么办？"马庆生问。"行行，别讨论了，这样讨论培训没法搞了。"柴文娜说。

"再看，电源模块整改，这个大家都有印象吧，公司只要用到这款电源的，都中招了。好惨啊！还有，接入网烧机整改，这个不太清楚。总之，燎原产品质量客户满意度是下降的，一些产品线的重大质量事故在急剧上升，引起了公司高层的高度重视。"柴文娜说。"TIO还是用的射频继电器开关。"赵长城轻声地说。"公司认为：质量是燎原的自尊心，更是燎原生存的底线，决定了燎原的生死存亡。在质量问题上，燎原必须永远战战兢兢，如履薄冰。"柴文娜继续讲道。"自尊心，生存底线，生死存亡，大家好好琢磨啊。同时，公司又认为：质量管理是管理者的责任，管理者掌握质量基础知识，是做好质量管理的前提。正确运用系统的管理方法领导和指导员工工作，最终达到全员参与、全面质量管理的目的。所以，我们在这里进行全员参与的质量培训。"柴文娜说。

"牛玉江呢？"朱文学问。"他明天去印尼了，晚上早点回家准备了。"王厚林说。"照娜姐的说法，多重要啊，这培训。你们心里还是没有娜姐说的全员参与全面质量管理的意识。"朱文学冲着王厚林说。"打住，不讨论。牛玉江，回来我单独给他补课。"柴文娜说。看了一眼大家，柴文娜略显轻松地说："先给大家讲一个关于日本民族产业兴盛的故事吧。""好，听娜姐讲故事。"马庆生说。

"战后的日本，经济一片狼藉。国土面积比美国的加利福尼亚州还小，但是人口却有美国的一半，并且几乎没有自然资源，日本人面临着生存挑战。当然，他们的企业也在试图做艰辛的尝试，把产品输出到海外市场。但是，产品上的Made in Japan（日本制造）标识成了国际上的大笑话。因为日本在20世纪40年代时产品质量低劣，Made in Japan成了劣质产品的代名词，甚至有些日本公司想方设法要在一个名为'Vsa'的日本小村庄开厂。因为这样他们的产品就可以打上'Made in Vsa'的标识。"柴文娜说着。"还有这种事？"王厚林说。"但是，"柴文娜加重语气说。"但是，在此后短短不到30年的时间里，日本企业却迅速崛起，日本民族产业风靡全球！为何？"柴文娜问大家。

"日本人勤奋呗。"袁一帆说。"勤奋，有道理。日本人确实勤奋。但光靠勤奋就行了吗？"柴文娜反问道。"娜姐的意思是还要有全面质量管理。"马庆生说。"答对了，加十分。"柴文娜说。"不过全面质量管理概念的提出是20世纪60年代的事。当时，二战后，美国政府为表示支持日本战后重建，曾派遣包括戴明在内的大批专家，到日本做过一般性访问。虽说是一般性访问，但就是在这些偶然接触中，日本人盯上了戴明。"柴文娜讲道。

"戴明，中国人啊？"曹瑞祥问。"不是中国人。"柴文娜说。"华裔？"杭岩问。"不，是美国人。戴明是一位大学统计学教授兼管理咨询专家。他一直在向美国呼喊：劣质高成本产品肯定要在全球化激烈竞争中遭受灭顶之灾。唯有持续改进质量，持续降低成本才是生存之道。因此，企业观念和管理机制必须转变到'全面质量管理'和'人性化管理'，才能使企业有持续改进能力和持续竞争力。"柴文娜说。"哎，原来戴明这个时候就提出全面质量管理啦。"马庆生插话说。"这个时候的戴明，其实是着重在质量改进上，真正的全面质量管理TQM（Total Quality Management）是20世纪60

年代初费根堡姆提出的。"柴文娜说。

"接下来呢，戴明怎么啦？"肖云飞问。"接下来嘛，可惜，随着二战的胜利，美国人对他的话充耳不闻。相反，日本人却发现了他。"柴文娜说。"哟，墙内开花墙外香。"邓学佳插话道。"可不是嘛，1950年6月，戴明到达东京，日本科工协会会长设宴欢迎戴明，日本当时最有实力的21位企业家无一缺席。房间里吃饭的企业家不多，但他们却控制着当时日本百分之八十的资本。所以，当戴明回答日本企业应该如何向美国企业学习管理时，便直言相告：不要复制美国模式，只要运用统计学分析，建立质量管理机制，5年后，你们日本产品的质量将超过美国。"柴文娜说。

"5年就能超美国啊？"廖默然问。"你认为多了还是少了？"柴文娜问。"肯定是少了嘛。"柳超智说。"好，往下听。"柴文娜继续往下说。"没错，当时无人敢相信戴明这一断言，日本人的最大梦想不过是想恢复战前的生产水平。"柴文娜停了停又继续说。"8月初，戴明应邀举办为期八天的第一次培训课，日本的二程师和高级管理人员来了230多人听讲。戴明告诉他们：体制和质量都需要不断改进，提高质量是无止境的。如果能争取一次把事情做好，不造成浪费，就可降低成本，而无需加大投入。"

"嗯，日本人之所以喜欢戴明，估计就是看上他的一次把事情做好，不造成浪费，就可以降低成本，而且还不需要加大投入的理念。"肖云飞插话说。"我看日本人最看重的就是最后一句无需加大投入。"廖默然说。"可以想象当时戴明在美国说这些，美国人是什么心理。"曹瑞祥说。"什么心理？"肖云飞问。"哼，又想要马儿跑，又想要马儿不吃草呗。"曹瑞祥说。"日本人当时缺钱啊，一看有不要钱的好事，赶紧实行。"廖默然说。

"也许你们说的有道理。在接下来的30年里，戴明在日本举办全面质量管理培训和咨询。日本各地自发组织了戴明研究学习会，日本企业经常打电话请教他，拜访他，每年请他到日本，仔细倾听他说的每一句话，并用于实践。1951年，日本科工协会设立日本全面质量管理最高奖戴明奖，以奖励质量管理方面的杰出企业和个人。1960年，日本天皇裕仁颁发戴明二等瑞宝奖，日本确立了质量兴国和教育立国的战略方针。"柴文娜说。"二等瑞宝奖，日本人真不会做人，就瑞宝奖得了呗，还什么二等。"赵长城插话道。"瑞宝奖银奖。"麦哲渊说。"对呀，这样好听多了。"赵长城说。

"到了60年代，日本创造性地发展了全面质量管理理论和方法，先后提出了质量圈QCC、TQM等新理论和新方法，而且把质量培训与教育贯穿于质量管理始终，培养了一大批各种层次的质量人才。此后，半个世纪，日本的汽车、钢铁、电子、家电、照相机等一大批产品质量超过欧美国家，位居世界前列。到了七八十年代，不只是产品质量，而且是整个日本工业打得美国公司在地上翻滚挣扎。日本制造已成为优秀产品的代名词，日本也一跃成为世界第二大经济强国。"柴文娜说。

"嗯，日本还是牛啊。"肖云飞说。"戴明成功地影响了日本战后崛起的一代青年商业领袖，他也被称为日本企业之神。"柴文娜说。"成神啦。"夏润泽说。"但是，在一个问题上，日本证明戴明错了。"柴文娜说。"嗯，什么问题？"廖默然问。"就你刚刚问的，答案来了。日本人的产品质量不是在5年后超过美国的，猜猜用多少年就超过美国啦？"柴文娜问大家。"'就超过美国'，这么说比5年少？"肖云飞回道。"具体几年？猜中有奖啊。"柴文娜调动着大家的情绪。"5年半，不可能比5年少。"廖默然说。"事不过三，3年。"王厚林说。"3年？搞笑，除非美国太烂。"赵长城说。"不给你们机会了，是4年。日本人仅仅用了4年，产品质量就超过了美国。1991年，当丰田汽车的主席代表公司领取戴明奖时，简直是声泪俱下地说：没有一天我不想到戴明博士对于丰田的意义。戴明是我们管理的核心。日本欠他很多！"柴文娜说。"其实，主要是戴明的这套，比较适合日本人。"邓学佳说。

　　"不仅仅是这样，1980年的6月24日，美国广播公司向全国播出电视纪录片《日本能，我们为什么不能？》。当时，美国经济陷入困境，产品在国际市场饱受冷遇，在国内市场被日本产品打败。日本制造成了优质低价的代名词。何以求生？灾难原因是什么？汇集了大量日本企业第一手资料的纪录片《日本能，我们为什么不能？》，率先给出令人震惊的答案：站在日本经济奇迹后面使美国产品蒙受耻辱的，是一名美国人和他的理念，即戴明和他的全面质量管理方法。"柴文娜说。

　　"估计这时的美国人有点后悔没听戴明的了。"王厚林说。"没错，《日本能，我们为什么不能？》播出后的次日，戴明地下室里的电话铃声不断。有福特、通用、摩托罗拉、宝洁、贝尔电话等公司的首席执行官的紧急求救电话。这里不是求助，而是求救，救命啊。受福特汽车总裁邀请，戴明来到底特律。那里的福特公司正处于破产的边缘，不只是在市场上遭受日本汽车的打击，更由于一场空前严重的质量事故的曝光，造成人心惶惶。这时，戴明帮他们制定长期的质量管理体制。之后，摩托罗拉等公司也在戴明持续10年的帮助下，发动了全面质量管理运动。甚至美国宇航局、斯坦福研究院等官方或非官方服务机构以及商业院校、医院也对戴明全新的质量管理理念与方法产生浓厚兴趣。"柴文娜说。

　　"是不是有点夸张啦？"马庆生问。"夸不夸张，反正丰田总裁认，日本认。"肖云飞说。"美国也认啦。摩托罗拉宣称，通过戴明指导的质量运动，公司在最近5年至少节省7亿美元。10年后，即20世纪90年代初期，不但濒临破产边缘的美国三大汽车公司开始稳稳排名世界企业前十位，传统经济重新焕发生机，并且以信息技术为突破口的美国新经济也开始蓄势待发。所以，质量不仅可以兴业，更可以兴国。"柴文娜说。

　　"柴文娜，你的这些材料真的假的？"肖云飞问。"放心，绝对真实。"柴文娜说。"日本的复兴主要靠戴明？"肖云飞又问。"反正日本人把戴明奉为神。更能说明这一点的是丰田，戴明被丰田认可足够了。"柴文娜说。"真有这么大作用？"肖云飞自语着。

9.质量的概念：熵

"好，前面是个开场，下面我们具体讲讲质量的概念：熵。"柴文娜说。"什么熵？是物理里面那个吗？"邓学佳问。"没错，熵，物理学概念，表示系统的无序程度。越无序，熵越大。"柴文娜说。"真是物理学的。"邓学佳说。"一个孤立的、系统的熵会自发性趋于极大，随着熵的增加，系统将从有序变为无序，此过程不可逆。熵的自然法则是，在自然界里，自然发生的过程都是朝着混乱度增加的趋势发展的，所有事物伴随着资源的逐渐枯竭而不断走向消亡。"柴文娜说。

"什么意思？这跟质量有什么关系？"尹贤良问。"质量这门科学的起源驱动力源于企业和组织为对抗自然界熵的自然法则。"柴文娜说。"太绕，质量科学就是对抗我们在座各位自然界熵的呗。"廖默然说。"很能对号入座。熵效应的存在说明，为什么我们要采取防范措施，并将检测系统和监控设备置于必须重点关注的地方。"柴文娜说。"廖默然说得不错，没必要把个什么物理学的熵拿来凑热闹。"王厚林说。"就是，说到最后还不就是什么检测系统、监控设备嘛，真是。"朱文学说。"还要放在必须重点关注的地方，废话，放在饭堂里有意义吗？"马庆生说。"停停停，大家别吵，不过搞个熵确实有点牵强啊。接着说。"肖云飞对柴文娜说。

"不牵强，要从理论上认识事物的本质。"柴文娜辩解说。"行，往下。"肖云飞说。"好，我接着讲。过程改进是熵效应的一种对抗力量。这一正向的力量通过对组织过程的持续改进以求抵消该过程的衰减趋势。组织过程的持续改进包括：纠偏活动、预防活动和创造活动。"柴文娜说。"你就说持续改进是纠偏、预防和创造不就完了嘛。还是要通俗一点，别什么熵，对抗力量，什么衰减趋势的，怪吓人的。"王厚林说。"你们别这么土好不好？培训的目的就是要使大家有提高。质量管理是门科学。"柴文娜说。

"质量管理是科学，但它是应用型的科学。其实，没有戴明的那一套，中国'两弹一星'不也搞出来了嘛。据说科工委自己搞了一套矩阵式管理。燎原就是把EPD和矩阵式管理相结合，对原有的EPD进行了改良，这样更适合我们燎原自身。哎，我只是说说，接着讲，公司要搞自然有公司的道理。"肖云飞对柴文娜说。"好，我继续。质量管理的方法和原则将引导企业领导者的思想和行为。领导对质量的重视会激发组织及其成员非自然的行动，这种行动将一直持续下去，即持续改进，从而克服企业内部的熵效应这一自然过程。否则，企业会逐渐萎缩和消亡。一句话，熵的自然法则驱动质量管理科学的产生。"柴文娜说。"别熵熵的，你还不如说人就是贱，非牵着你不走，打着你倒退呢。"肖云飞说。

"理解到位，我这样说也是好听些。"柴文娜说。"好听的，没有规矩不成方圆。"曹瑞祥说。"还是曹瑞祥有文化，不像有些人什么贱、什么打呀的。"尹贤良说。"是唉，肖云飞的话也太难听了。这领导是不是整天就这么想的？"马庆生调侃肖云飞道。"是不是说到你的点上了这么激动？"肖云飞反问马庆生。"行，别闹。接着往下啊。接下来让大家了解一下质量管理的百年发展史。从工业革命前的手工质量，到1903年泰勒提出科学管理理论的质量检验。从1924年休哈特提出统计控制理论的质量控制，到1950年戴明提出质量改进观点的质量保证。此时，工业界开始开发提高可靠性的专门方法。1958年美军方制定了MIL-Q-8958A等军用质量管理标准，继而60年代初，费根堡姆提出全面质量管理TQM的概念。1962年，日本开始全面推广的QCC，就是石川馨发明的鱼骨图，到70年代克劳士比提出零缺陷ZD的概念。随后，1987年，ISO9000系列质量管理标准问世。同年，6sigma管理法问世。进入90年代，大质量概念形成，涵盖了生产线、操作、流程、组织战略、规划，到企业文化、行为价值观。"柴文娜停顿了一下又接着往下讲，"此时质量管理已成为企业获得核心竞争力的管理战略。日本的戴明奖、美国的波多里奇奖，以及欧洲质量奖标准得到广泛应用。朱兰博士将21世纪称作质量的世纪。"

此时，朱文学举手示意想提问。"你说。"柴文娜对朱文学说。"日本用美国人戴明命名质量奖，为什么美国不用戴明命名，而又搞了个波多里奇奖？还有，说戴明厉害，你又说什么朱兰博士，朱兰是美国人吗？"朱文学问。"娜姐，你说波多里奇、戴明、朱兰，谁更厉害？"夏润泽问。"哎，我插一句，戴明感觉只是在日本被认可，在美国似乎并没有被认可，否则怎么会是波多里奇奖呢？"尹贤良问。

"这都看不出嘛，公司导向是学日本、学丰田，自然戴明是重点。"肖云飞说。"你让娜姐说。"马庆生对肖云飞说。"回答啦，肖云飞替我回答啦。"柴文娜顺势说。"肖云飞那是胡乱说的，要听你解释，你才代表公司的意图嘛。"王厚林说。"我刚不是说过了嘛，肖云飞说的就是我要表达的。"柴文娜说。"我是这么理解的，娜姐你看我说得对不对啊。"廖默然说。"你说。"柴文娜说。"日本人多，中国人也多。所以，人多的国家着眼点是以人为本，就是要依靠人，而美国等西方国家的着眼点是设备，人靠不住，要靠机器，搞自动化，减少人为干预来保证质量。"廖默然说。"这个我也说不清，仁者见仁，智者见智吧。"柴文娜说。"戴明这套就是适合日本、中国等人多的国家。"邓学佳说。"不花钱，给人立规矩，强调执行力。"曹瑞祥说。'嗯，还是曹瑞祥总结得到位。"赵长城说。"肖云飞说的学日本、学丰田更直白。公司就是这个意思。"柴文娜说。

"好了好了，今晚最后一段讲完就下课啊。刚才讲的是质量管理的发展史，在这个发展过程中质量管理又分为四个阶段。第一个阶段是质量检验QI（Quality Inspection），其理念就是质量是检验出来的，相应的策略就是结果导向。产品大量生产，事后检验，产生大量不良品，质量失效成本高，允许浪费。"柴文娜说。"肯定不能这么浪费啊，老板受不了，接下来一定是提高成品率。"马庆生说。"没错，第二阶段就是质量控制QC（Quality Control），意思就是质量是制造出来的，策略上就是过程导向。把质量检验融入产品形成的过程中。此时，就有了质量统计工具和检验性预防，防止了大批量的不良品产生。"柴文娜说。"其实都是事后诸葛亮，很自然的，不良品多了，老板肯定要想办法把故障品消耗掉。奸商就是以次充好卖出去，内部呢，把检验前移，提高工人的个人能力。跟戴明不戴明的没什么关系。"马庆生说。"不能这么说，经验总结归纳还是很重要的，否则日本人也不会把戴明奉为神。"肖云飞说。

"到了第三阶段，就是质量保证QA（Quality Assurance），理念就是质量是设计出来的，策略就是源头导向，对产品质量的控制重点体现在产品生产前的设计、开发和验证等质量预防中。到了现在就是第四阶段，全面质量管理TQM，策略为全员参与流程导向。重点追求文化管理质量，零缺陷，就是一次把事情做对，持续满足客户需求，持续改进。"柴文娜说。"所谓文化，就是人嘛。"王厚林说。"哎，大家注意啊，当今世界ISO对质量的定义：质量是满足要求。七个字。"柴文娜说。"这么简单？"夏润泽说。"你要多复杂啊？"赵长城说。"质量是满足要求，怎么讲，娜姐？"曹瑞祥问。

"质量的定义也有个发展过程。第一代质量定义，是在供不应求前提下的产物。强调产品的一致性，是符合性质量，以生产者的视角定义质量。到了第二代供大于求了，产生了适用性质量，即适合使用。开始关注客户，逐步把客户需求放在首位，具体就是朱兰的质量即适合使用。第三代竞争加剧，产生了满意性质量，就是要满足客户明确和隐含的要求。这个时候把焦点完全聚焦在客户，顾客是上帝了。"柴文娜说。"噢，顾客是上帝是这么来的。"杭岩说。"到了现如今的第四代，就是经济全球化了，只有业界TOP3才能生存，企业如何持续成功？就是所谓的卓越绩效质量，即满足客户和其他相关方的要求，6sigma零缺陷，就是经营质量的概念，是企业核心竞争力。"柴文娜说。

"怎么样，算不算解释了？"柴文娜问曹瑞祥。"这个要求还有相关方的，明确和隐含的，有点难。"马庆生摇着头说。"卓越嘛，要成为客户肚里的小蛔虫哟。"柴文娜风趣地说。"还得环顾四周啊。"王厚林说。"卓越嘛，怎么叫卓越？相关方，就得靠市场去摸呀，哪那么容易一眼就看透啊。"柴文娜说。"对我们来说，要求就是规格书，简单。"赵长城说。"娜姐，我的理解啊，我心中的质量方针就很简单，我们也许做不到没问题，但我们一定要能做到及时发现问题，并且迅速地把问题解决。"肖云飞说。

"你这是比较低级的问题驱动型的套路。整天忙于救火，能解决问题的人显得能耐大，俗称救火队长。"柴文娜说。"我们就这个水平，怎么办呢？你说欧美人咋整的？"肖云飞问。"欧美人，人家水平高，经验丰富，啥事都想在前，不像我们，高频、低频的都不一样，低频不自激，怎么又高频自激了，一会儿低温又把功放烧了，看看增加多少工作量啊。还要招人，不知多少人才能扛住你们的问题。"柴文娜说。

"就是这样想我们的啊！"马庆生冲着柴文娜说。"我，没说错呀，肖云飞、赵长城，我说的哪点不是事实？你们说。"柴文娜辩解道。"都是事实，我们水平臭，我们水平臭。"肖云飞忙点头应着。"那能怎么办呢？水平肯定没人家高，经验更别提了。低级，本来就低级，高也高不上啊。"王厚林说。"像我们这种低水平，也只能是问题驱动喽。"曹瑞祥说。"辛苦、耗人哪。"柴文娜说。"充实，人多了热闹。"肖云飞说。"典型的阿Q。"马庆生说。"今天差不多了吧？"肖云飞问。"嗯，下课。"柴文娜说。"不过那个QCC鱼骨图、找问题根因、借助头脑风暴，还是很管用的。"肖云飞边走边说。

10. 遇山开道，遇水搭桥

"达荣生有电话吗？"周六一早肖云飞就问王厚林。"没有，牛玉江今天从香港去印尼。'王厚林说。"噢，关键要把问题搞定。"肖云飞说完就去多载波实验室了。"怎么样？有效果吗？"肖云飞问杭岩。"反正这一循环没烧。对了，软件的周一能来是吧？"杭岩问。"应该吧，要问王厚林。"肖云飞说。"班德的芯片有什么问题？解决了吗？"肖云飞问道。"问题还挺多，正在全力解决，不过有些恐怕要靠我们来弥补。"杭岩说。"要给他们压力。"肖云飞说。"给了，天天发邮件催他们。"杭岩说。"他们配合积极吗？"肖云飞又问。"配合还好，只是觉得他们条件有限，希望我们也帮助他们分担一部分。"杭岩说。"所以，自制是必然。走到一定时候，一定是全系统的相互密切配合。这些都是经验，好好总结，看看我们要是全自制该怎么搞。"肖云飞说。

"不知方俊凯他们算法进展如何。"杭岩说。"你去问啊，给方俊凯发邮件，问他们进展。"肖云飞说。"好，发邮件，抄送你。"杭岩说。
"哎，你再做几天到月底，差不多的话准备正式投一板，来真的。"肖云飞
说。"那要等目前实验做完，把问题再梳理一下，看看做产品还存在哪些重
大的风险。"杭岩说。"有啥大风险啊？我看风险虽有，但无大碍。"肖云
飞说。"您这么有信心，我……"杭岩欲言又止地说。"这年头就是胆大的
气死胆小的，光脚的不怕穿鞋的。"肖云飞说。"不用担心，担心有问题，
就边做边解决嘛。什么事都不可能太理想的。太理想化做事，什么风险都不
想冒，很难成大事的。"肖云飞说。"万一有问题怎么办？"杭岩问。"凉
拌。万一有问题，挡住了去路，遇山开道，遇水搭桥，可不就天堑变通途
啦。万一有问题？没问题要我们干啥。我们中国人连'两弹一星'都能造出
来，现在还能有什么比'两弹一星'更难的事？"肖云飞说。"那是。"杭
岩说。"有信心啦？"肖云飞问。"领导有信心，我就有信心。"杭岩说。
"行，有长进。"肖云飞说。

正说着，肖云飞手机响了。"喂，牡丹，啥事？"肖云飞问。"现在在
食堂招聘，来了两个搞功放的。"东方牡丹在电话里说。"找廖默然啊。"
肖云飞说。"在这儿。"东方牡丹说。"啊，怪不得没来这儿。廖默然在
就行了。"肖云飞说。"他在做技面，我们这边差不多了，请你过来综面
吧。"东方牡丹说。"好，可以，我马上去食堂。"肖云飞说。"好，到时
打电话。"东方牡丹说完挂了电话。

"廖默然去招聘了，怪不得就你一人。"肖云飞对杭岩说。"我先
做着，有问题找他。"杭岩说。"还是最好别找他。"肖云飞说。"为什
么？"杭岩问。"你找他肯定是又烧功放了。"肖云飞说。"也不全是，不
过大部分是烧功放。"杭岩说。"是吧，最好别找他。"肖云飞说着转身离
开了。

来到测试实验室，肖云飞问麦哲渊："印尼S666有什么新发现？""这

边测的没有什么异常，一线的场景没法镜像模拟。"麦哲渊说。"我看测不出问题就别在这傻测，还是要多分析。"肖云飞说。"也分析了。"麦哲渊说。"肯定没分析到位。"肖云飞说。"这话怎么讲，一直在边测边分析。"麦哲渊说。"边测边分析。多运用运用先进的方法，鱼骨图、头脑风暴的都用上。你们用鱼骨图了吗？"肖云飞问。"没有。"麦哲渊摇着头说。"没有，那头脑风暴更不会用啦，一个人闷着头，思路打不开的。就跟考试题做错了一样，自己很难查得出的。"肖云飞说。"麦哲渊，你看啊，肯定是有问题的，否则一线也不会乱说，对不对？"肖云飞对麦哲渊说。"是的，有问题。"麦哲渊回道。

　　"印尼一线S666掉话严重是客观存在的，这是一个基本事实。家里，由于没有完全与实际相配的镜像环境，所以测不出印尼现场的问题。环境与现场不符，怎么办？"肖云飞问。麦哲渊呆呆地看着肖云飞不作声。"只能进行根因分析啊。鱼骨图，再加上头脑风暴，相互那么一碰撞，咔嚓一声巨雷，没准就能碰撞出有用的火花呢。"肖云飞绘声绘色地说道。"好吧，叫上人，我们头脑风暴一把。"麦哲渊说。"其实你自己都分析了一部分了，只是没有进一步深入挖掘。"肖云飞说。"我，分析了一部分？"麦哲渊不解地反问。"看，你自己都没意识到。我跟你讲，你把前半段话说了，只是后半段话你就不管了。"肖云飞说。"我说了哪前半段？"麦哲渊问。"你说镜像环境搞不了，这就要分析啊。"肖云飞说。"这……"麦哲渊一头雾水。"这啥？为什么搞不了？"肖云飞突然严肃地问。"为什么？一线的条件家里不具备。"麦哲渊回道。"哪些不具备？"肖云飞又问。"好了，不说了，明白该怎么做了，多问几个为什么。下午就组织第一次头脑风暴。"麦哲渊说。"哎，把柴文娜叫上，对你们现场指导。"肖云飞说。"这……"麦哲渊欲言又止地说。"我给她打电话，找个外人来刺激你们的思维。"肖云飞说。

于是，肖云飞拿出手机给柴文娜打电话。"喂，柴文娜。""啥事，肖总？"柴文娜在电话里问。"下午你帮麦哲渊组织一次根因分析讨论会，讨论印尼S666掉话严重的问题。"肖云飞说。"哎，你在哪儿？"柴文娜兴奋地问。"我在麦哲渊这儿。"肖云飞说。"我正好在这附近，好，我马上过来。"说着柴文娜挂断电话，来到麦哲渊的实验室。

"肖总这是活学活用啊。"一进门柴文娜高兴地对肖云飞说。"什么活学活用，给我解决实际问题。印尼S666掉话的根因问题就指望你啦。"肖云飞说。"别，别给这么大压力。"柴文娜说。"这可不是给压力这么简单，是玩真的。"肖云飞严肃地说。"知道玩真的。麦哲渊，下午，作战室，我来组织。"柴文娜说。"不用，就在这个环境旁，搞个黑板过来就行啦。"肖云飞说完转身离开了。

11. 不是省油的灯

下午，食堂。"肖云飞，这个赵礼光你重点关注一下，做功放水平挺高的。"廖默然说。"好啊，我看看吧。"肖云飞回道。廖默然招手示意东方牡丹，牡丹过来了。"那个赵礼光给肖云飞综面吧。"廖默然说。"资格还没审完呢，完了我会给肖云飞的。"东方牡丹回道。"对了，还有个尤春生，也不错。"廖默然说。"没事，一起嘛。"肖云飞看着牡丹说。"好，两个功放的，我记着。"东方牡丹说着离开了。"那好，我先回了。"廖默然对肖云飞说。"回吧，有需要打你电话。"肖云飞说。

不久，东方牡丹拿着材料递给肖云飞。"赵礼光已经在这儿了，尤春生还要晚些。"东方牡丹说。肖云飞接过材料说："好，知道了。"

肖云飞仔细地看着赵礼光的材料，想了想喊道："赵礼光。"赵礼光听到喊声，慢悠悠地走到肖云飞面前坐下。"赵礼光，是吧？"肖云飞问。"是。"赵礼光回道。"四川人，想问一下，为什么要来燎原？"肖云飞问。"我没想来，是你们的人一个电话一个电话地非要我来。"赵礼光说。这番回答把肖云飞搞得有点晕，正想着怎么往下说。赵礼光又说："第一次打我电话，我还在四川老家修房子，搞的我真是……"肖云飞接着话问："房子修完啦？""不修完怎么可能过来嘛。"赵礼光回道。"怎么，老家的房子坏了？"肖云飞问。"说是修房子，其实就是盖新的，搞旅游嘛。"赵礼光说。"你回家乡多久？"肖云飞问。"差几天8个月。"赵礼光说。"8个月？"肖云飞吃惊地问。"没错，本来要一年，结果做得还算顺利，我上周就回深圳了。也是靠朋友帮忙，不然不会这么快。"赵礼光说。

"那你现在在哪儿工作？我看你材料……"肖云飞看着材料说。"材料是前一个公司，我现在还没工作，如果你们这边可以的话，我就等着这边，不再找了。"赵礼光说。"这么说，你这近一年就没工作吗？"肖云飞问。"是啊，不说了嘛，在家乡修房子。"赵礼光说。"你是做功放的？"肖云飞又问。"对啊，我做了近一年功放了，什么功放都做过，像你们这种移动通信的功放，对我来说简单，太简单了，完全不是问题。"赵礼光眉飞色舞地说着。"噢，这样啊，为什么说移动通信的功放简单啊？"肖云飞好奇地问。"简单，首先，频段低，几百兆，甚至一两千兆。"赵礼光说。"频段低就好做啊？"肖云飞说。"可不是嘛，我做的可都是C波段都算低的，X波段、Ku波段、Ka波段，毫米波功放。"赵礼光说。"毫米波功放也做啊？"肖云飞问道。"8毫米，32个G。"赵礼光说。

停了停。"效率能做多少啊？"肖云飞问。"效率？什么效率？"赵礼光问。"功放的效率啊，我们的功放需要效率越高越好。"肖云飞说。"我做的那些功放，都不考虑效率的。"赵礼光说。"不考虑效率？"肖云飞两眼直盯着赵礼光说。"考虑什么效率，能出功率就行。"赵礼光说。"那杂散呢？"肖云飞说。"什么杂散？没这个指标。噢，你是说功放线性是吧，我们主要看一分贝压缩点的功率，三阶互调，不提杂散。"赵礼光说。

"你是一个人在深圳，还是家人也在深圳呢？"肖云飞转了话题问。"一个人，老婆、孩子在家乡，搞农家乐。"赵礼光说。"你们一起经营农家乐不是挺好，农家乐应该很赚钱吧？"肖云飞说。"才刚开始，收益不行，还是要靠我在外面工作。"赵礼光说。"这样啊。你对燎原了解吗？"肖云飞又问。"了解，网上很多关于燎原的。"赵礼光说。"了解就好。"肖云飞正要再问，赵礼光又说："燎原薪水高，像我这样的，你们应该给多少？""你希望是多少？"肖云飞反问。"我希望，肯定要比别人高啦，如果和别人差不多，我来干吗？请问月薪能给多少？"赵礼光急着问。"我这儿给不了你月薪的，要由公司来定。"肖云飞说。"不是啊，他们跟我说综面就是定薪水职级的。"赵礼光说。"没有，综面给评价，公司根据评价，还有技面、资格综合来看，才能确定月薪和职级。"肖云飞说。"这样啊。"赵礼光说。"是的，我们继续。"肖云飞说。

"不是问了很多了吗？还要问什么？"赵礼光说。"综面是有一定程序要求的，我们把它走完，你看好不好？"肖云飞问。"有点麻烦，好，你问吧。"赵礼光说。"燎原强调个人的系统思维能力、与人的沟通能力和团队合作精神，你觉得如何？"肖云飞问。"这些我肯定没问题啦。"赵礼光说。"能具体说说吗？"肖云飞问。"哎呀，这些肯定没问题啦，没啥好说的。"赵礼光说。"那好，公司强调学习能力，只有良好的学习能力，才能更快更好地适应新的环境和迎接新的挑战。"肖云飞说。"学习能力，我的学习能力肯定没问题的。"赵礼光又说。"公司都是面对世界巨头的竞争，压力自然很大。想问你的抗压能力，或者说坚韧性怎么样。具体说吧，功放效率，要竞争过对手，现在竞争的焦点在功放效率上，你有信心比对手，比如麦克斯韦，效率更高吗？有没有信心？"肖云飞问。"这……"赵礼光面露难色。"必须战胜对手，否则我们怎么竞争得过这些巨头？你刚才说移动功放很容易，想必应该敢于面对挑战，这点压力对你不算什么吧？"肖云飞说。"别，别，刚才随便一说，你这，麦克斯韦，我……"赵礼光不太自信，支支吾吾。

"另外，你认同燎原的文化吗？"肖云飞问。"燎原什么文化？"赵礼光反问。"以客户为中心，以奋斗者为本，坚持艰苦奋斗。能艰苦奋斗吗？"肖云飞问。"要老加班，加班太多，没有生活乐趣，恐怕……我是说，我在老家常常爱耍，如果连麻将都没空打，那生活没情趣了。"赵礼光说。"当然，也不会老加班的，麻将应该也是有时间打的，只是恐怕要比平时少些。"肖云飞说。"像我这样的，应该出方案，具体的事不用我做的对吧？"赵礼光说。"你是这样想的？"肖云飞说。"我只是问问。"赵礼光说。"你说的这些，我恐怕回答不了你。不过有一点我要强调一下，燎原不会迁就任何人，冷钟书你应该知道的。"肖云飞说。"知道知道。"赵礼光说。"公司并没有迁就他。"肖云飞说。

想了一会儿，肖云飞对赵礼光说："好，面试结束了，你先回吧。""算是通过了吗？"赵礼光问。"通过不通过我说了不算，公司会综合来看的。"肖云飞说。"你这一关算不算过呢？"赵礼光逼问肖云飞。"我说了，算不算过要公司决定。这样，你先回，公司有决定会通知你的。"肖云飞回道。赵礼光无奈地看了看肖云飞，很不情愿地离开了。

"怎么样？这个赵礼光，廖默然可是专门打过招呼的。"东方牡丹看着走远的赵礼光问肖云飞。"打过招呼也得看实际啊，这人不行。"肖云飞说。"哟，那你最好跟廖默然沟通一下，否则……"东方牡丹说。"否则，否则怎么，他是没有工作的，在老家待了近一年，你居然资格审查就让过了。"肖云飞说。"这不廖默然说他怎么怎么好，我才……难招啊，功放的，他搞功放有10年呢，再加上廖默然又那么推举他，你让我怎么办，只能靠你把握啦。"东方牡丹说。"好，我把握，不要。"肖云飞说。"要不要跟廖默然打个招呼？"东方牡丹提醒肖云飞。"你跟他说喽。"肖云飞说。"好，我给他打电话。"说着东方牡丹给廖默然打电话。

不一会儿，打完电话的东方牡丹走到肖云飞面前说："廖默然马上过来。""过来干吗？"肖云飞问。"过来不就知道了。"东方牡丹说。不一会儿，廖默然过来了。"怎么了嘛，肖云飞？"廖默然一来就说。"你们找的是个什么人嘛，有多牛啊？连功放效率都不清楚。"肖云飞冲着廖默然说。"他做高频的，确实不太关心效率。"廖默然回道。"你又替他说话，那你凭什么说他牛嘛，事先你们是怎么沟通的？"肖云飞问廖默然。"没怎么说这些，我对他情况比较了解，主要是劝他来燎原。"廖默然说。"意思是说你对他的技术能力是不怀疑的？"肖云飞问。"是的，不怀疑他的技术能力。"廖默然回道。"那好，我问你，你和他比，你们俩谁更牛？"肖云飞问道，看廖默然在犹豫，又紧接着说："我看你比他牛。""不能这么说。"廖默然说。"廖默然，哎，牡丹，我跟你们说这个人来，不好管理的。"肖云飞说。

停了停，肖云飞又说："你们看啊，就算我信廖默然说的他很牛，也许技术上他是可以。但是，我能看得出他比较强势。而且，他并不认可艰苦奋斗的公司文化。""是吗？"东方牡丹问。"你们听听他是怎么说的，要老加班，加班太多，就没有生活乐趣。你们知道他的乐趣是什么？"肖云飞问。"打麻将没时间了。"廖默然说。"看来你很了解他，没错他就是这么说的，牡丹。"肖云飞说。"还有，廖默然，他来的话他是想着只做方案不具体干活的，你得给他配助手的。"肖云飞说。

"他这么说的吗？"廖默然显得不爽地问。"是啊。"肖云飞说。"你是怎么回答的？"东方牡丹问肖云飞。"我说他提的这个要求我回答不了他。而且我举了冷钟书的例子，说公司不会迁就任何人的。"肖云飞说。"他什么反应？"东方牡丹又问。"他说他知道冷钟书的事。另外，廖默然你跟他说得太多，搞得我很被动。"肖云飞说。"怎么？"廖默然问。"月薪啊，还有综面的重要性啊。"肖云飞说。"他是不是收入要求很高啊？"东方牡丹问。"我没理他，我说我定不了，要公司根据情况定。"肖云飞说。"他什么反应？"东方牡丹问。"他肯定不干啦。"廖默然说。

"看看，你跟他说得太多啦，让他感觉我什么都能定。所以，我就是要让他知道我什么都定不了，要公司定。否则，他不依不饶的，非逼我给他明确的薪水。而且他狂妄地说，像他这样的一定要比别人高很多。"肖云飞说。"他说他要多少？"东方牡丹问。"我没问，也没给他机会说。肯定不靠谱，我也给不了。"肖云飞说。"做得对。"东方牡丹竖起大拇指赞许着。"廖默然，我劝你，他还是不要来。我知道你和他在一个水平上，所以，他更不能来。"肖云飞说。"为什么？"廖默然问。"来了不好管理，牡丹，对吧？"肖云飞说。"听了这么多，我也觉得肖云飞说得对。"东方牡丹说。"我们信你，再来的资历要低一些，这样比较合理。否则，真的，不行的。相信我的眼力，这个人不是省油的灯。"肖云飞对廖默然说。"你们看吧，没事我走了。"廖默然无奈地说。

"回呗，牡丹，还有吗？都5点半啦。"肖云飞说。"还有一个，哟，让人等了一个下午，我去拿材料。"说着牡丹去拿材料了。

接过牡丹的材料，肖云飞仔细看了看材料喊着："尤春生。"听没人答应，肖云飞又喊着："尤春生在不在？"还是没人回应。肖云飞走到东方牡丹面前问："牡丹，尤春生人呢？""你叫，多叫几声。"东方牡丹说。"叫了好几声了，你认得他，看看在不在？"肖云飞说。"嗯，好像没在，不会上厕所了吧？这个尤春生，等了有近3个小时了。"东方牡丹边说边看着材料上的手机号拨打起来。"喂，是尤春生吗？我是燎原招聘的，到你了，赶紧过来综面。什么，回去了，为什么，还没完呢就回去？"过不多久，东方牡丹无奈地挂断了电话，来到肖云飞面前说："这个尤春生等了两三个小时，一气之下走了。"东方牡丹说。"走啦？"肖云飞说。"可不是嘛，走了。说是燎原太不尊重人了，这样的公司架子太大。尤春生说他不愿意来像燎原这样既不尊重人，架子又大的公司，没什么了不起的，在别的公司一样能干。"东方牡丹说。"今儿忙半天，鸡飞蛋打呀。"肖云飞说。"可不是吗？"东方牡丹摊开双手说。"这算怎么档子事儿？"肖云飞无奈地站起身走了。

第五章

苦涩的菊花链

1. 梳理九大根因

周一刚上班，肖云飞来到王厚林座位旁。"牛玉江到了？"肖云飞问。"到了，今天开始摸情况。"王厚林说。"我让麦哲渊他们梳理问题根因，梳理得怎样？有没有有价值的东西？"肖云飞问。"价值不大。"王厚林说。"都梳理出哪些问题，就说价值不大，你参与讨论了吗？"肖云飞问。"梳理出可能的九大根因，你说价值大吗？"王厚林说。"你的意思根因太多了？都是些什么？"肖云飞问。"一会儿发给你自己看。"王厚林不耐烦地说。"你打算怎么搞？"肖云飞又问。"牛玉江先把情况摸清楚吧。"王厚林说。"对了，那个达荣生。"肖云飞说。"真来会打电话的。"王厚林说。"要不你给他打一个？"肖云飞说。"昨天他打过电话了。"王厚林说。"今天能来吗？"肖云飞问。"我们在这儿想这事觉得挺简单的，站在达荣生的角度看这事，应该是非常大的一件事，不能催太急。"王厚林说。"你说得对，方方面面都要面对。保持联系吧，能早来最好。"说着肖云飞离开了。

转眼，肖云飞来到多载波实验室。一进门看见廖默然就问："烧功放了吗？""输入调慢了就没烧。"廖默然说。"有用啊，是不是可以往下走啦？"肖云飞开心地问。"不稳。"杭岩在一旁说。"杂散吗？"肖云飞问。"是啊。"廖默然说。"怎么办？"肖云飞问。"哎，你那个人什么时候来？杭岩一人搞不过来。"廖默然说。"昨天王厚林跟他沟通了，应该这两天能来。"肖云飞说。"就是没准喽。"杭岩说。"应该会来。"肖云飞说。"逻辑要改，软件要配合，功控也要改。"廖默然说。"找到原因啦？"肖云飞问。"就是通过不断地试，才能找到根因啊。"廖默然说。"有想法达成一致就试，不行再改再试，只能这样。杭岩那边还要和班德沟通，争取让班德配合我们，你说没软件的人行吗？没人只好慢喽，也没办法。"廖默然又说。"廖默然认为，杂散稳定这件事要有个眉目，才好往下走。"杭岩说。"对，对的。我再催催。"说着肖云飞走了。

"麦哲渊，把你分析的根因跟我讲讲。"肖云飞来到麦哲渊的实验室说。麦哲渊拉过白板说："我们一共梳理了九种可能的根因。"麦哲渊在白板上边写边说。正说着肖云飞的手机响了。"接个电话。"肖云飞示意着走出门。

"肖云飞，我是牡丹。"东方牡丹在电话里说。"好，牡丹，有事？"肖云飞问。"昨天那个尤春生啊，你看要不要再跟他沟通一下，劝他再来综面一次？"东方牡丹问。"怎么，你不是说他死活不肯来燎原了吗？"肖云飞说。"哎呀，我们领导怪罪啦，责备我们工作没做到位，把人干晾着大半个下午，非让我给这个尤春生打电话赔礼道歉。"东方牡丹说。"有这个必要吗？3个小时我印象中也是比较正常的，并不太过分。"肖云飞说。"不行啊，我们这种情况，社会上多有反映，老板要面子，让我们通过一些具体例子，尽量挽回声誉。"东方牡丹说。"老板都……"肖云飞惊奇地问。"对啊，所以我们领导有压力，这不又出尤春生的事，怎么办？"东方牡丹说。"我没所谓，关键看你能否说动尤春生啦。"肖云飞说。"说实话噢，我是不太喜欢尤春生，道理很简单，虽然我们是有所不对，但也说明他也未必真心想来燎原。否则，当时也就5点半左右，他肯定5点半之前就走了，还没下班呢。"肖云飞说。"也是，我先给他道歉，看情况再提综面的事。"东方牡丹说。"行吧，我看这要顺其自然，别强求啊。"肖云飞说。"那好，强求也没用啊。"东方牡丹说完挂了电话。

通完电话，肖云飞来到白板前，白板上写着："掉话现象，空口问题。"肖云飞看了眼麦哲渊。"看鱼骨图。"麦哲渊说。"低噪放损坏，显然不是嘛。"肖云飞说。"测试遇到过，也是一种可能。"麦哲渊说。"不不不，难怪王厚林说没价值呢。"肖云飞说。"叫他不来，背后又这么说。"麦哲渊不爽地说。"你又不是不知道，如果低噪放坏了，底噪可以看出来的。"肖云飞说。"不过要是像1800的低温自激那种现象，底噪变化并不大呢。"麦哲渊说。"有道理，嗯，还是思考了的。既然认为可能是自激，就写自激嘛。"肖云飞说。"其实在括号里写了的。"麦哲渊说。

"晶振偏了。"肖云飞往下看着。"晶振偏了是有可能的，我们做过实验。"麦哲渊说。"印尼可是常温哟，自激，晶振偏了即使发生，多半也是在低温或高温下，常温不大可能。否则，我们的硬件也太烂了。"肖云飞说。"那是那是，列着嘛，毕竟也是一种可能。像菊花链这种，也是只要分析有可能的都列上。多比少好，不怕王厚林说没价值。"麦哲渊说。"你这心态倒挺好。王厚林呢，还是指望在一线的牛玉江，你们要密切配合啊。"肖云飞说。

此时，柴文娜进来了说："不错就好，我是来和他商量为何不与一线的牛玉江结合着来搞。""看来是想做成实战经典案例啊。"肖云飞说。"对啊，这不是你的要求嘛，真正指导一线解决实际问题。"柴文娜说。"不是我要求，就应该是这样。"肖云飞说。"我们领导也是这个意思，做务实的质量。不过王厚林似乎不是太配合，你得说说他。"柴文娜说。"我想这事不用我说，如果你的这些质量方法真的有效，他会认可的。"肖云飞说。"那还是要你给他点压力。"柴文娜说。"不用，真的不用。比如说，王厚林现在觉得你们头脑风暴找出的几条根因没价值，你不是要和麦哲渊商量，再联系牛玉江嘛。"肖云飞说。"是啊，是要一起搞，看看能不能指导，或者说打开一些思路。"柴文娜说。"嗯，其实很好判断你们的作用。"肖云飞说。"怎么判断？"麦哲渊问。"只要你们列出的九条，有一条能对上现场的实际问题，就算有作用。"肖云飞说。"这样啊，那我们得再多想想。"麦哲渊说。"就是要这样啊，多想可能性，把大家的思路打开。处理问题最怕没思路。"肖云飞说。"这样，麦哲渊，工作可以再做得细一些。"肖云飞说。"你们看，你们只是列出了九条根因，每条根因的理由要说清楚。"肖云飞指着白板说。"明白，要把为什么写上。"麦哲渊说。"分支再分支。"柴文娜说。

中午，食堂。"达荣生来电话啦？"肖云飞边吃边问王厚林。"没。"王厚林刚说完，手机就响了。"喂，哪位，噢，你好，你好，什么？周三？周三来啊，太好了。什么？机票都买了，太好了，你把机票信息发给我，到时我去机场接你。好，就这样，挂了啊。"说完王厚林挂了电话。"达荣生？"肖云飞问王厚林。"没错。杭岩，他周三来。"王厚林说。"周三，好啊。"杭岩应着。"这下多载波总算步入正轨了。"廖默然说。"杭岩，我的感觉没错吧，你们好好合作，这个达荣生应该能帮到你。"肖云飞说。"期待。"杭岩开心地说。

"王厚林，周三晚上可不行啊。"柴文娜提醒着。"怎么不行？"王厚林问。"质量考试，别装糊涂。"柴文娜说。"请假。"王厚林不买账地说。"哼，想得美。"柴文娜说。"人家大老远的从北京来，没人接不好吧，再说，你们也都听见了，我电话里都答应人家了。"王厚林说。"你是不是特盼他周三来，看刚才听到是周三来的时候，你那满脸兴奋的样子。"马庆生在一旁调侃王厚林。"不会是你故意叫达荣生周三来的吧？"柴文娜用怀疑的目光望着王厚林。"这有点太无聊了吧。"王厚林说。"来就来呗，告诉他地方，自己来就行了，不用接。"肖云飞说。"我都答应人家了。你刚才都听见了。"王厚林说。"你尤其要参加质量考试，就冲你不积极参与娜姐、麦哲渊组织的头脑风暴讨论。"肖云飞对王厚林说。"净整些没价值的东西，懒得掺和。"王厚林说。"肖云飞你看看，他这个态度。"柴文娜说。"人生地不熟的，还是应该接，更何况答应人家了。"王厚林说。"简单，周三上午，周二晚上吧，你给达荣生发个短信，就说要出版本走不开。告诉他地址就行了。"肖云飞对王厚林说。"又不是3岁孩子。"柴文娜说。"行行行，真没人情味。"说着王厚林端起盘子走了。

"你们要是答应他，我也请假和他一块去接人。"马庆生说着也走了。"都什么人啊！"柴文娜说。"一帮没水平的人，先进的质量方法听不进，就知道土方法。我就看印尼能整成啥样。麦哲渊，娜姐说的分支再分支你要赶紧搞，白纸黑字列在那儿，爱看不看。另外，和牛玉江保持良好的联络，对一手数据及时分析，可能的情况尽可能罗列，以帮助王厚林分析判断。"肖云飞说。"你是真支持我们质量的工作。"柴文娜对肖云飞说。"此话差矣，丰田都在用的东西，日本人实用主义这么强，我是真信的。"肖云飞说。"有道理。"柴文娜说。"看来我们多载波也要用鱼骨图、头脑风暴了。"廖默然说。"活学活用。"杭岩说。"我得跟我们头说，给肖云飞写个表扬信。"柴文娜说。"那些虚头巴脑的没意思，心思花在印尼问题处理上，看能不能帮上一点点小忙。"肖云飞说。

"曹瑞祥，你们射频的招聘很不理想啊。"下午肖云飞找到曹瑞祥说。"一个你不要，一个被你气走了，我能有什么办法？"曹瑞祥说。"都赖我啊，那个赵礼光，真的，不是太靠谱。来了是个麻烦。"肖云飞说。"说到尤春生，对了，牡丹打电话了吗？"说着肖云飞给东方牡丹打电话。

"牡丹，尤春生的电话打了吗？"肖云飞问。"打了。"东方牡丹回道。"答应来综面吗？"肖云飞问。"你们燎原有什么了不起啊，想把人晾着就晾着，想招呼就招呼。我又不是小狗，就是要饭也不去你们燎原。"东方牡丹说。"尤春生说的？"肖云飞问。"是啊。"东方牡丹说。"这也太过分了，不来拉倒。"肖云飞气愤地挂了电话。

"看看你们相中的人，唉。以后我要亲自抓你们的招聘。"肖云飞说。"好啊，欢迎，哎呀，这下我可以轻松了。"曹瑞祥说。"轻松？做梦，我反正就盯着你。"肖云飞说。"盯着我干吗，我们仅仅是支撑你。"曹瑞祥说。"不要这样曹瑞祥，我现在急啊，多载波要真上了，各频段一铺开，就该真忙了。赶紧招人啊，我说的亲自抓，就是盯紧你。要有明确的计划，具体的，5月份至少招两个功放。"肖云飞说。"这马上就是5月份了。"曹瑞祥说。"对啊，5月份要能成功招聘到两个人，6月份来，7月份、8月份差不多就能干活了。"肖云飞说。

"这样，我按照你的意思，召集大家开个会，动员动员，然后再列个计划给你看看，怎么样？"曹瑞祥说。"少来，怎么说也是5月份招两个功放的，而且是要完成招聘流程的，这就是计划，我盯着。"肖云飞说。"好，5月份招两个做功放的，但我真的没把握，只能尽力。"曹瑞祥说。"必须完成，否则考评打C，真的，不客气。"肖云飞说。"别这样。"曹瑞祥说。"就是要这样，到时候别怪我就行。我可是事先给你打招呼了。"肖云飞说。

"你也是知道的，现在新的考评机制，大家都比较难。关键事件就成了打考评的重要依据，就跟足球比赛，先评积分，再看两队相互输赢，再看净胜球，还不行，就看进球数。以前足球比赛赢一场是两分的，为了鼓励进攻，才改为现在的赢一场三分。"肖云飞说。"说考评，怎么扯到足球赢一场改三分了，真有你的。"曹瑞祥说。"其实是一样的，真的，要认真对待，没开玩笑啊。"肖云飞说完转身走了。"逼死人不偿命的。"曹瑞祥自语道。

2. 美国来单了

刚回到座位，肖云飞的座机响了。"肖云飞，你小子就是个福将。"张立彪在电话里说。"啊，怎么了，张总？"肖云飞说。"美国来单啦。"张立彪兴奋地说。"真的，多少个站？"肖云飞问。"先试验局，5个站，争取月底发出去。"张立彪说。"这么急。"肖云飞说。"现成的，以前就有准备的，只是一直拖到现在。"张立彪说。"试验局借货合同，已经下进来了，赶紧保障啊。"张立彪说完挂了电话。

"美国，不是梦吧？"马庆生在一旁惊喜地说。"月底都发货了，不是梦。"肖云飞说。"那我赶紧跟踪一下。"马庆生说。"哎，你那准3G单板没问题吧？"肖云飞问。"没问题。不过这个美国应该不用欧制的。"马庆生说。"对，把这茬儿给忘了，美版现成的没问题。不过我是说你这准3G不是小改了一下嘛，有没有问题？"肖云飞问。"没问题，放心，5月中旬发货欧洲。"马庆生说。"没问题就好，美国这个盯紧了，别出什么差错。"肖云飞说。"哪儿都不能出差错。"马庆生说。

周二上午，产品线例会。"美国也开和了，我私下说肖云飞就是个福将。"张立彪高兴地说。"美国市场反而好办，这次其实就等着正式合同了，要试验局的报告。所以，这5个站，肖云飞月底全力以赴发出去。早发早安装，把站开起来业务一测满足要求，出正式报告，美国的小运营商急着用我们廉价的设备赚钱呢。"张立彪说。"马庆生跟着呢，放心。"肖云飞说。

"好，接下来看一下质量情况。"柴文娜说。"TIO、准3G都过了TCP5，5月中旬发货。但是准3G软件，还需要再全面深入地测试，多发现问题，毕竟时间紧，风险存在。"柴文娜接着说。"王厚林，到时候要去人的，肯定会有问题，现场及时解决。"张立彪说。'牛玉江正在印尼呢。"肖云飞说。"S666掉话还没解决？"张立彪说。"这不去人了嘛。"肖云飞说。"你亲自去欧洲。"张立彪对王厚林说。"没事，应该能错得开，更何况马上又会来个猛将。"肖云飞说。"你亲自去欧洲，家里让手下人顶着，也好培养新人。欧洲市场，关系重大，老大必须亲自上。"张立彪对王厚林说。"那我要赶紧办签证。"王厚林说。

"你们应该都还没怎么出去过吧？肖云飞你也办。"张立彪说。"好，我也办，赶紧办。"肖云飞附和着说。"大家护照都办起来。"张立彪说。"赶紧，都办，赵长城，曹……哦，曹瑞祥有，廖默然、邓学佳也有，下去都让手下办护照啊。"肖云飞接着张总的话说。"要作为任务，柴文娜，帮我监督。好事情，大家都出国看看，开开眼界。"张立彪说。"测试也应该去人吧？"赵长城说。"对啊，测试部本就应该去人的。"王厚林说。"好啊，定了人和王厚林一起办。不过啊，人员要协调好，很多事都要我们出人的。"肖云飞又说。"你们要把握好，肖云飞，都重要啊。西藏墨脱，必须支持到位。"张立彪说。"墨脱说好了，测试去人。"肖云飞说。

"美国要不要也去人啊？"王厚林问。"美国，技服说自己搞定。"张立彪说。"好地方，就自己搞定了。"马庆生说。"师建宏，制造有什么问题？"张立彪问。"现在，还好。反正有问题会及时找肖云飞的。"师建宏说。"招聘怎么样，肖云飞？"张立彪问。"招聘在搞，软件、硬件都进展良好。"肖云飞说。"射频、功放呢？"张立彪问。"曹瑞祥，你那边？"肖云飞问曹瑞祥。"争取5月份招两个功放的。"曹瑞祥说。"射频、功放很重要啊，没人。我跟肖云飞说，没人，想干都没办法。所以，人很重要。"张立彪说。

"对了，肖云飞，多载波的情况目前是什么状况？"张立彪问。"五一过后给您专题汇报吧。"肖云飞说。"在搞吗？"张立彪问。"一直都在搞。"肖云飞回道。"多载波要抓紧。"张立彪对肖云飞说。"明白。"肖云飞回道。"还没立项呢。"柴文娜提醒道。"知道。"张立彪说。"还得看你们。"张立彪对大家说。"我们一直在以技术项目的名义持续投入，刚招了个搞软件的，明天就到。"肖云飞说。"我信你。"张立彪说。"是的，杭岩专职，廖默然基本也是主要投入。"柴文娜说。"还不够，还需加大投入。"张立彪说。"就是人，现在有点……"肖云飞说。"所以，给你提要求啊，没人啥也干不了。"张立彪说。"我现在是亲自抓招人。"肖云飞说。"关键人要能报到。"张立彪说。

"今天就到这儿吧，金总找我有事。对了，师建宏，美国发货别出差错，再提醒一下。"张立彪说。"好像美国发过几个站。"师建宏说。"那是另外一个运营商，而且是我们主动送的，结果没成。"张立彪说。"那这次？"师建宏问。"这次是运营商主动提的，是玩真的。"张立彪说着离开了。

"哎，牛玉江那边怎么说？"肖云飞看着王厚林问。"数据发回来一些，正在分析。"王厚林说。"要的是解决，那边站开始建了吗？"肖云飞问。"货正陆续到，估计月底开建。"王厚林说。"所以，要快啊，兄弟。"肖云飞说。"一头雾水啊。"王厚林说。"麦哲渊他们的也可以参考参考嘛。"肖云飞说。"在参考。"王厚林说。

"对了，柴文娜，不能让他们没压力地搞，印尼问题要成立攻关组，组长王厚林。下午上班作战室开会，把目标、时间点等详细计划列出来，你负责每天出攻关日报。还有，副组长麦哲渊。"肖云飞说。"算啦，有个组长就行啦，还搞什么副组长，搞笑。"赵长城说。"什么叫没压力？"王厚林不爽地说。"看你们不紧不慢的，等站开起来，一遍掉话，这摊就难收了。"肖云飞说。"知道，都知道，就是……"王厚林说。"所以，要头脑风暴嘛，光一个人独想，容易掉入死胡同。"肖云飞说。"下午讨论嘛。"

柴文娜说。"好，中午好好睡一觉，让大脑清醒些。"王厚林说。

下午，作战室，印尼问题攻关会正在开着。"夏润泽，晶振拉偏做得怎样？"王厚林问。"拉偏超出协议要求很多才有问题，应该不会是载频板频偏导致的掉话。"夏润泽说。"你先别下结论，我问你，晶振频偏多了会导致印尼S666掉话问题对不对？"王厚林说。"没错，可是……"夏润泽正要往下说，王厚林打住又问："你只要回答Yes或No就行了，不用解释。"王厚林说。

"王厚林，频偏大了肯定不行，这都是常识性的问题，你还拿来说。更何况，频偏大了肯定有告警啊。让牛玉江把告警信息导出来看一下就知道啦，显然不可能嘛。"麦哲渊说。"对啊，让牛玉江把告警信息查一下不就明白了。"肖云飞也跟着说。"怎么就盯着硬件，显然不是硬件的问题。"邓学佳说。"空口问题，信噪比差导致掉话，就应该是物理信道的问题啊。"王厚林说。"这不都是老生常谈嘛，听都听腻了。"赵长城说。"是啊，每次都这么说，每次都不是硬件问题。你们就是拿这个做幌子，你也不信是硬件问题，对不对？"肖云飞对王厚林说。"我没有不信。"王厚林说。"真的，你认为是硬件问题？"肖云飞问王厚林。"真的。"王厚林说。

"大家听好了，王厚林说是硬件问题。曹瑞祥，你的问题哟，你来处理。"肖云飞说。"硬件问题简单，换嘛。"曹瑞祥说。"现场的模块换上去没法保证没问题。"王厚林说。"那好，把麦哲渊环境上的拔了发过去，应该可以了。"曹瑞祥说。"要不要拔？"曹瑞祥问王厚林。"可以。"王厚林说。"那你去拔。"肖云飞对王厚林。"干吗要我去？"王厚林说。"你说载频板有问题。"肖云飞说。"我说有问题就要我去拔？"王厚林反问道。"行啦，别拉不出屎来怪茅坑。还是软件上多想想问题到底出哪儿了吧。"肖云飞说。"想不出。"王厚林说。"想了没有？"肖云飞说。"怎么可能没想。"王厚林说。"看，人家麦哲渊帮你分析，你又不屑一顾。自己又想不出啥招来，就这么干耗着？"肖云飞说。"搞了个测试版本，是根据牛玉江发回的信息搞的。麦哲渊，今晚要辛苦你了，测一下看有没有问题，行的话，明天发给牛玉江升上去试试。"王厚林说。"印尼升没问题吧？"肖云飞问。"现在没正式商用，可以。"王厚林说。"那好，你们赶紧吧。"说着肖云飞离开了。

"不是说已商用了吗？"麦哲渊问。"有问题还商用，傻呀。"王厚林说。"什么时候出版本？"麦哲渊问。"我要求晚8点前给你们。"王厚林说。"好嘛，就是让我们通宵。"麦哲渊说。"辛苦辛苦，我们跟你们一块儿搞。"王厚林说。"这还差不多。"麦哲渊说。"必须的。"王厚林说。"哎，具体讲讲那些变化吧。"麦哲渊说。"好。"王厚林说着走到白板前讲起来。"这些是我们分析出来的可疑点，这个版本就是在这些可疑点上增加了打印、信号处理的输入与输出，看导改误码的错帧出现在哪个环节上。"王厚林对着白板上的分析点解释着。

"其实，S666是在S444的基础上扩展的。S444的应用是没有问题的，我们应该着重于扩展的部分。"麦哲渊说。此时王厚林的表情略显惊讶，似乎发现麦哲渊的思路跟自己的不同，而且有着逻辑上的合理性。王厚林思考了一会儿淡定地说："你说得没错，我们考虑了这个因素，提醒得很对。""我觉得你们在资源共享这块要加一些打印点。"麦哲渊说。"没事，这块应该不会有问题。"王厚林说。"能不能加上嘛，既然认为麦哲渊说得有道理，就加上呗。资源共享模块、输入、输出都设上监控打印。我们是知道入是怎样，出是怎样的，如果有问题从监控打印上就能看出，这样多好。说白了，我觉得麦哲渊说得有道理，你那可能……"赵长城说。"先这么着吧，不行再搞行吧？"王厚林说。"也行。"麦哲渊说。

3. 质量考试

周三一早。"昨晚他们熬通宵啦？"肖云飞问马庆生。"嗯，凌晨3点版本发给了牛玉江。"马庆生看着邮件说。"不知能否找到根因。"肖云飞看着邮件说。"你那边，美国订单，盯紧了。"肖云飞说。"昨天夜里上的线，今天装模块，明天整机一测差不多可以入库发货了。"马庆生说。"还是别大意。"肖云飞说。

此时，肖云飞的手机响了。"喂，哪位？"肖云飞问。"肖云飞，我，郭清源。"郭清源在电话里说。"啊，郭老师，2日嘛，我和卢梦娇肯定去。放心。"肖云飞说。"放心？刚和卢梦娇通了电话，她说她肯定没问题，但不保证你。"郭清源说。"怎么可能，别听她的，没问题，放宽心。"肖云飞说。"信你。不过，肖云飞，难得，一定要想办法来啊。大不了2日上午坐飞机过来，保证晚饭同学们能聚齐。"郭清源说。"知道，放心，一定来。挂了，还有事。"肖云飞说完挂了电话。

"喂，师建宏，美国订单的生产没问题吧？"马庆生用固话与师建宏沟通。"有问题任务令可以查到的，而且生产会及时通报出来的。我查了一下正在单板测试，挺正常。单板测完装模块整机测完就OK。"师建宏说。"其实，单板测试有点多余，最好直接装模块测试。"马庆生说。"美国这个还是老的嘛，TIO就像你说的，没有单板测试了。"师建宏说。"有问题及时通报啊，挂了。"马庆生说完挂断了电话，对肖云飞说："问题不大，单板目前测试正常。"

"今天周三，23日，明天整机要是没问题入库。30日，4月只有30天，正好入库发货。"肖云飞盘算着。"我看，马庆生，你下午就在生产线上待着，看紧了。把美国发货搞定了，安心过个五一。"肖云飞说。"也是，往往要过节就出事。"马庆生说。"是啊，下午去盯着，心里踏实点。这边还有印尼的问题，唉，现在也没个头绪。但愿今天牛玉江升了级能找到问题根因。"肖云飞说。"不会把你的同学聚会给搅了吧？"马庆生说。"哎呀，不好说啊。"肖云飞说。

中午，食堂。"王厚林、麦哲渊他们是不是回家休息了？"肖云飞吃着午饭问。"下午过来，晚上的考试肯定要参加的。"柴文娜说。"嗯，晚上几点？"肖云飞问。"6点半准时开考。"柴文娜说。"就在作战室对吧？"马庆生问。"不，人多，就在这儿，食堂。"柴文娜说。"不知道那个达荣生，哎，这么大个人如果地方都找不到，说明能力也太差了。不操那个心。"肖云飞说。"就是，找不着还可以打电话的嘛，不会有问题的。"柴文娜说。"下飞机打的，跟司机说燎原博雅苑，都知道。"曹瑞祥说。

"瞧人家王厚林，从北京给整一个死心塌地为燎原服务的，你们射频，啊，张总也说了吧，真得认真对待，曹瑞祥。"肖云飞说。"认真，真的认真了。但是确实有难度。"曹瑞祥说。"分析原因了吗？"肖云飞问。"你碰到俩，一个赵礼光，一个尤春生，有所了解了吧？"曹瑞祥说。"他们俩应该不是普遍现象吧？"肖云飞说。"那是你认为。"曹瑞祥说。"我们还是想办法吧，别把他吓着。"廖默然对曹瑞祥说。"理解，要不怎么说难招呢。"肖云飞说。"能理解就好，但业务摆在这儿，我也急啊。"曹瑞祥说。"思路也要转一转，应届生也可以，我们可以培养啊。一张白纸能画最新最美的图画。"廖默然说。"要是这个思路，心里就有底了。不过，行吗？"肖云飞问。"双管齐下呀。行，放心。"廖默然说。"那好，我，别，你直接跟牡丹说，应届生也要。"肖云飞对廖默然说。"只要是学射频的，本人愿意搞功放，我们都要。"廖默然说。"行，你就这么跟牡丹说，牡丹听了一定是如释重负。"肖云飞说。"搞功放没那么难。"廖默然说。

"只是恐怕有人不太愿意罢了。"曹瑞祥说。"为什么？"肖云飞问。

"装糊涂？"曹瑞祥问肖云飞。"噢，你是怕功率大影响身体。这东西我自己也分析了，和大家也聊了很多，没那么可怕，不是都有防护服，还有防辐射的眼镜嘛。"肖云飞说。"其实都是瞎虚，手机接听电话一瞬间功率大了去了。少则一瓦，有的手机烂点都两三瓦，比我们做功放泄漏的功率大多了。"袁一帆说。

"是吗？你具体说说，让我心里也踏实点。"柴文娜说。"娜姐，这么跟你说，当你进到功放实验室，只要功放盖板没打开，你就放宽心。"廖默然说。"不会泄漏啊？"柴文娜问。"有泄漏，但比手机电平低多了，这下放心了吧？"廖默然说。"那要是开着盖子呢？"柴文娜又问。"开着盖板，功放辐射肯定会大。但，打个比方吧，家里用的微波炉，一般要求人要离开两米比较安全，这是讲的微波炉。但对功放，最多也是上百瓦，比微波炉差着数量级呢。即使功放开着盖子，你离得远点，一米开外，信号的辐射就弱很多了。"廖默然说。"当然，如果要调试，必须打开盖板才能调啊。通常会选把输入的功率关掉，再进行调试，调试完了盖上盖板再打开输入的功率。"廖默然说。

"那要是就非要在打开盖板、有功率的条件下进行功放调试呢？"柴文娜又追着问。"通常这种情况比较少，如果这样做，主要是图个快。"廖默然说。"要是真要开盖子，带功率调呢？"柴文娜不依不饶。"这个时候，主要容易伤害的是眼睛。"廖默然说。'那是不是就要戴防护眼镜、穿防护服啊？"柴文娜问。"在实验室穿工衣很正常，所谓防辐射服就是在工衣里又搞了一个类似背心的防辐射马夹。你也看到了，一般都会穿。但防辐射的眼镜，你看到有人戴过吗？"廖默然问。"还真没见到有人戴。每人都有吧？"柴文娜问。"告诉你，肖云飞、马庆生都有，不信你问。"廖默然说。"是吗？"柴文娜问肖云飞。"没错。"肖云飞回道。"那为什么没人戴？"柴文娜不解地问。

"所谓开着盖子、带功率调，也不是就把功率推到最大，通常功率比较小。"朱文学一并解释道。"那要是非得把功率推到最大呢？"柴文娜又问。"不用，我肯定不用。"朱文学说。"嗯，都是有技巧的。"柴文娜说。"这下不用担心了吧。"肖云飞对柴文娜说。"走喽。"柴文娜端起盘子走了。走了没几步，柴文娜回过头提醒着大家："晚上6:30，还在这儿啊。早点到，6:20吧。"

下午上班不久，东方牡丹和廖默然就一同来到肖云飞的座位旁。"肖云飞，廖默然说射频应届生也可以做功放，是真的吗？"东方牡丹问。"怎么，有问题吗？"肖云飞反问。"我？关键是你们，公司是把射频功放的人单列的，尤其是功放都是有特殊待遇的。你们现在说射频可以招应届生，我当然要问问清楚啦。我得向公司领导说明的。"东方牡丹认真地说。"那就说明呗。"肖云飞说。"怎么一下变得这么没门槛了？"东方牡丹问。"难招你是知道的，而且你也看到了。所以，我们想自己培养。当然社招不能停，对吧，廖默然？"肖云飞说。"没错，双管齐下。"廖默然说。

"你们真要这样，我没意见的。况且这批应届的硕士已经报到了，有几个射频的，廖默然，你去跟他们沟通沟通，看谁愿意做功放。关键你们不能觉得不行又反水，那我就难办了，领导还不骂死我。"东方牡丹又说。"放心，不会的。向你打保票。"廖默然说。"这样，我省事儿啊。"东方牡丹说。"这是实话，牡丹。"肖云飞说。

"哎，廖默然，你得跟我说怎么个培养法。"东方牡丹说。"主要是经验嘛，其实没什么特别的，从电路本身其实功放没什么原理，还是比较简单的。"廖默然说。"你们有经验，指导他们做，你来把关。"东方牡丹说。"是啊，一个项目做下来就差不多了。"廖默然说。"其实，别人也说，你们功放没啥东西，有点不服你们。"东方牡丹说。"看，一说我们又啥都不是了。"廖默然说。"没这个意思，你们重要，你们关键，公司领导一直这么说。"东方牡丹说。

"行了，我知道了，一会儿发份名单给你，附上简历，你看中谁，我让他来见你。"东方牡丹对廖默然说。"好啊，这不就解决了嘛。"廖默然乐呵呵地说。"别啊，还是要认真对待，要真能做下去才算呢。社招还是要加紧，不能放松。听见没？"肖云飞对廖默然说。"啊，牡丹，社招不能放松。"肖云飞又说。"社招，只能指望廖默然他们，我这儿想使劲也使不上。"东方牡丹说。"放心，我们肯定也想招有经验的。"廖默然说。"有没有目标？"肖云飞问。"有是有，你知道现在搞功放的吃香，公司还是拿出一些政策出来，否则……"廖默然说。"已经倾斜了。"东方牡丹说。"要知道水涨船高啊。"廖默然说。"牡丹，你多了解一下，看看政策是不是要调整。如果真需要，找公司解决，好吧。"肖云飞对东方牡丹说。

"这样，你把掌握的人员信息发给我。有必要的话我来与他们沟通，看看他们的真实诉求。"东方牡丹跟廖默然说。"现在还都在摸底呢，主要是打探意向。要是人家根本不愿意来，也不好给你去沟通。"廖默然对牡丹说。"这种事挺费心的，别人还帮不上忙。关键待遇上没有绝对的优势，只能谈前景。"廖默然又说。"也对，自己培养是条道。牡丹说的那几个新来的硕士，学射频的，请他们吃顿饭呗。牡丹，你一起去，你俩跟他们好好聊聊，看看有没有能做功放的好苗子。啊，廖默然。"肖云飞说。"这简单呀，廖默然，你定，随时。"东方牡丹说。"好，先看资料再定吧。"廖默然说。"求别人不如靠自己，有多难啊？"肖云飞说。

肖云飞拿起电话："喂，王厚林，来了？""马上到公司。"王厚林在电话里说。"达荣生什么时候到？"肖云飞问。"到博雅苑要七八点钟了。"王厚林说。"天气还好，应该不会晚点。考完试你去看看人家呗。"肖云飞说。"是啊。"王厚林说完挂了。

"哎，怎么就挂了，还有话问你呢。牛玉江那边咋样啊？"肖云飞又拨通了电话。"刚升没多久，晚些时候才能有数据，就这样。"王厚林说完又挂了电话。"躲躲闪闪，就怕我多问。"肖云飞自语道。"行吧，你们去忙呗。"肖云飞看着牡丹和廖默然说。"马庆生，生产怎么样，美国发货的那批？"肖云飞转身问马庆生。"单板测试没啥问题，现在装模块。"马庆生说。"嗯，够快的。照这速度，明晚就能入库了。"肖云飞乐观地说。"在干啥？"肖云飞看着马庆生的电脑问。"再看看，争取晚上一把过。"马庆生说。"我也再看看。"肖云飞说完在电脑上复习着质量考试的内容。

晚上，食堂。"大家先把手机调到静音。要是听到铃响，我就直接没收了。听见没？大家赶紧把手机调到静音。另外，考试结束是8:30，想提前交卷的，把卷子放在桌面就可以了。不过劝大家一句，还是别提前交卷，最好多看看，检查检查。现在我发卷子，拿到卷子不许打开，不许动笔。等大家都拿到卷子了，我让大家动笔，才可以动笔。"柴文娜边发卷子边说。"都拿到了吧？好，开始答题。"柴文娜一声令下，大家开始埋头答题。两个小时过去了。"好，时间到，请大家带好自己的东西离开座位，卷子就放在桌上。不要再写了，赶紧离开，麦哲渊。"柴文娜喊着。

马庆生离开座位赶紧掏出手机看："哇，这么多未接电话。哟，都是师建宏打的。""坏了，一定是整机测试出问题了，赶紧给师建宏打过去。"肖云飞对马庆生说。"好，这就打。"马庆生说着回拨了过去。"喂。"马庆生还没开口，师建宏就说了："马庆生，怎么搞的，打你电话不接，赶紧的，整机测试出问题了。在公司吗？""在，在。"马庆生说。"赶紧去生产整机测试室，打你没人接，打曹瑞祥也没接。赶紧啊，看看是你去还是曹瑞祥去现场处理。"说着师建宏挂了电话。

"你们都去。"肖云飞说。"曹瑞祥去哪儿了？曹瑞祥。"马庆生望着老远的曹瑞祥挥手示意。"什么事？"曹瑞祥走过来问。"你没看手机吗？师建宏打的。"马庆生说。"没看呢，怎么啦？生产出事啦？"曹瑞祥问。"你俩赶紧去生产，边走边说吧，快。"肖云飞轰着马庆生、曹瑞祥往生产整机测试室走。

肖云飞轰走了两人，转身看见柴文娜一人在忙，急忙过去说："娜姐，要帮忙吗？" '好啊，这些卷子帮我拿着。"柴文娜说。"好，我来拿。"肖云飞说。"马庆生、曹瑞祥又干啥去了？"柴文娜边走边问肖云飞。"嗨，美国发货，生产出问题了。"肖云飞回道。"啊，不会影响发货吧？"柴文娜说。"但愿吧。"肖云飞说着环顾了四周，又问柴文娜："他们为啥在那儿不走？"柴文娜很神秘地对肖云飞说："等着夜宵呢。""噢，差不多快到点了。公司真不错，还有夜宵。"肖云飞说。"很多人都指望着夜宵呢。"柴文娜说。"啥意思？"肖云飞边走边问柴文娜。"晚饭吃个半饱，夜宵吃个满饱，顺手把明天的早餐也给解决了。一天所需，靠夜宵能解决两顿。"柴文娜说。"啊，这样啊。"肖云飞说。"可不嘛。"柴文娜说。"也可以理解。"肖云飞说。

停了一会儿，柴文娜说："这样的好日子估计过不了多久了。""怎么？"肖云飞问。"公司估计要申报了。"柴文娜说。"夜宵？"肖云飞问。"没错，夜宵要申报，而且是一份一份的，不像现在随便打。"柴文娜说。"林子大了什么鸟都有，还是要有规矩啊，光靠自觉是肯定不行的。"肖云飞感慨地说。

正走着，肖云飞的手机响了。"喂，王厚林，达荣生到了吗？"肖云飞在电话里问。"到了，我打电话就是告诉你一声，好，明天见。"说完王厚林挂了电话。"多载波有救了。"肖云飞接完电话对柴文娜说。"光听你们说啊，说啊说，就是光打雷不下雨，耳朵都听出茧子来了。"柴文娜说。"这回真的了。"肖云飞说。"真个啥？金总没给指示，光你和张总双簧唱着。"柴文娜说。"嗨，这你就不明白了……"肖云飞正要说。"明白，我们自己先做出成绩，金总就会……真的耳朵出茧子了。"柴文娜说。"不说了，省得茧子更厚。但我要告诉你，这把是真真切切的，走着瞧吧。"肖云飞说。"但愿。"柴文娜回道。

4. 差点出大事

第二天一早，肖云飞像往常一样来到座位。"怎么回事，昨晚没回啊？"看着马庆生打着地铺，肖云飞问。马庆生睡得昏天黑地没听见。"看来不妙啊，曹瑞祥。"说着肖云飞往曹瑞祥座位走去。远处看着曹瑞祥躺在地铺上，肖云飞喊着："曹瑞祥，该起来了。"只见曹瑞祥动了动身子，慢慢睁开了眼。"昨晚搞到几点？"肖云飞问。"3:30。"曹瑞祥回道。"嗯，那是不用回了，蚊子多不多？"肖云飞问。"太困了，没感觉。"曹瑞祥边说边爬了起来。

"有蚊香的，我抽屉里有。"肖云飞说。"不好搞啊，昨天晚，没敢给你打电话。"曹瑞祥说。"怎么啦，你们什么都不说，啥信息都没有。"肖云飞急着说。"整机一测灵敏度就挂，一测就挂，百分之百。"曹瑞祥说。"测几个就百分之百？"肖云飞问。"7个。"曹瑞祥说。"什么原因百分之百？"肖云飞急着问。"接收低噪放坏。"曹瑞祥说。"又是低噪放，自激？"肖云飞追问道。"不是自激。"曹瑞祥说。"你咋肯定不是自激？"肖云飞又问。"把功率闭掉就没事。"曹瑞祥说。"那就把功率闭了测。"肖云飞说。"有你这么说的吗？"曹瑞祥说。"怎么？噢，实际功放都是开着的。"肖云飞醒悟地说。

"那有大问题啊，别的发货也没出现这种事啊。应该都功率开着测的对不对？"肖云飞问。"测试软件都是一样的。"曹瑞祥说。"哎，赶紧先泡碗方便面，有汤有水的吃了胃舒服。"说着肖云飞忙给曹瑞祥泡方便面去了。"对了……"泡着面，肖云飞又想问。"你想问为什么只有美国发货有这种事，是吧？"曹瑞祥抢着说。"是啊，别的发货没这样啊，你说的测试软件都一样。"肖云飞说。"测试软件一样，但硬件不同。"曹瑞祥说。

"在我印象中，应该就是镜像抑制滤波器不同吧。"肖云飞说。"坏就坏在这个镜像抑制滤波器上。"曹瑞祥说。"怎么啦？难道为了这个镜像抑制滤波器，你们把板改了？不是一个PCB？"肖云飞问。曹瑞祥没吭声。

"为什么？为什么不做兼容？"肖云飞问。"美国1900的毕竟是量少。就单独为它搞了一板PCB。"曹瑞祥说。"别的呢？"肖云飞又问。"别的PCB没动。"曹瑞祥说。"你确定？别的没动？"肖云飞追问道。"我确定，而且昨晚在生产维修工位把原理图和PCB都调出来仔细看了，PCB是两个不同的编码。"曹瑞祥说。"即使这样，这个1900的PCB就改个镜像抑制滤波器的封装，怎么就会这样？"肖云飞问。"不可能，如果是这样，我敢肯定其他也是有问题的，只是由于频段差异，没1900这么严重罢了。"肖云飞又说。

"分析得有道理。"马庆生端着泡面边吃边说。"你醒啦。"肖云飞说。"听到你叫我了，太困，等我睁开眼，就没影了。就知道你在这儿。"马庆生边吃边说。"我刚才说的有没有错吧……"肖云飞正要往下说，被马庆生打住。"分析得有道理，但还是有错。"马庆生说。"这话，听不懂。"肖云飞说。"曹瑞祥能上你懂。"马庆生说。肖云飞转头两眼盯着曹瑞祥。

"1900改板的时候，不小心把防功率冲击的匹配电路给删了。"曹瑞祥说。"难怪，怎么办？"肖云飞问曹瑞祥。"我这正要找器件中心的苏明阳。"曹瑞祥说。"器件中心的苏明阳，找他干吗？'肖云飞又问。"原来我们都是用麦康的E5放大器。要器件替代，他们就搞了个STF的S86放大器。"曹瑞祥说。"现在都是S86，对吧？"肖云飞问。"是的。"曹瑞祥说。"想起来了，E5是我那时候用的。以前，前期S86试的时候就发现没E5皮实。苏明阳他们与厂家沟通，厂家建议加防功率冲击的匹配电路，结果你们1900改板把它给删了，好吧，这下怎么办？"肖云飞问曹瑞祥。"割

PCB，把匹配电路加上去。"肖云飞说。"生产手工割啊？"曹瑞祥说。"怎么，你有更好的办法？"肖云飞问曹瑞祥。"生产肯定不肯。"曹瑞祥说。"放心，我来搞定师建宏。"肖云飞说。"不过……"曹瑞祥欲言又止。

"不过什么？"肖云飞问。"管子输出就是隔直流了，紧接着又是中放管，很密，加不了。昨晚都看了。"曹瑞祥说。"难怪，把自己逼到墙角，动都动不得。"肖云飞说。"吃完了没，吃完了走，到生产部去。"肖云飞说着往外走，没走两步又回头："给苏明阳打电话，生产部见。"肖云飞对曹瑞祥说。

生产整机测试现场。"问一下苏明阳到了没？"肖云飞对曹瑞祥说。"今天是周四了，4月29日。"肖云飞说。"本来今天开始入库了。"师建宏说。"看，苏明阳来了。"曹瑞祥指着远处说。

"苏明阳，你看你们这S86给整的，害得我美国发货受影响。"肖云飞对刚过来的苏明阳说。"他们改板的时候把匹配电路给删了，我们又不知道。"苏明阳说。"你们没做测试吗？"肖云飞问。"这你可怪不得我们，我们是不知道有两块PCB的。切换S86我们可是经过大量的测试验证，生怕出问题。"苏明阳看着曹瑞祥说。

"生产做了多少？"肖云飞问。"这个你问曹瑞祥啊，他比我更清楚。"苏明阳说。"1000块单板。"曹瑞祥说。"大家都觉得没问题，达成一致意见，才切换的。"苏明阳说。"整个切换过程都有详细的数据，评审报告和会议纪要，绝对慎重。"苏明阳又说。"当时我们改的时候还是用的E5放大器。"曹瑞祥说。"所以，测不出问题嘛。"苏明阳说。

"你什么时候知道有两块PCB的？"肖云飞又问苏明阳。"昨晚，接近12点曹瑞祥打电话告诉我的。"苏明阳说。"你这是滴水不漏啊，来之前都想好了怎么撇清是吧？"肖云飞冲着苏明阳说。"别啊，肖总，怎么能这么说呢，确实我们器件中心不知道有两块板。"苏明阳说。"怎么办，你是撇不清的，照你的说法不切换S86应该就没事儿对吧？"肖云飞冲着苏明阳说。"公司要求必须有替代。"苏明阳说。"可你现在全切换成S86啦，你就是二八开也有20%是E5。是S86便宜很多吗？"肖云飞问。"便宜是肯定的，便宜多少不清楚。"苏明阳说。

"不说了，怎么办？"肖云飞问苏明阳。"想用手刻加电路，曹瑞祥，我也看了确实没空间，加不上。"苏明阳说。"哎，这是馊主意啊，生产肯定不干，要刻你们研发自己搞。"师建宏说。"为什么？"肖云飞不爽地问师建宏。"万一把板子刻坏了呢？工人拿多少钱啊，赔得起吗？"师建宏说。"倒也是，不行就让研发刻，反正也不多。"肖云飞说。"太密，刻不了。"曹瑞祥说。"怎么就刻不了？拿来我看。"肖云飞说。

说着师建宏拿了块拆开的模块放在肖云飞面前。"看吧，就是这儿。"曹瑞祥手指着说。"哪是不小心删的啊，肯定是故意删的，不删排不下。"肖云飞看了说。"瞧你说的。"曹瑞祥低声说。"行了，叫柴文娜好好回溯一下。"肖云飞说。"还是先解决生产问题吧，张总催得紧啊。"师建宏说。"先别急着跟张总说。"肖云飞对师建宏说。"已经说了。"师建宏说。

看着肖云飞很生气的样子，曹瑞祥说："师建宏若不说，发不了货就是生产部的责任。""你倒挺能替别人想的嘛，现在怎么办？"肖云飞冲着曹瑞祥怒吼着。"真被你们玩死了。"肖云飞说。正说着肖云飞的手机响了。"哎，张总。"肖云飞说。"你在哪儿？"张立彪问肖云飞。"在生产部，和师建宏在一起。"肖云飞说。"我不要任何解释，搞定，按时发货。"张立彪说完了就把电话挂了。

肖云飞收起电话，冲着苏明阳说："给麦康打电话，赶紧搞些E5过来，现在就打。""什么意思？"师建宏问。"美国发货全换E5发。"肖云飞斩钉截铁地说。"万一也不行呢？"马庆生说。"这事我有绝对把握，最早我做的时候就是用E5，那时我根本就不知道还要加匹配电路。"肖云飞说。

"最早就是我找肖总试S86的，发现有问题，是我建议加匹配电路的，后来曹瑞祥就把匹配电路加上了。"苏明阳说。"好，我打。"

苏明阳拿出手机给麦康打电话。"不会太随意吧？"师建宏在一旁小心地提醒着肖云飞。"放心，出了问题我担着。"肖云飞非常坚定地说。"好，信你，也没别的招。这招还最省事，换个管子。"师建宏说。不一会儿，苏明阳捂着手机问肖云飞："麦康说应该可以，但要查货在哪里，好赶紧调过来。可能后天一早才能送到燎原。后天一早，行不行？""最迟后天，5月1日上午10点送到燎原这里。"肖云飞说。"好，我回他。"苏明阳说着举起手机回麦康，回完麦康，苏明阳收起手机对大家说："1日上午10点送到。"

"你们手头上还有没有E5？"肖云飞问曹瑞祥、苏明阳。"找找应该有几个。"曹瑞祥说。"好，赶紧回去找，换上，做测试，多测测，找赵长城一起搞。快去。"肖云飞催着曹瑞祥说。"那好，我跟他一起去。"说完苏明阳和曹瑞祥一起走了。

"只有这一招，有什么办法。好在E5我熟。其实前几年，只有麦康E5可用。当时根本就没听说STF这个公司。"肖云飞说。"要真是这样，也就皆大欢喜了。"师建宏。"明天30日，4月没31日，就是后天。10点送到，换起来快。下午一测入库，2日可以发货。其实也没怎么耽搁，对吧？"肖云飞说。"但愿接下来顺利，2日发基本算没延。"师建宏说。"同学聚会没戏了吧？"马庆生对肖云飞说。"没有啊，2日呢，不碍事。"肖云飞说。"唉，大五一的，又要加班。我得赶紧申请啊。"说着师建宏急忙离开了。

"美国发货，不敢不批。"肖云飞望着远去的师建宏说。"这次曹瑞祥他们做得确实有问题。"马庆生边走边说。"是啊，设计改板太随意了。"

肖云飞说。"还是让柴文娜回溯一下。"马庆生建议着。"下午找柴文娜。"肖云飞说完也走了。

下午，肖云飞座位旁。"柴文娜，美国发货出问题了，你知道吗？"肖云飞说。"不是太清楚。"柴文娜说。"对了，马庆生，叫赵长城也来。"肖云飞对马庆生说。"好，我叫。"马庆生说着拿起同话叫赵长城。不一会儿，赵长城过来了。"好，你们好好把美国发货这事给我回溯一下。"肖云飞说。"你清楚吗？"柴文娜问赵长城。"马庆生、曹瑞祥知道啊。"赵长城回道。"我问的是你知不知道？"柴文娜对着赵长城说。"看他那样，肯定说不知道。赶紧说清楚啊。"马庆生说。"知道些，不是特别清楚。"赵长城说。"告诉你，测试部也是有责任的。"肖云飞对赵长城说。"看回溯报告吧。"赵长城回道。"刚考过就用上了，活学活用啊。"马庆生说。"持续改进嘛。"柴文娜说完走了。

"以后所有改板，都要经过你们评审通过才行。"肖云飞对赵长城说。"说得没错，我们要攻进。"赵长城说。"现在看质量这一套还是管用的，尤其是你们测试部。以前就是不规范，太随意，觉得没问题。看看，差点出大事。"肖云飞说。"以前也没有规范的东西，现在有了这个质量规范真的挺好，统一了质量标准，我们很多事做起来也名正言顺了。"赵长城说。"持续改进，持续改进。"肖云飞说。

"曹瑞祥在夏润泽那儿测着呢，过去看看？"赵长城对肖云飞说。"你去吧，我心里有数，没问题的。"肖云飞说。"一起去看看？"赵长城对柴文娜说。"好。"说着两人离开了。

"这么有底？"马庆生问道。"当然，以前做过测试，E5皮实得很，就是不坏。功夫做到家就不怕。"肖云飞信心十足地说。"还是出过问题的。"马庆生说。"那是静电损伤，当时大家对静电认识不够。就是那次，我们对E5进行了严格的测试。不然我哪会这么有信心。"肖云飞说。"S86

测试得还是不够严格啊。"马庆生说。"就是要加匹配才能抗冲击。这个问题，唉，曹瑞祥他们做事太不严谨了。"肖云飞说。

"对了，印尼那边怎么样啦？得去问问王厚林。"说着肖云飞起身找王厚林了。"牛玉江那边怎么说啊？"来到王厚林座位旁，肖云飞问道。王厚林摇着头看着牛玉江发过来的数据。"别摇头晃脑的，马上站都建起来了，得快啊。"肖云飞望着王厚林急着说。"急也没用啊，这不在分析嘛。找不到根因，我也没法出解决方案啊。达荣生在多载波实验室。"王厚林说。"别打岔，来好啊，赶紧上手工作呀。你这儿，唉……"肖云飞急着说。"别这么急，让我静下心来好好分析分析牛玉江给的数据，争取明天能再试一下。"王厚林说。"你的意思是我碍着你了。好，我去多载波实验室看看。"肖云飞边说边离开。"这就对了，真烦人。"王厚林看着肖云飞的背影自语道。"烦人，我看你这关怎么过？"肖云飞边走边说。

一走进多载波实验室，肖云飞看见达荣生就说："哟，来了啊，好！好！""肖总好。"达荣生说。"怎么样，你们谈的？"肖云飞问杭岩。"嗯，跟他以前的工作类似，所以我说的他都能理解。"杭岩说。"这好啊，说明没白来呀。"肖云飞高兴地说。"哟，临时工牌。"肖云飞看着达荣生胸前的工牌说。"牡丹给办的。"廖默然说。"争取在正式报到前把工作上手了，好吧？"肖云飞对达荣生说。"看了，应该可以。"达荣生爽快地说。"就喜欢你这样，但愿没看走眼。"肖云飞望着达荣生说。"不会让肖总失望的。"达荣生说。"带劲，好，你们继续。"肖云飞满脸带笑地离开了。

"哎，牡丹，我是肖云飞。"出了门，肖云飞就给牡丹打电话。"啥事？达荣生已经来了。"东方牡丹说。"知道，刚和他见了面，确实不错，当然，仅仅是浅印象。"肖云飞说。"你……"东方牡丹问。"我是想啊，能不能先办入职啊？不然离报到还有这些天，真就白干了。"肖云飞说。

"当时就是这样说的呀。"东方牡丹说。"更何况这个达荣生显然不在意这些，上午我跟他接触了。"东方牡丹说。"知道，他的临时工牌是你给办的。"肖云飞说。"就这样吧，不要太为难我。你是老大，办法多得是。要是达荣生足够优秀，新员工答辩的时候给个优秀，是可以加薪的。你看考评、加薪、奖金、股票，这些都在你手上，他要真行，不在乎这一时，对吧，肖总？"东方牡丹说。"真没办法？"肖云飞问。"帮帮忙别让我太为难，谢了啊。"说着东方牡丹挂了电话。

郁闷的肖云飞回到座位，打开左小虎发来的邮件。"纳米比亚实验局掉话了。"肖云飞边看边说。"纳米比亚也开实验局啊？"一旁的马庆生问道。"是啊，左小虎现在在肯尼亚，说是明天要去纳米比亚。他发邮件来就是寻求研发支持。左小虎我们都知道，他去和我们派人去差不多的，他能力很强，能搞定。"肖云飞说。"嗯，左小虎能力没问题。"马庆生说。"你去看他们测啦？"肖云飞问马庆生。"看了，没啥问题，你说得没错，E5真皮实。"马庆生说。"我都不用去看，肚子里有竹子。"肖云飞得意地说。

5.腹背受敌

周五，即4月30日，一大清早肖云飞就给苏阳明打电话。"喂，苏明阳，我是肖云飞。""肖总好。"苏明阳在电话里说。"E5今天能不能想办法送到？"肖云飞问。"我催催吧，麦康属于义务帮忙。其实我们现在基本不用麦康的东西了。"苏明阳说。"唉，怎么会这样呢？"肖云飞又问。"就因为贵嘛。不过他们在努力降成本，还是想和我们合作的。"苏明阳说。"这就对了嘛。"肖云飞说。"所以，这次我找他们，他们很积极的。"苏明阳说。"就是嘛，催一下吧，看今天能不能到。好，费心，就这样。"说完肖云飞挂了电话。

"看一下师建宏的邮件。"马庆生说。"说什么了？"肖云飞问。"问你明天E5能不能到，要是到不了就不安排加班了。等你回。"马庆生正说着肖云飞的固话响了。"肯定是师建宏。"马庆生看着电话说。"喂，师建宏啊。"肖云飞拿起固话说。"肖云飞，刚给你发了邮件，回一下呗。"师建宏在电话里说。"这还用回？肯定要来啦。"肖云飞说。"正式的邮件回一下嘛，我是想让他们来啊，只是他们反问我管子能不能到，我回答不了啊。赶紧回一下，以你回的为准。说清楚，你不回邮件，我是没法安排加班的。"说完师建宏挂了电话。

"回就回，有什么大不了的。"肖云飞满不在乎地说。"人家怕放空，师建宏肯定不愿担这个责啊。生产部加班很严格的，放空也要给钱的。"马庆生说。"公司在乎这点钱吗？这点钱能跟美国的项目比吗？"肖云飞回道。"你回了就行了。"马庆生说。

"怎么着？来干啥？"看着走过来的曹瑞祥，肖云飞问。"向你汇报一下测试的情况。"曹瑞祥说。"用不着啦。曹瑞祥，别忘了，这把是我以一己之力帮了你，好好反省反省。"肖云飞对曹瑞祥说。"我问了苏明阳，他说正在协调厂家看今天能不能到。"曹瑞祥说。"等你问，黄花菜都凉了。"肖云飞没好气地说。"肖总一早就给苏明阳打电话了。"马庆生对曹瑞祥说。"领导英明嘛。"曹瑞祥说。"别，下面怎么搞？"肖云飞问。"什么怎么搞？"曹瑞祥一头雾水地说。

"马庆生，你看看，这脑子真是，被驴踢了还是被鸭子踢了，你这猪脑子。"肖云飞生气地说。"肖云飞临时给你用E5糊弄过去了。接下来上量了怎么办？没有E5给你用的。"马庆生说。"还没想下一步呢。"曹瑞祥说。"那就赶紧想啊，赶紧回去想啊。"肖云飞不耐烦地说。"那好。"曹瑞祥说着走了。"脑子完全木了。"马庆生看着曹瑞祥的背影说。

"你觉得他会想什么招？"肖云飞问。"保险起见，赶紧让采购下单，把20%的E5买回来，这样最保险。"马庆生说。"我也是这样想的。改板一是慢，二是布局也有困难。"肖云飞说。"你赶紧去落实，别指望曹瑞祥。"肖云飞对马庆生说。"行，我来落实，这就发邮件。"马庆生说着开始写邮件。

中午，食堂。"肖云飞，你可真有水平，正好85分。"柴文娜边吃午饭边说。"成绩下来啦？"肖云飞问。"嗯，来饭堂前刚发给大家。"柴文娜说。"估计是84，照顾一下才85的。"马庆生说。"有人没过吗？"肖云飞问柴文娜。"有，你们自己看。"柴文娜说。"不过怎么办？"袁一帆问。"你好像过了。不过的人嘛，跟牛玉江一起补考喽。"柴文娜说。

"回溯的事怎么样了？"马庆生问柴文娜。"相关人先自己总结。"柴文娜说。"到时开会别忘了叫上我。"马庆生说。"最后肯定会叫上你的，干脆你也参加这次回溯得了。"柴文娜说。"全程参与，可以，马庆生。"肖云飞说。"印尼那边怎么样？"肖云飞问王厚林。"再试一把看看。"王厚林说。"别把印尼办的人给搞急了。"肖云飞提醒着王厚林。"家里又没有镜像，是难搞。"王厚林说。"不会搞得你们都要过去吧？"肖云飞对王厚林说。"不知道，应该不会吧。"王厚林说。"王厚林，我可提醒你，还有大头准3G呢。"肖云飞说。"唉，腹背受敌啊。"王厚林说。"好在现在多载波不用你操心了。"肖云飞说。"达荣生是我的人，能不操心吗？"王厚林说。"我觉得他和杭岩一起，你可以不用管他。"肖云飞说。"那太好了，最好别划到软件来，这样考评也省了。"王厚林说。"那不行，搞软件的只能归你管。否则，晋级职称怎么搞。你让他跟射频一起搞吗？不可能。"肖云飞说。"又说不用我管，又要我打考评，你想说啥？"王厚林不耐烦地说。"哎呀，还是集中精力先处理印尼的问题吧。"肖云飞说。

"尹贤良，五一去哪儿玩？"柴文娜问。"你说我现在能去哪儿？市里转转呗。"尹贤良说。"还是要小心，人多，你不碰别人，人家会碰你的。带着媳妇要当心。"柴文娜说。"什么时候生？"马庆生问。"8月份吧。"尹贤良说。"查曼丽回了吗？"尹贤良问马庆生。"五一过后就回来。"马庆生说。"你去接她们？"尹贤良问。"中午就走喽。"马庆生说着端起盘子走了。"嗯，幸福啊。"曹瑞祥端起盘子也走了。"羡慕，谁让你们做事没谱呢。"肖云飞说着也走了。"明天还得来啊，麦哲渊。"王厚林望着麦哲渊说。"来，肯定来，放心。"麦哲渊应着王厚林，两人一起走了。

下午一上班，肖云飞就给苏明阳打电话。"苏明阳，怎么样？"肖云飞问。"我不在深圳。"苏明阳电话里回道。"那就保证明天上午10点到生产部吧。"肖云飞退而求其次地说。"我是让他们尽力加快的。"苏明阳说。"就这样，费心啊。"肖云飞说完挂了电话。

"今天估计没戏了。"来到曹瑞祥处，肖云飞说。"晚上早点回，明天再来。"曹瑞祥说。"你跟师建宏说一声，让生产部晚上不用留人了。"肖云飞对曹瑞祥说。"好，我给生产部发邮件。"曹瑞祥说。"我已经让马庆生通知采购，把20%的E5下下去了。"肖云飞说。"好啊，这只能是临时的。"曹瑞祥说。"你改得了板吗？"肖云飞又问。"想办法嘛，人肯定不能让尿给憋死。"曹瑞祥说。"哟，缓过来啦。我做的是不是多余啊？要不要赶紧撤E5的单？"肖云飞忙说。"改板要时间，你做得对。其实我也是这样想的，只是没敢提。"曹瑞祥说。"是不好意思提吧？怕被我说。"肖云飞说。"随你怎么想。"曹瑞祥说。

"那么密，行吗？"肖云飞问。"事在人为。首先要明确E5只能是临时解决方案。"曹瑞祥说。"嗯。"肖云飞说。"仔细看了PCB的布局，都是直来直去，自然难排下。"曹瑞祥说。"你的意思……"肖云飞听到曹瑞祥的话，眼前似乎一亮地说。"绕长城嘛。"曹瑞祥说。"噢噢噢，好，算你扳回来了。"肖云飞如释重负地说。"原来还是思维太简单了。"曹瑞祥说。"持续改进嘛。"肖云飞说。"明天我来就行了，你就不用来了吧？"曹瑞祥说。"不用，我还是来，张总在后面盯着呢。"肖云飞说着离开了。

回到座位，肖云飞打开电脑，浏览邮件。"哟，真要去纳米比亚呀。"肖云飞自语道。这时，他的手机响了。"喂，哪位？啊，左小虎啊，你好你好，正看着你的邮件呢。什么？你在机场，马上就去纳米比亚呀。没问题，有需要尽管打我的电话，一定全力支持你。"肖云飞说完，对方就挂断了电话。

"廖默然不在？"肖云飞来到多载波实验室便问。"回老家了，说是过年没回去，五一回去看看。"杭岩说。"五一就在深圳转转，世界之窗、欢乐谷、民俗村，还有小人国，都挺不错的。"望着达荣生，肖云飞说。"以后有的是时间，还是想熟悉一下代码。"达荣生说。"你是临时工卡，恐怕节日期间进不来。还是去玩玩吧。"肖云飞说。"进不来，就只能转转了。我想去华强北看看。"达荣生说。"嗯，不错，华强北值得去。"肖云飞点着头说。

6. 先把菊花链关了

五一当天，上午9点多，曹瑞祥正打着电话："喂，苏明阳，麦康的人什么时候能到？"'堵车，耐心等一下吧。"苏明阳说。"他有我的手机吗？"曹瑞祥问。"有，我给他了。耐心点吧。"苏明阳说。"这都快10点啦。"曹瑞祥说。"10:30前应该能把E5交到你手中，放心。"说完苏明阳挂了电话。

肖云飞的手机也响了。肖云飞掏出手机一看是张总，赶紧接听："喂，张总，啊，在生产部，还有曹瑞祥。师建宏安排人了，他不在，不需要，安排三人就行了。没有，大概10:30能送到，堵车，在路上呢。好，盯着呢，放心。"肖云飞接完张总的电话对曹瑞祥说："不来行吗。""张总不会也要来吧？"曹瑞祥说。"不知道，应该不会吧。"肖云飞说着，手机又响了。"喂。"肖云飞接起电话。"肖云飞，卢梦娇马上上飞机了，你到底能不能来？"郭清源在电话那头问。"不跟你说了嘛，明天一定到，好，还有事，挂了，放心啊。"说着肖云飞挂了电话。"催什么催，又不是不去。"肖云飞收起手机自语道。

"哎，曹瑞祥，你干吗去？"看着曹瑞祥远去的背影，肖云飞问道。"来了，去门口拿。"曹瑞祥头也不回地说。

中午，食堂。"上午装好，下午开测，没问题入库。明天就可以发货了。"肖云飞边吃边说。"我们吃完就过去。"曹瑞祥说。"好，快吃。"肖云飞不说话了，埋头吃饭。两人快速吃完，端着盘子送到回收台，转身朝门外走。曹瑞祥无意中看到食堂放的电视，说："又有飞机失事了。""哪里失事？"肖云飞抬起头也看向电视。"内罗毕到温得和克。肯尼亚的内罗毕，温得和克是哪儿呀？"肖云飞问曹瑞祥。"刚才电视里说了，是纳米比亚的温得和克。"曹瑞祥说。"啊，温得和克是纳米比亚的？"肖云飞紧张地问。"是啊，刚开始就说了。"曹瑞祥边走边说，肖云飞默默地没再吭声。"怎么？"曹瑞祥问。"没那么巧吧，应该没事。没，没什么。"肖云飞忙说。

"听说非洲大多是二手飞机。"曹瑞祥边走边说。两人来到生产线，工人们也陆续到了。看着工人们按往常一样准备中午休息，肖云飞悄声对曹瑞祥说："能不能跟他们说中午就别休息了，接着干。""算了，不在乎这一会儿，也就半个小时。"曹瑞祥正说着，肖云飞的手机响了。

"喂，哪位？"肖云飞在电话里问。"肖云飞吗？"电话那头问。"嗯，我是肖云飞，您是……"肖云飞说。"我，印尼梅清波。"梅清波说。"啊，梅清波，你好你好。"肖云飞说。"你们好不好我不知道，反正我不好。"梅清波说。"怎么？"肖云飞问。"怎么？牛玉江是您派的吧？"梅清波问。"当然，怎么了？"肖云飞问。"整天就知道试，这不又试了还是不行。这站已经在开始建了，要是我们S666搞不定我就不接这个单啦，以为天上真掉馅饼了呢。结果？你们真把我玩惨啦，我们老大天天骂，你让我怎么待在这儿，啊，肖云飞？"梅清波愤怒地责问肖云飞。"别说了梅清波，都是我的锉。"肖云飞说。"错不错的有什么用！我要的是搞定掉话，为什么四载波就不掉，一上六载波就掉？"梅清波说。"好，什么都不说了，马上给你搞定。"说完肖云飞挂断了电话。

紧接着，肖云飞怒气冲冲地又拨起手机。"王厚林，别啰唆，把菊花链关了就好了。"肖云飞强势地说。"资源不够怎么办？"王厚林在电话那头大喊着。"别操那么多心，先把菊花链关了，肯定是这个问题。关，马上让牛玉江操作，这是命令。告诉你，我刚被印尼的梅清波骂了一顿。"说完肖云飞怒气冲冲地挂了电话。

"关个菊花链像割他的肉似的。"肖云飞生气地说。"辛辛苦苦费了半天劲做出来的，你一句话全给废了，谁能愿意？"曹瑞祥说。"我们菊花链的验证存在问题，他自己没搞清楚。"肖云飞说。"要是关了还不行怎么办？"曹瑞祥问。"其实麦哲渊已经分析出来了，我在不断提醒王厚林，他执迷不悟，刚才人家梅清波打电话啦。"肖云飞说。"电话里说什么了？"曹瑞祥问。"梅清波在电话里说，为什么四载波就不掉话，一上六载波就掉？就这只能是菊花链的问题。"肖云飞说。"嗯，只是梅清波不清楚菊花链的事，否则，他自己都会云关。"曹瑞祥说。"王厚林这个口不一定会给技服开。可能梅清波关不了。"肖云飞说。

生产整体测试顺利地进行着。"哎呀，明天真的可以参加同学聚会了。上午坐飞机，下午到，晚上聚会。"肖云飞轻松地说。突然，两人发现张总来了。"张总，你怎么摸到这儿的？"曹瑞祥问。"除了你们还可以问别人嘛。"张立彪说。"问的谁？"肖云飞问。"师建宏啊。怎么样？"张立彪问。"正常，你看整机测的没问题。"曹瑞祥指着产线说。"真就换个管子就行啦？"张立彪追问道。"是啊。"肖云飞得意地回道。"让张总您五一节还来产线，真不好意思。"曹瑞祥说。"听到说是换个管子，真不放心。肖云飞这小子真有这么牛？万一不行怎么办？"张立彪说。"就知道你不放心，这下心放下了吧？"肖云飞说。"算你小子有种，要是真发不了货，真没法向老板交代。"张立彪说。

第二天一早，机场候机厅，肖云飞边看着电视新闻边等飞机，此时手机响了。"喂，到机场啦？"卢梦娇在电话那头问。"到了。"肖云飞回道。"今儿天气挺好，飞机应该是正常起飞，等你啊。"卢梦娇说完挂了电话。肖云飞似乎想起什么，掏出手机又拨打起来。"嗯，不接？"说着肖云飞又拨起来，这下通了。"喂，赵长城，我是肖云飞。王厚林不接我的电话。这样，你问下麦哲渊，印尼关菊花链后情况怎样？"肖云飞在电话里说。"啊，是菊花链问题？"赵长城问。"应该是，我让他们关菊花链试试，王厚林不接我的电话。你帮我问问。"肖云飞说。"麦哲渊早说了，王厚林就是不认。好，我马上问麦哲渊。"赵长城说完挂了电话。

肖云飞开始登机了，手机又响了。"哎，赵长城，怎样？"肖云飞急切地问。"就是麦哲渊说的菊花链问题，一关立马就正常了。"赵长城开心地说。"好，这次算麦哲渊立功了。知道了，我正登机呢，挂了。"肖云飞说完挂断了电话。

第六章

奋斗不只有成与败，还有牺牲

1. 飞机失事了

12点45分，肖云飞赶上了同学们的聚会。"嗬嗬嗬，大忙人终于来啦。"看着进来的肖云飞，霍未然酸溜溜地说。"怎么说，是先自罚三杯，还是怎么讲？"楚海滨说。"先吃点东西垫垫，中午算了，晚上好好喝怎么样？"肖云飞说。"对，一会儿还有些活动，晚上吧，一醉方休，好吧。"郭清源打圆场说。"哎呀，你们燎原可真行，整个非洲大地哪都有你们。"霍未然说。"能不能说点别的，哎，楚海滨，这次是你首先提议的，给大家说两句。"卢梦娇插话说。"对，给大伙说说。"郭清源说。"那我就说两句。"楚海滨环顾了四周，才说："主要是我马上要出国了，想跟大家见见。""噢，告别宴啊。"大家异口同声地说。"这不挺好吗？否则大家也没机会聚。"郭清源说。"来来来，意思一下。"楚海滨说。

喝完酒，楚海滨问霍未然："你刚才说什么满是非洲大地的？""来这儿之前在宾馆看新闻，肯尼亚飞纳米比亚的飞机失事，机上有一个你们燎原的，叫什么小虎的，1974年，属虎的，今年30岁。"霍未然说。"电视上说他属虎，瞎编？"楚海滨冲着霍未然说。"瞎编？我查了，1974年的就是属虎。当时看电视说什么小虎的，1974年出生，我就猜想1974年是不是属虎的。所以，我专门查了。"霍未然说。

"哎，肖云飞，你认识这个人吗？"霍未然问肖云飞。"你这全名都不知道，我怎么知道认识不认识。"肖云飞心中有数，但表面还是尽量保持淡定地说。"肖云飞，你这边整天瞎忙个啥，弄不好把命都得搭进去，值得吗？"楚海滨说。"哎呀，你们有本事，出国的出国，在国外大公司待着，不像我们，没办法，要生存啊。"肖云飞说。"我出国纯粹是无奈之举。"楚海滨说。"怎么讲？"同学们问。"半导体，中国是一点希望都没有，只能去美国。"楚海滨摇着头说。"为什么这么说呢？"郭清源问。"你们看肖云飞他们能五能六的，似乎能得不行，没用。"楚海滨说。"怎么就没用？森尼韦尔都被逼得起诉燎原了，说明燎原真的伤到森尼韦尔的痛处了。"同学们说。"有什么用，有什么用。芯片得用人美国的，燎原做的芯片，人家根本看不上眼，在上游把住协议、把住芯片。换句话说，你肖云飞，脑子和心脏是人家美国的，你能干个啥，啊？"楚海滨得意地说。"我们就傻干嘛，赚点辛苦钱。总要有人干的，协议需要有人来实现，芯片不用在单板上也是白搭。光芯片是没法当饭吃的，对吧？"肖云飞答道。

肖云飞的一席话，还真把楚海滨讲愣住了，半天不知怎么说。这时，霍未然说话了："美国人，在公司里占着主管和销售，写代码、画单板是不愿意干的。主管管人，市场把着。就说半导体吧，美国本土主要做芯片设计，马来西亚、韩国等国，只是做做代工。""所以，我想明白啦，坚决离开。"楚海滨说。"该走的走，这么多中国人，总不能都去美国吧？留下的要生存，低端就低端，总要有事做吧。低端的做多了，慢慢往高端走呗。"肖云飞说。"你倒挺能自我安慰的。"楚海滨说。"所以鲁迅写阿Q真是没写错。"霍未然说。"我们也就阿Q啦，你们这些高贵的人不是也和阿Q们一桌喝酒，说明也高贵不到哪儿去。"卢梦娇说。

"怎么老扯燎原什么的，肖云飞，你就不该来，喝酒喝酒。"郭清源打圆场说。"我不该来，你一个电话、一个电话地催，告诉你我真有事。"肖云飞说。"知道，就一说，还当真了。"郭清源忙解释道。"说点别的，说点别的。"同学们齐声说。

此时，肖云飞的手机响了，他立刻起身出去接电话。"喂，哪位？"

肖云飞问。"肖云飞，我是印尼的梅清波。"梅清波在电话那头说。"啊，梅清波，你好，你好。搞定了吗？"肖云飞忙问。"嘿嘿，肖总出马，药到病除。感谢感谢。"梅清波说。"哎呀，不给你们添麻烦就行啦，真不好意思，让你这么为难。"肖云飞如释重负地说。"昨天话有点重，肖总多担待啊。"梅清波说。"哪儿的话，我要谢谢你呢。"肖云飞说。"哎呀，在外面不容易啊。"梅清波说。"是啊，你们辛苦，你们辛苦。"肖云飞说。

"现在可不光是辛苦这么简单了。"梅清波说。"怎么？"肖云飞感觉话不对劲，立刻问道。"尼日利亚的左小虎，不知你知道吗？"梅清波说。肖云飞一下子全明白了，故作镇定地说："知道，怎么啦？""国内不知，海外全传开了。"梅清波说。"怎么啦？"肖云飞问。"怎么了，左小虎去纳米比亚支持网上问题处理，昨天，应该是前天从肯尼亚坐飞机去纳米比亚的温得和克。结果，飞机失事了，机上的人都没了。"梅清波说。"没有生还的吗？"肖云飞问。"没有，已经确认公布了。唉，海外办事处都炸了锅了。"梅清波哀叹地说。肖云飞没吭声。梅清波说："就这样，谢肖总，挂了啊。"

看肖云飞久不回来，卢梦娇出来看看肖云飞。看到卢梦娇，肖云飞说："差点就是车子玉。""你说什么？"卢梦娇问。"那个小虎你知道吗？"卢梦娇紧接着又问。"没错，左小虎，尼日利亚办事处的，临时调去纳米比亚支持网上问题处理。霍未然说得没错，刚才印尼办的打电话说了，现在燎原海外办事处都炸开锅了。"肖云飞说。"对哟，车子玉当时跟我说要去肯尼亚，但要先去尼日利亚锻炼锻炼再去。"卢梦娇说。"子玉命大，逃过一劫。"肖云飞说。

下午，学校安排了参观，还在系门口合了影，老师还请来了一位楚海滨的博士导师栾玉诚教授。

晚上，招待所餐厅，栾教授和大家共进晚餐。"你们这个班，除了楚海滨，霍未然我也比较了解，郭清源留校自然也比较熟悉。"栾教授边吃边说。"肖云飞应该有印象的，在燎原的肖云飞。"郭清源指着肖云飞跟栾教授说。"有些印象，当时给你们班上的大课，人比较多。我听我儿子说，森尼韦尔专门成立了一个什么打击燎原办公室，说是3年要消灭你们燎原。美国人做得真是有点过分。"栾玉诚教授说。"栾老师，是真的。"肖云飞答道。"那你们吃得消吗？"栾教授说。"没办法，甭管吃不吃得消，我们也要生存啊，国内不行，就去海外。"肖云飞说。"海外你们能去哪儿？"栾教授问。"非洲、中东等地呗。"霍未然在一旁说。"噢噢噢，那些地方森尼韦尔肯定不去的。"栾教授说。

"刚在非洲有架飞机失了事，他们燎原死了个员工。"楚海滨说。"哟哟哟，真的啊。那你们两个做得对，一个在森尼韦尔工作，一个去美国深造。"栾教授说。"你又是搞半导体的，在国内能干什么？没希望的，国内的半导体，没法说，所以，你去美国我是举双手赞成的。"栾教授对楚海滨说。"栾教授，为什么我们国家搞半导体就没希望？"肖云飞问。"为什么？我跟你说，首先，半导体这个技术，难度大，工艺设备极其昂贵。还有更重要的，芯片设计，更是没法做。芯片设计主要靠先进的软件来进行。在中国，有吗？没有的。"栾教授摇着头说。"现在没有，你可以带着硕士、博士搞啊。"肖云飞说。"搞不了的，搞不了的。"栾教授摇着头说。"没那么难吧？"肖云飞说。"没那么难？"栾教授略带嘲讽地反问肖云飞。

"又是燎原，能不能不谈燎原，谈点别的？来来来，敬老师一杯，来。"郭清源感觉要争论起来了，赶紧说。"下次聚会不许提燎原。"卢梦娇也说。"我是希望你们都有出息，科学无国界，在哪儿都是为人类做贡献。"栾教授举着杯子说。"但是科学家还是有国界的。"有的同学说。"倒也是啊，栾教授，你看我们班最优秀的两个人，一个已经在世界上最牛的森尼韦尔工作，另一个马上也要去美国为全人类做贡献了，剩下我们这些能力一般的在国内混混。"郭清源说。"你也可以出国啊。"栾教授说。

"我在读在职博士。"郭清源说。"学校那个在职博士有什么读头，浪费青春啊，有条件还是赶紧联系出国，需要帮忙吗？"栾教授冲着郭清源问。"如果需要我会找您帮忙的。"郭清源说。你的意思就是现在不需要我帮忙喽，劝你一句，别把青春耽误了，会后悔的。"栾教授说。

"栾教授，我们并不觉得在国内就是浪费青春。"卢梦娇说。"我不是这个意思，在哪儿都一样，都一样。你们很爱国我知道。"栾教授赶忙解释说。"栾教授，我生于斯，长于斯。你们有能耐的可以出国，去爱你们认为更强的美国。我只深爱着我脚下的这片土地，会尽全力让国内的半导体行业变强。"肖云飞说。"这燎原的就是有水平，说得好，肖云飞。"同学们齐声赞着。"好，燎原靠你了。"楚海滨冲着肖云飞说。"好说好说。"肖云飞回道。

2. 天地通驻波告警

五一过后，左小虎的事在公司里引起很大反响。对肖云飞团队的影响更大，毕竟很多人跟左小虎一起工作过。"晚上搞个座谈会吧，稳定一下大家的情绪。"东方牡丹对肖云飞说。"不急吧，你看马庆生，有些请假的都还没回呢。"肖云飞说。"没回的再单独沟通吧，今晚还是先搞一次。"东方牡丹说。"怎么，上面有要求啊？"肖云飞问。"你这个团队很多人都认识左小虎，算是需要重点安抚的。"东方牡丹说。"好嘛，你安排。"肖云飞说。"你要注意自己的情绪啊。"东方牡丹看着肖云飞说。"所以，希望晚点搞这个。"肖云飞说。"没事，也别刻意怎样，今晚还是要搞。"说着东方牡丹走了。

肖云飞的手机响了。"喂，哪位？"肖云飞接着手机问。"肖云飞，我是郝树斌。"郝树斌在电话里说。"啊，郝树斌，你好。"肖云飞说。"一个五一，下了一场雨，天地通一片告警。"郝树斌说。"什么告警？"肖云飞问。"驻波，雨一停，没多久，告警又消失了。"郝树斌说。"都消失了吗？"肖云飞问。"嗯，要把数据导出来看，现在没法回答你。"郝树斌说。"影响业务吗？"肖云飞又问。"把数据导出来发给你们吧，帮忙看看。"郝树斌说。"这种正常的维护你们先自己做吧，有问题再说。"肖云飞说。

"不是，我一来，局方的人就跟我说是双工器问题，这才找你的。"郝树斌说。"驻波告警怎么就是双工器的事，为什么不是工程问题导致的接头进水？"肖云飞急着说。"我也是这么说的啊，所以找你啊，让你们来找他们的问题，我负责协调沟通。"郝树斌说。"那好，你把数据发过来，我来看看怎么回事。"肖云飞说。"好，不过提醒你，双工器说不定也有问题。"郝树斌说。"别扯啊，你说雨停了驻波就好了，显然是接头进水，工程没搞好导致的。"肖云飞说。

"这应该是的，但……"郝树斌说。"但什么？"肖云飞问。"刚才你不是问雨停了告警是不是都消失了吗？"郝树斌说。"嗯，你不是说要把数据导出来分析嘛。"肖云飞说。"我是还不清楚，但局方跟我说，有告警不消失的。"郝树斌说。"驻波告警不消失是吧？"肖云飞问。"上行底噪有告警。"郝树斌说。"什么什么，说清楚，你再说一遍。"肖云飞急忙问。"下雨时本来是驻波告警的，结果雨停了，驻波告警消失了，上行底噪又有告警了。局方的人说的，我还没确认。"郝树斌说。"他们就怀疑双工器啦？"肖云飞问。"是啊。"郝树斌说。"你先把数据导出来发给我，别瞎说什么双工器问题。"肖云飞对郝树斌说。

通完电话，肖云飞飞速跑到曹瑞祥座位。"嗯，不在？"肖云飞说着掏出手机给曹瑞祥打电话。"在哪儿啊，不在座位上？"肖云飞问。"马上回来。"曹瑞祥说完不久回到了座位。"怎么啦？"曹瑞祥看着有点恐慌的肖云飞问。"美国发货搞定了，去趟西藏吧？"肖云飞说。"怎么？"曹瑞祥惊讶地问。"五一这几天西藏不是下雨了嘛。"肖云飞说。"下雨怎么啦？"曹瑞祥略显不安地问。"驻波有告警，雨一停告警就消失了。"肖云飞说。"接头进水了呗，雨停了西藏又干燥，水分蒸发了，再加上有功率，蒸发得更快，自然驻波消失了，接头胶带没缠好。"曹瑞祥说。"但是局方的人说是双工器问题。"肖云飞说。"自己的工程有问题，想赖在咱们设备上，见多了。"曹瑞祥说。"你是说到点子上了，不往燎原上赖就是自己的事，关键是驻波的告警消失了，但随之而来的是上行底噪告警。"肖云飞说。"你说什么？"曹瑞祥脸色大变地问。"上行底噪告警，驻波告警消失后出现的。"肖云飞回道。"有多少这样的？"曹瑞祥问。"一会儿郝树斌发数据过来，一看就知道有多少这样的了。"肖云飞说。"去你那儿看数据发过来没有，走。"曹瑞祥说。说着两人朝肖云飞座位走去。

"上次阿里算是摁住了，这次……"肖云飞边走边说。"别急别急，先看看数据再说。"曹瑞祥说。"还没有，这样，你直接跟郝树斌打个电话，具体了解一下情况。"肖云飞看着电脑说，想了想又说，"你，准备去西藏。""还没怎么着呢，就要去啊？"曹瑞祥说。"看看你刚才慌张的样子，也许你心里很清楚。"肖云飞说。"我不清楚。"曹瑞祥说。"不要自己骗自己。你是知道的，局方、郝树斌一直怀疑我们的双工器有批次质量问题。所以，你还不赶紧去？"肖云飞说。"不去，屎盆子就都扣在你头上了。去了，就可以发现问题。""我先看数据吧，来了发给我。"曹瑞祥边说边走了。"别忘了给郝树斌打个电话，最好你直接跟他说你马上去西藏。"肖云飞冲着远去的曹瑞祥说。

离开肖云飞处，曹瑞祥急匆匆地来到柳超智座位。"走，去实验室。"

曹瑞祥拽着柳超智来到实验室。"西藏天地通，下雨驻波差，可能会导致双工器打火。赶紧模拟做一下实验，要快，马上。"曹瑞祥说。"好，我马上做，我去找可变负载。"柳超智说着正要走。"不用，直接开路，开路驻波也就是四。"曹瑞祥说。"还是去借吧，做得全面点。"柳超智说。"这事别声张，先开始摸摸底，基本就知道情况了，就开路。"曹瑞祥拦住柳超智说。"开路就简单了。"柳超智边说边搭环境。

"你是知道的，西藏的这些双工器，由于认识的局限，螺杆与谐振柱之间的间距是没有专门设计的。换句话说，有可能间距非常小。"曹瑞祥说。"明白。不过我这个双工器虽然是西藏返回的，但我重新调整了。"柳超智说。"知道，所以要多烧一会儿，看时间长了会不会打火。西藏气压还低，条件更恶劣啊。对了，不能这么常温做，得加应力，高温，功率要把峰均比调到最高。"曹瑞祥说。"高温，多少？"柳超智问。"客观点，45℃吧。"曹瑞祥说。

"找你一圈没找着，寻思着会在这儿，郝树斌的数据发过来了，赶紧看一下吧。"肖云飞来到屋里对曹瑞祥说。"好，这边搞好就去看。"曹瑞祥说。"给郝树斌打电话了吗？"肖云飞问曹瑞祥。"没来得及打呢。"曹瑞祥边搭着环境边说。"唉，你们俩在这忙啥呢？赶紧分析数据，完了再跟郝树斌沟通一下呀。怎么做事主次不分的？"肖云飞冲着曹瑞祥不满地说。"我是真怕万一要全网双工器整改，那就惨了。"肖云飞说。"那些数据看了有什么用？驻波差是可能引起双工器打火的。"柳超智说。"真的啊？"肖云飞望着曹瑞祥说。"45℃高温，最大峰均比，做一下，看能不能打火。"曹瑞祥说。"为什么不是55℃？"肖云飞问。"客观点，西藏45℃顶天了。"曹瑞祥说。

"什么时候能出结果？"肖云飞问。"这边的结果不重要啦，还是要去西藏。"曹瑞祥说。"为什么不重要？不重要你干吗要做？"肖云飞说。"只是摸一下底，心中有个数。"曹瑞祥说。"你去西藏我就不担心了，确定去了，那我可给郝树斌打电话啦？"肖云飞说。"你打吧。"曹瑞祥说。"明天，还是后天去？"肖云飞问。"你就说明天，或者后天，我真买机票会给他打电话的。"曹瑞祥说。"好，那行，记着看数据。"说着肖云飞走了。

刚回到座位，柴文娜过来了。"我们的质量方法还是有用的吧？"柴文娜说。"没错，鱼骨图加上头脑风暴，应该说是比较有效的。写个经典案例吧。"肖云飞说。"有没有点小奖励，让大伙吃个饭什么的？"柴文娜说。"美国发货的事回溯得咋样啦？过程这么随意，你们是怎么监督的？"肖云飞说。"哎哟，正在回溯，先给点鼓励啦。"柴文娜说。"按理顶多算是将功补过，扯平。不过为了鼓励大家用质量方法来分析问题，500元，吃顿饭够了吧？"肖云飞说。"不够自己补。"说着柴文娜伸出手来问肖云飞要钱。"找牡丹啊。"肖云飞说。"好，那我就说是你同意的。"说着柴文娜转身走了。

肖云飞拿起固话叫赵长城、曹瑞祥过来商量事情。"什么事？"赵长城问肖云飞。"曹瑞祥，我刚跟郝树斌沟通了，听他的意思并不想让你上去。"肖云飞说。"上哪儿，西藏啊？"赵长城问。"可以理解，有准备。"曹瑞祥说。"又出什么事啦？瞒着我们。"赵长城说。"郝树斌重点提了墨脱开局的事。"肖云飞对赵长城说。"怕我们这边去了，那边就不去人了。"曹瑞祥说。"这就不知道他是不是这样想的了。"肖云飞说。"不过最后我还是坚持你要过去。"肖云飞说。"他怎么说？"曹瑞祥问。"什么怎么说，研发人员要去现场定位和解决问题，没理由不同意啊。"肖云飞说。"当然，赵长城，墨脱开局，我答应一定派人支持。"肖云飞又说。

"曹瑞祥，什么问题非要去西藏啊？"赵长城问。"怕驻波问题导致双工器打火。"曹瑞祥说。"怕什么来什么，测试就遇到过开路双工器打火的问题。"赵长城说。"知道知道。"曹瑞祥说。"就为这，专门定购了可变负载。"赵长城说。"嗯，没见你用他们那个可变负载啊？"肖云飞问曹瑞祥。"我们在极端情况下开路，容易暴露问题。"曹瑞祥说。"是怕我们参与吧？"赵长城看着曹瑞祥说。"没你想象的那么黑暗啊。"曹瑞祥说。"在你们实验室做吗？"赵长城问曹瑞祥，曹瑞祥没吭声。"我让夏润泽过去一起搞。"赵长城说着掏出手机给夏润泽打电话。

不一会儿，看着打完电话走过来的赵长城，肖云飞说："赵长城，墨脱开局的人，以前就跟你说过，6月中旬。""6月中旬，早呢，到时候再说。"赵长城说。"不不不，现在就要确定，你下去考虑一下，下班前一定要定。"肖云飞说。"还有一个多月，有必要吗？"赵长城说。"有必要，这事比较重要，牵涉的面又广，现在要确定人员，就要开始前期准备工作了，记得上次谈的是麦哲渊，卫星站嘛。"肖云飞说。"墨脱，进去要四天，还是靠双脚。行了，我找麦哲渊吧。"赵长城说着转身离开了。

"这样，赶紧买机票。"说着肖云飞也离开座位，不知去哪儿了。转眼，肖云飞来到王厚林座位处。"还没缓过来，这么些天了，不至于吧。"肖云飞说。"缓什么，有什么可缓的。"王厚林说。"好，没事就好，牛玉江什么时候回来？"肖云飞问。"周末吧。"王厚林回道。"墨脱6月中旬真的要开局了。"肖云飞说。"不是说好了赵长城他们派人吗？"王厚林说。"没错，他们派麦哲渊。"肖云飞说。"怎么？不愿意啊？"王厚林说。"确实要步行四天，又是雪山、又是草地，还有原始森林。"肖云飞说。"相信局方会保证他们安全的。"王厚林说。"没错，我相信。不过，你们也要做好充分的准备。"肖云飞说。"知道。"王厚林说。"你们定了吗？是你吗？"肖云飞问。"就我呗，卫星也就我亲自干过，还有就是麦哲渊。"王厚林说。"老同志了，有觉悟。"肖云飞说。"唉，左小虎，可惜了。"王厚林说。"是啊，相信局方会确保大家安全的。"肖云飞说完转身走了。

3. 你不爱燎原谁爱燎原

第二天一上班，肖云飞就给赵长城打电话。"赵长城，怎么回事？""我过来跟你说。"赵长城说完丢下固话来到肖云飞处。"怎么回事？"肖云飞见着赵长城就问。"麦哲渊去墨脱的事跟家里人商量了，家里人死活不同意。"赵长城说。"你能不能把他请过来？"肖云飞说。"好，我让他过来当面跟你说。"赵长城说着给麦哲渊打电话。"好，他马上来。"赵长城说。

不一会儿，麦哲渊来了。"麦哲渊，怎么啦？"肖云飞冲着麦哲渊说。"也没什么，只是家里知道去墨脱，一了解挺恐怖的，再加上左小虎的事，就……"麦哲渊说。"就不想让你去了？但是你知道，卫星站一直是你负责的，早期王厚林参与过，就你们俩熟。原来计划就是测试先派人去，开发作为备份，就是王厚林。总要有个备份，如果你去不了，那只能备份上啦。"肖云飞说。"但是你是知道的，王厚林这摊子，牛玉江还没回。当然周末就能回，王厚林是这么跟我说的。现在网上问题，不好说。这不，曹瑞祥这两天去西藏，谁能想到呢，一下雨问题暴露了，不去不行啊。准3G这个版本，商用版并没有真正出，还有些问题。印尼，把菊花链关了。印尼菊花链应该是你的功劳。"肖云飞说。"哪里，只是九大因素之一，还是靠你果断的抉择。"麦哲渊说。"没你分析出的九大因素，我也不可能想到菊花链啊，你说是不是？哎，立功还是你麦哲渊。印尼梅清波给我打电话表示感谢啦。你看，你的作用多么大，可别小看自己。"肖云飞说。

"主要卫星这块业务就是我们负责的，我们不去，再加上王厚林，对吧，事这么多，真不好说。"赵长城说。"我当然希望你能先去，说不定王厚林还要去呢，因为你也不清楚在那艰苦的条件下会发生什么事。当然，相信局方肯定会保证大家安全的，这次是国家的重点工程，中央在关注。想想，全国唯一没通公路的县，要能通手机了。想想，你所做的可是全中国人民都期盼的事。"肖云飞对麦哲渊说。"说得我都不好意思不去了。"麦哲渊说。

"没有啊，你要真的不愿意，我只好找王厚林了。赵长城，把王厚林叫来。"肖云飞对赵长城说。"不用吧，没说不愿意，对吧？"赵长城看着麦哲渊说。"不叫我叫。"说着肖云飞正要拿起固话。"我去，我去，不麻烦王厚林。你、王厚林都能去西藏，曹瑞祥也能去，我也能。"麦哲渊说。"家里怎么说？真的，我也不愿意你家里意见那么大。"肖云飞说。"没事，家里我会说服的。确实，卫星一直是我做的，我不去不合适，是我不好，我去。"麦哲渊坚定地说。"那好，感谢你的支持。"肖云飞说。

"哎，王厚林，你干吗？"看到老远的王厚林，肖云飞招手示意王厚林过来。"这样，前期准备你也参与，难说会不会去。"肖云飞对王厚林说。"对啊，上次说牛玉江去，对吧？最后还是王厚林去了。"赵长城附和着说。"但愿这次不让你做替手了。"麦哲渊对王厚林说。"哎，不去西藏也难说不去别的地方，菊花链总不能一直这么关着。让别人看着我们就是一帮窝囊废，费半天劲，又是悬案，又是攻关会的，最后……唉，不说了，抬不起头啊。"王厚林说。"我也反思了，我们的测试方法应该是有缺陷的，正准备召集大家再用鱼骨图加头脑风暴好好讨论一下。"麦哲渊说。"走之前最好能把测试方案拿出来。"赵长城说。"那用不了这么久，一个多月呢，两周吧，应该可以讨论出新的验证方案。"麦哲渊说。

"很好啊，我再说两句吧。"肖云飞停了停继续说，"这次墨脱开局，是国家的重点项目，老板也是亲自抓的。由于是卫星站，这一块一直是测试部在负责，早期也是测试部去一线支持。麦哲渊敢挑重担，我很感动。当然，麦哲渊也是我们团队的中流砥柱，一定能出色完成墨脱建站的光荣任务。公司绝不会亏待为公司做出卓越贡献的人，感谢麦哲渊。"说完肖云飞拍拍麦哲渊的肩膀。"放心，不会让大家失望的。"麦哲渊说。"你是毕业就来燎原的，是真正的燎原人。"肖云飞说。

"哟，这话说的，好像我们都不是真正的燎原人了。"王厚林说。"不是这个意思，我是想对麦哲渊说，像他这样优秀的人，必须爱燎原。"肖云飞说着走近麦哲渊，双眼紧盯麦哲渊，又说："你不爱燎原谁爱燎原？"此时热血已沸腾的麦哲渊紧握双手说："我爱燎原，我愿为燎原奉献一切。""你的墨脱之行，不仅仅是为燎原了，更是在为国家奉献，一定要记住这一点。"肖云飞说。"多和郝树斌沟通吧，前期准备得充分些，包括身体上的，多了解一些，做好充分的准备。"赵长城说。"今天曹瑞祥上西藏了。"肖云飞跟着说。"今天立夏，往后雨水会更多。"赵长城说。"啊，都立夏啦。"肖云飞吃惊地说。

下午，多载波实验室。"昨天晚上的座谈会参加了吧？"肖云飞问达荣生。"嗯，参加了。"达荣生回道。"怎么样？有什么感想？"肖云飞问。"我听说过非洲的飞机多半是二手货。"达荣生说。"如果现在派你去非洲某个国家处理问题，你愿意去吗？"肖云飞问。"可以选择吗？"达荣生问。"假定可以选。"肖云飞说。达荣生犹豫了一下说："还是要看具体情况吧。"

"好，不说这些。杭岩，稳定性的问题，怎么样？"肖云飞转过话题说。"在搞。"杭岩回道。"哎，廖默然，你们看，5月底正式投一板，怎么样？"肖云飞说。"5月底啊，杭岩，你看？"廖默然问杭岩。"5月底、6月初吧，毕竟还有很多不确定因素，还牵涉到班德芯片的更改。"杭岩谨慎地答道。"班德芯片是为我们改吗？"肖云飞问。"是啊，不为我们还为谁？别的都不理它。"杭岩说。"那可要盯紧了。"肖云飞说。"所以说5月底、6月初嘛。"杭岩说。"行，截止日期就6月10日，能提前更好。"另外，自制的也要跟上，找一下方俊凯。我是想，能不能自制的也能投一板验证板？"肖云飞说。

正说着，邓学佳进来了，说："这要看方俊凯他们的进展，自制先用FPGA搭，可以的。""嗯，FPGA搭是吧？"肖云飞说。"肯定先用FPGA搭嘛，逐渐成熟了再自己做芯片。"邓学佳说。"饭还是要一口一口地吃。"廖默然说。"没错，一口一口地吃。"肖云飞说。"现在缺功放的人哟。"肖云飞看着廖默然说。"廖默然，那几个能来的硕士怎么样？看中一个没有？"肖云飞问。"有两个觉得可以，也愿意搞功放。"廖默然说。"真的，任务就这么一下完成了。别，社招还是要加紧。"肖云飞开心地说。"这是长期的工作，记着呢。"廖默然说。"你觉得这两个多久能上手？"肖云飞问廖默然。"跟着这项目，很快就上手了，直接让他们上。"廖默然说。"直接上啊？"肖云飞问。"有我指点，功放没那么难，我心里有数。"廖默然说。"要是多载波就能把这两个人培养起来，可谓一举多得啊。"肖云飞说道。

"效率，关键是效率，现在金总就知道强调效率。似乎只有效率最重要，真有点过分。"肖云飞说。"可以理解，最后竞争就体现在效率上嘛。"廖默然说。'那也不能不顾大家的感受吧。"肖云飞说。"你们听了感觉受冷落，你以为我们听了就爽啊。显然是在给我们压力嘛，谁又听不出来？"廖默然说。'你看得透，你看得透。"肖云飞点着头说。"效率不能光指望功放，我可指望着算法的改进。"廖默然说。"都指望。"肖云飞说。"那高效功放一上去，电流明显降下来了。还是得靠你们功放。"杭岩说。"随之而来的稳定性又成问题啦，还不得靠算法，靠功控。"廖默然说。"本来就是一个多载波的系统嘛，功放、算法、功控，一个都不能少。"肖云飞说。'关键看功放。"杭岩说。"那不对，关键看算法。"廖默然说。"一个都不能少，都重要。"肖云飞说。

4. 印尼问题和菊花链问题

第二天一早，肖云飞刚坐下，手机就响了。"到啦。"肖云飞对电话那头的曹瑞祥说。"到了。"曹瑞祥回道。"自己多注意吧。记住别双工器批量整改，切记切记啊，辛苦。"说完肖云飞挂了电话。

"哟，你也到啦？"看着刚回来的马庆生，肖云飞说。"谁又出差啦？"马庆生问。"曹瑞祥，这不才刚下飞机。"肖云飞说。"去哪儿这么早？"马庆生问。"拉萨。"肖云飞说。"怎么，双工器又出问题啦？"马庆生问。"没，唉，你老婆回来啦？"肖云飞转移话题说。"回啦。"马庆生说。"孩子呢？"肖云飞又问。"放在姥姥家呢。"马庆生说。"好嘛，两口子又过上二人生活了。"肖云飞说。"没办法，姥姥舍不得孩子。"马庆生说。"是你巴不得吧？"肖云飞说。"怎么可能？"马庆生说。"结果说明一切。"肖云飞说。"知道我们燎原辛苦，怕我们顾不上孩子。"马庆生解释道。"你们两口子就在外面败坏燎原的名声吧。"肖云飞说。"是事实好吧，怎么这么说。"马庆生说。

"哎，美国发货搞定了是吧？"马庆生问。"嗯。"肖云飞说。"多亏有E5顶着。"马庆生说。"你再跟踪一下E5的下单。"肖云飞说。"我让查曼丽去跟。"马庆生说。"能改板不？"马庆生又问，肖云飞没吭声，默默地点头。"哟，又能改了。"马庆生说。"唉，怎么又能改了呢？"马庆生好奇地问。"原来排板直来直去，曹瑞祥想着绕圈圈。"肖云飞说。"打着弯啊，好好，能改板就行。"马庆生说。

肖云飞起身去找王厚林。"哎，菊花链的事有没个计划？"肖云飞问王厚林。"原因没找着，没法给什么计划，都是空谈。"王厚林说。"就这么关着？"肖云飞问。"别总这么逼问，好吧？"王厚林又不耐烦起来。

"牛玉江悄悄给我发邮件，梅清波要计划。"肖云飞说。"这个牛玉江，为啥不跟我说。"王厚林生气地说。"你敢说他没跟你说？"肖云飞冲着王厚林说，王厚林没吭声。"他给你发邮件，你不理他，就把邮件又转给了我。你不给计划，他就是人质。"肖云飞说。"没你说得那么严重，人质都出来了。机票都买好了，后天周六的。"王厚林说。"你们就这样，坑蒙拐骗的。可怜的梅清波，估计又娶给我打电话了。"肖云飞说。"会给，争取明天吧。"王厚林说。

"麦哲渊说得对，主要是测试验证手段有问题。首先要重现问题，在家里能重现印尼现场的问题就差不多了。"肖云飞说。"是啊，下午我们会进行头脑风暴呢。"王厚林说。"多听各方意见，三人行必有我师。"肖云飞边说边离开了。

中午，食堂，大家边看着电视边吃午饭。"上午，我的美国同学突然给我打电话。"邓学佳说。"从美国打的吗？"尹贤良问。"一看是国内号，正奇怪着，他说正在燎原讲课，想见见我。"邓学佳说。"见啦？"尹贤良问。"见了。"邓学佳说。"一般这种情况，公司会请你一起用餐的。"王厚林说。"我同学急着想见我显然另有目的。"邓学佳说。"怎么，探口风啊。"肖云飞说。"说对了。"邓学佳说。"都问你些啥？"赵长城问。

"也没问啥。他原来在加拿大，后来出来和一个印度人合伙在硅谷开了个公司。就像大多数美国人一样，创业，等待被收购。"邓学佳说。

"技术怎么样，搞什么的？"尹贤良问。"搞光网络的，自己说技术很牛。什么一个公司要买他们的技术，结果怎么着好像是没搞过燎原，又不买了。"邓学佳说。"什么公司没搞过燎原？"王厚林问。"没说得太清，是那个要买我同学他们公司技术的公司，在市场上好像没竞争过我们燎原。所以，也就没买我同学他们公司的技术。"邓学佳说。"听出来了，你同学想把技术卖给燎原。"肖云飞说。"没错，是这个意思。"邓学佳说。"你同学怎么跟你说的？"肖云飞问。"以前他不是太了解我们燎原。"邓学佳说。"光盯着那家公司了，估计原来是瞧不上燎原。"肖云飞说。"我跟他说，燎原在业界已经很厉害了。因为我听他说了什么光频源怎么牛，怎么牛。我感觉没什么，我知道我们公司这方面很强。"邓学佳说。"你怎么对你同学说的？"尹贤良问。"我说，凭我的直觉，你们的技术在燎原不一定会受欢迎。关键这方面我知道一些。"邓学佳说。"你同学什么反应？"麦哲渊问。"也没什么，只是说知道了，就去赴宴了。"邓学佳说。"你是一盆冰水，把他泼得哇凉哇凉的啦。"王厚林说。"同学嘛，实话实说喽。"邓学佳说。

　　"哎呀，我现在开始练光脚走石子路了。"麦哲渊说。"噢，为去墨脱做准备啊。"肖云飞说。"我妈听人说，去墨脱，尽是石子路，不适应根本走不了路，脚上全是泡。"麦哲渊说。"不是说蚂蟥很厉害吗？"赵长城说。"蚂蟥靠防护，用盐来对付。"麦哲渊说。"功课做得不错啊。"王厚林说。"广州有人组织过墨脱探险游，好刺激的。我妈说，就相当于走一回雪山草地，体会当年红军两万五千里长征的滋味。其实，很多人挺羡慕我的，公费探险游。"麦哲渊说。"怎么说的这么……搞得我心里痒痒。"柳超智说。"没错，一般人真没这个机会。"夏润泽说。"知道你是想去的，但毕竟一直是麦哲渊负责的，项目重要啊，容不得闪失。"肖云飞对夏润泽说。"柳超智你更没机会啦，除了双工器批量整改，曹瑞祥没按住。"廖默然说。

　　"唉，廖默然，这话不吉利啊，自己掌嘴。"肖云飞不爽地说。"瞧我这臭嘴，呸呸。"廖默然自打着嘴说。"哎，忙过一阵了，是不是牡丹该给我们组织出去玩一把啦，下午我找牡丹说这事去。"马庆生突然冒出一句。

　　"我啊，有段日子没活动了，搞一把。"肖云飞说。"下午就找牡丹。"马庆生说。

　　下午，上班没多久，肖云飞的手机响了。"喂，哪位？"肖云飞问。

"肖云飞啊，我是印尼梅清波。"电话那头的人说。"你好，梅清波。"肖云飞冷静地说。"你好啊，肖云飞，我是无事不登你这三宝殿啊。"梅清波说。"哪里的话，愿为你效劳。"肖云飞说。"牛玉江周六就回了。菊花链关了以后，挺正常的，局方也挺满意，差不多就回吧。"梅清波说。"好啊，感谢感谢。"肖云飞说。

"菊花链这事局方不知道，不是操作界面的，也不需要局方知道。就这样挺好。"梅清波说。"好就好，你能说好，是最高的嘉奖，对我们来说。"肖云飞说。"不要这么客气。这个S666啊，当时是局方自己搞的，燎原是没有参与的，奈奎斯特参与了。当时，奈奎斯特没有嘛，其实就是建议的S444。奈奎斯特当时的报告我看了，认为四载波够用了，不需要六载波。"梅清波说。"嗯。"肖云飞不太明白梅清波说这些干啥。"经过这么一段时间的试商用，也有了实际应用的数据。局方也觉得S444够用了。"梅清波说。"嗯，怎么啦？"肖云飞问。"局方认为奈奎斯特的建议比较合理……"梅清波正要往下说。"打住，局方不会又要用奈奎斯特的设备了吧？那我们可就惨透啦。"肖云飞说。"不会，不会，正式合同是有法律依据的，不敢乱来。"梅清波说。"那……"肖云飞说。"局方想把S666变回S444，可以多一些站来补覆盖。"梅清波说。"这效果肯定好，我知道S666用不满的。"肖云飞说。"就这个意思，局方基本定了，应该还会补些机柜和相应配套的电源、基带板，载频板应该不用增加了。"梅清波说。"都现成的，下单就行啦。"肖云飞说。"是啊，我就给你打声招呼。好，你忙，挂了。"梅清波说完挂了电话。

和梅清波通完电话，肖云飞来到麦哲渊的实验室，大家正在讨论呢。看着肖云飞进来，王厚林忙说："有希望，准备今晚上验证，看看能否重现印尼现场的问题。""好啊，这可是重大利好。老瞎子摸黑肯定是不行的，太被动。"肖云飞鼓励大家说。"思路是谁想出来的？"肖云飞问。"麦哲渊。"

王厚林说。"也是应该，你就是搞测试的嘛。就应该是你想招怎么测出问题。"肖云飞对麦哲渊说。"是的，有点惭愧。"麦哲渊说。"不惭愧，吃一堑长一智嘛，持续改进。挺好！"肖云飞说。"你叫柴文娜了吗？这种讨论，头脑风暴，尽量叫上质量部的。"肖云飞对王厚林说。"我马上叫。"麦哲渊接过话说。"还是需要一个外人帮你们从另一角度整理思路，否则，就有可能跟着一个人的走。比如王厚林。"肖云飞说。"没，今天是麦哲渊为主，我参与。"王厚林说。"你们晚上就试是吧？好，一鼓作气。"说完肖云飞走了。

第二天刚上班没多久，王厚林来到肖云飞座位处。"怎么样，昨晚测的？"肖云飞问。"印尼问题在实验室可以重现，而且是稳定重现。"王厚林有点激动地说。"别激动，赶紧把问题解决啊。"肖云飞说。"好，这就去搞，就是来知会一声。"王厚林说。"好，等你好消息。"肖云飞说。"这下应该没问题了。对了，明天牛玉江回来。今天会把计划发给一线。"王厚林说完就走了。"菊花链问题的解决也是件大事。"肖云飞说道。"能解决也是好事。"马庆生附和着。

周一中午，食堂。"牛玉江，回来啦。"柴文娜边吃边说。"周六回的。"牛玉江说。"巴厘岛是不是特别爽？"柴文娜问。"还巴厘岛呢，去了整天定位问题，哪儿也没去。"牛玉江说。"印尼机房游也挺好。哎，当时你把菊花链关了以后是不是感觉特别爽？"柴文娜又问牛玉江。"娜姐，不带这么问的。"王厚林在一旁插话道。"别打岔，问牛玉江，又没问你，哎，当时是不是这感觉啊？"柴文娜冲着牛玉江做出很爽的样子。"其实当时真实的想法是……"牛玉江环顾了四周，又接着说："真实想法是希望关了也不管用。"牛玉江说。"有点违心了吧。"尹贤良说。"真的吗？瞎扯。"柴文娜不爽地说。"我倒是很理解。"肖云飞看着王厚林说。"我也理解。"赵长城说。"割肉啊。"邓学佳说。"无聊、无聊、无聊。"柴文娜说。

"肖云飞，你是知道的，是吧？"王厚林话锋一转。"知道什么？"

肖云飞故作镇定地问。"再装。"王厚林生气地说。"装？我装什么了？"肖云飞假装不知地说。"行啦，牛玉江都跟我说过，你早知道了，为什么不说？"王厚林问肖云飞。"首先，我要说的是，这是两回事。"肖云飞回着王厚林。"你说什么？两回事？"王厚林愤怒地冲着肖云飞大喊着。"对，印尼问题和我们要解决的菊花链问题是两回事。"肖云飞坚定地说。"大伙听听，这就是领导说的话。"王厚林说。

"说什么呀，云里雾里的，牛玉江？"麦哲渊问。"印尼局方在上周我来之前，决定把S666整网退回到S444。"牛玉江说。"是吗？"赵长城惊讶地问肖云飞。"没错，梅清波给我打电话了。"肖云飞说。"看看，我们满腔热情地解决问题，他却在一旁看热闹。有这样的领导吗？"王厚林大吼着说。"吼什么，吼什么，肖云飞说得很清楚，印尼问题和菊花链问题解决是两回事。"柴文娜对王厚林说。"不能这么说吧。"麦哲渊说。"那该怎么说？难道肖云飞知道印尼不用菊花链了，就跟你们说菊花链问题不用解决了？"柴文娜说。"对啊，这么说肖云飞说得是很正确的，两回事。暂时让你们回避印尼具体情况，同时又借着印尼问题的这股劲儿，迅速解决了菊花链问题。高高高，实在是高。"柴文娜竖起大拇指冲着肖云飞说。

"所谓气可鼓，不可息。"邓学佳说。"他就是来劲，其实心里跟明镜似的，活脱脱一个奥斯卡影帝。"马庆生冲着王厚林说。"看，我都不吭声，任他吼来任他叫。"肖云飞说。"对了，柳超智，曹瑞祥怎么回事？"肖云飞问道。"怎么啦？"柳超智问。"怎么了，去了一点消息也没有。跟你有没有联系？"肖云飞问柳超智。"没有。"柳超智摇着头说。"你，打个电话问问啊。"肖云飞示意柳超智。"好吧，下午我打一个。"柳超智说。"奇怪，你自己为什么不直接打？"柴文娜问肖云飞。"难言之隐啊。"赵长城说。"两人都一样，一边没好消息，一边怕坏消息。就这样，咫尺天涯了。"廖默然说。

　　"今天中午都没新闻了，全是公司的质量宣传。"袁一帆边吃边说。"5月10日，公司质量日啊。"柴文娜说。"吃完饭回去，大家都去大厅参加质量有奖竞猜啊。"柴文娜鼓动着大家说。"什么奖品？"朱文学问。"到时候就知道啦。"柴文娜说。

　　到了周末，总算等来了曹瑞祥的电话。"肖云飞，我是曹瑞祥。"曹瑞祥在拉萨的宾馆里说。"你总算来电话了。"肖云飞说。"哎呀，情况不明没必要打呀。"曹瑞祥说。"怎么，有眉目啦？"肖云飞问。"主要问题是工程的问题。"曹瑞祥说。"双工器呢？"肖云飞问。"反正这几天摸了些站，主要是工程问题。"曹瑞祥说。"具体说说是什么工程问题，胶带没缠好？"肖云飞问。"有点复杂，跟这边高原紫外光强烈和天气干燥有关。"曹瑞祥说。"这样啊。"肖云飞说。"高原紫外光强烈照射，再加上空气干燥，缠的胶带表面上看似乎没啥问题，但里面已经脱胶了，再加上又来了这么一场雨。"曹瑞祥说。"噢，有道理。局方认啊？"肖云飞问。"局方、工程队都认。"曹瑞祥说。"都认就好啊，郝树斌呢？"肖云飞又问。"郝树斌，反正都是一起定位的，局方、工程队都认了，他也没说啥。另外，工程师队是局方自己找的。"曹瑞祥说。"对了嘛，郝树斌自然用不着表态，但是……"肖云飞说。"没什么但是啊，达成一致意见：工程问题，要整改。"曹瑞祥说。"好啊，那你就赶紧回呗。"肖云飞说。

　　"为什么打电话知道吗？"曹瑞祥问。"有结论了，工程问题，可以回了，所以打个电话。"肖云飞说。"郝树斌让我给你打的，主要是先整改的几个站要我参与，不让我走。"曹瑞祥说。"参与呗，他肯定有顾虑。"肖云飞说。"你倒挺痛快，还指望你不同意呢。"曹瑞祥说。"就听郝树斌的，别你刚回就又说双工器有批量问题了，我怕。"肖云飞说。"知道，再跟几个站再说吧。就这样，挂啦。"曹瑞祥说完挂了电话。"是不是算是按住啦？"马庆生在一旁问。"应该是吧。"肖云飞不很确定地说。

第七章

进军墨脱

1. 要学会关爱自己

　　"达荣生？怎么，培训去啦？"一进多载波实验室，看着达荣生不在，肖云飞问。"本周开始大队培训。"杭岩说。"周一，17日，差不多月底能回。"肖云飞说。"影响吗？"肖云飞又问杭岩。"下来主要是原理图、PCB设计，还有高效功放的设计，软件主要是相应的方案讨论，暂时不牵涉具体编码。等他回来基本能衔接上，去的正是时候。"杭岩说。"不怎么影响就好。"肖云飞说。"没事，即使有点影响，这个达荣生能力极强，很快就能弥补上。"廖默然赞许地说。"是吗？"肖云飞兴奋地问道。"能力确实强，有他真的信心倍增了。"杭岩说。"真没看走眼。"肖云飞说。"人可白干了两周，积极主动得很，确实难得。"廖默然说。"他自己知道这些天是白干的，故意回避这个话题。"杭岩。

　　"月底，月初，6月底回板，7月底、8月初应该能见底。"肖云飞盘算着。"差不多，有信心8月初达到TCP5的水平。"杭岩说。"那你达不到，生产要走小批量的。"肖云飞说。"那我们就走个小批量。"廖默然说。"至少30套才能算是小批量吧？你们敢投这么多？你们看，生产小批量就算30套，最少了，再加上自己的测试，十几套总要吧？你打算月底、月初投几套？"肖云飞问。"敢投50套吗？"杭岩问廖默然。"你敢投50套？我功放周期快，随时可改的。"廖默然说。"别太激进，第一板先投10套，不可能这么顺的。啊，投10套，搞搞第二板肯定就是50套了。"肖云飞说。"行吧，我们也是这么想的。"杭岩说。

又过了一周。"喂，曹瑞祥吗？"肖云飞给曹瑞祥打电话。"喂，哪位啊？"接电话的应该是曹瑞祥的太太。"我是曹瑞祥的同事，肖云飞。"肖云飞在电话里说。"啊，肖总啊，我们家曹瑞祥从西藏一回来，躺床上就没起来，现正在医院呢。'曹太太说。"怎么啦，去医院？"肖云飞问。"腰，不知上西藏怎么着了，一回来就不行了。"曹太太说。"这样吧，他正在看医生，晚些我让他给您打过去，我先挂了啊。"曹太太说完挂断了电话。

"哎呀，曹瑞祥啊。"搁下电话，肖云飞自语道。"曹瑞祥？怎么啦？"马庆生在一旁问。"昨天从西藏回来，一躺就起不来了。"肖云飞说。"怎么啦？"马庆生问。"腰，也不知在西藏怎么了，腰不行了，现正在医院看着呢。"肖云飞说。"这么严重？"马庆生问。"不知道，晚些他会打过来，到时候问问。"肖云飞说。"双工器不需要整改了对吧？"马庆生又问。"这回算是按住了吧。"肖云飞说。"功劳大大的。"马庆生说。

"麦哲渊，墨脱的事准备得怎么样？"肖云飞边吃着午饭边问。"定在6月11日进入墨脱。"麦哲渊回道。"欧洲杯正好开战啊。"朱文学说。"12日好不好。"袁一帆说。"就差一天，你真是的。"朱文学说。"尹贤良，你的也门版本是月底吧？"肖云飞问。"下个月底。"尹贤良说。"6月底？"肖云飞问。"是啊，8月底才考试，7月下旬报名。版本6月底发，时间很充裕。"尹贤良说。"充裕就没理由出问题了。"肖云飞说。"瞧好吧。"尹贤良自信地说。

"他们做得很规范的，严格按EPD来。"柴文娜说。"好，我们看看规范化的产品上网效果如何。"肖云飞说。"这么严格的规范过程，结果必定好。"柴文娜很自信地说。"那这个项目就是标杆喽。"赵长城说。"好啊，等也门版本升了后没问题，可以搞个优秀实践啊。"肖云飞说。"必须的。"柴文娜说。"又在家门口，黄金一代的葡萄牙夺冠应该是不在话下。"朱文学又说。"但愿。"夏润泽说。

"哎，曹瑞祥给你打电话了吗？"马庆生问肖云飞。"打啦。"肖云飞说。"怎么说？"马庆生问。"一个月上不了班。"柳超智插话道。"什么？肖云飞，真的啊？"马庆生吃惊地问。"是啊，麦哲渊，你们都要注意啊，真的，要注意。要学会关爱自己，大家都要学会关爱自己。"肖云飞说。"怎么啦，一个月不能上班？"柴文娜问。"腰，起不来，只能躺着。"肖云飞说。"就这么躺一个月？"柴文娜又问。"躺着同时做牵引理疗。"柳超智说。"在家也能做？"王厚林问。"可以的。"柳超智说。"曹瑞祥定力太足，有时一坐能一动不动一个下午。"邓学佳说。"他自己说腰不好。我跟他说过不要坐太久，要经常拉拉单杠。"肖云飞说。"看我，你们实验室不是有高一点的柜子嘛，我有空就去吊一下。"肖云飞继续说道。"你那个吊要求太高，我试了，受不了。"廖默然说。"曹瑞祥也这么说，其实不用双脚离地的。这么吊着，不用双脚离地，每次内心数着数。"肖云飞说。"还内心数数？"王厚林说。"嗯，开始只能数50下。"肖云飞说。"现在能数多少？"柴文娜问。"现在，200。用了差不多两个月吧，就能200了。"肖云飞说。"因地制宜锻炼，挺好。我要向肖云飞学习，有事没事吊吊。"赵长城说。"曹瑞祥当时要听我的话，不至于有今天。"肖云飞说。"能得不行，搞得跟大夫似的。"马庆生冲着肖云飞说。"甭大夫不大夫的，这招就是好使。"肖云飞自信地说。

下午，肖云飞座位处。"这把算是让曹瑞祥糊弄过去了。"肖云飞对柳超智说。"我知道。"柳超智说。"我的推断，几场雨那么一下，就差不多了。"肖云飞说。"熬吧。"柳超智说。"厂家怎么看这件事？"肖云飞说。"没问。"柳超智回道。"要问问，打打预防针。我也不知能挺多久。"肖云飞说。"好吧，我问问。"柳超智说。"行，你去忙吧。"肖云飞说着拿起了固话："牡丹，来我这一下，有事请你帮忙。"

不一会儿，东方牡丹来到肖云飞座位处。"啥事，肖总？"东方牡丹说。

"曹瑞祥的事你知道吧？"肖云飞问。"听说了。"东方牡丹说。"有什么想法？"肖云飞问。"什么意思？"东方牡丹问。"我是想，中间能不能让大家做做操，否则，再出曹瑞祥的情况就不好了。"肖云飞说。"这事有点麻烦。"东方牡丹说。"怎么？"肖云飞问。"别的产品线有搞，中间，大喇叭一开，大家做个十分钟的广播体操。"东方牡丹说。"挺好，我们也搞啊。"肖云飞说。"不行，给叫停了。"东方牡丹说。"为什么？"肖云飞问。"被领导看见了，当时没说啥。事后，领导们觉得大张旗鼓大喇叭开着，不合适。"东方牡丹说。"那……"肖云飞欲言又止地说。"小范围自己到点做个操，自己运动运动是可以的，别把动静搞得太大。"东方牡丹说。"行，我也觉得大喇叭开着，动静太大，不合适。就小范围声音小点，牡丹，你就费心组织一下。"肖云飞说。"好，我来组织。"说着东方牡丹转身走了。

转眼，肖云飞来到邓学佳座位处。"哎，再抽点人，把自制的多载波搞起来，至少先投个验证板。"肖云飞说。"你有心，我也有意，得要方俊凯他们。没他们的支持，我们怎么玩？"邓学佳说。"嗯，我啊，跟他们沟通，他们应该是巴不得呢。"肖云飞说。"没错，前阵子方俊凯发邮件找过我，希望我们能为自制多载波算法搭建一个硬件平台。"邓学佳说。"这不正好嘛，赶紧沟通。原则是先保证班德的。"肖云飞说。"这肯定。"邓学佳说。"功放是共用的，这就是最有利的。"肖云飞说。"相当于做了块班德的替代板。"邓学佳说。"嗯，有道理，看来必须得做了。不做不行啊。"肖云飞自语道。"板级替代，金总那儿也好交代。"邓学佳说。"我和张总最大的顾虑就是金总，这下摆平了。"肖云飞说。"不问不说，问起来有说法。"邓学佳说。"放心，方俊凯会跟金总说的。"肖云飞说。"你是说，只要方俊凯答应支持，就应该没问题。"邓学佳问。"应该是这么个理儿。"肖云飞说。"我这就给他发邮件。"邓学佳说。"这样吧，为保证班德的进度，还是先全力以赴搞班德。等班德投下去了，原班人马搞自制。就一个团队，怕两拨人有矛盾。"肖云飞说。"也行。"邓学佳说。"班德主打，这个别忘了。"肖云飞说。"好。"邓学佳说。"这是原则啊。"肖云飞又说。

肖云飞刚回座位没多久，固话响了。"喂，哪位？"肖云飞拿起固话说。"肖云飞，我是方俊凯。"方俊凯在电话里说。"哎，刚说到你呢，你是在哪儿啊？"肖云飞问。"我在莫斯科。"方俊凯说。"邓学佳找你了对不对？"肖云飞问。"是啊，刚发的邮件我看了。这不就给你打电话了嘛。"方俊凯说。"没问题吧，应该是你们期待的。"肖云飞说。"话是没错，只是……"方俊凯说。"只是什么？"肖云飞问。"你知道公司要搞AIO吗？"方俊凯问。"是TIO吧？"肖云飞说。"不是你那个TWO In One的TIO，是All In One的AIO，AIO。"方俊凯说。"All In One，AIO，能不能别那么俗，刚一个TIO，又整个AIO。"肖云飞说。"哎，这是公司定的，没办法。AIO的算法，现在落在我这儿，正调集人员搞呢。"方俊凯说。"All In One是啥？"肖云飞问。"就是多个系统在后台看就是一个平台。2G、3G在运营商的后台看就是一个界面，不用一个平台一套界面维护系统，All In One了。"方俊凯说。"噢，这个AIO，很难吗？应该不难吧？"肖云飞问。"牵涉到很多算法问题，所以公司正式立了项，由俄研所承担算法开发。"方俊凯说。"你什么意思？就是说多载波算法没人投了是不是？"肖云飞问。"你那没正式立项。"方俊凯说。"有预研啊。"肖云飞说。"邓学佳可是说的班德的替代板。"方俊凯说。"也可以算预研啊。"肖云飞说。"现阶段有点困难，年底怎么样？"方俊凯说。"为啥要年底吗？"肖云飞说。"我先表个态，我是支持你的。"方俊凯说。"好啊，就投呗。"肖云飞说。

"肖云飞，你听我说。首先，我是支持你的。但得容我协调一下，不能这边AIO刚计划好了，又变。这样不太合适，跟公司也没法交代。"方俊凯说。"不对啊，以前你都是很积极的，怎么我真要搞……方俊凯，我跟你说，这回我可是玩真的啦，你这样不是你一贯的风格啊。是不是算法还有问题？"肖云飞问。"什么都瞒不过你肖云飞啊。"方俊凯说。"怎么？"肖云飞问。"算法不稳定。"方俊凯说。"不稳定可以逐步改进啊。"肖云飞说。"不不不，这是一个算法的核心问题，必须解决，这个问题不解决，不可能拿给你们用的。再说白点，就是DPD算法，我们自己的，核心算法没解决。"方俊凯很明确地说。"哎呀，你方俊凯都这么说了，看来是有大问题了。好吧，就年底，也行。"肖云飞无奈地说。"还是先好好做班德的，多摸索点经验，对我们这边是有很大帮助的。"方俊凯说。"好吧，但方俊凯，你要明白，我这次可是下狠心了，必须依靠自己的算法。"肖云飞又说。"我知道，磨刀不误砍柴工。"方俊凯说。"方俊凯，要知道，一旦真的上马，班德是没法靠得住的，知道吗，方俊凯？"肖云飞加大音量说。"这一点我早意识到了，但我这边核心的算法还是没有真正的突破。我会全力以赴的，放心吧，年底一定让你用上。"方俊凯说。"真的拜托了啊，方俊凯，就这样。"说完肖云飞挂了电话。

"哎呀，方俊凯关键时刻掉链子啊。"肖云飞自语道。"瞧他以前激进的样儿。"马庆生说。"年底就年底吧，集中精力先把班德的产品搞好。"肖云飞说。

2. 二老回西双版纳

第二天一早刚上班，肖云飞的手机响了。"喂，哪位？"肖云飞问。"云飞吧？"电话那头的人说。"是啊，您是……？"肖云飞问。"你大丰哥，何大丰，不会忘了吧？"何大丰说。"啊啊啊，大丰哥啊，大丰哥好，

大丰哥好，何老师、周老师他们都好啊？"肖云飞问。"我和你何老师、周老师现在在香港，他们俩挺好的。"何大丰说。"啊，在香港啊，那我看你们去。听说何老师、周老师在美国三四年了，怎么……"肖云飞问。"哎呀，云飞啊，他们不知怎么的，都可以入美国籍了，愣是不肯了，非要回西双版纳。都80多岁了，真让我为难。"何大丰说。"这次是……"肖云飞欲言又止地说。"你，我父母从小就喜欢你，我到香港讲学，他们俩就非要跟我一起过来。然后听说你在深圳，说是让你到香港把他们接到深圳玩玩，然后回西双版纳。"何大丰说。"好啊，好啊，欢迎欢迎。"肖云飞说。"我周五回美国，你周四来香港咱们见一面，不知你有没有时间。我们也好久不见了，听我父母说你也考上了大学，现在在燎原公司工作。"何大丰说。"真是很久不见了，周四我请假去香港见见面。"肖云飞说。"那好，今天周二，明天，就是后天，我等你，具体地址我发短信给你。就这样，周四见，我要去讲课了。"

挂了电话后，肖云飞来到多载波实验室。"还是集中精力搞班德的吧。"肖云飞说。"怎么啦？"杭岩问。"方俊凯他们算法还是有问题，他答应年底提供。"肖云飞说。"年底？"杭岩说。"我看年底也差不多，到时候班德板子也摸得差不多了，正好用在自制替代板上了。"肖云飞对杭岩说。"集中精力，也行。"杭岩说。

转眼间就到了周四。"云飞啊，好像你那个公司在美国有点名气。我查了，森尼韦尔还告过你们侵犯知识产权。"在香港理工大学的餐厅，何大丰边吃边和肖云飞闲聊着。"什么有点名气，人家云飞的燎原公司，国家主席都去过，厉害得很，美国人都搞不过。"周老师说。"也不能这么说，算了，不提工作上的事。二老整天在我耳边提云飞，这下好啦，跟云飞回内地吧。这下心满意足了吧？"何大丰说。"不满意。你也要回内地，我们就满意了。"何老师说。"我是可以，可阿丽、阿强的妈妈不肯，我也没办法。"何大丰说。"就是怕老婆，没出息。"周老师说。"嗨，别说，人家可是孙子、孙女都给你们生了，功劳大大的。"何大丰说。

"何老师、周老师，您二老都80多岁了，跟着大丰哥去美国度晚年多好的事啊。"肖云飞说。"好什么好，不好。"何老师说。"怎么不好啦，多少人巴不得呢。"何大丰说。"巴不得呢，云飞，你知道吧？要宣誓，效忠美国。我一辈子在中国，到老了要效忠美国。我怎么感觉都像是在叛国，不行不行，得赶紧回来，赶紧回来。"何老师说。"云飞，你听听你何老师说话是不是有点过分，叛国都出来了。爸，太过分了。"何大丰说。"反正我觉得你赶不上人家云飞。云飞，上小学的时候，我就觉得你这孩子聪明。算术课上，一提问，云飞总是把手举得高高的，而且都能答对。"周老师说。"作文写得也好，我常常拿云飞的作文念给孩子们听。"何老师接过周老师的话说道。"那我还是我们寨子第一个大学生呢，又出了国，多少人羡慕。你们当时不也为我骄傲嘛。"何大丰不服地说。"就是，大丰哥一直是我们心中的榜样。"肖云飞说。"榜样啥，国家培养你，你给美国做贡献。哪像云飞，为国家做贡献。"周老师说。"我是在为世界做贡献，科学无国界。"何大丰说。

"不谈这些了，何老师、周老师，咱们3点出发怎么样？晚了您二老不方便。"肖云飞说。"云飞就是想得周到，听你的。现在几点了？"何老师问。"1:30。"肖云飞说。"差不多了，我们回去整理一下，回内地。"说着何老师起身牵着周老师要走。"好吧，回公寓拿东西。"何大丰说。

在去公寓的路上，肖云飞的手机响了。"肖云飞，我是张立彪。"张立彪在电话里说。"啊，张总，没午睡啊？"肖云飞说。"中午有个应酬，刚回办公室。哎，家里有事啊？我看你请了两天假。"张立彪问。"啊，是这样，我的小学老师从美国回中国了，现在到了香港，让我接他们回西双版纳。"肖云飞说。"怎么，你现在在香港？"张立彪问。"是的，我老师的儿子在香港理工大学讲学。他们二老是随儿子过来的。马上我们就回深圳了，明天再带二老在深圳转转，然后他们就回西双版纳。"肖云飞说。"噢，好，你陪二老好好玩玩吧。另外，墨脱的事一定办好啊，老板亲自盯着呢。还有，多载波板投了吗？要加快啊。"张立彪说。"知道啦，张总。"肖云飞说。"就这样。"说完张立彪挂了电话。

"怎么，云飞，影响你工作啦？"何老师说。"没事，只要手机开着，移动办公，一样的。"肖云飞说。"哎，你都正式请假了，还为工作的事打电话给你啊。这在美国，私人的时间肯定不接公司电话的。"何大丰说。"这不在中国嘛。没事，不管到哪儿，不管什么时间，只要手机开着，公司有事能找到你就没事。"肖云飞说。"你要24小时开着机啊？"何大丰问。"是啊，公司要求的。"肖云飞说。"深更半夜的也会打你手机吗？"周老师问。"经常会，跟国外有时差，深夜打电话是常有的事。"肖云飞说。"那是不一样，在美国不可想象半夜因工作上的事被电话叫醒。"何大丰说。

3. 墨脱之旅开始了

5月的最后一天是周一，才刚上班，肖云飞的手机就响了。"肖云飞，我是郝树斌。"郝树斌从西藏打来电话。"你好，郝树斌。"肖云飞说。"我建议让麦哲渊本周末就过来，还是需要提前适应。"郝树斌说。"听你安排，我没意见。而且，放心，张总也跟我说了，我们会全力支持墨脱建站这项工作的。"肖云飞说。"噢，对了，你们是谁去啊？"肖云飞又问。

"最后还我去。"郝树斌说。"这就对了。好，没别的事吧？"肖云飞问。"没。我跟麦哲渊电话里说了，你再跟他说一声。就这样，挂了。"郝树斌说。"好，我去说。"肖云飞答应道。

6月10日晚，林芝局方的招待所餐厅，大家边吃着晚饭边听明天的向导、墨脱的贡布书记给大家介绍情况。"首先呢，我代表墨脱人民，真的真的非常感谢我们燎原公司，一个来自深圳的公司，能为我们墨脱这个连公路都没通的县去开通手机打电话，想想做梦都笑醒啊。真的，难以想象，在墨脱躺在自家的床上、走在路上，居然可以用手机和全国、世界各地打电话。不是梦吧？"贡布激动地说。"贡布书记，不仅不是梦，而且一周以后，顺利的话，18日、19日就能实现了。"郝树斌说。"这么快，今天是10日，也就是不到10天。太感谢了，真的太感谢了。"贡布书记说。

"贡布书记，还是给他俩介绍一下行程和安全注意事项吧。"林芝局方的边巴工程师，也是这次墨脱建站的总负责人说。"好好好，我来介绍一下，我来介绍一下。边巴他们都去过，情况比较熟了。你们两个从深圳来的，哎呀，真是难为你们了。我要是你们，我都不愿意，边巴，是吧？"贡布书记说。"说具体情况吧。"边巴在一旁说。"哎呀，我真是，我怕说了把你们吓着。"贡布书记说。"没事，我们有心理准备。只是我们没有经验，请告诉我们需要注意的事项。"麦哲渊说。"麦工看上去好像香港人的。"贡布书记说。"我是广州人。"麦哲渊回道。"广州人，怪不得，广州、香港差不多的。"贡布书记说。"好啦，说吧。"边巴提醒道。"我看看噢，八一镇到派乡，派乡到拉格，拉格到汉密，汉密到背崩。哎，最后背崩到墨脱县城，5天，是吧，边巴？"贡布书记看着边巴说。"是的，没错，5天。"边巴说。"不过步行是4天，八一镇到派乡有车坐的。"贡布书记又说。"从派乡转运站到半山腰的松林口，也是有车坐的。"边巴说。"就是多雄拉雪山要翻过崖口，崖口那边的海拔4200米左右，很冷。防寒的衣服应该准备了，是吧？"贡布书记望着麦哲渊说。"是的，准备了。"麦哲渊说。"除了海拔高、氧气少外，一路主要是石头路，不好走，脚很容易磨出泡来。"贡布书记说。"这个我有准备。"麦哲渊说。"有准备，好啊。脚有泡了要及时挑掉，用白酒擦擦再接着走，否则，会很麻烦。"贡布书记说。"您有经验，到时靠您了。"郝树斌说。

麦哲渊注意到贡布书记面有犹豫之色，主动问道："是不是要过蚂蟥区啊？""麦工知道啊，没错，蚂蟥区是原始森林，地下是石头和泥水，上面树叶上是蚂蟥。已经给你们准备了绑腿和手套。"贡布书记说。"不会有沼泽吧？"麦哲渊问。"沼泽有，但我们会避开的。"贡布书记说。"绑腿能防蚊虫、蚂蟥和毒蛇。"边巴说。"还有毒蛇？"麦哲渊惊道。"想想肯定会有嘛。"郝树斌说。"毒蛇会有的，不怕，有绑腿啊。万一真被咬了，有解药。你们的安全我是要绝对保证的。"贡布书记说。

"贡布书记，还有什么？"麦哲渊又问。"接下来就是汉密到背崩这一段，比较险的就是过老虎嘴。"贡布书记说。"现在好多啦，凿得有一米宽了。以前很窄的，一不小心就掉悬崖下了。"边巴说。"现在还是比较险的，毕竟是悬崖。所以，过老虎嘴一定要格外小心，千万别大意。"贡布书记认真地说。"脖子上有蚂蟥怎么办？"郝树斌问。"脖子上会有蚂蟥，树叶上会掉的。蚂蟥怕盐，用盐腌它。"贡布书记说。"贡布书记，还有什么要说的吗？"边巴问。"差不多了吧，核心点就是要保证安全。"贡布书记说。"那好，今晚大家早点休息，明早6点起床，6点半在楼下集合，市里会有一个简短的欢送仪式，7点准时出发。"边巴说。"什么什么，市里还有欢送仪式？"麦哲渊说。"明天会有市领导来，墨脱通电话是国家的重点工程。按理今晚要搞送行宴的，但为了让大家保持良好的状态，放到明早了。市领导说了，回来为你们接风。都去休息吧，早点睡啊。"边巴招呼着大家。

第二天一大早，两人准时起床，洗漱完毕，背起昨晚已准备好的行李，来到了餐厅。"贡布书记，早。"看到在吃早餐的贡布书记，郝树斌和麦哲渊向贡布书记打着招呼。"今早得多吃点，往后只能吃压缩食物了。"麦哲渊自语道。"哇，三个包子，两个鸡蛋，牛奶、酥油茶，你这是……"郝树斌看着麦哲渊的盘里说。"不算多，不算多，年轻人嘛。"贡布书记说。"我可吃不了这么多，早上胃口就不行。"郝树斌说。"你这一早什么都没做呢就先抽烟。"麦哲渊冲着郝树斌说。"不抽烟更吃不下。"郝树斌说。"抽烟的人真会找理由。"麦哲渊说。

"差不多了吧，快6点半啦，市领导在八一镇广场等着呢。"贡布书记看了看表说。"吃完了，走吧。"郝树斌提起背包，三人直奔八一镇广场。广场上已是人声鼎沸，藏族男女穿着民族服装载歌载舞，另有敲锣打鼓的，一片欢腾。"来了，"边巴招呼着贡布书记、郝树斌和麦哲渊。"市领导马上就到，我先介绍一下我们局方去墨脱建站的人员。这是常工，负责电源这块的。这是柳工，负责卫星。这是潘队，负责具体的二程施工。他们都去过墨脱，有经验了。这是燎原的郝工，给项目做技术支持的，大家都认识。这是麦工，专程从深圳过来的。"

这边正说着，市领导过来了。"贡布书记，这次亲自做向导，辛苦了。"市领导先握着贡布书记的手说。"哪里哪里，应该的，应该的。"贡布书记说。"王副市长，这是燎原的郝工郝树斌，天地通就是在他的主导下建起来的，这回又去墨脱。"边巴向市领导介绍着。"天地通，好，你为西藏人民做出了贡献啊，感谢感谢。"王副市长说。"这是麦工麦哲渊，专程从深圳过来的，天地通就是他们研发的。麦工是广州人，不容易啊。"边巴继续介绍着。"我们是老乡啊，我也是从广东过来的，感谢感谢。"王副市长握着麦哲渊的手说。"王副市长是广东支援西藏的援藏干部。"边巴介绍道。

"哈达。"王副市长一挥手，工作人员送上了哈达，王副市长给这7位即将进军墨脱的人员一一献上洁白的哈达。"祝你们一路顺风，圆满完成建站工作，我在林芝等着你们在墨脱用天地通手机给我打电话。"王副市长略显激动地说。"贡布书记，一定一定啊，要确保我们的人员安全抵达。安全是最重要的，贡布书记，拜托了。"王副市长说。"保证完成任务。"贡布书记说。"好，出发。"王副市长一挥手示意着。

"敲锣打鼓，载歌载舞，真有点十送红军的感觉。"麦哲渊低声对郝树斌说。"别忘了咱们是被献哈达的人啊，这是最高礼遇了。"郝树斌抚摸着哈达对麦哲渊说。"但愿不虚此行啊。"麦哲渊说。整7点，搭上运送设备的大货车，伴随着锣鼓喧天、载歌载舞的欢送人群，缓缓驶出了八一镇。

"墨脱之旅开始了。"郝树斌坐在车上对麦哲渊说。"贡布书记，我们这是去哪儿？"麦哲渊问。"派镇。"边巴插话道。"派镇？"麦哲渊又问。"去派镇转运，好把这些设备分发给背夫，让他们帮忙背进墨脱。"贡布书记解释道。"背夫，背进墨脱？"麦哲渊惊讶地问道。"没有公路只能靠人背啊。不然，这一车的东西靠我们几个怎么带去墨脱？"边巴说。"都是这样的。"常工说。"那要多少人背啊？"麦哲渊问。"70人左右吧。"贡布书记说。"70人？"麦哲渊惊叫着。"要这么多人的，麦工。"潘队说。"不用大惊小怪。从现在开始，见什么都别觉得奇怪。你是在大城市生活惯了，很多事没遇见过，更没体会。其实，大部分人的生活不是你想象的样子。"郝树斌对麦哲渊说。"好好好，不奇怪，什么都不奇怪。"麦哲渊说。"你觉得奇怪，大家会觉得你很奇怪。"常工说。"这样啊，那我不再奇怪了。"麦哲渊大声说。

"到派镇的时候，运气好应该能看到南迦巴瓦峰。"边巴说。"什么什么，南迦巴瓦峰？很有名吗？"麦哲渊问。"看，又好奇了。"郝树斌说。"南迦巴瓦峰，跟珠穆朗玛峰比，不算高，只有7782米。别看不到8000米，南迦巴瓦峰可是世界上唯一没有被人类征服的山峰。"边巴说。"为什么呀？"麦哲渊问。"主要是不适宜人类攀登。"郝树斌说。"就是我们人啊，想爬，爬不上。'潘队说。"当今世界还有人做不到的？只有想不到，没有做不到。"麦哲渊说。'哟，那就看麦工的喽。"柳工在一旁打趣道。

"贡布书记，这些背夫都是您从墨脱带来的吗？"麦哲渊又问。"就算是吧。"贡布书记说。"仉们背这一次能拿多少钱？"麦哲渊问。"能拿多少钱，要看背了多少东西。"贡布书记说。"跟邮局寄东西差不多，论重量的。"潘队说。"邮局，货运站，只不过传统意义上是火车、汽车来运，这里是'11路车'。"麦哲渊说。"什么11路车，哪里有公交车啊。"郝树斌说。"11路，两条腿，不是11嘛。"麦哲渊说。"噢，这么个11路，对对，11路，没错。"贡布书记笑着说。"贡布书记，为什么不用马？山间铃响马帮来啊。"麦哲渊又问。"马、骡子，走不了，只能靠人。"贡布书记说。"背到墨脱可以用马和骡子。"潘队说。"那你说还可以有汽车呢。"边巴说。"没公路怎么会有汽车？"麦哲渊问。"通往林芝是没公路的，墨脱县里面汽车可以开的。"贡布书记说。"外面车进不去，里面怎么会有汽车呢？"麦哲渊问。"以前有路的，只是后来公路被毁了，修了通，毁了又修。那里的地质灾害太厉害了，最后没办法，但县城还是有车的。"贡布书记说。"这么久了，车不坏啊？"麦哲渊又问。"零部件坏了可以换啊。"边巴说。"噢，零部件可以背进去，还有汽油，都可以背进去。"麦哲渊说。

"墨脱再过去就是印度对吧？"麦哲渊问。"北边自然环境恶劣，往南自然环境好得很。"贡布书记说。"嗯，差不多快到了。一般来说，到转运站差不多12点。"边巴望了望远方，看着手表说。"坐了5个小时，没太多感觉唉。"麦哲渊说。"您这一路问个不停，聊天还挺能打发时间的。"郝树斌说。

没多久，到了派镇的转运站。"正好12点，好，转运站到了，大家下车吧。"边巴招呼着大家。"东西带好啊。"贡布书记提醒着大家。"这么多人？"刚下车，看着眼前的人们，麦哲渊问身旁的贡布书记。"70人左右吧。"贡布书记淡定地说。"还有女的啊？"麦哲渊继续问道。"很正常啊。他们是一支极其特殊的运输队，也是墨脱人的生命线啊。"贡布书记回道。"生命线？"麦哲渊问。"可不嘛，粮食、药品重要吧，还有盖房用的钢筋、水泥、铁皮，以及许许多多生活用品，都是靠他们一步步地翻雪山、过塌方、穿峡谷背进墨脱的。"贡布书记指着背夫们说。"我想我可以写本书了。"麦哲渊拿出相机边照边说。"写啊，有篇《小木屋》就是写西藏的。"贡布书记说。"我写墨脱背夫。"麦哲渊说。"好，写呀。"贡布书记说。

　　"郝树斌，我们的东西都做好防水了吧？"走进客栈正放着行李的麦哲渊问。"防水是重点保障的，里三层外三层的，严严实实的，放心。"郝树斌放下行李说。"你都亲自检查过了？"麦哲渊问。"每一件都亲自检查并做好记号，同时做记录。都是编上号的，本上有记录，到时用电脑发给你。"郝树斌说。"站开通了才能发，本子给我看看。"麦哲渊认真地说。"好，马上拿给你。检查一下是对的，看看我有什么疏忽。"说着郝树斌解开行李拿物料记录本。"你是检查一个做一个记录，按号记的，打钩就算OK对吧？"麦哲渊说。"是的，打钩算OK。"郝树斌说。"还来得及，看看现在还有什么是不要的。"麦哲渊说。"我看看，不知要多久才能分完。"郝树斌朝屋外远处分发货的地方看了看说。"嗯，没别的意思，为保万无一失啊。刚学了质量保证，还考了试，就用上了。"麦哲渊说。"没事，谨慎点好。"郝树斌说。"其实室外微基站模块自身是防水的。"麦哲渊说。"知道，但还是谨慎些好。"郝树斌又说。

4. 一路同行，完美结合

大家吃了点干粮，休息了一会儿，只听外面似乎又来了一群人。"什么人？"看着刚进来的边巴，郝树斌问。"说是西藏高原生态研究所，去墨脱科考的。"边巴回道。"他们在外面吵吵啥？"麦哲渊问。"货分完了吗？都4点多了。"郝树斌问边巴。"刚分完。"边巴说。"哎，边工，他们在外面吵吵啥？"麦哲渊问。'这不傍晚了嘛，他们在看能不能有运气见到南迦巴瓦峰露个头。"边巴说。"这儿能看见南迦巴瓦峰？我得出去凑个热闹。"说着麦哲渊冲了出去。

"哇，瞧，泛着银光的，运气好，运气好。""在哪儿，我怎么……""瞧两块云之间的，看，又出来了，泛着银光，雪山顶。金色的阳光照在南迦巴瓦雪山顶上，泛着耀眼的银光。又出来了，又出来了……"一群人望着天空兴奋地喊着。"好兆头啊，我们的墨脱之旅一定顺利。"站在后面的郝树斌贴着麦哲渊的耳根说。"也祝我们墨脱科考圆满成功！"科考队的人随后也大声喊着。"圆满成功，圆满成功。"大家齐声呼喊着。

"哎呀，只可惜上不了网，否则立马把泛着银光的南迦巴瓦峰发向全世界。"有人遗憾地说。"到墨脱应该可以了，县城啊，还有上不了网的？"有人说。"墨脱，上网？做梦吧你，连电话都没有，还上网，做你的白日梦吧。"有人回道。"那要等我们回来才能把所见所闻传递出去啊？"又有人说。"可不嘛，好好拍，两个月后吧。"有人回道。"也许，20日左右就可以。"麦哲渊冲着人群说。"20日，是7月20日吧。"有人回道。"不是7月20日，我是说6月20日。今天是6月10日，也就是再过10天，10天，墨脱县城，你们的科考资料就可以传到你们的研究所。记住，6月20日。"麦哲渊说。"说得有鼻子有眼的，你是谁啊？这么大的口气。"科考队的人冲着麦哲渊说。"说得没错，我们就是去墨脱建天地通的。"郝树斌说。"真的假的？"大家问。"真的假的，到时候就知道了。"麦哲渊说。

"你们是哪儿的？"科考队中可能是负责人的人问道。"深圳燎原公司的，西藏天地通就是我们搞的。"郝树斌回道。"天地通我们都用，知道。燎原公司，似乎有点印象，听说过。不过，天地通是打电话，没听说可以传照片啊？"这位像是科考队的负责人说。"电脑插上专用数据卡，就可以通过天地通的网络传你们的照片资料了。"麦哲渊说。"我们是西藏高原生态研究所的，我们一行专门去墨脱进行生态科考，如果你说的是真的，那真是帮我们大忙了。我啊，叫徐志强，是这支科考队的负责人。"徐志强说着伸过手与麦哲渊握手。"我叫麦哲渊。""我叫郝树斌。"徐志强与两人一一握手。"你们来过吗？"徐志强问。"没有。"麦哲渊回道。"我也没来过。"徐志强说。"哎，咱们可是一路同行啊。"徐志强兴奋地说。"其实我们搞通信的人，就是为你们服务的，你们就是我们的客户。"郝树斌说。"对，我们要传科考资料，你们给我们建站，完美结合啊。"徐志强开心地说。

晚上，两支进军墨脱的队伍喝着酥油茶，聚在了一起。"其实，从生态学的角度，墨脱不应该通公路。这样，这一带的生态可以保护得很好。"徐志强喝了口酥油茶说。"没有路，生态保护，多不方便啊。"贡布书记说。"听说可以飞直升机的。"科考队里有人说。"直升机，那主要是部队用的，偶尔民用一下。再说，建筑用的钢筋、水泥什么的，怎么能靠直升机，还是要靠公路。"贡布书记说。"造什么高楼大厦嘛，木头房子就行啦，像这……"徐志强指着屋子说。"也对，只要有了通信，就可以方便地与外界联系，又有直升机，就是一个原生态的国家公园，就叫墨脱原生态国家公园。搞搞旅游、原始森林野外探险游啊，到时，全国各地、全世界的驴友齐聚咱们墨脱原生态国家公园，全徒步，绝对无污染。"麦哲渊说。"贡布书记，有道理的。"郝树斌说。"有什么道理？"贡布书记说。"就是要修个民用直升机场，有什么事，打个电话，直升机来帮忙，就万把人。公路一修，看着吧，外来人就都涌进来了。"边巴说。"公路是肯定要修的，我们也许不需要，可国家，从战略的角度，是一定要修的，哪怕只有一万多人。不过，通信、天地通，让当地人用上手机，肯定比通公路更迫切。"贡布书记说。"公路不是一时半会儿的事，可天地通也就是10天左右的事。"边巴说。"还是我们通信重要，对吧？"麦哲渊得意地说。

　　"来，扎西顿措，给大家来一首《青藏高原》。"徐志强招呼着自己队的扎西顿措。扎西顿措一曲《青藏高原》把聚会推向了高潮，大伙儿沉浸在欢乐的歌海中。"整个一个原生态的嗓子啊，藏族兄弟天生是歌手。"麦哲渊兴奋地说。"来之前还在犹豫。"麦哲渊又说。"现在呢？"徐志强问。"现在，就觉得不来是一辈子的遗憾。墨脱公费游，哪儿找的好事啊。"麦哲渊激动地说。"我们这儿，想来的都打破头。最后，抽签。"徐志强说。"是的，现在全靠徒步的地方确实不多，自然都想来。"扎西顿措说。"没想到啊，还有这么多人想来我们这穷山恶水的地方。说这一带是穷山恶水，一点都不为过。明天上了路，大家还有今天的劲头，我就服你们。"贡布书记说。"没事，我就当体验生活，多难得啊。"麦哲渊说。"西藏高原生态研究所，《小木屋》……"贡布书记冲着徐志强疑惑地问道。"没错，《小木屋》写的就是我们所的事。"徐志强说。"哇，真了不起……"贡布书记说道。"差不多了吧，大家今晚早点休息，明早6点起床，7点准时出发。"边巴对大家说。"山上冷啊，多穿点。"贡布书记提醒着。

5. 徒步松林口

第二天一早，大家坐上卡车驶往半山腰的松林口。"哇，这路这么难走，全是石头。"徐志强感叹道。"但愿别把早上吃的给颠出来。"麦哲渊说。"快别说，够恶心的。怎么停下了？"徐志强看着车外说。"转弯，弯太大，得停车、倒车，再打轮启动。"贡布书记说。一路上，卡车艰难地在山坡上盘旋着，一路怪响地向上爬行。

"快到松林口了。"贡布书记正说着，车又停了，司机跳下了车查看。"怎么啦？"边巴问司机。"不知怎么的，熄火了。"司机边查看边说。"要紧吗？反正没多远了，不行，我们下车自己走吧。"贡布书记对司机说。"说不好，你们自己看吧。"司机边查看车边说。"没多远了，走吧，这车估计悬，不等了。"贡布书记说。"下车，走。"边巴招呼着大家。

"墨脱徒步之旅就这么开始啦。"麦哲渊大叫着跳下了车。"今天可是欧洲杯开赛的日子，遗憾哪。"徐志强边走边说。"你也喜欢足球啊。"麦哲渊问。"是啊，你呢？"徐志强说。"中意中意。"麦哲渊说。"中意中意，你是广东人啊。哎，麦工，你们那个天地通，能传照片，那能不能看欧洲杯啊？"徐志强边走边问。"传照片、资料不用实时，看欧洲杯实时的，天地通不行，3G应该可以。"麦哲渊说。"能搞成3G不？"徐志强又问。"想得美，不行啊。不过可以下载了再慢慢看。"麦哲渊说。"不是直播，知道结果了看得没劲。"徐志强说。"那就没办法了。"麦哲渊边走边说。"听说你们广州人喜欢喝早茶啊？"徐志强问。"是啊，广州的早茶很丰富的。"麦哲渊说。

"其实，我对你们燎原不怎么了解，但听说过美国的什么公司告过你们，有这回事吗？"徐志强问。"森尼韦尔告燎原，是啊。原来你是这样知道燎原的。"麦哲渊说。"广播、报纸上报道的。"徐志强说。"哟，走了有半个小时了。看，山上下来的水。"麦哲渊说着脱去手套去摸。"哟，好凉啊。"麦哲渊赶紧把手缩了回来。"是山上融化的雪水，肯定很凉啊。"贡布书记说。"大家注意，踩着石头走，水凉，鞋湿了水渗到脚上很难受的。大家走慢些啊。"边巴招呼着大家。

"贡布书记，这路越来越陡了，心跳得厉害，脚迈不动了。"喘着粗气的麦哲渊说。"海拔高了，缺氧，动作慢点，别太猛。"贡布书记说。"前边就是崖口了吧？"徐志强问贡布书记。"还有一些路，现在风已经很大了，比刚才过来冷多了，说明快上4000米了。少说话，保存体力。"贡布书记提醒着大家。"雾气腾腾的，头有点晕啊，贡布书记，耳根在隐隐作痛。"麦哲渊说。"这是高原反应，坚持一会儿，少说话啊。那是雪雾，说明快到4000米了。"贡布书记说。

"哇，全是积雪啊，怎么走啊？"麦哲渊看到眼前出现的大片积雪问。"到4000米了，有积雪，路看不清。大家千万要小心啊，跟着我的脚印走。走不好，会掉下去的。"贡布书记走在最前面说。"贡布书记，你凭啥能走？"郝树斌问。"对啊。"徐志强跟着说。"大家仔细看，雪下面有条长长的黑印，看见没，这黑色的印记就是路。我能走，就是看这个。否则，就可能滑下去。"贡布书记说。"要是真在这陡坡滑倒，肯定是迅速向山下滑落，那我就回不了广州了。"麦哲渊说。"高山滑雪啊，不小心就是有去无回。"徐志强说。"所以，大家一定要跟着我的脚印走。"贡布书记说。大家全神贯注地踩着贡布书记的脚印，慢步往上爬。

不知过了多久，突然听到走在最前面的贡布书记说："崖口到了。""什么什么？"麦哲渊问。"多雄拉山口，海拔4200米，被你们征服了。"边巴在一旁说。"啊，这就是多雄拉，一望无际的雪海，真有点世界之巅的感觉。"徐志强兴奋地说。"哇，风太大，站不住。"麦哲渊说。"赶紧赶紧，跟着我啊，下山。"贡布书记说。"不照张相啊。"麦哲渊说。"站都站不住，当心别出事，赶紧跟我走。"贡布书记说着往山下走着。"遗憾。"麦哲渊说。"太冷了，风太大。为了照相出事就划不来了。"郝树斌说。"对啊，我们是干什么的？不是来旅游观光的，大家一定要牢记我们的使命，安全把你们这些高级工程师送达墨脱，才是最重要的事。"贡布书记走在前头说。"知道啦，贡布书记，这下山更不好走啊，腿、膝盖疼得厉害。"麦哲渊说。"要不说上山容易下山难呢，古人的话都是有道理的。"贡布书记说。"我为了来墨脱，专门训练了走石头路，但还是比想象的艰难许多。"麦哲渊说。"少说两句吧，你这么一说，不疼也觉得疼了，贡布书记不说要少说话嘛，缺氧啊。"郝树斌说。

"唉，下山了，海拔降下来了，氧气也会多起来。你看，不像上山时说话那么上气不接下气了吧。"贡布书记说。"坏了，下雨了，今天的运气这么不好。"贡布书记又说。依然陡峭、满是碎石的下山路，又碰上了大雨。"水都漫过石头了。"麦哲渊说。"没办法，只好蹚过去，到拉格再把鞋烘干吧。"贡布书记说。"屋漏偏逢连夜雨啊。蹚过去吧。"徐志强说着率先蹚进了冰冷的水里。大家走在雨水漫过的碎石路上，艰难地深一脚浅一脚地前行着。"我的脚已经冻得麻木了，没知觉了。"麦哲渊说。"这石头子唉，听他们说过，这路最折磨脚趾了，估计趾甲都差不多废了。"郝树斌说。

接下来没人再吭声了，个个咬着牙在痛苦和折磨中默默前行，体力也面临着极大的挑战，毕竟刚翻过了4200米的多雄拉雪山啊。"拉格，前面就是拉格营地，3200米。"贡布书记边说边看着自己的手表。"那些背夫是不是先到了？我们的东西没问题吧？"郝树斌问贡布书记。"先进屋歇歇，一会儿我看看。"贡布书记说。"哇，都在这儿。"进屋一看，徐志强说。大通铺、木头和塑料搭成的屋子，先到的背夫们正围坐火旁，喝着酥油茶。

"总算可以躺下了，真累啊。"麦哲渊放下行李，一头扎进大通铺。"吃点东西再睡吧，瞧这褥子都是湿的。"徐志强摸了摸说。"管不了那么多了，先睡会儿再说。"麦哲渊倒头便睡。其他的人都去吃点压缩的泡面，喝点水才去躺着。

"麦哲渊，醒醒，吃点面。"郝树斌说。"这么一会儿工夫，就睡得这么死，啧啧。"徐志强在一旁说。"让他睡吧，我们去看一下东西怎么样。"贡布书记招呼着郝树斌和边巴。"好，一起去看看，应该没事，里三层外三层的。"郝树斌说着跟着两人走去查看设备了。设备没啥问题，三人也放心地躺下了。

一觉睡到傍晚6点多，大家先后起来了。"吃点压缩面，我这儿有白酒，用它把自己的腿好好揉揉，放松放松睡个好觉。"贡布书记冲着大家说。"管用吗？贡布书记。"徐志强问。"管用的，我试过。"潘队说。"贡布书记，设备没问题吧？"麦哲渊问。"我和边工、贡布书记都查看了一遍，挺好，没啥问题。"郝树斌回道。"没问题就好，光有战士，没枪也没用啊。"麦哲渊说。

"你还是不行啊，大城市享福享惯了，瞧你睡的，叫都叫不醒。"徐志强对麦哲渊说。"晚上我得好好试试贡布书记的白酒，帮我解解乏。"麦哲渊边吃着面边说。"贡布书记，说说明天的行程吧。"郝树斌。"明天大家还是6点起床，7点准时出发，要赶早。"贡布书记说。"说说具体的吧。"郝树斌又说。"具体的，7点从咱们这儿的拉格营地出发，第一站先到大埃洞……"贡布书记正说着。"什么什么？大爱洞？"麦哲渊插话道。"大埃洞。"贡布书记说。'什么埃啊？"麦哲渊问。"埃及的埃。"边巴补充道。"我想大爱洞，也太浪漫了。"麦哲渊说。"想什么呢。"徐志强在一旁说。"多久到大埃洞啊？"麦哲渊问。"两个小时左右吧。"贡布书记说。"那才9点啊，接下来呢？"麦哲渊继续问。"我们要在大埃洞休整一下，吃点东西再往下走。"贡布书记说。"不明白为什么走两个小时就要休整？"郝树斌问。"接下来就是蚂蟥区了。况且，到大埃洞这段，很不好走，体力会消耗比较大，需要休整一下。全是泥石路，双脚几乎泡在稀泥中，下面又都是大大小小的乱石。不过，这一路原始森林风景很美，尤其是瀑布。"贡布书记说。"唉，估计走完这段，我的脚趾甲就全歇菜了。"郝树斌说。"所以啊，休整一下，再用白酒揉揉脚，打上绑腿，这样才好上路过蚂蟥区啊。"贡布书记说。"有道理，贡布书记的白酒挺管用的，谢谢贡布书记。"徐志强说。

"哎，你们科考队这一路不科考吗？"贡布书记问。"我们这次主要去墨脱边缘一带生态考察。"徐志强说。"县里派向导吗？"贡布书记问。"有，当地驻军会带我们去。"徐志强说。"驻军派人比较合适，那边是边境线。"贡布书记说。"这一路我们老所长带人考察过了。"徐志强又说。"我跟你们说，这里的蚂蟥可能和你们在内地见到的不太一样。"贡布书记说。"怎么个不一样法？"麦哲渊问。"它们一般在树上，是一种黄黑相间的软组织动物。你们的蚂蟥应该是在水里的，对吧？"贡布书记说。"没错，是在水里的，我印象中应该是黄色的。"麦哲渊说。"蚂蟥怕盐。"徐志强说。"我带了盐。"贡布书记说。"贡布书记想得真周到啊。"郝树斌说。

"来来来，白酒揉脚。"说着贡布书记拿出白酒。"哇，瞧我的趾甲哎。"郝树斌大喊着。"明天还有考验呢。揉揉脚早点睡吧。"边巴招呼大家说。

6. 穿越原始森林

"运气真好，昨晚下了雨，看我们要走了，雨停了。"走出营房，麦哲渊开心地说。"雨是停了，可烂泥地更不好走了。"徐志强说。"总比又下着雨，又走烂泥地好吧。"麦哲渊说。"出发出发，大埃洞。"边巴挥着手示意着。"雨停了还是好，今天可全是在原始森林里走。"贡布书记说。"比昨天怎么样？"郝树斌问。"比昨天啊，昨晚下了雨，路面水更浑了，估计脚就要全泡在水里了。"贡布书记说。"就是更难走了呗。"麦哲渊说。

"昨天你说你们老所长考察过墨脱。当时你怎么没来？"麦哲渊问徐志强。"当时还在上学呢，没毕业。"徐志强边走边回道。"看，前面就是原始森林。"贡布书记说。"黄黄的泥水一片啊。"郝树斌说。"总比下着雨强，走吧。"贡布书记带头走着。"有点过草地的感觉了，贡布书记，不会有沼泽吧？"麦哲渊问。"这边没有沼泽，放心，避开了。"贡布书记说。"这里没有蚂蟥的，对吧，贡布书记？"徐志强问。"昨晚不是说了嘛，过了大埃洞才有。"贡布书记说。"这里全是树，总觉得树上有蚂蟥。"徐志强说。"那是你的心理问题。"郝树斌说。"放心，这边没有蚂蟥。"贡布书记边走边说。

"我和徐志强不一样，我老担心脚陷进去。"麦哲渊说。"没有沼泽，放心。这条线路是避开沼泽的，尽可放心。不过有时也会有比较深的泥坑。"贡布书记说。"哇，看，瀑布，好美的瀑布！"麦哲渊尖叫着。"这就哇啦，那你往下要哇哇不停了。"贡布书记说。"很多瀑布吗，有很多瀑布？"麦哲渊问。"走吧，有没有往下走就知道啦。"贡布书记说。"贡布书记——"走着走着麦哲渊停了下来，看着脚下。"怎么啦？"贡布书记挥手示意往前走。"马粪，踩着马粪了。"麦哲渊说。"马粪，美的你，骡子的。"贡布书记说。"你怎么知道是骡子的？"麦哲渊问。"这一路用骡子运货多。"边巴说。"怎么办啊？"麦哲渊哭叫着。"怎么办，前边有瀑布下来的水，冲冲不就行啦，反正都湿了。"贡布书记说。"那好吧。"说着麦哲渊继续往前走着。

"原始森林踩骡粪，天降瀑布全洗净。"麦哲渊边走边说。"可以啊，还是个诗人。"徐志强说。"哇，真的天降瀑布啊。"麦哲渊兴奋地冲向瀑布任由瀑布洗刷双脚。"这个比刚才看见的瀑布还大。"麦哲渊看着瀑布感叹道。"哈哈，还有更大的呢。"贡布书记说。"真是祖国处处是美景啊。那句话怎么讲来着，桂林山水甲天下。我看这墨脱山水赛桂林。"麦哲渊感慨地说。"别感慨了，诗人，快走吧。"徐志强说。"是啊，没错，这双脚全湿了，可不就是个湿人嘛。"麦哲渊自嘲道。"很幽默啊，麦工。"边巴在一旁说。

"哎呀，这原始森林感觉什么都大，树又高又粗，树叶也是特别的大。不知要长多少年？"麦哲渊说。"这树啊，要是不够高，就晒不着太阳。万物生长靠太阳，晒不着太阳就只能枯萎腐烂，你看那些估计就是这样的。"徐志强指着远处腐烂的树木说。"哎，好奇怪，都是芯子腐烂了。为什么？"麦哲渊问徐志强。"应该是芯子容易腐烂吧，没研究过。"徐志强说。"白问了。"麦哲渊说。"芯子瓤，陈年的树皮硬啊。"贡布书记说。"还是贡布书记有学问，你这个专家，这都不懂。"麦哲渊冲着徐志强说。"我是没研究过，所以我不知道的我不说，好吧。"徐志强说。"好嘛，又是一个。"麦哲渊看着前方的瀑布说。"这个更壮观。有点疑似银河落九天的感觉。"郝树斌说。"还有还有，一路都是。"贡布书记说。"真是没法比。"麦哲渊边走边感慨说。"要不说江山如此多娇嘛。"徐志强说。"哈哈，看这个，芯子烂得都能看到对面了。"常工说。"感觉像是人为挖空的。"郝树斌说。"自然的，谁会这么无聊跑这儿把个柏木掏空，这种芯子空的多了去了，前边还有。"贡布书记说。

一路美景、瀑布，美不胜收，走到后来都有点审美疲劳了，再也听不到什么"哇哇"的惊叹声了。"走多久了，贡布书记？"麦哲渊边走边问。"差不多再有半个小时，就应该到大埃洞了。"贡布书记回道。"怎么样，瀑布看够了吧？"贡布书记说。"太多了，一个比一个壮观。"麦哲渊说。一路下坡，小腿肚会很累，加上泥路，体力消耗比较大。此时，大伙都只是默默地咬着牙艰难地往前走。

"到了，前面就是大埃洞。"贡布书记说。"苦日子总算熬到头了。"麦哲渊说。"苦日子熬到头？下面蚂蟥区的苦日子马上又要开始了。"徐志强边走边说。"别制造恐怖气氛好不好。"麦哲渊说。"我是怕这些软体动物，从小就怕。像家里买的黄鳝，也从来不敢去摸。"徐志强说。"看不出你这样的还怕黄鳝。"郝树斌说。"没办法。所以，马上要进蚂蟥区，我现在心里很恐惧。"徐志强说。"来来来，先坐下，歇歇脚。哎，大家都把鞋脱了让太阳晒晒。吃点面，然后再用白酒揉揉腿脚。"贡布书记招呼着大家。

"贡布书记，我想问，为什么我们过来这一路没有蚂蟥，往那边去就有蚂蟥呢？"麦哲渊问。"这个嘛，哎，专家在这儿啊。"贡布书记指着徐志强说。"他会知道吗？徐志强，你说为什么？"麦哲渊问。"贡布书记那是在抬举我。我哪会知道啊。"徐志强说。"贡布书记还真没说错，这就应该是你们研究的。"达巴认真地说。"没错，这的确是你们研究的范畴。"潘队说。"不知道所里的其他人是否有研究。嗯，应该要研究一下。"徐志强说。"你怕成这样怎么研究啊？"麦哲渊说。"怕也要研究。"徐志强说。"好好研究研究是很有必要的，为将来旅游开发提供参考。"贡布书记说。"等研究清楚了，就能把那一块区域的蚂蟥给彻底干掉。"麦哲渊说。"可不敢，这样会破坏这一带固有生态链，说不定会带来灭顶之灾的。"徐志强说。"干脆说没能耐研究不就完了。说什么灭顶之灾，故弄玄虚的。"麦哲渊说。"哎呀，跟你说不清楚。"徐志强摇头说。

"大家揉得差不多了就打绑腿，这样可以防止蚂蟥钻到脚里。会打的自己打，不会的我来帮忙。"贡布书记说。"你们准备绑腿带了吗？"贡布书记问徐志强。"我们有，我们自己来。"徐志强说。"我来帮你。"贡布书记对麦哲渊说。"那谢谢贡布书记了。"麦哲渊说。"尽量绑紧啊，松了没用。"贡布书记边给麦哲渊打绑腿边提醒着大家。"还有手套，都有吧，忍一忍戴上。"贡布书记继续说。"差不多了吧，我们走。"边巴看着大家说。"大家放心，我们带了蛇药和专门对付蚂蟥的药水。要是被咬了，我会帮大家的。"徐志强说。"我这也准备了的。"贡布书记说。"好，放心吧，我们走。"大家齐声说。

大家嘴上都说了放心，可真的上了路，个个紧张兮兮，左顾右盼的。"看右边，树枝上，黑的，盯着我们准备下手呢。"徐志强眼尖，不禁说道。"看来你们干这行的还是敏感啊。"麦哲渊说。"你们看，就像蜈蚣。"徐志强说。"贡布书记，是蚂蟥吧？"徐志强不确定地问。"你眼尖，没错，就是。"贡布书记说。

"唉。"麦哲渊大叫一声随手拍打着脖子后面。"怎么啦？"贡布书记急忙上前看麦哲渊的脖子。"疼。"麦哲渊捂着脖子说。掰开麦哲渊的手，只见被蚂蟥叮咬的伤口还在流血。"蚂蟥咬的。"贡布书记说。徐志强迅速拿出药水给麦哲渊的伤口涂上。"没事，这药水一涂，血就不流了。"徐志强边涂边说。"哎，想不通，这蚂蟥为啥先咬我啊？"麦哲渊大喊着。"这下知道自己人品了吧。"徐志强说。"别说大话。"麦哲渊说。

此时，扎西顿措笑着指着徐志强的鞋。"啊。"徐志强低头一看大叫着。只见一条蚂蟥见脚钻不进，就顺着裤子往上爬。"别动，我得把它照下来。这可是证明你人品的最好记录。"麦哲渊边照边说。"还挺能报复。"说着徐志强拿起蚂蟥用手使劲搓了又搓再把它弹掉。"嗯，之前说谎了吧，运说怕黄鳝，不敢碰，我看你担子一点都不小啊，装。"麦哲渊冲着徐志强说。"说的是实话。只能说恐惧到极点，反而坦然了。"徐志强说。"往后你就不会怕了。"郝树斌说。"但愿。"徐志强说。"人家毕竟整天在外面跑，早锻炼出来了，对吧？"常工对徐志强说。"以前确实怕。"徐志强说。"大家相互检查一下，看看有没有蚂蟥。"贡布书记说。

就在这种紧张和恐惧中，大家战战兢兢地缓慢前行，无暇欣赏一路的美景。"怎么还没过蚂蟥区啊，有没有尽头啊。"麦哲渊哭喊着。"坚持吧，我们这速度，不到5点，估计是到不了汗密营地。"贡布书记说。"要5点啊。"郝树斌也发出绝望的惨叫。"别叫啦，还是注意蚂蟥吧。"贡布书记说。"潘队，看脚上。""常工，赶紧，快到脖子了。""郝工，脖子。""啪。""哎哟，我的血啊。"……就这样一路走来。

"怎么这么多蚂蟥？"麦哲渊说。"下雨了，要是昨晚不下雨，蚂蟥不会这么多的。"贡布书记说。"运气差了点。"边巴说。"内地的蚂蟥都是在泥水里的。"徐志强说。"还是很神奇，就这段，蚂蟥奇多，前面那段一条也没有。"柳工说。"确实值得研究，我采了一些样本，回去研究一下差异在哪儿。"徐志强说。

"贡布书记，快到尽头了吧？"郝树斌问。"早着呢，不说了嘛，要5点左右才能到。大家耐心点。"贡布书记说。"还得往前走啊。"大家哀叫道。"这一路真是没工夫看风景，脑子全被蚂蟥占据了。"麦哲渊边小心翼翼地走边说。"那你还想想什么？"郝树斌问麦哲渊。"想开站啊，想可能遇到的问题啊。"麦哲渊说。"过了这段再想吧，麦工。"边巴说。"都是为了能更快地为您传资料、图片啊。"麦哲渊冲着徐志强说。"够敬业的，谢谢。"徐志强说。

"麦工，什么时候能做到，我们无论到哪儿考察，都能实时传递采样的标本照片和资料。"扎西顿措手舞足蹈地说。"快别，手。"麦哲渊冲着扎西顿措示意着。"不怕。"扎西顿措用手捏着蚂蟥，狠狠地搓着。"其实也没啥。"扎西顿措用指一弹，把搓成一团的蚂蟥弹了出去。"你刚才说的，是可以实现的。只是，目前还没有。"麦哲渊说。"其实移动通信有两种，一种是靠地面基站，另一种是靠空中的卫星。虽然美国的铱系统失败了，或者说不成功，但据说我们国家在立项预研卫星移动通信系统。到那时，扎西顿措的梦想就可以实现了。"麦哲渊说。"就不知要多久？"扎西顿措说。"十来年吧。"麦哲渊说。

漫长的蚂蟥之路，消耗着精力和体力，渐渐地没人吭声了，大家只是机械地迈动着双腿，眼睛盯着有没有蚂蟥。在大伙即将崩溃的时候，走在前面的贡布书记大声地说："看，树林中的木板房。""到了，汗密到了是吧？"大伙惊喜地问贡布书记。"5点，用了差不多7个小时。"贡布书记说。"谢天谢地。"麦哲渊说。

7. 勇闯老虎嘴

"昨晚又下雨了，运气真的不错，咱们要出门，雨就停了。"麦哲渊说。"今天是第四天，6月14日，星期一。现在7点整，向着背崩，出发。"边巴冲着大家挥手示意着。"贡布书记，昨晚你说的老虎嘴，真有那么吓人吗？"麦哲渊问。"还是别大意，全是石头路。按理说现在有一米宽了，但那地方很容易跌倒。所以，大家一定要相互搀扶。绝壁，下面就是多雄拉河，真掉下去……所以啊，大家千万千万要小心啊。"贡布书记说。"到老虎嘴一定要听指挥啊。"边巴提醒着大家。"听贡布书记的。放心，我们也不想水葬在多雄拉河。"麦哲渊说。

"以前啊，老虎嘴没扩宽，不知有多少人掉下去。"贡布书记边走边说。"今天的路和昨天差不多，下过雨的泥水石头路。"边巴说。"汗密到背崩大约多少公里？"徐志强问。"不到40公里吧，三十五六，反正不到40公里。"贡布书记说。"那要多久能到？"麦哲渊问。"快的话十一二个小时，慢了就十二三个小时。"贡布书记说。"我们肯定是十二三个小时啦。哇，贡布书记，要这么久啊。"麦哲渊说。"是的，要晚上八九点才能到啊。"徐志强说。"今天是走的时间最长的。"贡布书记说。"我知道背崩一带海拔不高，只有千把米，应该是亚热带的风光。"徐志强说。

"气候闷热，可惜现在不是香蕉成熟的季节，不然大家能尝到野香蕉了。"贡布书记说。"跟海南差不多的。"麦哲渊说。"跟广州、深圳也差不多。我在深圳见过香蕉树。"郝树斌说。"入职的时候在深圳培训过，是吧？"麦哲渊问。"嗯，经常会去深圳总部参加培训。"郝树斌说。"你们燎原的培训中心真不错。"边巴说。"边工去过？"麦哲渊问。"接收天地通设备时，专门安排了培训。"郝树斌说。"等站建起来了，邀请贡布书记来深圳燎原公司参观参观。"麦哲渊说。"有这个计划，到时候跟贡布书记约好，看什么时候有空。"郝树斌认真地说。"看吧，我当然愿意，只是看组织安排。我们墨脱毕竟人少，我们干部一个萝卜一个坑的，还是要看安排。"贡布书记说。

"国家现在重视墨脱的发展，手机通完，就准备通公路了。"贡布书记说。"不是说修不了吗？"郝树斌说。"战略地位重要，修不了也得修。"贡布书记说。"正在研究这边的地质，这次修肯定不能像以前一样，一遇地质灾害就把路给毁了。"常工说。"国家十年规划项目呢。"贡布书记说。"十年规划？2014年啊？"郝树斌问。"去年立的项，2013年吧，应该能通车。"贡布书记说。"看来是难搞，否则怎么也要不了10年啊。"徐志强说。"花个几年研究地质情况，再给出解决方案，最后实施。"麦哲渊说。"计划是2009年开建，用四五年时间建成。"贡布书记说。"前面花五六年研究地质情况，总之是难搞。"郝树斌说。

"看，前面就是老虎嘴。"贡布书记说完后看了看表，又说："10点了，走了3个小时。""这样啊，现在开始大家要绝对服从贡布书记的指挥，千万不能出事。"边巴说。"噢，崖壁上硬凿的口啊，没逼到这份上都不会想这种招。"麦哲渊看着远处的老虎嘴感叹道。"还是人定胜天哪。"徐志强说。"愚公移山应该就是这个意思吧。"郝树斌说。"这里是愚公凿崖。"常工说。

"大家注意啊，现在开始手拉着手，我在最前面把握节奏。"贡布书记说。"相互间手要拉紧啊，因为脚下是凹凸不平的石头。"贡布书记提醒着大家。"大家都准备好了吗？"贡布书记问。"准备好了。"大家齐声说。"好，我开始走了。放心，我会慢慢走的。"贡布书记说。"大家重心低一些。这样，大家手拉着手，弯下身子缓慢地前行。"边巴提醒道。

"大家注意了啊，开始过老虎嘴了，手握紧了，重心低些。"贡布书记正说着，突然一声。"哎哟。""谁？怎么啦？"贡布书记停下脚步问。"郝工脚踩滑了，膝盖着地了。"郝树斌身旁的常工紧握着郝树斌的手拉起郝树斌说。"要紧吗？"边巴问。"没事，挺得住，贡布书记，继续走。"郝树斌在常工、柳工的帮助下撑了起来说。"走了啊。"贡布书记边说边缓慢地、一步一步地走着。

此时，崖上的水滴在每个人的身上，神情紧张的大家全然不顾，任凭水滴从头淌到脚。"总算过了。"郝树斌说完一屁股坐在了地上，拉开裤腿看着自己的膝盖。"磕得这么深，有纱布吗？要赶紧包扎一下，不然，伤口感染就麻烦了。"边巴说。"这儿有。"说着徐志强拿出消毒酒精、云南白药和纱布给郝树斌消毒、涂药和缠纱布。

"能走吗？"边巴问郝树斌。"可以。"郝树斌咬紧牙关说。"好，继续前进。"贡布书记走在前面说。"怎么一下跌下去了？"边巴问郝树斌。"还是有点紧张，没注意脚下。"郝树斌回道。"这些人哪，光知道扩宽，就不知道搞个栏杆。要是有栏杆，就会显得安全些，也不至于让大家神经如此紧张。"麦哲渊说。"说得有理，应该搞铁栏杆。"走在前面的贡布书记说。"从寒带进入亚热带，气候会闷热，大家水要省着点喝。别忘了，要差不多晚上八九点才能到。"贡布书记提醒着大家。"应该不缺水吧，小溪这么多。"徐志强说。"这些水可能不干净，不烧开怕喝了出问题。"贡布书记说。

看着郝树斌一瘸一拐的，贡布书记从路边捡了根树棍递给郝树斌，并说："这样可以省点体力，好走些。"又对大家说："另外，走了两天了，大家体力消耗大，再加上可能脚上也不好受，可以路边找根树棍当拐杖，这样可以省些体力。""管用吗，拄拐杖？"麦哲渊问。"你试一下就知道管不管用了。"边巴说。大家各自在路边找着树棍拄着前行。"怎么样，是不是能省点体力？"边巴问大家。"嗯，毕竟多了个支点，感觉是要好一些。"郝树斌说。大家拄着树棍，穿行在连绵起伏、满是野香蕉树的原始森林里，个个走得想死但还是要往死里走，历时13个半小时，终于到达了背崩乡政府招待所。

第二天一早，郝树斌一瘸一拐地背着行李走出了门。见郝树斌痛苦的样子，边巴问贡布书记："这里应该有骡子帮助运输的吧？"贡布书记说："有，怎么，要雇头骡子吗？""郝工，雇头骡子吧？看您这么痛苦的样子。"边巴问郝树斌。"不用了吧，我能坚持。"郝树斌说。"我帮你看看伤口。"说着徐志强查看着郝树斌的伤口。"肿啦，有点发炎。我再给你重新消毒处理一下。"徐志强说着帮郝树斌处理着伤口。"还是雇头骡子吧。"看着郝树斌痛苦的样子，贡布书记说完就走出去了。"主要是脚也疼，趾甲盖都报销了。"郝树斌说。

不久，贡布书记和牵着骡子的骡夫走了过来，郝树斌在众人帮助下坐上了骡子。"今天，我们就可以到墨脱了。"边巴对大家说。"多久能到啊？"麦哲渊问。"七八点钟吧，比昨天少了两三公里。"贡布书记说。"都把拐棍挂起来，像昨天一样，能省点力气就省点。"边巴说。环顾了一圈，边巴又说："7点整，出发。"

"咱们运气真就不错，昨晚又下雨了。"常工说。"又是烂泥巴路。"麦哲渊说。"比泥巴带石头的路强多了。"郝树斌骑在骡子上说。"这是什么河？"柳工问。"哎，今天啊，可是沿着雅鲁藏布江走，基本上比较平坦，就是太阳足了点。"贡布书记说。"噢，这是雅鲁藏布江啊。"柳工感叹。"听不到麦工的声音了。"边巴说。"能跟着走就很不容易了，前两天把话都说完了。"麦哲渊说。"看来是累到了。"边巴说。"麦哲渊，麦贤得跟你有关系吗？"徐志强问。"麦贤得，战斗英雄麦贤得？没关系。"麦哲渊摇着头说。"都姓麦，又都是广东的，我以为你们有什么关系呢。"徐志强说。

太阳渐渐地落山了，余晖照在大地上，真是美不胜收。"贡布书记，应该快到了吧？"麦哲渊问。"嗯，快了。估计还要一个钟头吧。不错啊，麦工，坚持下来了。"贡布书记说。"来之前还是做了充分的准备的。"麦哲渊说。"多雄拉雪山、蚂蟥区、老虎嘴印象最深刻。"徐志强在一旁说。"还有那一大片吃不着香蕉的野香蕉林。"麦哲渊说。"南迦巴瓦峰的银光和骡子上的郝工。"徐志强风趣地说。"真要感谢徐志强，给我处理伤口，谢谢啦。"郝树斌坐在骡子上说。"出门在外相互帮助，从此咱们就是朋友了，应该的。"徐志强说。"我们可真的期待你们的通信站越快越好地建起来，把我们的资料及时传回听里。"扎西顿措说。"放心，一定不辜负大家的期望。"郝树斌说。"要是通了我想给我远在瑞士的朋友打个电话，应该没问题吧？"贡布书记问。"我让他们把国际长途给打开，就可以。"边巴说。大家虽疲惫，但又兴奋，拖着身体缓步向着墨脱走去。"看见没，前面就是墨脱。7点半，先去县招待所，安顿下来我带你们去吃石锅鸡。"贡布书记开心地说。"你们住哪儿？"郝树斌问徐志强。"说好的，也是县招待所。"徐志强说。"太好了，住一块儿。"麦哲渊开心地说。"墨脱县城比你们想象的要小，自然没那么多可住的旅馆。"贡布书记说。"谢天谢地总算到了。"大家相互击掌庆贺着战胜自我的胜利。

8. 墨脱通电话啦

2004年6月16日早8点，一行人来到不远的要建站的机房。"这么多人？"大家看到机房门前有近百人，就问局方领路的顿珠。"看到大伙的热情了吧，听说你们来给他们搞通手机、电话的设备，个个激动得不行，不断地有人问今天是不是就能买个手机打电话。"顿珠说。"今天？也太夸张了吧？"麦哲渊说。"唉，他们不清楚啊，以为你们来了就能打电话了呢。"边巴说。"压力不要太大哟。"麦哲渊倍感压力地说。

一行人穿过人群，顿珠边走边说："这些工程师会尽快把设备安装调试好，预计下周你们就能用手机打电话啦。"顿珠说。"下周？是周一，还是周五？"大家问。"我只能说下周保证大家能用手机打电话，至于周几，反正我们的工程师们会尽快。"顿珠说。"今天我们要把硬件搭起来。"进到待建机房，边巴对大家说。"我看天气很好，阳光充裕，还是要把单板模块放在太阳底下晒干，把里面的湿气去掉后再安装比较好。"麦哲渊说。"晒到下午4点，太阳也差不多了，你看怎么样？"边巴问麦哲渊。"可以，就4点，也差不多晒干了。"麦哲渊说。"那好，现在开始晾晒模块，4点开建。"边巴一挥手说。

"门外这么多人怎么办？"郝树斌问顿珠。"好办，我跟他们打声招呼，让他们离开，安心在家等。"说着顿珠走出了门。"大家请安静，我们的工程师们正在为大家安装设备，需要用到门前你们现在站着的这块空地。希望大家能先回去，把这块空地腾出来给工程师们用。放心，工程师们会很快安装好设备，让大家用上手机的。"顿珠在门外冲着大家说。"下周，下周欢迎大家去营业厅买手机啊。"顿珠吆喝着。

"这是干吗？郝工。"刚过来的徐志强看着郝树斌把模块摊在地上晾晒问道。"晒晒，去去湿再装机。"郝树斌回道。"你这是……"麦哲渊看着徐志强问。"刚刚和驻军开了个会，说是让我们休整两天再进行科考工作。"徐志强说。"你怎么知道我们在这儿？"郝树斌问徐志强。"多大点地方啊，看人多就过来了，一看是你们。"徐志强说。"你们这儿，要晒多久？"徐志强又问。"差不多下午4点吧。"郝树斌回道。"没事出去逛逛呗。"徐志强冲着麦哲渊、郝树斌说。"我腿不好，你们去逛吧。麦哲渊，我在这儿就行了。"郝树斌冲着麦哲渊说。"那好，上街逛逛。"说着麦哲渊和徐志强逛街去了。

下午机房门口。"差不多了吧？"边巴略显着急地问郝树斌和麦哲渊。"4点差10分，差不多了，收摊。"郝树斌说。"好，装机。"边巴说。此时，大家在郝树斌的统一指挥下有条不紊地工作着。"有厕所吗？"麦哲渊问顿珠。"有，那边。"顿珠边说边指给麦哲渊看。"我上个厕所。"说着麦哲渊去上厕所了。

"常工，电源怎么样？"郝树斌问。"还要一会儿。"常工回道。"不急啊，争取一次搞定，不要返工。"边巴在一旁说。"潘工的馈线倒是都搞好了。"郝树斌说。"我的东西又不需要晒。"潘工说。"你的模块都装好啦？"潘工又问郝树斌。"这是个室外微基站，比室内还好搞。就等常工的电源独自加电看正常不正常。我的模块都是防水的。"郝树斌说。"那为啥要晒？"潘工问。"为了保险嘛。"郝树斌说。"麦工去这么久，还没来？"顿珠说。"估计吃了不卫生的东西拉肚子了。"边巴说。大伙正等着常二的电源。突然跑来一人冲着顿珠喊："顿珠，应该是你们的人，在厕所……"没等来人说完，"不好，"顿珠叫着就往厕所冲去，边巴也跟了过去。

"麦工。"顿珠来到厕所喊，只听插着门的厕所里面，麦哲渊在哀哼。顿珠一脚踹开门，只见麦哲渊坐在里面，面色发白。简单地处理后，顿珠背起麦哲渊往卫生院跑。边巴紧跟其后。条件简陋的县卫生院，医生们正在给麦哲渊治疗。此时的麦哲渊处在半昏迷状态。不久，闻讯赶来的贡布书记来到病床前。"怎么样？"贡布书记问医生。"看样子不像是一般的拉肚子。"医生说。"不会是……"贡布书记欲言又止地说。医生点头说："这里条件有限，得赶快用直升机送到林芝的部队医院去。贡布书记，赶紧找部队去。"

贡布书记扭头问刚过来的郝树斌："麦工吃了什么？""不知道，噢，上午他去街上逛了一圈。"郝树斌说。"好了不说了，边巴、郝工你们跟我来。"说着贡布书记带着两人和医生一同去了部队营地。在去部队营地的路上，贡布书记问郝树斌："麦工走了，你一个人行不行？""卫星这块没把握，我能不能跟深圳方面通电话。既然能用直升机把人送去林芝，也就可以接人来墨脱，对不对？”郝树斌冷静地说。“你一个人不行吗？”边巴着急地问。“基站，不用卫星传输，没问题。但卫星传输，我没有独立搞过，要是能行也不会让深圳那边派麦哲渊来啦。”郝树斌边走边说。“要是在别的地方，可以打电话求助，也许……”郝树斌又说。“军方的，噢，不行，不在一起，再说，也不可能一直给你用。”边巴说。“贡布书记，一定要燎原公司从深圳再派一个懂卫星传输的专家来。”边巴说。“我知道，到时让部队给你转到你们公司去。”贡布书记说。

　　深圳，晚9点多。“啥事？”王厚林接着肖云飞的电话问。“明天去西藏。”肖云飞说。“怎么回事？”王厚林问。“刚刚郝树斌通过墨脱军方的电话说麦哲渊可能是食物中毒，正处在半昏迷状态，明天军方的直升机要把他送到林芝紧急抢救。你，明天先去成都，后天一早从成都飞拉萨。记住，在拉萨机场别动，直接坐军用直升机送你去墨脱。”肖云飞说。“跟谁联系啊？”王厚林问。“一会儿发短信给你。对了，明天你得来公司一趟。”肖云飞又说。“为什么？”王厚林问。“为保险起见，和卫星接口的单板再带一块去。再说，电脑总是要自己带的。下午的飞机去成都就行了。”肖云飞说。“知道了，联系人先发给我啊。”说着王厚林挂断了电话。

　　2004年6月18日下午5:30，王厚林终于来到了墨脱机房。“啊，王厚林，又是你。上次在拉萨也是你，大队培训一个班。咱俩真是……”郝树斌抱着王厚林激动地说。“我是想你了，专门来看你的。”王厚林说。“王工，燎原卫星传输第一次调通就是他，真正的专家。”郝树斌给大家介绍着。“我们可都指望您了，两边可都差不多了，就看连在一起了。有王工的相助，今晚一定能调通。”边巴给大家鼓劲道。“今晚就要调通啊？”王厚林倍感压力地问。“计划是下周一放号，今天是周五。”边巴说。

　　看着王厚林面有难色，顿珠说：“王工还没吃饭吧，先吃饭先吃饭，吃完饭让王工休息一会儿，反正今晚肯定是通宵了。"顿珠说。"不用，直升机颠得没胃口，我就吃方便面，胃舒服。我哪也不去，我有咖啡，一晚能顶住。"王厚林立刻表明态度。"不愧是老燎原，吃方便面，完事干活。"郝树斌说。王厚林的这一态度极大振奋了大家的精神。"来开水，泡泡泡。"顿珠拎着两瓶开水说。大家泡起方便面，边吃边聊起来。

"原本计划什么时候调传输？"王厚林问。"就是现在。"边巴说。"啊，我是没耽搁啊。"王厚林边吃面边说。"16日是装，17日各自调好，现在全连上调传输。"郝树斌解释道。"还是晚了些，否则你们白天就开始了。"王厚林说。"没有，你来之前卫星侧才调好。"柳工边吃着方便面边说。"这样啊。"王厚林说。"来得正是时候。"常工说。

"好，6点40分，开搞。"王厚林吃完了说。"这边有电脑。"郝树斌说。"我有。"说着王厚林拿出自己的便携电脑。"有备份单板吗？"王厚林又问。"有。"郝树斌回道。"先看下基站的状态。"王厚林边说边查看着基站的数据。"OK。"王厚林看完基站侧转头问："卫星侧？""柳工，你配合一下王工。"边巴示意说。

柳工协助王厚林检查着卫星侧的数据，两人相互沟通着。"应该没问题，郝树斌，接上吧。"王厚林示意郝树斌说。"接好啦，我后台重启一下。"王厚林操作着电脑。敲完键盘大家都全神贯注地盯着显示传输的指示灯，几分钟后绿灯亮了。"通了。"王厚林边喊着边查数据。"哎，怎么……"王厚林看着电脑说。"灯怎么时断时续的？"郝树斌问。"柳工，你在你那边看看。"王厚林说。"我这边是正常的，跟拉萨连着呢。"柳工说。"啊，我看看。"王厚林冲到柳工这边看着。"奇怪，刚刚灯确实绿了呀。"王厚林自语道。"是绿了没错，大伙都看见了。可是一会儿就闪了，不稳定。"郝树斌说。"难道灯的设置有问题？"王厚林说。"不会吧，没换版本不应该有问题。整个西藏都在用，这跟卫星不卫星可没什么关系。"

郝树斌说。"我查查啊。"说着王厚林查看着代码。

"有问题吗？"郝树斌问。"几个版本对比着看了，这块都没动过。"王厚林说。"就是嘛，整网都用着呢，要有问题不早发现了。"郝树斌说。"版本是从哪儿下的？"王厚林又问。"这是生产正式发货的，我没动过。"郝树斌说。"你有从公司网上下载的版本吗？"王厚林问。"有啊，临来特地下载的全套最新版本。"郝树斌说。"重新升一下吧。"王厚林说。"有必要吗？"郝树斌问。"有必要。"王厚林说。"万一升了，出问题退不回，咋办？"郝树斌说。"这个版本我有，不怕。你升不升？不升我来。"王厚林说。郝树斌被逼无奈只好升。

过了约20分钟，郝树斌升好了版本。"启动。"王厚林说。大家期盼着能成功，但左等起不来，右等起不来。"郝树斌，你是怎么升的，怎么到现在也没起来？"王厚林问。"怎么升的，你不都看见了嘛。我不至于升个级都不会吧。"郝树斌说。"那怎么起不来？"王厚林急着说。"噢，传输没断。"郝树斌急忙断开传输重新又升。"这回起来了。"王厚林说。"连上传输再试一把，我就不信。"郝树斌边说边连上传输。大伙全神贯注地盯着。"好嘛，这回连闪都不闪，直接是红灯。"王厚林说。"真是邪了门了。"郝树斌说。"刚才你说有备份板的对吧？"王厚林灵机一动对郝树斌说。"换？"郝树斌问。"换，你们技服不是擅长这个吗？"王厚林说。

郝树斌迅速换上了备份板。"好，加电。"王厚林说。大家再次全神贯注地盯着传输的灯。"怎么回事，难道两个板子都有问题？在拉萨可是都试过的，好的啊？"郝树斌说。"哇，都凌晨3点50分了。"柳工看着表说。"怎么时间过得这么快？"边巴焦急地说。"别急，我带了块单板，在家做镜像就用的它。"王厚林说着取出了自带的单板模块。"别动，我要亲自来。"看着郝树斌过来接模块，王厚林说。拔下原有模块，插上自己从深圳带的模块，使劲往里推了推，王厚林冲着郝树斌说："加电。"郝树斌连上传输，顺手加上电。

"通了。"王厚林喊着。"别急，再等等。"郝树斌说。5分钟、10分钟、20分钟。"这下真通了，手机。"王厚林朝郝树斌伸手，接过郝树斌递来的手机，王厚林拨了起来。"通了。"王厚林喊着。"肖云飞小子不接电话。"王厚林说。"几点啦，正睡得香着呢。"郝树斌正说着，电话那头响起了声音。"喂，哪位？"肖云飞在电话那头问。"肖云飞，我是王厚林啊，通啦，墨脱通电话啦！！！"王厚林大叫着说。"王厚林，墨脱的，真的啊！"肖云飞那头也激动地说。郝树斌一把夺过手机冲着肖云飞说："肖云飞，你怎么不来墨脱，我们成功啦。""惭愧惭愧，你们是英雄，你们是英雄，我没能和你们在一起，我欠你们的。我给你们鞠躬了，真的，我在床上给你们跪着呢，不信你们问卢梦娇。"肖云飞激动地说。"好啦，睡你的大头觉吧。"说完郝树斌挂断了电话。"2004年6月19日清晨5点20分，墨脱通电话了。"王厚林边拨电话边看着表说。"怎么我两块单板都不行？"郝树斌正琢磨着呢，一回头一帮人全睡着了，呼呼地做着美梦。

周一的手机营业厅，激动的人们争相抢购手机。"贡布书记，这次就背进了170部，你看才多久，卖完了。赶紧再组织背夫搞一批吧。"站在营业厅外看热闹的顿珠跟贡布书记说。"可以，你们正式把要求提过来，我们来组织。"贡布书记说。"贡布书记，瑞士的电话打了？"郝树斌问。"打了打了，我瑞士的朋友开始不相信，语音太清晰了。感谢感谢啊！"贡布书记握着郝树斌和王厚林的手说。

"给徐志强他们传资料了吗？"常工问。"他们出发啦，传没问题的，你们自己可以试啊。"郝树斌说。"要有数据卡。目前，数据卡有限，只有局里我们自己在用，暂不对外。"顿珠说。"是啊，这两天要集中调试数据业务，完了才能回深圳。"王厚林说。"这么急着回深圳干吗？这里多好，好山、好水、好地方的，好好玩玩。"贡布书记说。

"麦哲渊恢复了吧？"边巴问贡布书记。"问题不大了，这有了电话，更方便了。"贡布书记说。"今天过后，话务量上来了，网络的产数可能要做一些调整。这两天不轻松啊！"郝树斌对大家说。"正常情况下都会做适当调整的。"边巴跟着说。"好，你们在这儿。边工，我们出去路测一下。"郝树斌叫上边巴路测去了。"我和你们一起去。"顿珠跟着也走了。

…………

欲知后事如何，请看《韧4 无知者无畏》。